LES ENFANTS DE ROGOJINE

NADIA GUERMAN

LES ENFANTS DE ROGOJINE

Traduit du russe par Maud Mabillard

LES ÉDITIONS NOIR SUR BLANC

Titre original : *Prosnut's'a zimoj*

ISBN : 978-2-88250-271-1

Nous ne croyons en rien, sauf en l'hiver.

Mikhaïl Chichkine,
Le Cheveu de Vénus

Les événements décrits dans ce roman
ont réellement eu lieu.

Quand, au petit matin, la 4x4 de Xenia franchit le périphérique de Moscou, Nina se retrouva plongée dans une nuit si profonde qu'elle prit peur : elle eut l'impression de s'enfoncer dans un tunnel souterrain. Les rares lampadaires le long de la route dissipaient encore faiblement les épaisses ténèbres hivernales, mais ils ne furent bientôt plus qu'un souvenir. Les Espagnols assis à l'arrière cessèrent de parler. À présent la nuit était d'un noir anthracite, et seuls les phares de la Toyota éclairaient la chaussée.

Rosa toucha timidement l'épaule de Nina.

– S'il te plaît, dit-elle, demande à Xenia combien il y a de kilomètres de Moscou à Rogojine...

Nina traduisit la question.

– Deux cents, répondit sèchement Xenia, sans quitter des yeux la tache de lumière dansante, pareille à un papillon jaune, qui précédait la voiture.

« Il ne faut pas la distraire, se dit Nina. Il fait noir comme dans un four... »

– Ça me rappelle l'hiver passé, ajouta soudain Xenia, comme si elle devinait les pensées de la jeune femme. Un soir, tard, je rentrais de Rogojine à Moscou. J'étais avec des Espagnols, de futurs parents... Et tout d'un coup, j'ai compris qu'il y avait un fourgon devant moi. Noir, immense... Ces connards avaient oublié d'allumer leurs feux de position... J'ai failli leur rentrer dedans...

– Quelle horreur, bredouilla Nina avec sympathie.

Elle ne voyait pas vraiment ce qu'étaient des feux de position, mais elle se représentait bien la masse noire sur laquelle la petite 4x4 argentée avait failli s'écraser.

Il commençait à faire jour. Des champs enneigés s'étendaient à perte de vue des deux côtés de la route. Nina contempla longuement le morne horizon, où les collines blanches en se rejoignant évoquaient les ailes déployées d'un oiseau. Une sensation de fraîcheur et de légèreté s'empara d'elle, comme si elle venait d'avaler des flocons de neige.

– Tu viens d'où, au fait ? demanda Xenia.

– J'enseigne à l'université. Je prépare ma thèse..., répondit Nina, détachant avec difficulté les yeux du paysage défilant derrière la fenêtre.

– Je ne parle pas de ça... Comment tu es tombée sur moi ?

– Une connaissance m'a appelée, elle a dit que vous cherchiez un interprète pour deux jours. Elle comptait venir elle-même, mais au dernier moment elle n'a pas pu...

– Et ton université ?

– C'est les vacances.

– Ta connaissance t'a dit autre chose ?

– Non... Juste qu'ils adoptent un enfant... Et vous, ça fait longtemps que vous travaillez avec des Espagnols ?

– Oh ! Oh ! On se tutoie, d'accord ? Ça fait huit ans. Au début, avec des Américains, et là, on est passés aux Espagnols. J'ai changé quatre fois d'interprète. Au fait, traduis-leur que le département ne pourra pas nous recevoir aujourd'hui. Ils ont repoussé à demain...

Nina traduisit. Des exclamations inquiètes retentirent à l'arrière.

– Ils demandent s'ils pourront voir leur future fille aujourd'hui...

– Non, bien sûr. Sans autorisation, on ne nous laissera pas entrer à l'orphelinat. On passera la nuit à l'hôtel, et on sera sur place demain matin pour aller d'abord au département, puis faire connaissance...

Il avait gelé toute la semaine sous un ciel lourd et couvert. À l'approche du soir, le temps changea brusquement. Des nuages se mirent à courir dans le ciel comme ils le font parfois au printemps. Des gouttes d'eau perlèrent sur les arbres et les maisons.

Tandis que la terre, longtemps effrayée par les grands froids, reprenait son souffle en se réchauffant sous le ciel bas et strié de nuages, Nina entrait dans une chambre de l'hôtel central de Rogojine. En fait d'hôtel central, c'était un bâtiment sale avec une façade donnant sur la gare. Devant la gare se trouvaient un square et un arrêt de tram. L'arrêt était encadré par des peupliers et des kiosques où l'on vendait toutes sortes de choses.

Nina était logée dans une chambre bon marché. La porte s'ouvrit à la troisième tentative. La clé pendait au bout d'un lourd porte-clés en forme de tonnelet, qu'on ne risquait pas d'emporter par erreur. Le papier peint était assez incongru : des crochets représentant des vagues couraient sur un fond blanc ; sur chacune des vagues, on voyait une frégate en train de couler.

La route depuis Moscou avait pris deux heures et demie, puis ils avaient tué le temps jusqu'au soir, parcourant le centre-ville en voiture, attendant chez le notaire, mangeant pendant une éternité dans le bar de l'hôtel, et maintenant Nina voulait se détendre un peu avant de dormir.

Elle appuya son dos contre les coussins durs comme des briques et ouvrit le magazine féminin que Xenia lui avait donné à lire. Elle feuilleta quelques pages, tomba sur un article consacré à Salvador Dalí et à sa femme Gala.

« [...] Gala a prononcé cette phrase inoubliable : "Mon petit, nous n'allons plus nous quitter." Au quotidien, ils se révélèrent un couple presque idéal, comme peuvent en former des gens totalement opposés. Et la Parisienne qui aimait les distractions de la bohème se transforma en nounou, secrétaire et agente du peintre génial, puis en propriétaire d'un immense empire dont le nom était Dalí. Gala dissipait son argent à droite et à gauche, et le faisait très joyeusement [...]. »

Nina posa le magazine, pensive. Les récits sur Dalí lui semblaient toujours superficiels, presque boulevardiers : elle avait choisi son œuvre comme sujet de sa thèse, et elle en avait bien plus à dire sur lui que tous les journalistes de tous les magazines féminins réunis. En quelques années, elle avait réuni tant de documents que le sujet avait enflé jusqu'à sembler infini, tout en ouvrant constamment des échappées vers d'autres thèmes. Nina comprenait déjà difficilement en quoi cette construction volumineuse, édifiée selon des règles qui lui étaient étrangères, la concernait personnellement et, même si elle n'osait l'avouer à personne, ce travail commençait à lui peser.

« Une thèse doit s'écrire rapidement, lui répétait sa mère. Si tu restes bloquée, ça peut durer des années. »

Des années... Peut-être que c'était justement ce qui allait arriver à Nina.

On frappa à sa porte. Une main tourna précautionneusement la poignée, et les lunettes de Xenia apparurent dans l'encadrement.

– Tu ne dors pas? Xenia parlait à voix basse, à tout hasard. Ça ne te dérange pas que j'entre? Tu devrais fermer ta porte à clé. Un type soûl pourrait se tromper de chambre et se coucher à côté de toi.

– Je ne savais pas qu'il fallait fermer à clé...

Xenia enleva ses baskets, souples et silencieuses comme des pattes de loup, et s'assit sur le lit de Nina, sur la couverture. Elle arrivait du dehors, n'avait même pas ôté sa veste – juste dénoué son écharpe tricotée.

La neige tombait derrière les fenêtres de l'hôtel, et des gouttes scintillaient sur les lunettes de Xenia. Les flocons étaient drus, comme une pluie battante blanche et opaque. Si on éteignait la lampe, on apercevait, à travers les stores baissés, leurs petites ombres velues glisser sur la surface bosselée et se poser lentement à terre.

Sans savoir pourquoi, Nina n'était pas étonnée de l'apparition de Xenia dans sa chambre.

– Purée, j'en ai vraiment ma claque, grommela Xenia, enlevant ses lunettes et essuyant les verres avec son écharpe.

– Il s'est passé quelque chose ?

Nina savait qu'à huit heures du soir Xenia était partie rencontrer des gens importants. Ces gens importants parlant russe, elle n'avait pas eu besoin d'interprète. Les rues étaient désertes et somnolentes ; Nina et les Espagnols étaient restés à l'hôtel. Xenia était montée dans sa 4x4 et avait disparu dans les ténèbres. Elle était attendue au plus profond de la nuit, dans un restaurant de Rogojine.

– Il ne s'est rien passé. Simplement, je n'avais pas le choix. Je ne pouvais pas ne pas y aller (il y avait des notes de désespoir dans la voix de Xenia). Je ne pouvais pas ne pas y aller. Évidemment ils étaient tous soûls, pleins de vodka et de bouffe. Leurs bouches luisantes de gras... Et je suis au régime... Nourriture dissociée, un minimum de calories, etc. Et je ne mange jamais rien après sept heures !

Nina comprit graduellement que Xenia était soûle – et qu'elle avait l'alcool amer, triste.

– Tu veux du thé ?

– Oui, s'il y en a. Je ne me suis toujours pas réchauffée depuis ce froid... Tu comprends, je ne les supporte pas.

Et leur nourriture me rend malade – littéralement. Rien que l'odeur. Jambon, saucisse, roulade de poulet... Des tombereaux de mayonnaise dans la salade. Et, surtout, ces blagues bien grasses, ces gueules rouges...

Nina mit l'eau pour le thé dans un verre à facettes, héritage de l'ère soviétique. Elle avait apporté une minuscule résistance électrique chauffante de Moscou.

– Je ne comprends pas de qui tu parles ?

– Des fonctionnaires locaux, de qui d'autre. Le chef du département de l'Éducation, le gestionnaire de la banque de données, le travailleur social de l'orphelinat. Des dames du RONO[1]. Le chef du département avait son anniversaire, il a organisé tout un banquet. Et m'a invitée. Ce qui, entre nous soit dit, est un grand honneur. Du beau monde, pas de la merde. Les fonctionnaires de Rogojine ne savent pas quoi faire de leur fric, alors ils font des fêtes... Berk, je pue toujours la saucisse, ajouta Xenia, reniflant avec dégoût les manches de son pull.

– Pourquoi ils dépensent tout en saucisses ? Ils pourraient acheter, mettons, une bonne voiture, s'étonna Nina, disposant sur une assiette les biscuits qu'elle avait pris en sortant de chez elle, et qui s'étaient considérablement émiettés depuis.

– Ils ne peuvent pas acheter de voiture... Rogojine, c'est pas Moscou. Ici les fonctionnaires ne peuvent pas se fondre dans la masse. Tout se sait. S'ils achetaient un appartement ou une voiture, on leur dirait tout de suite : et d'où vient l'argent, salaud ? Alors ils bouffent tout ce qu'ils gagnent... Pour ne pas se faire remarquer... Et l'été, ils vont en Turquie – et là ils se lâchent : ils bouffent, bouffent... Tu as déjà vu tout ce qu'un de nos compatriotes met dans son assiette, quand il y a un buffet à volonté ? Je n'arrive même pas à comprendre comment ils peuvent engouffrer autant...

---

1. Direction régionale de l'instruction publique. *(Toutes les notes sont de la traductrice.)*

– Tu aurais dû refuser, inventer un prétexte pour ne vexer personne. Par exemple, je ne peux pas manger de gras, mon médecin m'a interdit l'alcool, dit Nina, enlevant la résistance électrique et mettant un sachet de thé dans le verre qu'elle poussa vers Xenia.

– Oh, comme c'est bon... (Xenia posa avec précaution le bout de ses doigts sur le verre brûlant.) On ne peut pas refuser. Et impossible d'inventer quelque chose. Je suis obligée de prouver à tout le monde ici que je suis des leurs. Que je suis comme eux. Même s'ils savent très bien que ce n'est pas vrai. À leurs yeux je suis à peine mieux que de la crotte de bique. Mais l'argent, tu comprends ? C'est toujours une question d'argent. Disons, d'intérêt mutuel. Et je paie de ma personne : je traîne dans les restaurants avec eux, je sais leur nom à tous, nous buvons de la vodka ensemble. Ils me racontent les ragots locaux. Ils ne doivent pas sentir que je suis une pièce rapportée, que je viens de la capitale. Sinon, ils se méfieront, et tout sera perdu.

– Qu'est-ce qui sera perdu ?

– Tu ne comprends pas ? s'étonna Xenia.

– Non.

Réellement, Nina ne comprenait pas.

– Ils cesseront de nous donner des enfants, c'est tout. Il y en a des flopées d'autres comme moi ici. Eux, ils choisissent ceux qu'ils veulent. Ils observent, reniflent. Avec qui c'est plus facile de travailler. Si tu es trop intelligente – bye-bye. Trop énergique – ils n'aiment pas non plus. Ils me supportent parce que je suis moyenne, passe-partout.

– Comment ils peuvent refuser de donner des enfants ? Tu es une agence ?

– Absolument pas. Je suis juste un intermédiaire indépendant. Je me mets d'accord avec les fonctionnaires, et j'obtiens des orphelins. Puis arrivent les étrangers, qui passent par moi pour les adopter.

– Il y a beaucoup d'étrangers ?

Nina prépara un autre thé, pour elle-même.

– Et comment... Chez eux, ils n'ont pas d'enfants. Je ne sais pas quel est le problème là-bas. Peut-être que les pays développés sont en plein déclin, du coup ils viennent chez nous. Nos orphelinats sont pleins à craquer et les bébés abandonnés à la naissance restent des mois dans les hôpitaux avant de trouver une place en orphelinat. Il n'y a qu'à venir et adopter.

– C'est simple ?

– Plus tellement. Avant, ça l'était : les gens venaient voir l'enfant et l'emmenaient avec eux en Espagne ou en Amérique sans décision de justice. Maintenant, tout a changé : d'abord ils voient l'enfant, puis il faut rassembler des tas de papiers, puis passer devant le tribunal... Ils n'ont plus le droit de choisir les enfants, ils doivent prendre celui qu'on leur propose.

» Je vais te dire un secret, ajouta Xenia, soufflant sur son thé. En Russie, les enfants sont devenus la principale matière première. Avant le pétrole et l'immobilier.

– Quel cynisme...

– C'est peut-être cynique, dit Xenia en haussant les épaules, mais c'est la vérité. La plupart du temps, elle est comme ça, la vérité : cynique. Le pétrole, il faut l'extraire du sous-sol, et ce n'est pas si facile. Et puis le cours n'arrête pas de varier – un jour plus, un jour moins. On dit que la Russie aura bientôt épuisé ses ressources de pétrole, et qu'il faudra aller le chercher au Venezuela. L'immobilier, c'est la même chose : il faut d'abord construire, et de nos jours la construction c'est un vrai merdier. Et le risque est grand : une crise, l'inflation... Une entreprise décide de construire une maison, prend un crédit – et ne peut pas terminer le travail. Alors que nos enfants ils naissent tout seuls, aussi sûrement que la mauvaise herbe au printemps. Puis, imagine : une production sans déchets à recycler. Et pas besoin de faire quoi que ce soit, de leur donner une éducation. En plus, tout le monde est content : la maman est débarrassée de l'enfant, les étrangers qui ont toujours rêvé d'en avoir un l'emportent avec eux, et nous, misérables, on ramasse tous de l'argent au passage : moi, les fonctionnaires, les interprètes. Même toi, qui n'as rien à voir dans cette histoire, tu auras ta part... Un jour, nous regardions la télé avec une collègue, et aux infos ils parlaient d'un bébé qu'on avait jeté dans un trou et enterré vivant. Ma collègue s'exclame – en riant, bien sûr : « Comment peut-on faire ça? Gaspiller une marchandise aussi précieuse? » C'est cynique, je suis d'accord. Mais c'est la pure vérité : nos bébés sont très cotés sur le marché mondial.

» Avant, une autre fille m'accompagnait, continua Xenia. Comme interprète. Une fille simple, bête comme ses pieds. Elle venait de la campagne. Eh bien, la semaine passée, elle s'est tirée. Et tu devines pourquoi? Exactement : elle avait trouvé sa région. Il faut se méfier de l'eau qui dort, comme on dit. Maintenant, tu vas la remplacer. Enfin, j'aimerais bien. Parce qu'avec toi au moins on peut parler.

Cette dernière remarque étonna Nina. En fait, c'est Xenia qui parlait, elle ne faisait qu'écouter – avec, il est vrai, un très grand intérêt. Sans doute qu'un vis-à-vis attentif est vraiment le meilleur interlocuteur. De plus, elle se sentait réellement des affinités avec Xenia, comme si elles se connaissaient depuis longtemps. Et ce béret trop petit, ces drôles de lunettes. Ce visage capricieux, enfantin. Nina fut stupéfaite d'apprendre que Xenia avait déjà deux fils adultes.

Sans compter cette première impression au moment où, au petit matin, Nina s'était assise dans la voiture de Xenia : celle de se retrouver à côté d'elle-même, avec dix ans de plus.

En une nuit, la neige avait recouvert toute la ville. Les routes, les cours, les trottoirs – tout était devenu blanc et uniforme. La 4x4 de Xenia ressemblait à un morceau de savonnette sur un porte-savon argenté. Les buissons sous les fenêtres, eux, faisaient penser à des petits hommes en tenue de camouflage blanche.

La chambre où logeaient les Espagnols ne ressemblait en rien à celle de Nina. Elle était vaste, lumineuse, avec un grand lit qui aurait pu contenir quatre personnes. Les Espagnols étaient déjà prêts. Ils se rendirent ensemble au bar de l'hôtel, choisirent une table près de la fenêtre, et contemplèrent l'hiver. Dehors, le ciel était gris comme à la fin de l'automne.

– Ce genre de temps, ce n'est pas le vrai hiver, leur expliqua Nina. C'est un phénomène particulier, qui s'appelle le dégel. Ce mot n'existe pas en espagnol.

– Et quand c'est le vrai hiver, s'intéressa José, il fait quelle température ?

– Moins quinze, même moins vingt.

José fit une grimace comique. Est-ce qu'on peut vraiment survivre dans des conditions aussi extrêmes ? José, par exemple, en aurait été incapable. Le dégel lui convenait mieux.

On leur apporta un plateau avec le petit déjeuner. La serveuse posa hâtivement sur la table les assiettes, les yaourts, les jus et les cafés.

– Comme les femmes sont coquettes en Russie, remarqua José, rougissant légèrement.

– Coquettes ?

– Oui. Toutes ces jupes, ces talons hauts, ce maquillage.

« Il a raison, se dit Nina. Des talons hauts et du maquillage. On ne voit pas ça en Europe. Mais est-ce de la coquetterie ? C'est plutôt autre chose. La proximité de l'Asie, peut-être. Un désir de montrer sa féminité, de se distinguer des hommes. »

Elle ouvrit son yaourt. C'était un petit déjeuner continental, comme on dit en Europe. Cette expression « petit déjeuner continental » exhalait un arôme de voyage autour du monde : le bruit de la Méditerranée, une ville bleutée dans le lointain, une tasse de café fort comme de l'alcool. Mais, dans l'hôtel de Rogojine, le café était un vrai jus de chaussette, et ils n'avaient droit qu'à de fines tranches de pain de mie au lieu de la baguette qu'on sert à l'étranger. Sur le continent. Eux sont sur le continent; ici, c'est le bout du monde, le fief de l'hiver.

La veille, pendant le repas, Nina leur avait parlé de la Russie. Ils l'avaient lancée eux-mêmes sur ce sujet. D'abord ils avaient voulu une vodka, pour faire « à la russe ». Est-ce qu'on peut se passer de vodka? Ils avaient commandé une carafe, juste ce qu'il faut pour trois. Nina avait expliqué qu'en Russie on ne buvait pas la vodka avant le repas, comme un apéritif, ni au dessert, comme un digestif, mais bien pendant qu'on mangeait, et qu'on croquait dans un concombre salé ou un morceau de pain noir juste après. Et que, s'il n'y avait rien à manger, on reniflait sa manche – elle avait montré comment on faisait – « comme ça! », et tout le monde avait ri, parce que c'était une plaisanterie et que chacun avait déjà bu deux verres. Qu'est-ce que deux verres pour un Russe? Rien, un petit échauffement, mais les Espagnols étaient déjà bien partis. Puis Nina s'était souvenue qu'il faut toujours porter un toast quand on boit de la vodka et leur avait proposé de boire à leur future fille russe, Rita. On leur avait amené une deuxième carafe. Ils avaient bu à la santé de Rita, puis de la Russie. Un pays si puissant, si riche.

– Et Gorbatchev? s'était enflammé José. Nous l'aimons. Le monde entier respecte Gorbatchev!

– Nous aussi, nous l'aimions et avions foi en lui, s'était emportée Nina, faisant tomber sa fourchette.

Sans s'en rendre compte, elle s'était emballée, même si elle n'avait pas l'habitude de s'exprimer en espagnol. Elle n'avait encore jamais autant parlé de la Russie, de Gorbatchev, de l'effondrement de l'URSS. Ses compatriotes en savaient autant qu'elle, et elle avait peu de contact avec les étrangers.

Une neige épaisse tombait dehors, que le vent poussait le long des maisons, des réverbères, des arbres – juste à temps pour se faire voir aux touristes étrangers.

Ils se séparèrent après minuit.

En revanche, ils furent tous très silencieux au petit déjeuner. José et Rosa souffraient sans doute d'une légère gueule de bois. Ils regardaient avec effarement Nina en train de faire joyeusement un sort à son yaourt et ses tartines.

– Comme c'est joli, dit rêveusement Rosa, sirotant son café déjà froid et regardant par la fenêtre.

Le jour d'hiver se reflétait dans sa pupille brune comme un minuscule glaucome.

– Très joli, répondit poliment José. Vous avez toujours autant de neige en hiver ?

« Ici, en Russie, l'hiver dure toute l'année, pensa Nina, finissant son café et se levant de table. On s'endort en été, et on se réveille en hiver. Nous ne croyons pas en l'été. Il est court, trompeur. Le temps qu'on s'y habitue, il disparaît déjà. L'hiver, c'est autre chose. Tout, chez nous, rappelle l'hiver : le chauffage central, l'armoire pleine d'habits chauds. Ce n'est pas simple à expliquer. Vous, habitants du Sud, vous ne pouvez pas comprendre. »

Après le petit déjeuner, ils descendirent sur le perron, où la 4x4 de Xenia les attendait déjà.

– Comme il fait froid, dit Rosa, enfonçant sa chaussure en daim dans un tas de neige.

– Très froid, répondit José en relevant le col de son manteau et en couvrant sa calvitie de sa paume chaude.

La 4x4 démarra et fila le long des rails de tram, glissant avec le moelleux et la légèreté d'un traîneau.

– Nous allons maintenant à la mairie. Au département de l'Éducation, expliqua Xenia, s'arrêtant à un feu. Ils leur raconteront tout sur l'enfant et donneront une autorisation pour le rencontrer à l'orphelinat.

– Tu sais, j'ai l'impression qu'ils savent déjà tout sur leur Rita..., fit remarquer Nina.

– Bien sûr! Et ils ont sa photo. Mais ne fais pas de bourde quand tu seras au département : pas question de laisser échapper qu'ils en savent autant.

– Ils ne sont pas au courant, au département?

– Bien sûr que si. Mais il faut faire comme si les Espagnols entendaient tout cela pour la première fois. Ils doivent recevoir officiellement des renseignements sur l'enfant... C'est la loi.

Ils se garèrent près de la place centrale. La mairie était installée dans un gros bâtiment gris qui s'harmonisait mal avec les maisons délabrées, le kremlin[1] et l'immense cathédrale lugubre au loin. Devant l'entrée s'élevait une statue de Lénine. Un vent froid et sifflant soufflait en diagonale, s'introduisant sous les habits. Nina accéléra le pas.

Xenia ouvrit avec peine la porte de verre, et ils pénétrèrent dans le vestibule, qui ressemblait à une prolongation de la place. Les murs sentaient le crépi humide. Ils montèrent au troisième étage. Entrèrent dans un bureau – Nina n'eut pas le temps de lire l'inscription sur la plaque. Les Espagnols souriaient, ils serrèrent chacun leur tour la main d'une grosse dame en violet, ressemblant au général Koutouzov, venue prestement à leur rencontre. Ils lui demandèrent poliment comment elle allait. En revanche, la fonctionnaire se montra très abrupte envers Nina.

– Montrez-moi votre passeport...

– Le voici.

---

1. En Russie, le kremlin est l'équivalent de la vieille ville fortifiée, qui ne contient généralement que des églises. Il en existe dans de nombreuses villes, pas uniquement à Moscou.

Nina tendit timidement son passeport.

– Qu'est-ce que c'est ! Je n'y comprends rien !

– C'est mon passeport international[1]. (Nina se troubla. Elle avait prévenu Xenia qu'elle s'était trompée et, en sortant de chez elle, avait pris le passeport international au lieu de l'intérieur.) J'ai oublié mon passeport russe à la maison. Excusez-moi.

La fonctionnaire s'immobilisa comme un épagneul à l'arrêt quand il sent une oie, et regarda Nina avec hostilité, les yeux plissés.

– Vous n'êtes pas russe ?

– Si, je suis russe.

– Alors pourquoi avez-vous un passeport international ?

– Mais c'est aussi un passeport russe. Comme les autres. Il établit mon identité. Regardez : prénom, nom, se justifia Nina, s'interrompant brusquement, craignant d'en avoir trop dit. Ce n'était pas la bonne attitude, Xenia l'avait prévenue.

– Je refuse de travailler avec vous ! Que voulez-vous que je fasse de vos nom-prénom ? Je ne travaille qu'avec les Russes.

Nina était perdue.

– Où est votre visa espagnol ?

Pendant un bref instant, Nina perdit le sens de la réalité. Impossible de vivre une scène pareille dans la vraie vie. Se pouvait-il que la matrone en violet n'ait jamais entendu parler de l'existence d'un passeport international ? Et à quoi servait un visa espagnol à Rogojine ? Les doigts tremblants, elle tourna machinalement les pages de son passeport qu'on lui tendait.

– C'est bien la dernière fois, lui notifia sèchement la fonctionnaire.

---

1. Les Russes ont un passeport intérieur (équivalent d'une carte d'identité), et la possibilité d'établir un passeport international, avec leur nom en cyrillique et en caractères latins, utilisé exclusivement pour voyager à l'étranger.

– Oui, b-bien sûr, marmonna Nina, terrifiée. La dernière.

– Ne te fais pas de bile, dit Xenia à Nina encore toute remuée, au repas de midi. Tu lui as simplement fait peur. C'est la première fois qu'elle te voit, tu comprends ? Et cette histoire de passeport... Les Rogojinais s'effraient facilement. Ils ont peur de tout – des inspections, des dénonciations. Chaque nouvelle personne est un danger potentiel. Ils s'habitueront à toi et commenceront à te parler autrement. Tu verras, ils vont même s'attacher à toi. Ils ont besoin de voir des visages familiers, pas n'importe qui. Sois patiente.

Xenia avait bien fait de la prévenir : la méfiance et la crainte apparurent sur de nombreux visages ce jour-là. La travailleuse sociale Ada Mitrofanovna qui accueillit Nina dans le couloir de l'orphelinat la dévisagea comme si elle était l'ânesse de Balaam, et partit en courant à la recherche de Xenia. Les nurses la regardaient avec des yeux de vache soumis et obtus, comme si elle ne parlait pas russe, mais une langue étrangère. Personne ne connaissait Nina à Rogojine, et personne ne voulait d'elle.

Les routes du centre-ville étaient mauvaises. Près de l'orphelinat, la 4x4 de Xenia dérapa, ses roues tournèrent désespérément dans le vide. Puis l'engin rassembla ses forces et s'élança sur la route en rugissant. En franchissant la grille, elle s'enfonça d'abord sur le côté gauche, puis sur le côté droit, pour finir par s'avancer lentement dans la cour.

L'orphelinat ressemblait à un hôpital militaire : un bâtiment de brique couleur de sang veineux. En poussant lourdement de l'épaule, Xenia ouvrit la porte recouverte de simili cuir, et ils s'enfoncèrent dans une puanteur épaisse et tiède qui rappelait plutôt un foyer pour personnes âgées : chlore, médicaments, nourriture brûlée, linge sale.

Ils montèrent dans un bureau au premier étage. L'affectation de ce bureau, trop vaste, vide et très froid, n'était pas tout à fait claire. L'un de ses murs était décoré de sujets tirés de dessins animés soviétiques. Au centre de la composition, on voyait le Docteur Aïbolit[1] : petit, dans des proportions plus ou moins correctes, avec son chapeau blanc, un thermomètre à la main. À côté de lui se tenait une immense grenouille plate, composée de sa seule tête, à peine plus petite que Aïbolit. Une chouette à la queue tronquée sortait peureusement la tête d'un tronc plongé dans une obscurité sinistre. Nina ne put s'empêcher de sourire : elle n'avait encore jamais rien vu de pareil. Est-ce que ce peintre inconnu avait fait des études de dessin ?

Il n'y avait presque pas de meubles dans la pièce. Une table, deux étagères superposées, des chaises de bureau. Sans la présence d'Aïbolit sur le mur, Nina n'aurait jamais pu croire que des enfants venaient ici. Par la suite, Xenia lui expliqua que c'était un endroit spécialement prévu pour accueillir les étrangers.

Une nurse fit son apparition. Nina eut d'abord l'impression qu'elle avait les mains vides, mais elle s'aperçut l'instant d'après qu'elle portait une minuscule créature en robe blanche avec un gros nœud sur la tête. « Notre Rita a un bec-de-lièvre, lui avait avoué Rosa la veille, pendant le dîner. Mais ce n'est pas un problème. Quand elle sera plus grande, on pourra l'opérer, et on ne verra plus rien. » La bouche de Rita était grande, rouge feu. Elle tranchait avec force sur son visage pâle et l'uniforme blanc de la nurse, comme un œillet pourpre sur la neige.

Nina fut pétrifiée en l'apercevant. Elle n'imaginait pas ce qu'était vraiment un bec-de-lièvre. Une plaie béante,

1. Litt. « Aïe, ça fait mal » : personnage de gentil docteur-vétérinaire inventé par le poète Tchoukovski, un classique de la littérature soviétique enfantine, dont l'adaptation en dessin animé est également devenue un classique.

pareille à un morceau de viande crue oxydée. À cause de ces lèvres déformées, le petit visage était presque dépourvu d'expression.

Le médecin avait le visage flasque, un uniforme crasseux. À le voir, on devinait difficilement que c'était Sergueï Stepanovitch, le médecin-chef, que Xenia appelait familièrement Stepanytch. Stepanytch, avait expliqué Xenia, ramassait un excellent pourcentage pour chaque enfant adopté. Une liasse volumineuse d'euros qu'il enfonçait, avec un reniflement et un sourire forcé, dans la poche décousue de son uniforme. Une partie de la liasse était noyée dans l'alcool, et le reste dépensé pour ses fils et les chiens errants qu'il recueillait par compassion. Xenia avait aussi raconté qu'autrefois Stepanytch avait été un véritable don Juan, et qu'il se rendait au travail comme le loup dans une bergerie, ne laissant passer aucune nurse, nettoyeuse ou infirmière. Mais, depuis quelques années, il avait bien baissé.

Stepanytch prit Rita dans ses bras et lui fit une sorte de yoga pour bébé : il la passa par-dessus son épaule, la mit tête en bas, lui fit faire un tour complet. Il tenait sans doute à montrer comme il était habile avec les enfants pour lesquels il recevait tant d'euros. La petite fille se laissa docilement chahuter, regardant d'un air résigné vers ses futurs parents et aspirant bruyamment l'air par sa lèvre rouge sang. Finalement, Stepanytch délivra triomphalement l'enfant à José, sortit des documents médicaux froissés et les posa sur la table.

– Est-ce qu'il y a des questions? demanda-t-il, regardant toute l'assemblée par-dessus ses lunettes. Si non, lis-leur tout toi-même, je m'en vais. Je suis très occupé.

Stepanytch fut remplacé par Ada Mitrofanovna, la travailleuse sociale de l'orphelinat, carrée comme une table de nuit, copie conforme de la terrible fonctionnaire du département. Ces deux dames se ressemblaient à tel point que Nina n'aurait pas pu les distinguer l'une de l'autre si elle les avait rencontrées dans la rue par hasard. Xenia avait aussi parlé d'Ada la veille : au fond, Ada était la figure centrale de toute adoption – elle répartissait les enfants entre les intermédiaires. Puis le département inscrivait les enfants sélectionnés dans la banque de données et régularisait officiellement leur situation. De nombreux intermédiaires gravitaient autour d'Ada. Elle les gardait dans un état de tension permanent, les dressait discrètement les uns contre les autres, les rançonnait, bref, s'amusait comme elle le pouvait.

De temps à autre, les affaires d'Ada l'amenaient à Moscou. Les intermédiaires étaient terrifiés par ses visites, dont dépendait leur avenir – chaque rencontre informelle avec Ada était promesse de nouveaux enfants et de nouveaux gains. Il fallait organiser sa vie culturelle – se procurer des billets de théâtre, prendre rendez-vous auprès de médecins réputés de la capitale. Ada s'installait pour quelques jours dans leur appartement, et les hôtes, toutes affaires cessantes, passaient leurs journées à la promener dans les magasins et les marchés. Elle avançait dans Moscou d'un pas peu pressé, petite et solide comme une tour de jeu d'échecs, dans toute sa majesté rogojinaise, habillée d'un manteau d'astrakan, d'une toque de vison et de parfums français. Et si Ada décidait de ne pas venir, refusait une invitation, le partenaire d'affaire tombé en disgrâce en perdait pour longtemps son équilibre mental, tourmenté par une question obsédante – comprendre quand et comment il avait démérité auprès d'Ada Mitrofanovna. Toute disgrâce entraînait des conséquences terribles et imprévisibles : le nombre d'enfants accordés pouvait diminuer, ou être réduit à néant. Dans les faits, le partenaire n'avait pas forcément quelque chose à se reprocher : simplement, Ada en changeait de temps à autre, quand elle se lassait.

Mais le moins enviable était le sort des favoris qu'Ada invitait à habiter chez elle plutôt qu'à l'hôtel de Rogojine.

Il était impensable de refuser une telle invitation, et la victime se voyait contrainte de subir pendant plusieurs jours une hospitalité aggravée, de boire cérémonieusement le thé avec sa terrible hôtesse et de l'inviter au restaurant.

Si une gaffe était réellement commise, les résultats étaient catastrophiques. Celui qui subissait l'ire d'Ada ne perdait pas seulement l'accès à l'orphelinat de la ville : on lui fermait joyeusement la porte des orphelinats de la région, ainsi que de toutes les institutions de la petite enfance de Rogojine et des alentours. Plus personne ne voulait le recevoir au département, et à son apparition, les visages des fonctionnaires devenaient officiels et froids, comme s'ils le voyaient pour la première fois et avaient complètement oublié le tintement des verres entrechoqués dans les restaurants, et les enveloppes volumineuses qui, comme des pigeons voyageurs, venaient se poser doucement sur leur paume. Tôt ou tard, la porte de l'adoption internationale était définitivement fermée au nez du partenaire malheureux.

– Et le département? s'était étonnée Nina. Je croyais que c'étaient eux qui répartissaient les enfants.

– Ils sont responsables de la partie formelle, avait expliqué Xenia. Ils signent les autorisations de visite, reçoivent les dossiers des étrangers, rassemblent toutes sortes de documents. Bref, ils légalisent le processus. Ada, c'est autre chose.

Ada préparait le statut juridique de l'enfant, sans lequel il était impossible d'adopter : il devait officiellement être considéré comme un orphelin, un enfant abandonné ou avoir des parents privés de leur autorité parentale. Cela prenait parfois des mois pour obtenir le statut nécessaire.

– Elle travaille beaucoup, avait ajouté Xenia. Elle parcourt les villages, recherche les mères qui ont abandonné leur bébé, leur fait signer un abandon officiel. Parce que certaines mères abandonnent leurs enfants sans rien signer. La police les cherche et, quand on les a trouvées, Ada va les voir et se met d'accord avec elles. Parfois, il faut aller les trouver loin, dans d'autres régions... Ada est irremplaçable.

– Et qui est le personnage-clé ? Le directeur ?

– Oui, officiellement, c'est le directeur, confirma Xenia. Mais c'est un personnage purement symbolique. Il vient rarement à l'orphelinat. On se voit, et je lui donne son argent.

– Et tu le paies pour quoi ?

– Sans son autorisation, aucun étranger ne pourrait franchir le seuil de la maison. S'il s'en lasse, il fermera l'accès, et c'est tout. Et aucune Ada n'y pourra rien. Mais il ne se lassera pas – nous le payons assez pour ça.

» D'ailleurs, ajouta Xenia, dans toute affaire, il y a des figures nominales et des figures réelles. Nominalement, le personnage central, c'est le directeur. Réellement, c'est Ada Mitrofanovna. Elle tient tout l'orphelinat entre ses mains. Sans Ada, tout se serait déjà effondré. Mais sa cupidité n'a pas de limites...

– Elle demande beaucoup d'argent ? s'enquit Nina pour soutenir la conversation.

– Elle ? Ah, plus que tous les autres. Et figure-toi qu'elle a beau gagner un paquet, elle te demandera de la conduire à l'autre bout de Rogojine pour acheter des céréales pour la pâtée de ses chiens.

– Pourquoi aussi loin ?

– Parce que les céréales y sont cinq roubles[1] moins cher. Et pour économiser elle est prête à se trimballer jusqu'au marché. À plus forte raison si elle peut voyager à l'œil. Il faut l'y conduire, la raccompagner. Punaise, t'imagines pas combien elle me coûte rien qu'en essence...

1. 5 roubles = 0,12 euro.

Ada Mitrofanovna s'assit posément à la table, en face de Nina. Elle avait un visage encore assez jeune, rose. Les vaisseaux qui striaient ses joues faisaient penser à des branches de corail rouge. Pendant quelques minutes, Ada étudia attentivement les documents, puis elle enleva ses lunettes et regarda Nina avec des yeux bleu transparent. « Ô, Mère Russie, pensa Nina. Quels yeux tu as, mon Dieu. Purs comme des flaques d'eau printanières. »

– La mère de la petite, commença Ada, est jeune, célibataire. Une bonne mère. Rita est son premier enfant. Sa grossesse a été suivie par un médecin, elle n'a pas tenté de l'interrompre. Puis elle a vu le bec-de-lièvre, et a abandonné l'enfant.

– Et qui a appelé le bébé Margarita ? D'où vient ce nom ? demanda Nina.

– De la mère, de qui d'autre. C'est toujours comme ça : elles leur donnent des noms compliqués – puis les abandonnent. On a tout vu : Greta, Adelaïda, Roxana...

Bizarrement, ce petit détail frappa Nina. Peut-on vraiment abandonner un enfant à qui on vient de donner un prénom ? C'est plus facile d'abandonner un bébé encore anonyme, encore étranger en quelque sorte. Mais s'il a un prénom – ça devient impossible.

La porte du bureau s'ouvrit soudainement, laissant passer trois personnes : un étranger, une étrangère et leur interprète. Nina était persuadée qu'il s'agissait d'étrangers et de leur interprète, et non de simples visiteurs. Des Français grands et bien en chair. À côté d'eux, l'interprète avait l'air d'une écolière trop vite poussée.

Les Espagnols roucoulaient autour de Rita, et Nina ne faisait que les gêner – il n'y avait rien à traduire, de toute façon.

Un petit garçon fut conduit devant les Français. Il était plus âgé que Rita, avec des lèvres normales.

Les Français déplurent à Nina dès le premier regard. Ils s'assirent à côté de la fenêtre et restèrent silencieux, l'air guindé, les lèvres serrées. Il ne leur venait pas à l'esprit de caresser le garçonnet ou de le prendre dans les bras. Ils auraient probablement voulu un nourrisson, et ce grand gamin vif en short devait leur sembler trop vieux. La Française était grande, lourde, sans la moindre trace de taille ou de menton : à la place de la taille, on trouvait un bourrelet de graisse bien compact, et le menton était remplacé par des plis mous. Elle sortit de son sac une petite voiture et la posa sur le sol. Le garçonnet s'en empara et, reniflant consciencieusement, la fit avancer dans tout le bureau, sous la table, le long des plinthes. L'homme, gêné, murmura quelque chose en français, puis reprit la voiture à l'enfant, appuya sur un bouton et, s'accroupissant, la reposa. La voiture fila en rugissant vers le mur, où elle se retourna et repartit dans la direction opposée. Sa stabilité et son agilité la faisaient ressembler à un gros insecte. L'enfant effrayé se mit à hurler d'une voix grêle et perçante. Les Français se regardèrent d'un air expressif et tinrent conseil sans se hâter. Nina ne comprenait pas un mot, mais il lui semblait que l'homme essayait de convaincre sa femme ; celle-ci répondait par monosyllabes, hochant rythmiquement la tête, comme une poule. Nina se dit avec fierté que ses Espagnols étaient bien plus sympathiques que ces Français désagréables.

La petite Rita desserra soigneusement les doigts de José l'un après l'autre, et lui prit son téléphone portable, qu'elle appuya avec précaution contre son oreille. José enclencha une sonnerie de Noël, et Rita écouta, craignant de bouger, la bouche béante d'étonnement. Rosa l'embrassa sur le haut de la tête, chatouillant légèrement des lèvres ses doux cheveux fins.

Une heure plus tard, Nina ne remarquait presque plus l'horrible lèvre, et la petite fille ne lui semblait pas si laide. Une lèvre normale. Une petite fille comme les autres. On s'habitue, il n'y a donc rien d'horrible. Et on opérera sa bouche, et il ne restera plus aucune trace.

Les fenêtres du bureau laissaient passer une lumière bleu foncé, comme si on avait allumé des lampes de quartz dans la rue, alors qu'il n'était que quatre heures de l'après-midi. « Le temps change », se dit Nina en s'appuyant contre le mur.

Le murmure monotone des voix la berçait. Nina ne parvenait plus à se souvenir du nom de la féroce fonctionnaire du département. Elle n'était même plus sûre que Xenia lui en ait donné un. Nina somnolait les yeux ouverts. En peu de temps, elle fit tout un rêve, dont les héros principaux étaient Ada et la dame sans nom du département. Elles se transformaient l'une en l'autre, se fondaient comme deux images de décalcomanie superposées, devenant une troisième personne, et cette troisième personne marchait d'un pas lourd dans le couloir désert.

Nina fut réveillée par la nurse qui venait reprendre Rita. « Petite Rita, lui murmura gentiment la nurse, il faut rejoindre les autres, manger et dormir. » À la porte, Rita se retourna une dernière fois et regarda les Espagnols d'un air indifférent et endormi, comme on regarde la neige tomber par la fenêtre.

Nina s'habilla rapidement et sortit dans la rue. La puanteur tiède à laquelle elle avait déjà eu le temps de s'habituer était restée derrière elle. Nina aspira à pleins poumons l'air doux et humide.

– Comment ça s'est passé? demanda Xenia, faisant tomber la neige de ses bottes.

– Bien... Mieux qu'au département.

– Et l'enfant?

– Il est bien. Enfin, elle est bien. On lui opérera les lèvres, et tout ira bien.

Dehors, la lumière était plus forte que dans le bureau. Il faisait aussi plus froid. Avec cette humidité et ce froid, Nina avait les yeux mouillés.

Tout le monde s'assit dans la voiture, qui retourna à l'hôtel.

Nina regardait les arbres, les maisons et les rues défiler par la vitre avant, et elle fut à nouveau prise d'un sentiment d'irréalité. Pendant un moment, les connexions habituelles disparurent, et elle cessa de comprendre comment étaient entrés dans sa vie ces feux ternes du soir, ces silhouettes de passants se hâtant sur les trottoirs enneigés de Rogojine, les fenêtres sans stores des maisons de bois, derrière lesquelles on distinguait depuis la rue des meubles tristes et bon marché, et des lustres allumés.

Xenia se gara à côté de l'hôtel. Nina sortit en premier et ouvrit la porte aux Espagnols. Chaque pas laissait dans la masse neigeuse une flaque bleutée, un creux aux bords unis.

– Demande-leur si la gamine leur a plu, ordonna Xenia, quand ils furent montés dans sa chambre et eurent fermé la porte à clé.

– Elle leur a beaucoup plu, répondit immédiatement Nina, déboutonnant son manteau et lissant ses cheveux en désordre.

Le miroir reflétait son visage frais et rose après le froid. C'était magnifique : elle avait aidé des gens, elle avait fait une bonne action. Maintenant, Bec-de-lièvre allait avoir des parents, et les Espagnols, une petite fille. C'est quand même mieux que de bégayer devant des étudiants de première année indifférents...

– Non, tu leur demandes. Qu'ils répondent eux-mêmes.

Bien sûr, Nina n'aurait pas dû se permettre. Elle traduisit la question de Xenia. Les Espagnols hochèrent la tête avec vivacité : ils s'étaient décidés au premier regard.

– Dans ce cas, qu'ils me donnent l'avance.

José plongea sa main dans une enveloppe de toile cirée dissimulée sous ses habits, et en sortit une grosse liasse verdâtre, encore tiède d'avoir été en contact avec son corps. Il tendit l'argent à Nina.

– Six mille euros. L'avance dont nous avions convenu.

Nina perdit contenance. Elle ne voyait pas bien le lien entre l'air vicié de l'orphelinat, l'enfant malade et la liasse entre ses mains. Machinalement, elle traduisit les mots à Xenia, lui donna l'argent, puis comprit qu'elle avait sans doute mal entendu. Six mille ? Une avance ? Pour quoi ? Pour devenir parents d'un enfant avec un œillet sur la lèvre ?

Nina allait ouvrir la bouche pour repréciser le chiffre, mais à ce moment Xenia s'assit, imperturbable, à la table, et se mit à compter la somme. Elle comptait sans se presser, humectant soigneusement ses doigts. Elle répartit l'argent en tas de cinq cents euros. Il y avait déjà non pas un, mais plusieurs tas devant elle.

Avant de reprendre la route de Moscou, ils burent un café à l'hôtel. Les Espagnols souriaient toujours aussi poliment, et Nina essayait de toutes ses forces de se montrer animée, mais elle se sentait horriblement mal à l'aise. La pile de billets qu'elle avait aidé à faire passer de dessous la chemise de José au porte-documents de Xenia avait totalement dissipé les relations particulières et chaleureuses qui, lui semblait-elle, s'étaient esquissées la veille, pendant le dîner au restaurant. Puis, par la suite, quand ils étaient allés faire la connaissance de Rita, elle ne s'était pas conduite en simple interprète : elle s'était inquiétée, se sentant pleine d'empathie. Quand elle avait vu l'horrible lèvre, elle avait vraiment eu peur qu'ils renoncent à prendre Rita. Et elle avait été fière que ses Espagnols se révèlent supérieurs aux voisins français. Mais tous ces sentiments étaient soudain effacés.

Il faisait déjà nuit dehors. Ils étaient toujours au bar, attendant Xenia.

La 4x4 fonçait vers Moscou dans l'obscurité et la tempête de neige.

Le froid s'était intensifié. Un vent fort soufflait, soulevant dans l'air une poussière de particules glacées.

Nina admirait Xenia, son sens pratique, son assurance, et son habileté à conduire cette grosse et lourde voiture à travers les rafales de neige. Xenia avait eu une journée difficile ; pendant que Nina accompagnait les Espagnols à l'orphelinat, puis pendant qu'ils buvaient sans hâte leur café, elle avait roulé en long et en large dans Rogojine, faisant la tournée des fonctionnaires avec de l'argent et des présents. La journée touchait à sa fin, tous étaient fatigués et se reposaient dans la voiture, mais Xenia était de nouveau au volant, les phares braqués dans les ténèbres, poussant devant elle ce papillon tremblant de lumière sur la route glissante, presque impossible à distinguer dans le noir. Elle transportait dans son sac à dos, dans un porte-documents de cuir noir, plusieurs milliers d'euros. Nina n'avait jamais eu une telle somme entre les mains auparavant. Même si elle additionnait tous ses salaires à l'université, ses bourses, l'argent gagné en cours particuliers – elle n'arriverait sans doute jamais à cette somme. Six mille euros, c'était estomaquant. Quelle femme étonnante ! On pouvait dire qu'elle avait des couilles !

Nina était également satisfaite d'elle-même : deux billets tous frais de cent euros reposaient dans son porte-monnaie. Deux cents euros, c'étaient deux semaines d'enseignement à l'université. Dix cours particuliers d'espagnol, ces cours qui étaient le gagne-pain de Nina depuis cinq ans. Un cours représentait une demi-journée de sa vie : la préparation, le trajet, une heure et demie seule à seul avec son élève, puis le thé et les biscuits, le retour en métro. Depuis quelque temps, les cours particuliers fatiguaient même plus Nina que d'enseigner à des groupes d'étudiants à l'université. Et si ces billets verts se mettaient à tomber régulièrement dans son escarcelle ? Mettons, deux fois par mois. Nina pourrait alors renoncer à ces élèves qui lui étaient devenus odieux, et s'occuper vraiment de sa thèse.

Après Rogojine, la route de Moscou était bordée de merveilleux sapins couverts de neige. José et Rosa n'avaient jamais vu une telle majesté, digne du pays des Tsars, une blancheur aussi parfaite. La neige se transforma en tempête glacée, avec un vent blanc qui venait heurter le pare-brise, et Nina avait l'impression qu'un immense chrysanthème immaculé s'approchait d'eux tout en s'ouvrant. Les phares illuminaient son cœur mystérieux, et des galaxies de flocons tourbillonnants scintillaient sur ses bords.

Le froid s'intensifia au cours de la nuit. Quand ils approchèrent de Moscou, les nuages s'écartèrent et la lune apparut, pleine, entourée d'un halo rond et doré. Xenia alluma la radio, et l'intérieur de la 4x4 se remplit d'une musique rythmée et primitive. Le parfum de Rosa flottait dans l'air. La neige brillait sur les champs.

Sans savoir pourquoi, Nina avait pitié des Espagnols. Elle sentait dans tout ce qui venait de se passer comme une erreur, mais aurait été incapable de dire en quoi consistait cette erreur. Elle avait fait de son mieux. Elle avait tout traduit sans omettre un seul mot, souri, parlé de la Russie. Et Xenia semblait avoir aussi travaillé consciencieusement. Personne n'avait trompé personne, les conditions avaient été définies à l'avance.

Bercée par la chaleur et le bruit discret du moteur, Nina commença à somnoler juste avant l'arrivée à Moscou. Elle ne vit pas les milliers de lumières qui apparurent dans l'aube électrique, un peu partout sur les icebergs de béton. Mais, jusque dans son sommeil, elle continuait d'éprouver un sentiment de reconnaissance envers Xenia. Une immense, affectueuse reconnaissance.

Même en réunissant tous les réverbères des rues centrales de Rogojine, il n'y en aurait pas eu assez pour illuminer la large route qu'ils empruntèrent à l'entrée de Moscou.

Deux mondes absolument séparés. C'était comme pour l'argent : d'un côté, le salaire de Nina à l'université, de l'autre, l'avance de Xenia. Des échelles totalement différentes.

Nina n'avait nulle envie de rentrer à la maison. Elle avait ressenti trop de nouvelles impressions, il lui fallait en parler à quelqu'un.

Après avoir déposé les Espagnols à leur hôtel, Nina accompagna Xenia chez elle. C'était, non loin du centre, un appartement minuscule dans un vieux quartier. Son unique chambre était confortable, sans rien de superflu, un placard soviétique, un épais tapis sur le sol. Xenia apporta de la cuisine un plateau avec des assiettes, tasses, cuillères, couteau. S'asseyant à la turque sur le tapis, elle déballa un gâteau aux cerises acheté au magasin, le coupa en deux, lançant la part de Nina dans une assiette qu'elle lui tendit, avec une cuillère. Elle prit le reste.

– Il n'était pas mal, l'Espagnol d'aujourd'hui. Une belle prestance. Sa bonne femme ne casse pas des briques.

Le gâteau était délicieux – léger, avec des cerises fraîches. Nina n'en avait jamais mangé de pareil.

– Un super repas, se réjouit Xenia, détachant un gros morceau avec sa cuillère avant de le porter à la bouche. Mais c'est la dernière fois, demain je me remets au régime.

Nina brûlait de poser encore des questions sur l'adoption.

– Je n'avais jamais entendu dire que c'est aussi cher, commença-t-elle.

– Tu veux dire les enfants ? Bien sûr, personne ne moufte là-dessus. Si quelqu'un est au parfum, y va pas le montrer. Y va simplement se faire du blé avec.

Xenia mâcha son gâteau et avala une gorgée de thé.

– L'adoption internationale, c'est une affaire en or. Sauf que ce n'est pas moi qui vais m'enrichir, voilà le hic, ajouta-t-elle, levant les yeux de son assiette et regardant fixement Nina.

– Non ? Et qui ?

– Un autre. Un vieux copain, on était à l'école ensemble. Il s'appelle Kirill. Il trouve les Espagnols, lance le processus, et tout l'argent lui revient. Moi, je ne suis qu'une « employée ». Je vais sur place, je fréquente les fonctionnaires, je fais les restaurants avec Ada, je lui soutire des enfants, mais le fric, je le donne à Kirill. Sur les six mille qu'ils m'ont payés aujourd'hui, je ne recevrai pratiquement rien. Et Kirill ne vit pas comme moi. Il est citoyen canadien, punaise, il a une villa en Espagne, avec une écurie et une piscine. J'y suis allée, j'ai vu toutes ces merveilles de mes propres yeux.

– Et tu voudrais vivre comme lui ?

– Non-on. Tu comprends, pour moi l'essentiel, c'est la liberté. Et tout ça – elle balaya de la main la chambre et le tapis épais – me convient parfaitement. J'aime vivre seule... Me lever tôt le matin et courir dans le parc. Et le soir, j'aime quand des amis viennent chez moi. Ils ne vivent pas non plus dans des hôtels particuliers. Et aucun d'eux n'est citoyen du Canada. Pour vivre comme Kirill, il faut être prêt à voir son entourage changer, et tout le reste avec – ton style de vie, ton style vestimentaire. Qu'est-ce que j'en foutrais ? Mes besoins sont modestes.

« Comme elle comprend bien les choses, se dit Nina, pleine de respect. Elle a bien raison. »

– Et comment a-t-il commencé, ce Kirill ? demanda-t-elle. Quelqu'un l'a engagé ?

– Kirill est un mystère entouré de ténèbres. Il évite d'en parler, et je ne pose pas de questions superflues. Disons-le ainsi : les personnes concernées savent parfaitement que c'est une activité fructueuse, et essaient de toutes leurs forces d'occuper le terrain. C'est la sphère d'activité la plus lucrative actuellement en Russie. (Xenia posa son assiette sur le tapis et regarda Nina bien en face.) Tu comprends ?

– Je comprends – sans trop savoir pourquoi, Nina se sentait mal à l'aise.

– Et dès que quelqu'un a compris ça, il tente d'entrer dans cette activité. D'abord un petit peu. Comme toi. Puis ça va tout seul – une chose en entraîne une autre... Trouver sa région, c'est comme trouver une mine d'or et commencer à l'exploiter.

– Et c'est difficile à trouver, une région ?

– Tu dois avoir un piston. Par exemple, tu as une amie d'enfance – une Macha Ivanova toute simplette. C'est avec cette Macha que tu as séché les cours, piqué du maquillage à ta mère ; vous êtes tombées amoureuses du même garçon, vous avez acheté des fringues introuvables au marché noir. Ta Macha n'est pas un canon, son petit ami l'a lâchée, elle a pleuré pendant trois jours, et toi tu l'as consolée. Ce genre de choses ne s'oublie pas. Puis vos routes se sont séparées : tu es entrée à l'université, tu donnes des cours aux étudiants, tu écris une thèse. Et Macha Ivanova, ton amie intime, s'est débrouillée pour se faire engager comme petite fonctionnaire au ministère de l'Éducation. Ou à la mairie de Rogojine. Ou peut-être qu'elle a fini une école pédagogique et travaille comme éducatrice spécialisée dans un orphelinat, telle une sirène paresseuse flottant au-dessus d'un trésor. Puis vous vous êtes rencontrées. Peu importe laquelle est allée voir l'autre – il n'y a aucun passif entre vous, peu importe qui a appelé en premier, qui s'est déplacé. Des amies d'enfance, c'est particulier. Et vous voici en train de boire le thé, vous vous empiffrez de pirojkis (ton amie Macha fait de bons pirojkis, elle a toujours été bonne cuisinière). Puis vous commencez à causer de tout et de rien : de vos maris, des travaux dans vos appartements, de vos anciens copains de classe. Et, bien sûr, d'argent – vous n'en avez pas assez, ni toi ni elle. Même pour un vol charter en Égypte, le compte n'y est pas. Et là, de nouveau, peu importe qui commence, toi ou elle, mais l'une d'entre vous posera tôt ou tard la question : et si on travaillait ensemble dans ce domaine si lucratif? Tu connais des Espagnols, elle peut appuyer sur plusieurs leviers. Et des orphelins, on en trouve à la pelle dans les grands espaces russes.

Xenia se tut et essuya les bords de sa bouche avec sa serviette.

– Et toutes deux, toi et Macha, vous savez parfaitement que c'est une activité qui rapporte gros. Vous avez déjà compris comment goupiller le truc. Et pour être franches, si vous vous voyez, ce n'est pas juste comme ça, même si vous ne vous l'avouez pas directement. Vous vous êtes vues parce que tu es la clé, et elle, la serrure. L'une sans l'autre, vous ne faites pas le poids, mais ensemble vous valez de l'or. Et c'est parti.

– Qu'est-ce qui est parti?

– Ta Macha ne va pas pouvoir faire le travail elle-même. C'est une femme prudente, elle tient beaucoup à sa modeste fonction au ministère de l'Éducation ou à la mairie de Rogojine. L'adoption ne représente pour elle qu'un gain accessoire, un sport. Au début, elle n'en dira rien à son mari. Elle sera assise l'air de rien dans son bureau, et t'invitera parce que tu es son amie d'enfance. Mais elle appellera où il faut, parlera à qui il faut, et pour ces services tu lui mettras ensuite des sous dans sa tirelire – tu as vu toi-même combien de piécettes ça représente. Mais ce n'est qu'une moitié du travail.

– Et l'autre moitié?

– C'est à toi de faire tout le reste. Outre le département de l'Éducation, il y a les orphelinats, pour les tout-petits et pour les plus grands, et c'est autant d'employés à amadouer. Puis le RONO, les organes de tutelle. Avec partout des personnes-clés. Puis le tribunal, l'état civil, l'OVIR[1]. L'enfant adopté doit avoir un passeport

1. Service de l'enregistrement et des visas (pour les étrangers), aujourd'hui fusionné avec le département d'établissement des passeports pour les Russes et rattaché au service russe des migrations.

international pour pouvoir partir en Espagne, et il doit être fait en un jour, pas en dix, même si c'est ce que dit la loi. C'est comme ça maintenant – tous ceux qui ont accès aux orphelins essaient d'en tirer quelque chose. Tu dois tous les dorloter. Ces gens doivent avoir envie que tu viennes chez eux, tu dois les attirer.

– Et tu as fait tout ça toute seule ?

– Non, bien sûr. J'en aurais eu pour des décennies. Kirill m'a aidée, merci à lui. Nous sommes allés ensemble à la mairie. Il leur a dit : voici Xenia, une amie à moi, accueillez-la bien. Après la mairie – au service de tutelle, à l'orphelinat. Puis, à la fin, à l'état civil, à l'OVIR, au tribunal. Il m'a prise par la main partout, paternellement. Mais maintenant il est insatiable. Au fait, je dois vous présenter l'un à l'autre : il voudrait savoir avec qui et comment nous travaillons. Inutile de t'étonner, je lui avais déjà montré l'interprète précédente.

Le voyage suivant à Rogojine eut lieu deux semaines plus tard.

Cette fois, Nina vit un foyer pour les grands, avec des orphelins de cinq à quinze ans.

Nina fut bien accueillie au département : le temps avait effacé les tensions des débuts, et sa physionomie métropolitaine n'offensait plus le naturel si sensible des fonctionnaires rogojinais. La walkyrie menaçante qui s'en était prise à son passeport était en fait un gentil cochon d'Inde aux cheveux teints dans un brun intense, et vêtue d'un habit trop ajusté de velours violet, comme le cocher du carrosse de Cendrillon. Sur ses petites pattes aux ongles aigus, taillés en triangle, on voyait briller un anneau nuptial chaste et fin.

Son nom était tout aussi doux et respectable – Lioudmila Dmitrievna.

Son autorisation en main, Nina partit pour les confins de la région. Le village de Konkovo, à une centaine de kilomètres de Rogojine, était caché sous une neige ondulante. Xenia avait refusé de s'y rendre – à quoi bon abîmer encore ses yeux sur la neige scintillante, sous un soleil aveuglant – et Nina se mit en route avec un chauffeur nommé Vitia dans un minibus de la marque Bargouzine, blanc et lisse comme une glace vanille. Ce Vitia était engagé par Kirill pour les déplacements de Xenia. Kirill mettait à disposition de l'argent pour le chauffeur, mais, dans la plupart des cas, Xenia se déplaçait toute seule et empochait l'argent. Nina ne savait pas encore que Vitia était en quelque sorte la carte de visite de toutes les adoptions de Rogojine. L'impression qu'il produisait sur les Espagnols dépassait de loin celle que pouvait faire la discrète interprète Nina ou l'efficace Xenia, qu'ils voyaient rarement et nommaient, par ignorance, « l'avocate », ce qui avait souvent fait rire l'intéressée. Vitia était l'incarnation de la solidité, de la beauté masculine et de la force, et, dès qu'ils le voyaient, les clients même les plus nerveux étaient instantanément rassurés. Un athlète de deux mètres. Avec la mâchoire de Batman et un regard honnête et direct. Le soldat libérateur du peuple des affiches soviétiques – Nina était même gênée dans les premiers temps par l'évidente beauté du chauffeur assis à sa gauche.

– Oui, Vitia est au poil, lui avait dit Xenia le soir. Je me suis même demandé autrefois : et si j'essayais avec lui ?

– Pourquoi, il avait fait des allusions ?

– Souvent. Évidemment, on dormait dans le même hôtel, on passait nos journées ensemble. Comment ne pas y penser ?

– Qu'est-ce que tu as répondu à ses allusions ?

– D'abord, j'ai pensé que j'allais accepter. Je ne suis pas de bois. Et ça fait longtemps qu'on est séparés avec mon mari. Puis je me suis imaginé les déplacements dans la région, Vitia au volant, et ça entre nous... Brrr, ça m'a dégoûtée.

– Dégoûtée ?

– Ben oui. Faut pas mélanger les torchons et les serviettes. Le travail, c'est une chose, le lit, une autre. En plus, il est marié, ajouta Xenia. Trois enfants. Et surtout, c'est un ancien chauffeur de taxi, notre Vitia.

– Et alors ?

– Pour moi ce n'est pas un « et alors », mais une chose que je garde toujours en tête.

Nina s'en étonna. Ce n'était pas la première fois qu'elle entendait de Xenia que Victor n'était pas aussi ingénu qu'il en avait l'air, parce que c'était un ancien chauffeur de taxi, et les chauffeurs de taxi sont tous les mêmes.

Elle s'était habituée à faire confiance aux jugements de Xenia, et cela lui donnait à penser. Mais ses observations ne lui apprirent qu'une chose sur la ruse du chauffeur : il était très prudent, et évitait avec soin de parler des défauts des autres. Cette particularité plaisait à Nina, qui n'y voyait en aucun cas le signe d'une personnalité dépravée.

Jamais, aux côtés d'un homme, Nina ne s'était sentie aussi solide et sûre d'elle que sur le siège avant du minibus conduit par Vitia. Pendant les longs trajets, il lui arrivait de dormir en toute tranquillité, avec une sensation d'absolue sécurité, comme quand elle était petite et que son père la couchait, et restait près de son lit jusqu'à tard le soir, un livre à la main.

Au printemps, Vitia avait aidé Nina et Zoïa Alexeevna, sa mère, à acheter sur un marché du matériel de construction – des planches, quelques feuilles de tôle, un rouleau d'isolation. Il avait choisi chaque article longuement et minutieusement, puis leur avait apporté le tout en voiture à leur datcha.

– Je vous dois combien ? avait demandé Zoïa Alexeevna quand Vitia, après avoir posé soigneusement le matériel sur la terrasse, accepté une tasse de thé et des sandwiches, se préparait à rentrer à Moscou.

– Rien du tout, répondit Vitia.

– Ce n'est pas possible. Tout travail mérite salaire...

– Je ne prendrai pas un sou, dit sévèrement Vitia, s'asseyant dans son minibus et tournant la clé de contact.

– Au moins l'essence !

– Ni pour l'essence non plus. Nina est ma collègue, et vous voulez me payer ?

Il était parti sur ces mots.

– Un homme comme on n'en voit pas assez, généreux, sensé, avait dit la mère de Nina. Un homme sur qui on peut compter.

C'était une appréciation très favorable dans sa bouche. Nina était d'accord avec elle.

Avec le temps, cependant, elle découvrit en lui beaucoup de facettes auxquelles elle ne parvenait pas à trouver d'explication, et qui la préoccupaient. Il lui semblait que des traits contradictoires se côtoyaient dans le caractère de Vitia.

Par exemple, il savait admirer sincèrement la beauté – les champs s'étendant jusqu'à l'horizon, une folle averse de juin, la forêt d'automne avec les taches pourpres et jaunes des dernières feuilles, la petite brume émeraude des bosquets de bouleaux au printemps, les maisons anciennes et vétustes de Rogojine.

– Ah, ces blés d'automne ! s'exclamait Victor avec enthousiasme. Il y en a partout ! Et ces armillaires, quels champignons ! On est heureux rien qu'à les voir ! Eh, arrêtons-nous, achetons un seau...

Et ils s'arrêtaient sur le bord de la route et achetaient un petit seau en plastique rempli de champignons soigneusement triés, mais gardant sur eux des aiguilles de pin, des araignées, et des limaces.

– Et à ma datcha, Nina, j'ai fait pousser des pastèques cette année, avouait Vitia sur un ton d'intimité, comme s'il révélait un secret enfantin drôle et saugrenu.

– C'est pas vrai ! Et elles sont parvenues à maturation ?

– Imagine-toi que oui ! Elles étaient toutes petites, mais tellement sucrées ! Presque confites.

Vitia savait contempler des cerisiers ou des pommiers en fleur, des tournesols et du trèfle. Il faisait lui-même pousser toutes sortes de légumes à sa datcha, savait ce qui devait être planté et à quel moment, lisait des journaux spécialisés.

– Les pins et les sapins, expliquait-il à Nina, doivent absolument être recouverts pendant l'hiver. Sinon, le soleil de printemps les brûlera. Et tu t'imagines, tout fleurit autour, et ton petit pin est mort...

Mais un jour, près du bureau du notaire, Nina aperçut un minuscule chiot roux, tout petit, marrant. Il clopinait sur la route – une chienne avait eu sa portée deux semaines plus tôt sous un wagon de construction. Nina posa le chiot sur sa paume, il s'y étala comme un gros beignet au beurre. Nina l'apporta à la voiture et le montra à Vitia.

– Regarde cette merveille !

Mais la réaction de Vitia fut inattendue : une expression de dégoût, presque de répugnance, apparut sur son visage. Il regarda le sourire de Nina, le chiot sur sa paume, d'un air désorienté, ne comprenant pas ce qu'on voulait de lui, ce qu'il devait admirer.

Une autre fois, ils étaient à Moscou, à la tombée de la nuit. Ils avaient déjà raccompagné les Espagnols à leur hôtel et se hâtaient de rentrer chez eux. Soudain, Nina aperçut un chat sur la route. Le chat semblait endormi, dans la position d'une tirelire en argile : les jambes repliées sous son ventre et la tête tendue en avant. Une voiture l'avait renversé, mais sans le tuer, et il était resté au milieu de la chaussée, étourdi par le choc, incapable de bouger et à la merci des autres voitures qui passaient sur la route.

– Vitia, implora Nina, arrête-toi !

– Pourquoi ? s'étonna le chauffeur.

– Regarde ce chat... Je veux le mettre au bord de la route, sinon il se fera tuer...

La même expression de répugnance était apparue sur le visage de Vitia.

– Qu'il aille au diable... Cette saleté l'a bien mérité. Laisse tomber, Nina.

Et il avait appuyé sur l'accélérateur.

Une autre fois, l'été, ils attendaient l'avion de Barcelone à l'aéroport de Cheremetievo. Le vol avait du retard. Il faisait une chaleur étouffante, l'asphalte était brûlant, et les avions en décollant traversaient une couche d'air tremblant et torride.

Nina et Vitia étaient assis au bar, lisant des journaux et buvant du kvas.

Soudain, Nina leva les yeux, parcourut du regard la salle d'attente, et aperçut des personnages singuliers. C'étaient visiblement des juifs orthodoxes, d'authentiques juifs hassidiques. Ils étaient deux, un vieillard et un jeune homme, et ils semblaient descendus d'une scène de théâtre ou venus tout droit du dix-neuvième siècle : longues papillotes, manteaux noirs, chapeaux à larges bords. Ils se rendaient à l'enregistrement – l'embarquement pour Tel-Aviv avait été annoncé dix minutes plus tôt.

– Regarde, Vitia, des juifs hassidiques ! s'exclama Nina. Je ne croyais pas que ça existait encore !

Vitia posa sa chope de kvas sur la table, baissa son journal et regarda docilement dans la direction indiquée par Nina. Elle vit à nouveau apparaître cette personne qu'elle ne connaissait pas, et qui se différenciait nettement de Vitia : un visage étranger, affreux, déformé par l'animosité. Pour la première et la dernière fois, le gentil, le poli Vitia jura devant elle, avec vulgarité, lentement, la voix rauque :

– Putain de merde, je peux pas les encaisser !

« Mais pourquoi ? », aurait voulu demander Nina, mais elle se retint : une haine séculaire incroyablement féroce s'était imprimée sur le visage, d'ordinaire beau et intelligent, de Vitia.

– Je te l'avais dit, lui répondit Xenia, peu impressionnée, quand Nina lui raconta l'histoire. Un chauffeur de taxi, ça ne se refait pas. Il n'y a pas à s'étonner.

Vitia ouvrit sur ses genoux une carte de la région aux plis usés, et étudia pensivement le trajet : d'abord traverser Rogojine, sortir sur la route de Moscou, puis tourner à gauche et prendre une longue route étroite au bord de laquelle des petits villages étaient semés en grappes, comme les baies du sorbier. Puis, à la bifurcation, prendre à droite jusqu'au village où se trouvait l'orphelinat.

Ils mirent une demi-journée à l'atteindre.

Ils commencèrent par se tromper, manquant une bifurcation au milieu des champs infinis, tous pareillement blancs, et sans le moindre élément permettant de s'orienter. Sur le chemin vicinal, leur progression était quasi nulle : des tas de neige, sur lesquels le vent rajoutait des huppes givrées, s'amassaient sur le capot. Nina s'endormit, et rêva qu'ils roulaient indéfiniment en rond, descendant toujours, comme sur une spirale.

À deux heures de l'après-midi, ils atteignirent le village, mais eurent encore du mal à trouver l'orphelinat. Quand ils demandaient leur chemin aux villageois, ceux-ci ne savaient pas que répondre et montraient souvent la direction opposée. Enfin, ils pénétrèrent dans une rue aux rangs serrés de maisons endormies, manquant de s'enfoncer dans la neige profonde de l'allée étroite qui n'avait pas été nettoyée depuis longtemps.

L'orphelinat de Konkovo faisait penser à un hôpital de province ou un poste de police : une bâtisse de brique grise sur deux étages, une cour couverte de neige. Des enfants s'élancèrent à leur rencontre. Au grand étonnement de Nina, deux fillettes d'une douzaine d'années coururent à la voiture, les yeux brillants, et se mirent à bavarder avec une évidente facilité en espagnol. Plus tard, elle apprit que des enfants de cet orphelinat étaient régulièrement invités en Espagne pour les vacances d'été. D'année en année. Certains étaient tôt ou tard adoptés, d'autres ne le seraient jamais. Ces enfants apprenaient l'espagnol, se baignaient dans la mer, s'attachaient désespérément à une nouvelle famille, puis rentraient en Russie, dans le minuscule village de Konkovo oublié des dieux, au milieu des champs.

Nina regardait autour d'elle avec curiosité. Après l'orphelinat des tout-petits aux carreaux d'hôpital, avec les uniformes et les cris des bébés, tout ce qu'elle voyait lui semblait grand, vaste et sonore. Le couloir était vide, et les voix se répercutaient sur les murs comme s'ils étaient à proximité d'une salle de gym. La peinture à l'huile bleue faisait penser à une école, sauf que c'était une école à perpétuité : on vous y amenait une fois, mais on ne revenait jamais vous chercher.

La chambre des filles, où des carrés de soleil réguliers tombaient des fenêtres, contenait deux rangées de lits identiques. Il ne faisait pas froid dehors : le doux hiver neigeux qui avait commencé lors de la première visite de Nina se prolongeait encore. Néanmoins le thermomètre, sur les murs, n'indiquait que dix-sept degrés.

Clara, la future mère adoptive, était une grosse dame aux cheveux clairs, et au type parfaitement slave. « Je sais, disait-elle avec un rire de basse, je sais que je ressemble à une Russe. Tout le monde me le dit. Et j'aime la Russie ! Et maintenant, je vais avoir une fille russe ! »

Dans le dossier de Clara, Nina avait lu qu'elle n'avait jamais été mariée, et que dans sa petite ville d'Espagne elle travaillait à la municipalité en tant que représentante d'un parti local défendant les femmes contre la violence.

– Dis-moi, avait-elle demandé à Clara, alors qu'elles prenaient un petit déjeuner rapide avant de quitter Rogojine, vos femmes sont-elles si souvent maltraitées pour qu'on éprouve le besoin de créer un parti rien que sur ce thème ?

– Elles sont maltraitées en permanence, se renfrogna l'Espagnole. À la maison, au travail, partout. On en parle dans les journaux. Nous avons organisé un comité, et si quelqu'un te touche – tu peux courir chez nous.

– Et elles sont beaucoup à venir ?

– Et comment, s'exclama Clara en s'échauffant. Bien sûr ! Elles ont honte d'aller à la police, surtout si ça se passe au travail, ou si c'est le mari. Elles ont peur. Mais nous les aidons, nous avons des psychologues, des avocats. Et en Russie, vous avez ce problème ?

– J'imagine que oui, dit Nina, pensive. Mais on n'en parle pas vraiment.

– Ça viendra ! Je pense que vous ne savez pas combien de femmes souffrent autour de vous.

– Nous ne le savons pas, répondit honnêtement Nina. Nous avons un proverbe : s'il te tape, ça veut dire qu'il t'aime. C'est une plaisanterie, ajouta-t-elle en voyant le visage congestionné de Clara.

– Une plaisanterie ? grinça la grosse dame, bouillant de colère.

Nina regrettait d'avoir amorcé cette périlleuse discussion.

Sveta, la future fille adoptive de Clara, était une gamine campagnarde épaisse, au corps très développé pour son âge. Nina pensa qu'elle faisait plus que ses six ans. Elle avait de longues jambes avec des genoux bombés, un nez retroussé, de grosses taches de rousseur pareilles à des grains de beauté.

– Bonjour, Svetlana, lui dit Nina. Cette dame est venue faire ta connaissance.

– Et qu'est-ce qu'elle m'a apporté ?

– Nous allons voir, dit Nina d'un ton encourageant. Elle a sûrement apporté quelque chose.

Très vite, la petite fille se trouva gratifiée d'une poupée en robe du soir et d'une trousse de maquillage pour enfants. Le papier cadeau bleu, sentant le savon, fut défait dans un froissement. Nina n'avait jamais rien vu de pareil : le fard, le rouge à lèvres et la poudre dans la petite boîte ne se distinguaient des cosmétiques pour adultes que par leur qualité.

La poupée avait des hanches étroites et de longues jambes, le décolleté profond de la robe faisait apparaître une poitrine aiguë. Sveta la tourna et la retourna sans hâte, à la manière d'un connaisseur difficile, la regarda sévèrement sous toutes ses facettes, ouvrant le bas de la robe et vérifiant si elle avait des culottes.

– Dans notre groupe, Marinka a la même. C'est un Italien qui la lui a offerte, conclut-elle.

Mettant la poupée de côté, elle ouvrit la trousse de maquillage, se regarda rapidement dans le miroir de poche et se passa du rouge sur les lèvres en creusant avec l'ongle pour récupérer la pommade. Elle essuya son doigt avec la serviette que lui avait immédiatement tendu Clara, creusa dans le fard violet et se pommada généreusement les joues.

– Voilà, maintenant c'est bien, dit-elle d'un air satisfait en refermant la trousse.

Avec son rouge à lèvres et ses joues teintes, Sveta avait un air adulte quelque peu effrayant.

– Parle-lui, exigea Clara. Elle nous racontera peut-être quelque chose : comment elle est arrivée ici, où elle vivait avant. Ça nous sera utile plus tard. Sveta est déjà grande, elle a sa propre histoire. Je ne veux pas qu'elle oublie sa patrie. Et je vais essayer de l'aider à conserver son russe. C'est très important, j'ai déjà réfléchi à tout ça.

– Moi j'ai une maman, dit la fillette en regardant Nina avec défi. Maman ne me laissera pas partir. Je sais que cette dame veut m'emmener en Espagne. Mais maman m'aime. Elle est gentille, c'est une bonne maman. Seulement elle vit loin d'ici et ne peut pas venir me voir. On habite à Doubki. C'est plus loin qu'Ostapovo, tu connais ?

C'est dur pour elle de venir ici en hiver, mais l'été prochain elle prendra le bus et je la verrai.

Nina ne savait pas si elle devait traduire. Clara lui faisait des signes, levait les sourcils d'un air interrogateur. Nina décida d'étouffer l'affaire.

– Elle ne se souvient de rien. Elle dit qu'elle restait souvent seule, qu'elle avait faim...

– Non, ça n'ira pas comme ça, se fâcha Clara. Nous devons en apprendre autant que possible. Si Sveta ne veut pas parler, nous demanderons au directeur, et je noterai tout.

– Pourquoi as-tu besoin de ça ? demanda prudemment Nina.

– Comment, pourquoi ? – Clara écarta les mains d'un air étonné. Quand Svetlana grandira, elle voudra tout savoir – d'où elle vient, de quelle famille. Peut-être que nous viendrons ensemble en Russie, que nous chercherons sa famille. C'est son droit le plus strict, d'en connaître autant que possible sur son passé. Nous ne pouvons pas négliger ses droits.

« Quelle idiote, pensa Nina avec dépit. Tu veux voir sa famille ? Est-ce que tu as une idée du tableau ? »

La doctoresse de l'établissement, une minuscule dame effrayée vêtue d'une blouse blanche, raconta que Sveta n'était arrivée que tout récemment dans l'orphelinat. Sa mère était en prison : elle avait tué le père de Sveta, son époux, avec un couteau de cuisine. La petite était là et avait assisté au meurtre.

La doctoresse prit congé de Clara, sortit dans le couloir en appelant Nina.

– Vous comprenez, il y a encore une chose, dit-elle à mi-voix. Je ne sais pas s'il faut en parler à votre étrangère ou non... C'est à vous de décider. Le fait est que notre Sveta a été violée avant son arrivée ici. Elle ne peut rien nous raconter, et nous ne lui posons pas de question. À quoi bon traumatiser encore cette enfant ? Ce n'est pas rare ici. Elles sont violées par leur père, leur beau-père, des invités... Généralement sous l'effet de l'alcool.

– Comment avez-vous découvert ça? dit Nina avec horreur.

Elle compta rapidement dans sa tête : Sveta avait six ans, elle était dans l'orphelinat depuis six mois, et avant vivait dans un centre de réadaptation. Cela voulait dire qu'elle avait cinq ans, voire moins, quand ça s'était produit.

– Par hasard. Sveta avait une cystite, le médecin l'a examinée et a remarqué qu'elle n'avait plus d'hymen.

– Vous êtes allés à la police? C'est un délit pénal. Et s'il y avait un fou à Doubki, qui viole les petites filles?

– Que dites-vous, ma chère – la doctoresse fit non de sa tête grisonnante. Qui voulez-vous trouver? Son père est mort, sa mère est en prison. Doubki est loin d'ici. Un minuscule village de quelques maisons, Sveta y était le seul enfant. Personne n'a porté plainte, il n'y a pas de suspect. Que voulez-vous.

» En général, ajouta-t-elle, vous n'imaginez pas ce qui se passe dans nos villages, avec l'alcool. Oui, on viole les enfants, ma petite. On voit de tout... Un adulte fait du mal à une enfant – et elle ne peut se plaindre à personne. C'est douloureux, elle a honte, elle raconte tout à sa mère, et celle-ci, pour couronner le tout, lui donne une bonne correction : tu n'avais qu'à pas leur traîner dans les pattes... C'est ta faute. Tu vois que papa est soûl – tiens-toi à distance. C'est encore pire si elle s'est fait violer par l'amant. La mère ne caftera pas pour que le mari n'apprenne rien. Si c'est le concubin qui a fait le coup, c'est la même chose : la femme ne veut pas le perdre, elle a peur de se retrouver toute seule.

La doctoresse soupira.

– Il faut demander conseil à quelqu'un, trouver comment en parler à cette étrangère. Vous ne devez pas vous tromper... C'est une histoire compliquée...

Restée seule dans le couloir, Nina composa hâtivement le numéro de Xenia.

– Si tu lui dis la vérité, elle pourrait refuser la gamine, raisonna Xenia. Si tu ne dis rien, ils ne découvriront rien avant longtemps. La petite ne devrait pas aller chez le gynécologue avant plusieurs années. Peut-être que personne ne le découvrira jamais. Mieux vaut ne pas en parler.

– Mais comment ne pas en parler? C'est très important...

– Si c'est important, parles-en. Ce qui compte, c'est qu'elle la prenne.

Sveta partit pour la sieste, Nina et Clara restèrent seules dans la pièce. Clara écouta sans mot dire. Nina la vit vieillir à vue d'œil. Elle se dit soudain que Clara pouvait être une vieille fille, toujours intacte de ce côté-là, si l'on peut dire. « Et si la petite lui faisait horreur maintenant, s'effraya Nina. Mon Dieu, pourquoi a-t-il fallu que je lui raconte tout. Je n'aurais pas dû. Xenia avait raison. »

– Clara, s'écria Nina, désireuse de réparer immédiatement son erreur, par n'importe quel moyen. Ce n'est pas si effrayant. Ne t'en fais pas. On fait des opérations chirurgicales aujourd'hui pour rétablir la virginité. Il n'y aura rien à expliquer à Sveta. Vous irez chez le médecin, ils recoudront ça discrètement. Elle a eu une cystite. Tu lui diras que c'est pour la soigner.

Clara ne répondit rien. Elle regardait, par la fenêtre, les mésanges qui se pressaient sur la corniche où pendait une mangeoire avec des croûtes de pain. Des flaques de soleil coloraient le tapis et les murs. On entendait, dehors, quelqu'un glapir sur les enfants sortis pour la promenade. La boîte ayant contenu la poupée gisait sur le sol – longue et étroite, comme si elle ne renfermait pas une poupée, mais une fusée.

Clara continua de se taire pendant qu'elles s'habillaient, et quand elles sortirent dans la cour. Pendant qu'elles disaient au revoir aux enfants essaimés sur le perron, qui les suivirent longtemps des yeux en agitant la main. « Reviens, madame ! Prends-moi aussi en Espagne ! » cria à Nina un petit garçon insolent aux oreilles en chou-fleur, découvrant des trous noirs à la place de ses dents de devant. Il n'avait pas de cheveux, sa tête rasée était couverte de profondes cicatrices zébrées de vert d'éthylène[1], et Nina se contenta de rire en agitant la main en direction du garçon, appuyant le front sur la vitre couverte de buée du minibus qui tourna devant le perron et franchit le portail. Puis ils avancèrent prudemment, tentant de ne pas s'enliser, traversèrent les champs enneigés, se perdant dans le labyrinthe des routes blanches, cherchant à regagner la route de Moscou. Clara ne pipait mot, et Nina craignait de parler la première.

La séance du tribunal n'eut lieu que deux mois et demi plus tard – le temps, pour Clara, de rassembler les documents manquants, pour Sveta de passer, à Rogojine, devant la commission médicale indispensable avant le jugement. Puis tous furent malades les uns après les autres – la fonctionnaire de tutelle, le directeur de l'orphelinat. Impossible de rien faire sans eux.

Au tribunal, Nina vit une Sveta bien différente de la petite fille qu'elles avaient rencontrée à l'orphelinat. Elle était vêtue d'habits rapportés d'Espagne, un jean, un joli pull et des baskets blanches, et ressemblait à un enfant normal, habitant avec sa famille. Une élève de CE1 bichonnée par sa maman.

La séance fut troublée par un événement imprévu : Sveta refusa de parler. Elle frottait son nez parsemé de taches de rousseur, battait des cils, et se taisait.

– Tu vas aller en Espagne avec maman ? Et si la Russie te manque...

1. Antiseptique, équivalent en Russie du Mercurochrome.

Une pause inconfortable s'ensuivit. Le juge regardait Nina d'un air désemparé. On entendit, dans le couloir, quelqu'un marcher, la porte gronda comme si on l'avait heurtée de l'épaule. Encore un peu et le silence deviendrait insupportable. Impossible d'envisager une adoption légale sans le consentement de l'enfant.

– Elle est intimidée, commença la fonctionnaire du RONO, et la salle du tribunal poussa un soupir de soulagement. Ce n'est rien. Elle a parlé tout le temps de sa maman, vous pensez. Et elle se préparait chaque jour à partir pour l'Espagne. Elle n'a pas arrêté de demander quand, quand. Sur la route, je lui ai dit : tu vas prendre l'avion, et là-bas, il y aura la mer, des poupées, des bananes. Elle était tellement contente, vous ne pouvez pas vous imaginer.

À Moscou, au moment des adieux dans le vestibule de l'hôtel, Sveta était toujours muette. Nina caressa les cheveux fins, couleur d'herbe sèche, de la fillette.

– Sois sage, dit-elle d'un ton sévère. Obéis bien à ta maman, tu me promets ?

Sveta la regarda d'un œil fixe, et d'un air fâché.

– Comment ça, tu pars ? – elle attrapa avec force la main de Nina. Ne pars pas.

– Mais je dois partir, s'effraya Nina. Il est tard, je dois rentrer à la maison. Ta maman, maintenant, c'est Clara. Tu dois lui obéir, être polie. Tu vas bientôt prendre l'avion pour l'Espagne, et tu auras des poupées. Tu comprends ?

– Ne m'abandonne pas, s'il te plaît, hurla soudainement Sveta. Ma maman, c'est toi, pas cette horrible dame. Tu es ma maman, je veux être avec toi. Je t'attendais, j'irai en Espagne avec toi. Ne me lai-aisse pas !

– Du calme, du calme, bredouilla Nina, horrifiée. Tais-toi, s'il te plaît.

Elle était réellement effrayée. Les gérants et les employés de sécurité les regardaient d'un air interrogateur.

Une horde de vieux touristes italiens, au comptoir, interrompirent leurs conversations pour tourner tous ensemble la tête vers elles. Tout le monde s'était figé, curieux. Une scène muette.

– Écoute, dit Nina à Svetlana. Tu sais lire les chiffres ?

– Oui.

– Regarde, je t'écris sur une feuille... C'est mon portable, il est tout le temps avec moi. Ici, dans ma poche. Tu peux toujours – tu entends, toujours, à n'importe quel moment du jour et de la nuit – me téléphoner. Et pendant que tu es ici, et quand tu seras en Espagne. Tu ne le perdras pas, d'accord ?

– J'ai compris, nasilla Svetlana, refusant toujours de lâcher la main de Nina. Tu viendras me voir ?

– Bien sûr que je viendrai, répondit Nina. L'été prochain, je viendrai. Bon, vas-y. Au revoir, petite Sveta.

Nina se pencha et fit une bise sur la joue mouillée de larmes de Sveta.

La fillette courut vers Clara à l'ascenseur. Nina sortit de l'hôtel et se dirigea vers le métro.

Sveta n'appela pas une seule fois. Ni de l'hôtel ni d'Espagne. Nina avait immédiatement senti qu'il en serait ainsi, mais elle était tout de même inquiète. Elle avait bien l'intention d'appeler elle-même, mais le moment ne se présentait pas : au début, elle ne voulait pas distraire Sveta de sa vie de famille, puis elle commença à se fixer un jour, mais chaque fois elle faisait une chose ou une autre à la place, et ne s'en souvenait que tard le soir, quand elle n'osait déjà plus appeler.

Elle ne composa le numéro espagnol de Clara qu'à la fin de l'été.

– Oh, Nina ! Comme c'est gentil d'appeler, se réjouit Clara – sa voix au téléphone était incroyablement proche, comme si elle répondait de la rue d'à côté et non de la lointaine Espagne.

– Comment va Sveta ?

– Superbement, répondit la grosse femme, la respiration sifflante. Elle n'arrête pas de bavarder en espagnol. Nous avons vécu tout juillet au bord de la mer, cet automne elle ira à l'école. Mais attends, je vais l'appeler, elle te racontera tout elle-même.

Nina entendit une voix d'enfant. C'était donc vrai, elle parlait déjà espagnol.

– Salut ! dit-elle, quand Sveta prit le combiné. Comment vas-tu ?

Un silence lui répondit, puis une sonnerie indiquant qu'on avait raccroché. Nina recomposa hâtivement le numéro.

– Nous avons été coupées, expliqua-t-elle à Clara.

On entendait, en arrière-fond, les sanglots désespérés de Sveta.

– Quand elle a entendu parler russe, elle a raccroché et s'est enfuie, expliqua Clara d'un ton d'excuse. Elle s'est cachée dans sa chambre et pleure.

– De quoi a-t-elle eu peur ?

– Que tu la renvoies en Russie. Pour elle, maintenant, le russe, c'est tout ce qui lui est arrivé avant. Excuse-moi, Nina, je ne peux pas discuter maintenant. Je dois aller la consoler. Tu nous rappelleras une autre fois, d'accord ?

Nina n'appela plus.

Nina eut bientôt l'occasion de vérifier que Kirill, l'ancien camarade d'école et partenaire d'affaires de Xenia, était une personne très particulière. Il demanda effectivement à faire sa connaissance. Il voulait absolument la voir, elle, pauvre interprète sans expérience, qui n'avait absolument aucune influence sur quoi que ce soit. La rencontre eut lieu entre les deux voyages de Clara – entre la première visite à Sveta et la séance au tribunal.

Au jour convenu, Nina gravit les escaliers du deuxième étage avec l'impression de se rendre à un casting. Elle avait le sentiment qu'elle ne serait pas retenue –

comme une élève passant un examen pour entrer dans une école de théâtre, ou une actrice auditionnant pour un rôle. Même Xenia ne pouvait pas vraiment expliquer pourquoi Kirill tenait à faire personnellement sa connaissance.

Selon elle, Kirill avait la manie de la persécution : il ne faisait confiance à personne, testait et retestait tous ses contacts, et, tant qu'à faire, les relations et les liens entre ses contacts. Il n'invitait jamais personne chez lui, dans son appartement avec un garde, une cheminée, l'air conditionné et un coffre-fort. Xenia y était allée une fois, grâce à son statut d'amie de jeunesse.

Kirill avait horriblement peur de Moscou. Il changeait de chapeaux dans la rue (il en portait dans un sac) pour brouiller sa trace et se fondre dans la foule, au cas où il serait suivi. « Et il y a vraiment des gens qui l'espionnent? », avait demandé Nina avec incrédulité. Xenia avait haussé les épaules. Elle ne pouvait pas imaginer qui pourrait s'intéresser aux déplacements de Kirill, et pourquoi.

Kirill avait également une obsession pathologique de l'hygiène. Dans les transports en commun qu'il lui arrivait tout de même d'emprunter de temps à autre, il refusait toujours de s'asseoir. Il essayait d'éviter les cafés et les restaurants. S'il se voyait tout de même contraint de manger en ville, il essuyait soigneusement les fourchettes et les cuillères – d'abord avec une serviette, puis avec un mouchoir. Il lavait à quatre-vingt-dix degrés des habits neufs qu'il avait lui-même achetés dans des magasins de luxe.

Le rendez-vous avait été fixé chez Xenia.

C'était la veille du 8 mars, fête de la Femme[1]. Nina quitta discrètement le banquet de sa faculté, abandonnant non sans regret les narcisses qu'on lui avait offerts dans

1. Héritage soviétique, la fête (jour férié) est très importante en Russie : il est presque impensable, pour un homme, de ne pas offrir des fleurs à ses collègues et à sa femme ce jour-là.

un vase commun où trempaient toutes sortes de bouquets.

À chaque coin de rue, on vendait du mimosa fripé, qu'on sortait des cartons par brassées, et tous les magasins et les kiosques croulaient sous les parfums bon marché et les chocolats. Les passants souriaient, les joues rouges, ayant déjà un peu bu. Il faisait quelques degrés en dessous de zéro, et la journée était hivernale, ressemblant plus à une fin de décembre qu'à début mars. Sur les fenêtres du tram, le gel dessinait les arabesques d'une floraison débridée, tropicale, et une patinoire avait été improvisée sur le trottoir ; à sa propre surprise, Nina avait pris son élan et, écartant les bras, avait glissé jusqu'au bout de la bande noire et glacée, puis sauté joyeusement sur la neige foulée.

Il n'y avait pas le moindre signe de printemps. Les mains sans gants rougissaient sous le froid ; seul le soir tombait plus tard qu'en hiver.

Kirill arriva exactement à l'heure fixée. Rien, dans son apparence, n'attirait l'attention. Un homme d'une quarantaine d'années, aux yeux rapprochés, aux cheveux châtains coupés court, vêtu d'un costume gris d'employé municipal, d'un long manteau beige avec une écharpe en flanelle. Seule la montre ornant son poignet révélait sa vraie position : une montre voyante et luxueuse, avec un gros bracelet en or. En d'autres termes, il ressemblait à un homme d'affaires comme on en rencontre tant à Moscou, et Nina ne parvenait pas à lier cette apparence plutôt anodine avec les étranges récits de Xenia. Même sa façon de sonner à la porte, à coups brefs et saccadés, correspondait bien à ce personnage d'homme d'affaires.

En l'honneur de la fête des Femmes, Kirill avait amené un bouquet de roses emballées dans du plastique qu'il tendit à Xenia. Il n'y avait qu'un bouquet, même s'il rencontrait – et il le savait parfaitement – deux femmes.

– Il n'en manque pas une ! Comprends bien qu'il n'a pas fait ça par simple distraction, s'amusa Xenia le lendemain. S'il n'a apporté qu'un seul bouquet, c'est qu'il y avait une raison. C'est tout à fait son genre : il fait quelque chose, et tu peux passer la semaine à te creuser la tête pour comprendre où il voulait en venir.

Quand il était entré, Kirill avait examiné attentivement l'unique pièce de l'appartement, comme s'il venait pour la première fois.

– Je pense que Xenia vous a déjà mise au courant, commença-t-il, s'asseyant sur le canapé derrière une petite table basse, et approchant de lui une tasse de café. Il inspectait la nouvelle traductrice avec beaucoup d'attention, par en dessous. Nina se recroquevilla sous son regard, comme si elle n'était pas devant un simple mortel, mais face à Kocheï, l'horrible sorcier des contes russes.

– Oui, plus ou moins...

– Vous connaissez ce travail ?

– En gros, répondit timidement Nina, sentant qu'il y avait un piège.

– Vous avez déjà travaillé avec d'autres intermédiaires ?

La question était inattendue.

– Non, je n'ai jamais travaillé dans le domaine de l'adoption.

– Vous voulez dire que vous n'avez jamais travaillé dans le domaine de l'adoption comme indépendante, souffla Kirill. Mais peut-être que vous avez travaillé pour des agences ?

– Non, je n'ai jamais travaillé pour une agence.

– Est-ce que vous connaissez un dénommé Vadim ?

– Je n'ai jamais entendu parler de ce Vadim.

– Et Evelina ?

– Je ne connais aucune Evelina...

Cet interrogatoire commençait à peser à Nina.

– Combien voudriez-vous recevoir par mois ? Je veux dire en euros.

Nina se troubla. Elle marmonna quelque chose d'incompréhensible comme une étudiante qui a tiré un sujet inconnu à un examen :

– Heu... Je n'y ai pas du tout réfléchi...

– J'ai reçu de bons échos sur votre travail, vous avez bien débuté. Avec le temps, le champ de vos responsabilités devrait s'élargir. Xenia vous donnera des informations, que vous traduirez et enverrez par courrier électronique en Espagne. Ou le contraire : vous devrez traduire en russe et transmettre à Xenia. On vous paiera pour ce travail. Quel salaire vous conviendrait ?

– Je dois demander conseil..., balbutia Nina.

Elle avait déjà fini son café, mais elle porta machinalement la tasse vide à sa bouche. Elle avala une gorgée de marc, amère et désagréable.

– Inutile de demander conseil. Je vous propose trois cents euros par mois. Le travail est facile : vous recevez des informations, les traduisez, les transmettez.

C'était une somme astronomique pour Nina.

– Oui, je suis d'accord, répondit-elle.

Après quoi Kirill sembla se désintéresser de Nina et se tourna vers Xenia. Pendant un certain temps, ils discutèrent tranquillement des fonctionnaires de Rogojine, mentionnant quelques noms. Nina les écoutait distraitement. Soudain, Kirill s'adressa de nouveau à elle, très attentif à sa réaction :

– J'espère que vous n'avez pas de dictaphone avec vous ?

Nina était estomaquée. Elle avait l'impression que l'instant d'après cet homme étrange allait lui demander de retourner ses poches et de renverser sur la table le contenu de son sac à main. Ou peut-être qu'il plaisantait et que toute la scène était un canular ?

Mais Kirill ne pensait pas à plaisanter. Il était parfaitement sérieux.

– Comprenez bien, heu... Nina. Maintenant, vous êtes notre collaboratrice. Vous ne devez travailler qu'avec nous, et vous soumettre à nos exigences et à nos conditions.

– Quelles exigences et quelles conditions ?

– Avant tout, gardez bien ça en tête : interdiction de raconter à un tiers ce que vous voyez et entendez.

Deuxièmement : vous n'avez le droit de collaborer qu'avec nous, et avec personne d'autre.

– Mais je travaille, fit remarquer Nina. J'enseigne à l'université. Je n'ai plus le droit de le faire ?

– Je ne parle pas de votre travail principal, répondit Kirill. Je parle de travailler dans le domaine de l'adoption internationale. À partir de maintenant, vous n'avez plus le droit de collaborer avec d'autres intermédiaires ou avec des agences.

– C'est d'accord, je ne collaborerai avec personne d'autre, dit Nina. D'ailleurs, je ne connais personne.

– Parfait. Donc, nous venons de conclure un accord – oral – avec vous. Je souligne qu'il s'agit d'un accord oral, parce que c'est notre principe de ne rien fixer par écrit. Tout se passe entre nous, sans notes.

» Et encore quelque chose, ajouta-t-il, au moment où Nina s'apprêtait à sortir et enfilait déjà son manteau dans l'entrée. (Kirill restait chez Xenia, il voulait encore discuter avec elle après le départ de Nina.) Il ne faut jamais parler d'argent au téléphone, ni sur le portable ni sur le fixe. Jamais. Retenez bien ça : tout est sur écoute.

En sortant de chez Xenia, Nina remonta lentement la rue. Elle n'avait pas envie de descendre dans le métro. Elle sentait toujours la tension qui était montée lors de cette discussion désagréable, mais elle ne pouvait pas s'expliquer ce qui l'avait tant alarmée. « Tout va bien, essayait-elle de se rassurer. Tout va même très bien... » Mais elle ne pouvait se débarrasser d'un pressentiment désagréable.

Puis Nina se souvint qu'elle n'avait même pas goûté le gâteau raffiné posé sur la table, choisi avec Xenia au supermarché, et elle le regretta comme une gamine...

Elle dépassa lentement la station de métro, les bouquets de mimosa et les premières tulipes gelées, et entra dans un café de la chaîne Chokoladnitsa. Elle s'assit à une table à côté de la fenêtre et commanda le dessert le plus cher qu'elle trouva dans le menu. Elle pouvait maintenant se permettre tout ça – le café glacé avec de la liqueur et une épaisse crème fouettée, et un dessert à plusieurs étages dans un joli verre. Maintenant qu'elle était l'agent personnel de Kirill. Des pieds à la tête, en tout temps.

La nuit tombait dans la rue. Une neige légère et floconneuse tombait lentement. C'était l'heure de pointe, un embouteillage paralysait les voitures sur la route à huit voies, elles formaient une rivière de phares rouges.

On apporta l'addition à Nina. Ce n'était pas une petite somme, mais elle avait l'avance que Kirill lui avait donnée une heure plus tôt. Elle sortit plusieurs coupures et les donna à la serveuse.

L'argent lui apportait de nouvelles sensations. Elle sentait un poids, comme si on touchait ses épaules en appuyant légèrement. Le poids de ces mains invisibles provoquait un inconfort inhabituel dans son corps. « C'est vraiment étrange », se dit-elle. Ses épaules tombaient, comme si elle portait soudain un énorme sac à dos. Se pourrait-il que l'argent ait un poids ?

Elle se souvint qu'un jour, pendant son séjour d'étudiante à Barcelone, elle s'était retrouvée sans le moindre argent. Elle avait reçu au début de ce séjour d'été, comme d'autres étudiants moscovites, une bourse de l'université, mais un peu avant la fin du mois, et bien qu'elle eût économisé à l'extrême, la somme s'était trouvée épuisée. À la veille de son départ, Nina était partie se promener en ville. Elle avait décidé de parcourir tout le centre, quartier après quartier, pour faire ses adieux à Barcelone. Soudain, sur l'une des places, elle avait senti une légèreté inhabituelle. Elle n'avait jamais rien éprouvé de pareil pendant les quatre semaines de vie insouciante dans cette ville, et soudain elle se promenait comme si elle était prise dans un courant d'air chaud, de rue en rue, de place en place. Elle se laissa emporter, toujours plus loin, dans les vieux quartiers, sa robe de soie s'envolait au vent, et elle la retenait de la main. Elle avait l'impression que, quelque part au milieu des maisons, des mouettes criaient, et l'odeur de la mer lui parvenait... Elle ne voulait rien obtenir de ce monde, de cette ville – elle l'aimait simplement et prenait congé d'elle...

Pour longtemps ? Peut-être pour toujours.

– Tu n'as pas plu à Kirill, lui annonça joyeusement Xenia, au téléphone, le lendemain.

« Je le savais, pensa Nina avec indifférence. Bon. Ça aura fait long feu. »

– Il dit que tu es trop passive. Il m'a posé la question directement : « Elle n'est pas un peu passive, ta Nina ? » Je lui ai répondu : pas trop. Je n'ai pas besoin de gens trop énergiques. Ça ne rapporte que des ennuis. Au fait, on repart à Rogojine la semaine prochaine. Deux jours. Alors prépare-toi.

Prépare-toi. Facile à dire.

Quitter son travail pendant deux jours exigeait de Nina une gymnastique intellectuelle épuisante. Il fallait demander un remplacement, déplacer les cours, les préparer plus tard, faire semblant d'être malade. Inventer une raison valable pour ne pas apparaître à l'université pendant deux jours entiers. Et soudain, tout ce qui occupait les journées de Nina, qui avait donné un sens à sa vie ces dernières années, qui était son but, ce à quoi elle se préparait et ce qu'elle désirait, se transforma en entrave.

« Je dois en parler avec Madame Vostokova, se dit Nina le lendemain, pendant que ses étudiants rédigeaient un travail individuel. Elle me comprendra. Car Rogojine – c'est tant de choses à la fois, aider des enfants, gagner de l'argent, et pratiquer la langue. Elle me comprendra certainement. »

Lorsque, de nombreuses années auparavant, Nina avait aperçu Madame Vostokova pour la première fois (c'était juste après ses examens d'entrée), elle s'était dit qu'elle venait de voir passer la grande Anna Akhmatova en personne dans le couloir de la faculté des lettres. « Qui est-ce ? avait-elle demandé quand l'apparition s'était évanouie au détour du couloir, laissant son parfum flotter derrière elle. – Comment, tu ne sais pas ? Mais c'est la Vostokova », lui répondit-on.

Nina avait lu tous les livres, les articles et les monographies de Madame Vostokova, et se la représentait bien telle qu'elle était : un port noble, un visage sévère et sans âge, un tailleur raffiné, sans doute d'un célèbre couturier européen.

Eva Gueorguievna Vostokova ne ressemblait pas à un professeur ordinaire. Malgré sa popularité auprès des étudiants et la quantité de travaux publiés, connus de tous ceux qui s'intéressaient à la culture espagnole, elle avait un statut d'enseignante ordinaire avec doctorat et ne désirait pas diriger la chaire d'espagnol, bien qu'on lui ait proposé cette place à plusieurs reprises. Elle n'exprimait aucun intérêt pour les séjours et les stages à l'étranger que les autres s'arrachaient, ne participait pas à la bataille humiliante pour les leçons « payantes » dont tous les professeurs rêvaient. Chaque fois qu'elle rencontrait Eva Vostokova, Nina ressentait un léger choc, comme si elle la voyait pour la première fois, tant son apparence royale se démarquait des auditoires minables de la faculté des lettres et de la vie ralentie de la chaire d'espagnol, pareille à une mare se laissant lentement envahir par les algues, une vie que Nina s'était mise petit à petit à prendre pour le prolongement de la sienne propre.

Une distance invisible séparait Eva Vostokova des autres enseignants de la chaire. Nina ne pouvait pas expliquer ce qu'était cette distance, elle n'essayait même pas : c'était l'abîme métaphysique inexplicable qui sépare les mortels peuplant notre pauvre terre des habitants des cieux.

Nina ne manquait aucun cours d'Eva Vostokova – ni ceux de son niveau, ni ceux destinés à des étudiants plus avancés. C'étaient des cours inhabituels. Ils ne ressemblaient pas aux cours académiques dispensés à l'université. Strictement parlant, ce n'étaient pas des cours, mais de vraies performances, auxquelles participaient le conférencier, les étudiants, et, avant tout, l'auteur étudié et ses œuvres. Il était impossible de prendre des notes à un cours de Madame Vostokova. Chaque fois, Nina ouvrait consciencieusement son cahier et sortait un stylo, mais les deux heures académiques s'envolaient sans qu'elle ait pu écrire une ligne; en revanche, on pouvait voir un dessin fantastique que la main ensorcelée avait tracé sur le papier quadrillé, montrant bien qu'elle était tombée sous le pouvoir hypnotique de l'extraordinaire conférencière.

Peut-être qu'Eva Vostokova avait réellement un talent d'hypnotiseur. Comment expliquer autrement qu'elle réussisse à transporter ses étudiants du milieu des années quatre-vingt-dix, de la Moscou vaseuse du dégel printanier, à l'été madrilène brûlant de 1925, quand le poète Federico García Lorca lisait ses vers à un public frappé d'extase. Là-bas, à Madrid, il avait fait la connaissance du futur réalisateur Luis Buñuel et, plus important encore, du peintre Salvador Dalí, dont il avait été l'ami de longues années. Qu'est-ce qui liait Lorca et Dalí, l'amitié, ou quelque chose d'autre? Lorca était toujours représenté comme le chantre de l'Espagne populaire, comme un rebelle et presque un communiste, mais quelle était cette ombre insaisissable qu'on devinait dans ses poèmes?

Personne n'en parlait dans les préfaces de ses recueils parus à l'époque soviétique, et Nina ne pouvait que se perdre en conjectures. Peut-être que seul Dalí savait de quoi était fait le génie poétique de Lorca, ce qui se cachait sous les clichés dont la culture traditionnelle l'avait très vite affublé. Dalí se moquait de l'image de « chantre de l'Espagne » et n'avait jamais pris au sérieux ses poèmes « populaires », toutes ces *seguidillas* et ces *cante jondo* qui ont fait la célébrité de Lorca.

Pendant deux heures académiques, Nina vécut à travers les mélodies et les couleurs du monde créé par Lorca, comme si s'ouvraient à elle des espaces secrets où ses vers incomparables et intolérables continuent de vivre, à jamais.

Enfin, elle vit la dernière nuit, celle de l'exécution de Lorca.

On estime généralement que c'était une nuit étoilée, claire, avec un ciel haut, que les grenouilles coassaient, que les oliviers frémissaient et qu'une lune immense scintillait, comme dans le *Romancero gitan*, que c'était une vraie nuit de poèmes de Lorca. En fait, la lune était décroissante, le ciel nuageux et opaque, et le meurtre du grand poète eut lieu dans des ténèbres profondes.

« Je ne vieillirai jamais, jamais », écrivit Lorca dans l'une de ses lettres. Et il avait raison.

À la fin du cours, revenant lentement dans l'auditoire et distinguant déjà, à la place des oliviers d'Andalousie, les dos courbés des étudiants, Nina ne pouvait pas vraiment expliquer ce qui lui était arrivé.

« Séville pour blesser. Cordoue pour mourir. » Nina sentait ces mots battre dans ses tempes, pulser dans ses gencives, et elle devinait l'existence de quelque chose d'immense, de bien éloigné des disciplines académiques si familières, de la confortable phonétique, de la linguistique comparée et de la littérature étrangère : c'était l'inspiration, la tristesse et l'amertume qu'on lui avait fait éprouver ce jour-là. Elle comprenait que, en dépit de tout, il ne fallait pas avoir peur des mots fatigués, lourds, tels que « cendre », « cœur », « rose » et « mort », qu'il fallait simplement les entendre comme si c'était la première fois, en découvrant les vers d'un poète nommé Federico García Lorca.

Nina ne se considérait pas comme une étudiante douée. Ses résultats n'étaient pas particulièrement remarquables, et la plupart des professeurs la déstabilisaient facilement par une question inattendue. Elle ne se distinguait en rien de ses pairs, mais un jour, en septembre, quand le groupe d'étudiants russes rentra d'Espagne, Eva Vostokova, qui avait organisé ce séjour onéreux, demanda à chacun d'écrire un petit texte sur ses impressions.

Le récit de Nina se concentra entièrement sur une excursion à Grenade et au village de Fuente Vaqueros, où Lorca était né. Le texte, plutôt simple, se terminait par les mots suivants :

« [...] Federico García Lorca est un poète de la tristesse. Même les mots rimant avec son nom sont tristes, orphelins. Lorca, *korka* (quignon de pain), *kamorka* (chambrette). *Khlorka* (le chlore) est aussi un mot horriblement triste. On sait que près de la maison natale de Lorca poussait un bosquet de peupliers. Lorca aimait ce bosquet, dans son enfance il parlait aux peupliers, puis il a beaucoup écrit sur eux ("Les hauts peupliers s'en vont, mais ils laissent leur reflet. Les hauts peupliers s'en vont mais ils nous laissent le vent", etc.). Or cet été, j'ai découvert que les peupliers du bosquet préféré de Lorca étaient plantés non de façon irrégulière, comme c'est généralement le cas, mais en plates-bandes, comme des betteraves ou des carottes. De très longues plates-bandes absolument désespérées, qui excluent toute promenade. Les peupliers de ces plates-bandes s'en vont réellement quelque part – comme s'ils avançaient à la queue leu leu, chacun soufflant dans la nuque de celui qui le précède. Impossible de marcher parmi eux – ils sont presque ininterrompus, avec un espacement minuscule entre les troncs. Comme le chat orphelin, qui a quatre pattes une queue, ne le toucherez pas même un peu[1]. »

Ayant parcouru le texte du regard, Eva Vostokova fronça les sourcils, plia la feuille en deux et la garda.

Quelque temps plus tard, à la grande surprise des étudiants et des enseignants, Nina Koretskaïa devint la seule étudiante du groupe à être admise sous la tutelle personnelle de Madame Vostokova : elle fut sa directrice de mémoire, puis de diplôme.

Elle approuva son sujet de thèse, lui organisa un stage d'assistante en Espagne, lui promit une place à la chaire de littérature étrangère, et dans l'intervalle lui proposa – provisoirement – un modeste poste d'enseignante d'espagnol.

Nina craignait de parler de son nouveau travail au professeur Vostokova. Mais qu'adviendrait-il le jour où elle ne pourrait trouver de remplaçant ? Il ne lui resterait plus qu'une solution : laisser tomber le voyage à Rogojine, aux dépens des Espagnols, de Xenia et de Kirill. Il fallait à tout prix éviter cela, se disait Nina. Il fallait trouver une solution. Et, pour commencer, parler à Eva Vostokova.

Le soir du jour où la grosse Clara et la petite Sveta s'envolèrent pour l'Espagne, Nina rentra tard à la maison. Tout était comme la veille, la cage d'escalier empestait le pipi de chat et la chaux travaillée par l'humidité, mais Nina sentait qu'imperceptiblement tout avait changé.

1. Prière d'une gamine de la *République Chkid*, livre pour la jeunesse sur un orphelinat d'après la révolution paru en 1927 (les auteurs, Grigori Belykh et Leonid Panteleev, étaient eux-mêmes issus de cet orphelinat).

Le calme régnait dans l'appartement. Nina entendait le tic-tac de l'horloge à la cuisine. Sa mère était dans sa chambre, assise devant l'ordinateur. Impossible de lui parler de Sveta, de lui confier ses impressions sur son voyage. Sa mère était très occupée : elle devait rendre un nouvel article scientifique et, semble-t-il, n'avait même pas remarqué l'absence de sa fille.

– Maman, bonjour ! cria Nina.

Sa mère lui tournait le dos, les yeux fixés sur l'écran. Du couloir, Nina apercevait le scintillement artificiel de l'ordinateur, la nuque grise et la veste de tricot reprisée qu'elle connaissait depuis son enfance.

– Bonjour. Il y a des pommes de terre sur la cuisinière et des saucisses dans le congélateur, répondit sa mère sans tourner la tête. Tu peux m'en réchauffer une portion par la même occasion.

Nina réchauffa les pommes de terre, lança dans la casserole d'eau bouillante les saucisses givrées et dîna seule, sachant parfaitement que sa mère viendrait plus tard, mangerait à la hâte le dîner refroidi et retournerait à son ordinateur avec une tasse de thé.

La mère de Nina, Zoïa Alexeevna Koretskaïa, était zoologue. Et pas une simple scientifique : un véritable héros de la science.

Elle passait ses étés en expédition dans le Grand Nord ; le reste de l'année, elle enseignait à l'université et exploitait le matériel scientifique amassé pendant les expéditions.

Dans le souvenir de Nina, les étés représentaient à jamais un intervalle vide de solitude. L'intervalle se répétait d'année en année et durait deux mois, de juillet à septembre. La petite Nina était remise à sa grand-mère, et, devenue temporairement orpheline, courait dans les interminables rues et avenues en damier de la coopérative de datchas, grattait ses piqûres de moustique, rangeait des scarabées dans des bocaux pour sa collection, et s'ennuyait de sa mère sans discontinuer. Depuis ce temps, l'été signifiait pour Nina cette angoisse de l'attente inutile, qu'elle ne pouvait alors tromper avec rien – ni avec les collections de scarabées, ni avec les livres, ni en jouant avec les enfants des voisins.

Zoïa Alexeevna et le père de Nina s'étaient séparés d'un commun accord – calmement et, comme on dit, de façon civilisée. La science ne leur laissait de temps et de sentiments ni l'un pour l'autre, ni pour la vie de famille et, dès que Nina eut un peu grandi, son père déménagea de la gare de Biélorussie à la périphérie de Moscou chez sa mère, la grand-mère de Nina.

Autrefois, ses parents passaient tout leur été dans la taïga, vivaient dans une minuscule station biologique et étudiaient le comportement des loups. Parfois, Nina regardait sur Google Maps les lieux où sa mère avait travaillé. Elle entrait les latitudes nécessaires, et l'écran de l'ordinateur devenait d'un vert uni : sur les centaines de kilomètres de taïga, on ne voyait pas une ville, pas un village, une route ou un autre signe de présence humaine, et seule la ligne noire du fleuve Amour, dans le coin supérieur de la carte, apportait une touche différente au paysage émeraude. C'est dans ces espaces que sa mère passa sa jeunesse. Elle suivait les loups à la trace, installait son poste d'observation près de leur tanière, les apprivoisait, et elle apprit même à hurler comme un loup au point que les chiens domestiques, terrifiés, dressaient le poil et rentraient la queue entre les jambes.

Cependant, avec le temps beaucoup de choses changèrent dans la vie de Zoïa Alexeevna, et tout son intérêt scientifique se tourna vers les mammifères marins, les signaux acoustiques qu'échangent les phoques, les morses, les loutres et les veaux marins vivant dans le Grand Nord, dans une eau glacée. Dans leurs gîtes, entre les rochers, ils discutaient entre eux comme des êtres humains. Avec l'aide de sons ressemblant au mugissement du taureau, le mâle défend son territoire et son harem contre d'autres mâles, avertit les femelles de son désir de copuler, prévient les habitants du gîte d'un danger. Les femelles appellent les petits, et les petits répondent à leur appel.

Zoïa Alexeevna grimpait vers ses animaux sur des rochers glissants et les enregistrait sur son magnétophone.

La mère de Nina soignait ce magnétophone plus que sa propre vie. Elle avait raconté à sa fille qu'un jour, alors qu'ils se rendaient en canot à moteur sur une côte sauvage où vivaient des loutres, ils avaient été pris sous une vague frontale mortellement dangereuse – un petit tsunami tel qu'il en passe parfois sur la mer tranquille, s'écrasant de toute sa masse sur la côte. Le canot sombra instantanément. La mère de Nina n'eut même pas le temps d'avoir peur, elle s'étonna simplement de la rapidité avec laquelle le petit vaisseau s'enfonça vers le fond, et ne put que constater à quel point il était fragile, précaire. L'instant d'après, elle avait de l'eau jusqu'au cou. Elle eut une chance incroyable. De nombreuses circonstances lui vinrent en aide, comme si l'ange gardien des zoologues de terrain les avait réunies à l'avance : le canot sombra près de la rive, c'était la marée basse, et l'eau n'était pas trop profonde, de telle façon que la mère de Nina n'eut qu'à marcher tranquillement jusqu'aux rochers de la berge, en fendant de tout son corps l'eau noire et lourde, tandis que, sur la terre ferme, d'autres membres de l'expédition déjà présents vinrent la sortir de l'eau, firent un feu, l'aidèrent à se changer. Si une seule de ces conditions favorables avait été exclue de la liste de l'ange gardien, Zoïa Alexeevna aurait bien pu périr : dans la mer des Laptev, la température ne dépasse pas les six degrés en juillet.

Mais, dans ce récit, ce qui avait le plus frappé Nina avait été le premier instant, quand le canot s'était retourné : sa mère, debout dans l'eau qui lui arrivait au menton, tendit les mains au-dessus de sa tête, portant à bout de bras son magnétophone avec les enregistrements d'animaux.

Depuis toute petite, Nina n'aimait pas les mammifères marins de sa mère. Les loups de la taïga lui semblaient bien plus sympathiques. Et tout le monde connaissait leurs signaux sonores. Nina ne pouvait pas comprendre comment des bêtes froides et lourdes pouvaient à ce point accaparer et passionner un adulte sensé. Un jour, dans son enfance, elle avait entendu sa mère dire que les cadavres des loutres ou des morses restaient sur la berge, et que leurs congénères ne les évitaient pas, au contraire, ils grimpaient volontiers sur la carcasse gonflée, profitant paisiblement de la chaleur dégagée par la putréfaction intensive se déroulant à l'intérieur de l'animal. Les petits jouaient avec les cadavres de bébés et se hissaient sur les cadavres adultes pour en glisser dans l'eau comme sur un toboggan.

Surtout, Nina ne comprenait pas le romantisme du Grand Nord que sa mère aimait tant.

Un hélicoptère déposait les membres de l'expédition sur une côte sauvage et désertique, à l'embouchure des fleuves Kolyma ou Iana, où les attendait une petite cabane rudimentaire appelée *balok*.

La mère de Nina vivait dans ce balok deux mois durant.

La nature de la toundra prenait vie uniquement en été, et pour quelques semaines seulement. La nuit disparaissait complètement, et un jour pâle d'été polaire occupait le ciel vingt-quatre heures sur vingt-quatre. La toundra se couvrait de fleurs – de petites marguerites et de minuscules pavots avec des pétales fins et tremblotants, à l'aspect pitoyable. En examinant les photos, Nina n'en croyait pas ses yeux : la plaine lugubre, qui semblait un désert brun de l'avion, se transformait au printemps en steppe constellée de fleurs. Comme il faut peu à la terre pour réveiller ses graines somnolentes – un peu de soleil pâle, qui ne chauffe presque pas, et à peine dix degrés

Celsius... Mais même l'été, presque tous les jours étaient couverts, humides, sous le *bous* – c'est ainsi que les habitants de la toundra nomment le mélange de brume et de pluie dont les gouttes se fondent dans l'air et tombent sur la terre. En revanche, les rares heures où le brouillard se dissipait, où le soleil apparaissait, la toundra se transformait. Le ciel devenait haut, d'un bleu intense, et des centaines de minuscules lacs formés par la glace fondue s'enflammaient. Un jour, la mère de Nina photographia cette toundra d'été depuis l'hélicoptère. Sur un fond vert scintillaient des miroirs d'azur et d'or : la toundra s'était réveillée, avait ouvert ses yeux clairs et purs.

La mère de Nina avait encadré cette photo et l'avait accrochée au-dessus de sa table de travail...

Un jour, elle apporta à Nina un cadeau, un morceau d'or qu'elle avait trouvé par hasard et gardé comme souvenir. C'était une vraie pépite, une goutte de soleil brillant grande comme un grain de raisin. Zoïa Alexeevna l'avait découverte sur la rive du fleuve Iana : quelque chose brillait dans l'épaisse boue grise dans laquelle ses bottes s'enfonçaient jusqu'à la cheville, elle s'était baissée et l'avait ramassée. Selon la loi, l'or aurait dû être immédiatement confié à l'État, mais la mère de Nina avait trompé l'État et emporté la pépite avec elle à Moscou pour l'offrir à sa fille. L'État n'avait rien à voir là-dedans : un tel trésor, selon la croyance locale, est un don du Grand Nord lui-même aux personnes qui lui ont plu.

La goutte de soleil de la Kolyma ne quitta pas le coffret de Nina : les spécialistes du Grand Nord estiment qu'il est de mauvais goût d'aimer l'or ou de porter des bijoux en or, et Nina avait assimilé cette règle depuis son enfance, comme elle avait assimilé à jamais des connaissances sur le Grand Nord que sa mère, bon gré mal gré, lui avait transmises.

– Maman, pourquoi tiens-tu à aller dans cette Kolyma ? ne put-elle s'empêcher de demander un jour à sa mère.

L'île Sakhaline, le Kamtchatka, et même la Tchoukotka, tous ces espaces lointains des confins de la Russie, où l'on trouve des mammifères marins en suffisance, lui semblaient bien plus attirants que les trous paumés que sa mère affectionnait particulièrement. Quant à la taïga, où Zoïa Alexeevna avait travaillé auparavant, Nina en avait toujours rêvé. Le mot « taïga » était merveilleux, celui de « Kolyma », au contraire, effrayant et repoussant[1].

– Les gens quittent ces régions dès qu'ils le peuvent, et toi, au contraire, tu en rêves. Et puis, que trouves-tu à ces phoques ? Les animaux des forêts sont bien plus sympathiques. Pourquoi as-tu renoncé à eux ? Si tu étais émerveillée par la taïga, je pourrais te comprendre. Et ton fleuve Iana ? Tu le dis toi-même, là-bas il y a cinquante centimètres de terre, puis le permafrost. Pas besoin d'acheter un frigo.

– La taïga est un endroit extraordinaire, admit sa mère. Mais, vois-tu, elle plaît à tout le monde : tout le monde comprend sa beauté. La Kolyma n'est pas pour tout le monde. Il faut s'y faire, et ce n'est pas donné à tous. Mais si un jour tu ressens de la tendresse pour la Kolyma, c'est pour toute la vie. Et puis, tu t'imagines ce que c'est que la taïga en juillet ? Non. Parce que tu ne connais pas les moustiques de la taïga, personne ne sait ce que c'est. Moi, je sais. Il fait jour, tu regardes la forêt, et il te semble que tu as un bas de nylon devant les yeux. La visibilité est mauvaise, il y a trop de moustiques. Et les isbas de bois semblent recouvertes de poils : ce sont les moustiques amassés sur le toit et les murs. Un jour, j'ai failli m'enfuir, ils nous dévoraient vivants, moi et ton père. Littéralement.

---

1. La Kolyma, outre des conditions climatiques particulièrement éprouvantes, évoque les plus terribles goulags soviétiques (voir notamment les *Récits de la Kolyma* de Varlam Chalamov).

Les photographies que Zoïa Alexeevna montrait à sa fille, les histoires étonnantes que Nina entendait depuis son enfance, éveillèrent en elle un sentiment aigu, profond, une sorte de nostalgie. Mais elle n'avait pas l'intention de laisser libre cours à cette nostalgie. Depuis sa plus tendre enfance, Nina éprouvait une sorte de jalousie à l'égard du Grand Nord : les séjours dans le Nord étaient, pour ses parents, bien plus importants que leur petite fille, qui restait toujours à l'arrière-plan, après les thèses, les articles scientifiques, les vols longue distance et les appareils acoustiques.

Selon Zoïa Alexeevna, les gens n'existaient que pour une chose : se dédier entièrement à une cause importante, qu'on a reconnue pour sienne à un moment donné. Elle estimait criminel de la trahir au profit d'autres choses moins importantes, pas directement liées à la cause, et parfois préjudiciables à celle-ci.

C'est pourquoi il était inutile de demander conseil à sa mère sur la meilleure façon de concilier l'université, sa thèse et Rogojine. Pareille discussion risquait de provoquer un de ces accès, parfois difficilement contrôlables, d'agacement mutuel.

L'hiver s'en alla, laissant place à un printemps glacial et couvert.

Le début du mois d'avril fut quant à lui doux et humide, sans pour autant évoquer l'éveil de la nature : les corbeaux croassaient trop mélancoliquement, et l'air ne sentait pas le printemps, mais la saleté détrempée et les merdes de chien qui apparaissaient çà et là sur la terre nue. Le gel et les tempêtes de neige avaient fait rage jusqu'à la mi-mars. La neige ne fondit définitivement qu'à la fin avril.

Pendant plusieurs mois, jusqu'en juillet, Nina se rendit à Rogojine toutes les deux semaines. Ce genre d'horaire lui convenait parfaitement. Au départ, elle dut, non sans difficulté, déplacer et remplacer les cours, mais au deuxième semestre l'université lui facilita soudain la tâche : les visites à Rogojine avaient lieu les lundis et mardis, et les cours à la faculté les mercredis, jeudis et samedis. Il ne lui restait presque plus de temps libre, mais deux fois par mois elle recevait deux cents euros, plus une fois trois cents, ce qui lui permit de se passer enfin des cours particuliers. Plus important encore, ses déplacements lui plaisaient de plus en plus : à son grand étonnement, Nina avait commencé à s'attacher à Rogojine.

Au début de l'été, la ville fleurit, embellit et, malgré la poussière et les routes en mauvais état, Nina avait l'impression d'être un peu chez elle.

La vieille ville de Rogojine, avec ses maisons d'un étage en pierre surmonté d'un deuxième étage en bois, avec des décorations traditionnelles en bois sculpté sur les fenêtres et le perron, vivait tristement son déclin. Les rues étroites étaient plantées de hauts tilleuls, sous lesquels, même pendant les grandes chaleurs, on trouvait ombre et fraîcheur; il n'y avait presque pas de voitures, mais de vieux tramways passaient, rouillés et bruyants comme des boîtes de conserve. Nina se promenait longuement parmi les vieilles maisons, avec au cœur une douce chaleur un peu amère. Elle contemplait les remises penchées, les bancs pourris, les nids de corbeaux hirsutes sur les hautes branches des peupliers, et elle acquérait peu à peu la certitude qu'un jour, il y a très longtemps – si longtemps qu'elle ne pouvait pas s'en souvenir clairement – elle avait également habité l'une de ces rues, l'une de ces vieilles maisons russes, et qu'elle sortait le matin dans son jardin plein de pommiers sauvages, et que le bruit du tramway la réjouissait au lieu de l'agacer, car aucun autre son ne venait troubler l'antique silence.

Nina marchait dans une des rues, tournait dans une autre, avançant le long de murs couverts de verdure, passait le cimetière dans lequel elle avait si souvent voulu entrer, sans jamais oser, longeait les buissons de sureau et les terrains vagues envahis d'ordures, s'imaginant comment vivaient les habitants de ces rues par le passé, à quoi ils ressemblaient, comment étaient leurs maisons. Elle avait l'impression que la ville lui montrait obstinément ses dessous peu reluisants, mais que si elle cherchait encore un peu, elle allait tôt ou tard trouver sa façade d'apparat. Mais une rue se terminait, une autre commençait, et le bon côté n'apparaissait toujours pas. Nina craignait déjà que ces rues soient infinies et qu'elle n'en sorte jamais... Mais déjà elle avait dépassé le centre-ville, on apercevait le marché à ciel ouvert aux étals en bois où, pour un prix plus que modique, on pouvait acheter des pommes, des concombres, du lait, de la crème aigre et des draps de lits multicolores. Des soutiens-gorge aux dimensions impressionnantes se balançaient au vent, et, derrière le marché, la banlieue commençait, avec ses garages hideux et ses maisons préfabriquées de quatre étages.

Rogojine avait également de vrais monuments historiques. Comme le kremlin que ceignait un mur dont les briques tombaient çà et là. Il y avait aussi de belles maisons bourgeoises, anciennes. Des églises qui tenaient à peine debout, couvertes de buissons d'armoise qui poussaient jusqu'aux croix brunies. Sur la coupole de l'une des églises Nina aperçut carrément un bouleau. Un bouleau déjà haut, fin, qui se balançait au vent comme si de rien n'était, comme s'il poussait au milieu d'un champ et non sur le toit d'un bâtiment historique en plein centre-ville.

Un jour, Nina apprit que l'on pouvait prendre un tram qui vous menait rapidement à la périphérie, à un endroit où la ville s'interrompait brusquement, laissant derrière elle les maisons de brique, les jardins potagers et les hangars à demi en ruine, et, sans la moindre banlieue, passer directement à la campagne, à un bois et des champs à travers lesquels coulait une petite rivière serpentant paresseusement sous le couvert de buissons et de laîche ; ceux qui cherchaient bien pouvaient trouver sur l'un de ses méandres une plage immaculée de sable blanc.

Nina comprenait parfaitement que, d'ici quelques années, le charme provincial de Rogojine allait disparaître au profit de quelque chose de totalement différent, et c'est pourquoi elle tentait avec avidité de se souvenir de tout, de fixer chaque détail dans sa mémoire.

Par exemple, elle était entrée dans une librairie de l'une des ruelles anciennes, et regardait des livres devant le comptoir. Son téléphone s'était soudain mis à sonner. Xenia avait une question pratique. Elle parlait vite et Nina l'entendait mal. Tentant de comprendre ce qu'on lui disait, elle plissait les yeux, appuyant le téléphone contre son oreille, mettant la main devant la bouche pour être mieux entendue et demandait : « Quoi ? Répète-moi. Où ça ? » La vendeuse âgée avait regardé Nina, la seule cliente de son magasin, et lui avait dit avec colère, ne cachant pas sa désapprobation : « Ça suffit de jacasser comme ça. Vous n'avez qu'à sortir si vous voulez continuer à bavarder. J'en ai assez. Vous me donnez le tournis. » D'abord stupéfaite, Nina ne s'était pas fâchée, n'avait pas répliqué vertement comme on aurait pu s'y attendre : au contraire, elle avait senti monter une vague de compassion et d'amour aiguë, presque insupportable, envers cette vendeuse bougonne et son magasin dans cette vieille maison qui partait en morceaux, avec ses fenêtres donnant sur la rivière gelée et le minable kremlin local. « Excusez-moi, avait-elle bredouillé en rangeant son téléphone. Vous comprenez, c'était un appel inattendu, une question urgente à régler. »

Puis elle était sortie dans la rue, avait enlevé son bonnet, renversé la tête en arrière et, fermant les yeux, avait laissé pénétrer dans ses cheveux et sur son visage l'air parfumé et humide d'un mars provincial.

L'hôtel où descendaient Xenia et Nina était situé en face de la gare. Quand les trains s'arrêtaient, on voyait des commères en veste ouatinée ou en robe de chambre se jeter sur les passagers en leur proposant des pirojkis, des boubliks, des bouteilles de kéfir ou de lait, des anchois en conserve, ainsi que des concombres salés, des baies des bois et des pommes de terre bouillies fourrés dans des sachets plastique. Les trains ne s'arrêtaient pas longtemps, mais les passagers sortaient sur le quai pour acheter des provisions. Parfois Nina aurait eu envie qu'on lui apporte dans sa chambre un sachet plastique aux flancs bruissants d'où elle sortirait des pommes de terre saupoudrées d'aneth, des concombres salés coupés en rondelles.

Les chambres de l'hôtel orientées côté gare et arrêt de tram étaient bruyantes, et les habitués les évitaient. Xenia se réservait – par la suite, elle le fit également pour Nina – une chambre calme. Les fenêtres donnaient sur les toits de garages et de hangars ; l'été, des chats se promenaient sur ces toits. Derrière les hangars, au milieu de frênes et de tilleuls s'élevaient des mauvais immeubles de l'époque Khrouchtchev et des maisons en bois ornées de perrons, de palissades et de jardins potagers. Le soir, Nina aimait s'asseoir à la fenêtre, boire un thé et contempler le panorama du haut du sixième étage. Parfois, un habitant sortait sur le balcon pour respirer un coup. Un jour, un garçon déluré vêtu d'un training et d'un tee-shirt s'aperçut que Nina l'observait, et agita la main à son intention. Nina sourit et agita la main à son tour.

Elle aimait également regarder longuement, jusqu'à en avoir mal aux yeux, l'horizon, le ciel transparent où les martinets tournoient en été, faisant la chasse aux insectes, qui eux-mêmes font la chasse à autre chose, et l'on voit, derrière les arbres et les toits les plus éloignés, la coupole de la fameuse église avec un bouleau. La fenêtre de la chambre d'hôtel remplaçait parfaitement la télévision, même s'il y en avait une, que Nina n'allumait jamais. Sur son écran personnel, derrière la fenêtre, c'était toujours la même scène : le vol en zigzag des martinets, les nuages, la couronne des arbres sur laquelle le vent courait. L'été venu, les arbres grossissaient d'une lourde chair de feuilles, et l'hiver la dentelle de leurs branches rappelait les sinuosités des bronches humaines.

Une route large et longue, parfaitement rectiligne, reliait l'hôtel au centre. Dans les bâtiments qui la bordaient, le rez-de-chaussée était occupé par des magasins d'alimentation, d'articles de ménage, d'habits, etc. Quand elles se promenaient le soir, Nina et Xenia entraient dans ces magasins, Xenia achetait des fruits, un gâteau, de la viande fumée de luxe, et des chocolats dans des boîtes élégantes. Puis elles s'installaient dans la chambre de Xenia et bavardaient de tout et de rien jusqu'à tard dans la nuit, en buvant du vin espagnol à petites gorgées.

Un jour, dans une librairie, Nina aperçut un livre de feng shui, l'art chinois de l'espace. Elle l'ouvrit et tomba sur une page montrant une rue longue, droite, toute pareille à celle de Rogojine, avec pour légende : l'énergie vitale ne se conserve pas dans de tels lieux, qui sont de dangereux conducteurs de courants d'air mortels.

Nina mémorisa l'explication et la raconta à Xenia. Elles en avaient ri, ouvrant une bouteille de vin accompagnée de noisettes et de tranches de viande froide. En effet, dans leur rue le vent soufflait toujours, même lors des soirées estivales les plus douces. Nina ralentissait le pas, humait ce vent, il lui semblait qu'il venait d'en dehors de la ville, des immenses champs vides s'étendant jusqu'au ciel, qu'il apportait avec lui l'odeur de la rivière, de la vase et de l'herbe chauffée au soleil.

Les rues centrales permettaient de voir la mode locale, qui n'était pas la même qu'à Moscou. En été, les femmes s'habillaient dès le matin de velours et de feutre, ne partaient au travail que perchées sur des talons aiguilles, les yeux et les lèvres peints de couleurs vives. Un maquillage abondant n'était ici pas considéré comme vulgaire, au contraire, on estimait qu'il était de bon ton – une femme qui se respectait ne se montrait pas hors de chez elle sans avoir préalablement maquillé son visage. En hiver, elles portaient des manteaux trapèze qui s'ouvraient en bas, et des bottes hautes. Nina était particulièrement touchée par les chapeaux : on voyait apparaître, sur les têtes des femmes, de hauts turbans de vison et des escargots compliqués, ressemblant aux coupoles des églises. Le chapeau-coupole était aussi une marque de bon goût. Quand elles se promenaient dans ces rues, Nina et Xenia se poussaient régulièrement du coude, pouffant de rire.

Xenia, dans son éternel habit de sport, avec ses baskets, sa veste kangourou, et Nina avec ses jeans et son manteau court aux boutons de bois attiraient également l'attention des Rogojinais. Ils les remarquaient, les suivaient du regard, surtout quand elles arrivaient en 4x4 au premier et unique supermarché de la ville : une luxueuse 4x4 argentée telle qu'on en trouvait une toute petite poignée à Rogojine, dont ils voyaient sortir non des mastodontes au crâne rasé, non des filles aux jambes immenses et au manteau de vison, mais deux demoiselles d'aspect modeste, sans rien de remarquable, des sacs de sport en bandoulière. Dans ces moments, Nina ressentait, non pas de la fierté, mais une espièglerie de petite fille. Il lui semblait qu'elle et Xenia jouaient avec insouciance avec ce qui, pour d'autres, était l'étalon du succès. Quand elles remontaient dans la voiture, fermaient les portes et partaient, les hommes qui avaient assisté à la scène se grattaient pensivement le menton, en les suivant du regard. « Mais peut-être, se disait Nina, que nous ne sommes pas les seules ? Et si les autres achetaient également des produits de luxe par pure espièglerie ? »

« C'est très possible, approuvait Xenia. Mais pour pouvoir s'amuser comme ça, en s'offrant des babioles très chères, on ne doit pas avoir gagné son argent au prix d'un dur labeur. Sinon, le jeu n'en est plus un. On ne peut rien faire de ce genre avec sérieux, ça doit venir facilement. Il faut recevoir et perdre sans regret – c'est la seule vraie façon de jouer. »

Nina était d'accord. Elle trouvait tous les raisonnements de Xenia extraordinairement intéressants, et estimait que Xenia était à la fois incroyablement indépendante, sage et originale. Qu'avec sa 4x4, ses deux fils adultes et sa liasse de billets de banque, elle était la créature la plus libre qu'il lui ait jamais été donné de fréquenter.

Au début, leurs dix ans de différence semblaient énormes à Nina. Quand leurs voyages à Rogojine devinrent réguliers, et qu'elles se trouvèrent constamment en contact, Nina commença à penser que la meilleure façon de ne pas vieillir était d'avoir devant soi, à dix pas, une amie aussi énergique, intelligente, rayonnante, qui te fraye un chemin dans l'inconnu, où il ne sera pas si effrayant de s'engager par la suite.

Xenia résumait très bien son physique par l'expression : un laideron russe. Une petite paysanne des tableaux de Venetsianov, coupant les blés, un papillon sur son bras : des yeux petits, de hautes pommettes, des joues rouges. Une coupe au carré d'une couleur cendrée indéfinissable. Une fois, Xenia avait laissé pousser ses cheveux et s'était métamorphosée : son visage avait acquis une féminité inhabituelle, qui avait enthousiasmé Nina. Disparus la bouche prédatrice et le regard-vrille qui perçait ses interlocuteurs de son mépris et de sa moquerie. Mais Xenia coupa bien vite cette stupide queue-de-cheval.

Le visage de Xenia apparaissait toujours dans la mémoire de Nina sur fond de paysage typiquement russe, de ceux qu'elles traversaient pendant leurs interminables déplacements de Moscou à Rogojine et de Rogojine à quelque bourgade éloignée de quatre-vingts ou cent kilomètres, ou plus encore. Xenia avec, à sa tempe, un champ résonnant de grillons. Xenia, et près de ses sourcils, un bosquet de bouleaux, Xenia et un tas de foin, dont la couleur rappelait celle de ses cheveux. Le vent faisait irruption par la fenêtre entrouverte de la voiture, courait dans les cheveux légers, les ébouriffait, puis les soulevait brusquement, et ils faisaient écran, cachant le foin, le colza et le ciel sombre.

Cet été-là, Nina eut deux mois entiers de vrai, de profond repos. Après une année d'université, d'allers-retours à Rogojine, sans compter sa thèse toujours en souffrance qui lui pesait terriblement, ces vacances étaient particulièrement désirables. Mais, peu avant septembre, quand les premières feuilles jaunes apparurent dans le bois près de leur datcha, quand les champignons cessèrent de pousser à cause du froid, et que la plupart des estivants repartirent, Nina eut la nostalgie de la ville. Elle était impatiente de retourner à son université, à sa table, à son ordinateur et à Internet.

À Moscou, son premier geste fut d'appeler Xenia.

– Ah, enfin ! se réjouit celle-ci. Punaise, je commençais à me demander comment j'allais m'en tirer. Nous allons à Rogojine la semaine prochaine, puis une semaine après, puis chaque semaine au moins jusqu'à fin octobre. Alors prépare-toi !

Cette entrée en matière découragea Nina. Elle espérait être tranquille au moins au début. Se consacrer à son travail. Cette année, elle avait la responsabilité d'un groupe de troisième année, et elle les connaissait un peu : des filles appliquées, qui parlaient déjà bien l'espagnol. Cette nouvelle année n'offrait aucune facilité, il allait falloir plus préparer les cours, s'y mettre à fond.

– Sans quoi, expliqua le doyen de la faculté pendant une réunion de leur chaire, notre travail n'a aucun sens. On peut gagner de l'argent ailleurs, mais l'université de Moscou, c'est un travail académique sérieux et méthodique.

« Un travail académique sérieux, se répétait Nina, rentrant chez elle en métro. Mais comment vais-je faire ? Comment concilier mon travail académique et Rogojine ? Arrêter de pratiquer la langue et devenir une Gorianskaïa ? »

Le professeur Gorianskaïa, une dame d'âge mûr de leur faculté, docteur ès lettres, enseignait la phonétique. La rumeur, chez les étudiants et les jeunes enseignants comme Nina, disait que cette Gorianskaïa qui avait dédié toute sa vie à l'enseignement et à l'université, ne parlait même pas correctement et ne connaissait pas les règles les plus élémentaires de l'espagnol moderne. Nina avait fréquenté son cours en première année, et Madame Gorianskaïa continuait d'enseigner à ce jour, même si beaucoup pouffaient derrière son dos.

Finalement, Nina se mit d'accord avec un jeune assistant qui accepta de la remplacer contre un supplément de salaire – payé, bien sûr, de la poche de Nina. Avec l'argent qu'elle gagnait à Rogojine. Cela convenait à tous, d'autant plus que l'assistant était apprécié.

Mais parfois il ne pouvait pas venir le jour dit, et alors Nina devait se mettre en quatre pour résoudre le problème et camoufler une absence imprévue. Il arrivait qu'elle doive rester deux jours au lieu d'un à Rogojine, et alors tous les remplacements qu'elle avait organisés avec tant de peine devenaient insuffisants.

À la fin de l'automne, elle était totalement épuisée.

– C'est vraiment difficile, avoua-t-elle un jour à Xenia. Peut-être que je vais devoir cesser de m'occuper des adoptions.

– Qu'est-ce que tu dis, s'effraya Xenia. Ne te hâte pas, inutile de s'énerver. J'espère que tout va vite s'arranger, et de toute façon je ne te conseille pas de perdre un aussi bon travail. Tu ne sais pas encore ce que tu vas préférer, au final.

Nina aurait voulu immédiatement protester, dire quelque chose de très important sur son choix et le travail de toute sa vie, mais elle pensa soudain à sa mère et s'arrêta court.

Elles étaient à l'hôtel, à Rogojine. Le soir tombait. L'automne était passé comme un rêve, déjà remplacé par l'hiver, et, par la fenêtre, on voyait la neige tomber du ciel obscurci.

– Tu es fatiguée, je le comprends bien, continua Xenia d'un ton un peu bizarre. Il faut qu'on se voie à Moscou, qu'on sorte quelque part ensemble. Hein ? Qu'en penses-tu ?

– Je pense que c'est une bonne idée. Très volontiers.

– Très bien. On ira au restaurant. Tu préférerais quel genre ?

– Qu'est-ce qu'il y a comme genres ?

– Euh... Toutes sortes.

– Alors on pourrait aller à un self-service Elki-Palki, j'aime beaucoup.

– Tu blagues ? pouffa Xenia. Elki-Palki, mon cul ! Non, je te parle d'un restaurant cher, un vrai.

– Par exemple ?

– Par exemple, un chinois. J'en connais un au centre, La Maison du Dragon. Tu as déjà mangé dans un restaurant chinois ?

Nina n'était jamais allée dans un restaurant chinois. Elle trouvait très intéressant d'y aller, de goûter des plats chinois. Elles allaient décider du jour et de l'heure à Moscou. Xenia changea de sujet. Mais Nina eut l'impression qu'elle avait omis de dire quelque chose de très important, qui n'avait rien à voir ni avec l'université ni avec les orphelins, mais qu'elle lui cachait pour l'instant.

Xenia voulait lui parler de quelque chose – et c'est pour ça qu'elle l'invitait dans un luxueux restaurant chinois.

La Maison du Dragon, où Xenia avait invité Nina, se trouvait au centre de Moscou, dans la partie la plus à la mode, la plus élégante. De l'extérieur, le restaurant avait l'air un peu kitsch – une porte massive en bois sombre, un dragon aux grandes dents, rouge et or, dont la queue s'enroulait en plusieurs anneaux. Nina l'avait bien sûr déjà remarqué auparavant, mais jamais elle n'aurait imaginé qu'un jour elle ouvrirait cette porte et pénétrerait à l'intérieur.

Xenia l'attendait à une table près de la fenêtre. En entrant, Nina faillit trébucher : le sol était en verre, on voyait des poissons nager en dessous.

– Ça c'est quelque chose ! s'exclama-t-elle en regardant sous ses pieds.

– Tu montres un poisson avec ta fourchette, on te le pêche et on te le grille, répondit Xenia. Les Chinois sont passés maîtres dans ce genre de choses. Mais non, je plaisante, ajouta-t-elle, voyant que Nina était encore plus confuse.

On leur apporta un épais menu avec une reliure en cuir.

– S'il te plaît, ne regarde pas la colonne de droite, déclara Xenia avec magnanimité. Regarde à gauche et choisis tout ce qui te plaît.

Nina ne comprit pas immédiatement ce que cela signifiait. Elle ouvrit le menu, commença par regarder la colonne de droite et en perdit la parole : les prix dépassaient de plusieurs fois non seulement ceux de Rogojine, mais ceux de tous les restaurants et cafés moscovites où elle avait pu aller.

– C'est cher, s'inquiéta-t-elle. Peut-être que nous n'aurions pas dû venir ici ? Il y a un café Chokoladnitsa à l'angle. Et, franchement, un MacDo m'irait aussi.

– Ne dis pas de conneries, gronda Xenia. Il faut dépenser sans compter. Sinon l'argent perd sa raison d'être... Plus tu en dépenses, plus tu en as. L'argent doit couler à flots, passer à travers toi... Si tu économises, si tu l'empêches de passer plus loin, il cesse aussi d'affluer... Alors détends-toi et commande ce dont tu as envie.

Toute sa vie, d'aussi loin qu'elle s'en souvienne, Nina avait dû compter ses sous. Elle n'avait jamais réfléchi au but final de cette épargne de chaque jour, ni à sa réelle nécessité. Même maintenant qu'elle avait commencé à mettre un peu d'argent de côté, elle n'arrivait pas à s'autoriser à acheter quelque chose de cher, qui lui plaisait vraiment. Dans le magasin, elle tournait l'habit entre ses mains et, en général, le remettait sur son cintre avec un soupir. Et maintenant, dans ce restaurant chinois, l'un des meilleurs de Moscou – c'est en tout cas ce qu'affirmait Xenia –, elle était reprise par ses doutes. Comment pouvait-elle commander une salade qui coûtait autant qu'une paire de bonnes chaussures? Ou une entrée au trépang qui dépassait le prix d'un anorak chinois au marché?

Elle feuilletait distraitement le menu, se préparant à choisir une modeste salade de tomates et de concombres ou son analogue chinois. Soudain, elle tapa du doigt l'un des noms.

– « Méduse au concombre », lut-elle à haute voix. Qu'est-ce que c'est?

– Aucune idée, dit Xenia en haussant les épaules. Essaie, tu verras.

Mais Nina n'en avait pas envie. Elle préférait choisir quelque chose qu'elle pourrait manger avec appétit, qui lui ferait plaisir.

Elles finirent par faire un choix. Elles décidèrent de commander plusieurs plats, de les mettre au milieu de la table et de prendre un peu de tout dans leurs assiettes. Elles optèrent pour des crêpes « Yadza » avec du canard fumé, une soupe « Dynastie Tsin » avec des crevettes tigre, du homard et du trépang. Cette étude détaillée du menu passionna tant Nina qu'elle en oublia de penser aux prix.

La « Dynastie Tsin » se révéla très bonne, elles se partagèrent les crevettes tigre. Après la soupe et les crêpes, Nina n'avait déjà plus faim, mais elle ne parvint pas à s'arrêter, goûtant tous les plats par pure curiosité. Vers le milieu du repas elle fut prise d'une légère ivresse et s'anima. « Tout de même, quelle belle chose que ces restaurants. Il y a peu de chance que j'aille réellement en Chine un jour, mais ici j'ai vraiment l'illusion d'y être déjà. » Un serveur passait et repassait derrière leur dos, il suivait tous leurs gestes et les resservait régulièrement de vin blanc français, penchant la bouteille enveloppée dans un linge amidonné. Elles n'avaient pas eu envie de vin doux avec leur homard.

– Merci, on n'a pas besoin d'aide, dit Xenia en lui prenant la bouteille.

Elle se mit à les resservir elle-même, et elle le faisait bien plus souvent.

« Au fait, elle veut me dire quelque chose », se souvint soudain Nina, quand une pause se fit dans leur bavardage insouciant. « Vas-y, n'aie pas peur, lui ordonna-t-elle en pensée. Ça ne te ressemble pas. »

– Tu comprends, commença Xenia, puis elle se tut.

Elle prit une gorgée de vin, essuya sa bouche avec sa serviette.

« Nous y voici, devina Nina. C'est pour ça que nous avions rendez-vous ici. »

– Nous ne travaillons pas par altruisme, mais pour l'argent, continua prudemment Xenia.

– Je dirais même : pour beaucoup d'argent. Mais c'est aussi pour une bonne cause.

– Sans argent à la clé, j'aurais laissé cette bonne cause à d'autres. C'est un travail fatigant, – et Xenia sourit à Nina de son sourire charmant, qui la rajeunissait beaucoup. Peut-être que ce sourire semblait si irrésistible parce que les autres traits du visage – les pommettes trop accusées, la bouche moqueuse, les yeux-vrilles petits et très rapprochés – étaient plutôt rebutants.

– Nous travaillons pour l'argent. Pour le fric, prononça pensivement Xenia en piochant dans son homard. Et dans ce cas, une question se pose : pour combien d'argent, et qui en reçoit le plus. Nous faisons tout nous-mêmes, sans aide extérieure. Mais notre fric nous file entre les doigts.

Elle prononça cette dernière phrase un peu en aparté, comme si elle se parlait à elle-même.

– Tu veux dire que tu le donnes à Kirill? précisa Nina, essayant d'attraper avec sa fourchette un peu de la bonne sauce blanche qui accompagnait le homard.

– Exactement, approuva Xenia, en la regardant de biais. En principe, j'ai toujours été d'accord avec ça, tu le sais. Mais récemment, je me suis mise à réfléchir. C'est injuste. Kirill nous demande de tirer les marrons du feu pour lui.

– Et alors? Nous ne sommes pas non plus à plaindre. J'ai eu mon permis de conduire, je prends des cours avec un moniteur. Tu économises pour t'acheter une maison. Et nous mangeons du homard.

– Tu as raison. Mais comprends-moi : notre travail à toutes les deux est particulier, unique.... Pour avoir accès à ce filon, certains sont prêts à... À beaucoup de choses. Entre nous, je travaille pour Kirill depuis de nombreuses années... J'ai exploré tous les recoins de Rogojine, tous les bleds alentour. C'est vrai qu'au début Kirill m'a prise par la main, m'a fait rencontrer tout le monde. Mais c'était au début... Et puis, il ne m'a présenté que des gens de Rogojine. Et les centres régionaux à cent kilomètres? Les internats miséreux dans des villages qu'on ne trouve pas sur toutes les cartes? Les trous perdus? Puis les affaires ont commencé à être vraiment juteuses, mais moi, je n'ai pas vu la moindre amélioration... Je ne gagne pas plus qu'avant...

Nina se sentit pleine de compassion pour Xenia. C'était la première fois qu'elle entendait dans sa voix un désespoir aussi sincère, une telle fatigue.

– Peut-être, dit-elle prudemment, que tu devrais te séparer de lui, te mettre à ton compte ?

Xenia regardait fixement la fenêtre, ornée d'un vitrail avec des motifs chinois compliqués.

– Je ne sais pas... Toutes les relations et les pistons sont chez lui...

– Et alors ? s'étonna Nina. Les Espagnols m'écrivent à moi personnellement. Je peux leur proposer de travailler directement avec toi.

– On peut le leur proposer, bien sûr. Mais, vois-tu, j'aurais peur que Kirill l'apprenne.

– Et comment il l'apprendrait ? Les clients n'ont aucun intérêt à payer plus cher. Les enfants, c'est toi qui les fournis, personne ne pense à lui.

– C'est vrai, acquiesça Xenia d'un air incertain.

On avait débarrassé les restes de homard, et deux coupes de glace trônaient sur la table. « Glace au thé vert », avait lu Nina à haute voix, avant le début du repas, feuilletant le menu et parcourant du regard la liste des desserts. Joli nom, ça fait penser au *Paysage peint avec du thé* de Pavić.

La glace était d'une couleur verdâtre, d'un goût peu sucré rappelant vraiment le thé.

– Quelle merveille, s'exclama Nina. Ils sont forts, ces Chinois !

Elle n'aimait pas beaucoup les glaces, mais mangea le « Thé vert » en quelques coups de cuillère.

– En gros, voici ce que je te propose, continua Xenia. Kirill est un homme dangereux... Ne crois surtout pas que j'aie peur de lui. Je n'en ai pas peur, non non. Enfin, je n'en ai pas bêtement peur. Disons que je me méfie... Je n'ai pas envie d'être empêtrée dans une histoire avec lui. Je ne sais pas quelles forces sont à l'œuvre derrière lui. Il se peut très bien qu'il ne travaille pas seul. Plus sa foutue paranoïa... Imagine : un jour, il a débarqué chez moi avec un dictaphone...

– Pas possible, s'étonna Nina. Comment l'as-tu compris? Et à quoi lui sert un dictaphone?

– Aucune idée. Mais je l'ai deviné très simplement... Pendant notre discussion, il a gardé la main dans sa poche. Puis, quand j'en ai dit assez à son goût, j'ai entendu appuyer sur un bouton, et il a sorti la main de sa poche... Le dictaphone est resté dedans.

– Tu l'as vu?

– Qui?

– Le dictaphone?

– Je t'ai dit qu'il était resté dans la poche de Kirill. Évidemment qu'il ne l'a pas sorti, qu'il ne l'a pas agité sous mon nez... Comment aurais-je pu le voir?

– Peut-être que tu t'es simplement raconté des histoires? L'eau s'est mise à bouillir dans la bouilloire, et voilà ton bruit de bouton qu'on éteint. Ça me semble trop improbable.

– Tu comprends, ma petite Nina, dit Xenia pensivement, il y a un sens comme la vue ou l'ouïe... Le sixième, ou je ne sais pas le combientième. Parfois on entend ou on voit quelque chose, et un signal se déclenche dans la tête : bip, bip, bip... Ce « bip-bip-bip », c'est le sixième sens. Moi, je crois qu'on le possède tous, sans exception... Mais certains le développent, quand par exemple on a beaucoup de relations d'affaires, avec toutes sortes de gens différents. Quand on est prudent, attentif, concentré. Quand on comprend que l'essentiel n'est pas dans les mots, et même pas dans le regard... Et moi aussi, un beau jour, j'ai su l'utiliser. La vie me l'a appris. Au début, j'avais beaucoup de peine à les comprendre : le chef du département, Lioudmila Dmitrievna, Ada... Nous sommes des Martiens pour eux, et ils le sont pour nous. Ils auraient voulu le même genre de personne qu'eux-mêmes : pas méchante, pas bête, cordiale et très cupide. Là, pas de problème pour se comprendre... Au fait, ce sixième sens est aussi très développé chez eux, surtout quand il s'agit de danger ou d'argent. Autrefois, je m'amusais à me demander : qu'est-ce qui est le plus fort chez eux ? Est-ce que la peur l'emporte sur la cupidité, ou la cupidité sur la peur ? Parce que, dans leur vie, c'est ce qui détermine leur comportement... Dans chaque mot, dans chaque action, il n'y a que la peur et la cupidité. Et la peur, vois-tu, est généralement la plus forte... C'est la racine de tous nos malheurs. Des gens utiles refusent un profit parce qu'ils craignent pour leur peau. Parce que la cupidité, c'est le désir du superflu... Le superflu, c'est très bien, évidemment, mais on peut s'en passer. Ils s'en sont passé toute leur vie, avant que nos affaires d'adoption internationale n'apparaissent à Rogojine et dans toute la Russie. Mais dès que la peur prend le dessus sur leur cupidité, ils sont prêts à renoncer à tout.

– Et Kirill, avec son dictaphone ? reprit Nina.

Elles avaient depuis longtemps terminé leurs glaces et finissaient leur thé.

– Ah oui, Kirill. Eh bien... Je ne te parlais pas par hasard du sixième sens. Tu comprends, peu importe qu'il y ait vraiment eu le bruit d'un bouton sur lequel on appuie. Peut-être qu'effectivement c'était la bouilloire. Et peut-être que j'ai seulement cru l'entendre, ça n'a pas d'importance... Ce qui compte, c'est que mon sixième sens m'a envoyé un signal et m'a dit très clairement : il y a un dictaphone dans la poche de Kirill... Et je te dis tout ça pour une raison bien simple. Il n'y a que toi qui puisses m'aider maintenant. Tu peux écrire aux intermédiaires espagnols et leur décrire la situation. J'espère que tu trouveras toi-même la meilleure façon de le faire, tu es loin d'être bête. Je pense que nos Espagnols s'en fichent de travailler avec Kirill, toi et moi ou le diable... Au fait, Kirill invente toujours un tas de difficultés là où il n'y en a pas à première vue... Et nos clients sont les premiers à en souffrir, absolument sans raison. Juste à cause de son foutu caractère.

On leur apporta l'addition, dans un petit livre à la reliure rouge laquée. Xenia parcourut rapidement la colonne des yeux et déposa plusieurs grosses coupures.

– Tu penses sans doute que tout ça n'est pas très transparent, dit-elle en riant. En réalité, j'ai beaucoup d'estime pour les gens honnêtes, vraiment. Je ne pourrais pas travailler avec d'autres... Au fond, je suis pareille. Mais j'estime qu'il y a une limite à l'honnêteté.

– Tu veux dire qu'on peut être trop honnête ? Et où est la limite, à ton avis ?

– C'est quand, par son honnêteté, une personne peut faire du tort à une autre, ou à elle-même... Quand, au nom de principes à la con, on renonce à quelque chose d'important pour soi.

– Renoncer à quelque chose d'important au nom de principes, c'est la vraie probité, répliqua Nina.

– Bien sûr, tu as raison, ma petite Nina. (Xenia la regarda avec indulgence.) Tu es une fille intelligente, à l'école tu étais bonne élève, et tu as bien travaillé à l'université aussi... Mais l'école et l'université, c'est une chose, et la vie, c'en est une autre. Tu es dans la vie maintenant, pas dans une bibliothèque avec un livre... On grandit, on acquiert une certaine sagesse, et un beau jour on comprend que l'essentiel c'est de trouver le juste milieu. Agir avec mesure. Mais il ne faut pas être exagérément honnête non plus. Dans notre cas, par exemple, l'essentiel, c'est que Kirill est un maillon inutile. Il a joué son rôle, mais c'était il y a longtemps, et maintenant il ne fait que gêner les autres. Tout le reste, c'est des détails, tu comprends ?

Nina écoutait Xenia avec des sentiments contradictoires. Mais, en réalité, elle avait déjà élaboré toute la lettre qu'elle allait envoyer en Espagne dans les jours à venir. Elle était effectivement en train de changer – très vite, impétueusement. À vue d'œil. Et, dans ce luxueux restaurant, c'était une tout autre personne déjà qui était assise à cette table, une combattante du Juste Milieu, et non l'ancienne Nina toute naïve, élevée par papa, maman et Eva Gueorguievna Vostokova.

Elle sentait que Xenia avait raison, qu'elle parlait en personne sage, en adulte. Elle disposait d'une vérité particulière, élastique, se différenciant de la vérité-atavisme encombrante et dépassée de sa mère. Nina avait encore du chemin à faire pour vraiment comprendre la vérité de Xenia.

– Oui, en gros je suis d'accord avec toi, prononça-t-elle machinalement, sans être vraiment sûre qu'elle était réellement d'accord.

– Bravo, très bien – Xenia sourit à nouveau de son sourire irrésistible. Alors à toi de jouer. Si quelque chose n'est pas clair pour toi, demande-moi... Mais seulement si nous nous voyons. Pas au téléphone...

– Tu parles comme Kirill...

– Et toi tu es naïve, rit Xenia. Tu crois que seuls des connards finis comme lui ont peur du téléphone ? Tu ne sais pas qu'ils sont réellement sur écoute ?

– Que dis-tu, Xenia ? Qui aurait envie d'écouter des millions de téléphones moscovites, et pourquoi ? C'est de la paranoïa !

– Mais non. – Xenia était absolument sérieuse. Les téléphones sont souvent sur écoute... Mais pas ceux de n'importe qui. Pas ceux des gens ordinaires. Mais si quelqu'un s'est fait remarquer, qu'on s'intéresse à lui, c'est un autre problème.

– Tu veux dire...

– Je ne veux rien dire. Enfin, je veux dire une chose : vis ta vie, fais tranquillement tout ce dont nous avons parlé, et n'aie peur de rien. Dans peu de temps, nous nous déplacerons en Rolls-Royce... Mais n'oublie pas que Kirill est très dangereux.

Elles s'habillèrent et sortirent. La courte journée hivernale touchait déjà à sa fin, les passants se découpaient en ombres chinoises ; leur souffle se transformait en buée. Les lampadaires s'allumèrent.

– Encore une chose, lui dit Xenia en la quittant. Quand tu prendras contact avec les intermédiaires espagnols, écris en mon nom. Explique-leur tout de suite que tu es mon interprète.

– Ça va de soi...

– Tu vois, tu comprends tout – Xenia attrapa les cordons du bonnet tricoté de Nina et les noua sous son menton. Parce que tu es une vraie professionnelle. Et ça veut dire que nous allons réussir.

Kirill est responsable de ce qui lui arrive, raisonnait Nina en rentrant chez elle. Est-ce qu'on peut aussi imprudemment faire confiance à quelqu'un qui voit, année après année, des dizaines de milliers d'euros lui passer sous le nez ? Ou peut-être que Kirill n'a pas confiance en Xenia ? Qui sait s'il n'a pas une arme secrète de vengeance cachée quelque part, qui pourrait réduire en poussière Xenia, Nina, et toute personne qui se mettrait en travers de son chemin ? Et si Xenia avait volontairement fait cette proposition à Nina pour l'utiliser comme appât, pour voir cette arme secrète ? Non, c'était impossible. Elle avait bien demandé à Nina de conduire toutes les négociations en son nom. Nina mettait en œuvre le plan d'une autre, et Kirill ne s'attaquerait pas à elle.

La mère de Nina était assise dans sa chambre et battait rapidement des doigts sur le clavier noirci par le temps. Nina savait qu'elle allait rendre dans une semaine un article qu'elle avait déjà trop laissé traîner en longueur. Cet article allait être décisif pour l'obtention – ou non – d'une nouvelle bourse qui lui permettrait de repartir en expédition. Une fumée bleuâtre de cigarette s'élevait de sous la porte de la chambre. Il n'y avait pas de dîner à la cuisine, mais, après le déjeuner au restaurant chinois, Nina était prête à ne pas penser à manger avant au moins le lendemain matin.

Elle ne salua pas sa mère, entra tout doucement dans sa chambre et se coucha tout habillée sous la couverture. Absorbée par son article, Zoïa Alexeevna ne se rendit même pas compte que quelqu'un avait ouvert la porte et était entré dans l'appartement.

Dans la semaine qui suivit cette réunion historique, rien ne sembla avoir changé dans la vie de Nina. Comme par le passé, elle se levait à la nuit noire, prenait à la hâte son petit déjeuner, craignant d'être en retard pour son premier cours, traversait la moitié de Moscou en métro avec un changement de ligne, traversait la rue au rouge. Remontait en courant le couloir sonore, enlevait son manteau dans la foulée et se précipitait dans l'auditoire, où, des dix étudiants du cours, seuls trois l'attendaient, et encore ne faisaient-ils que sommeiller, le regard perdu derrière le pupitre.

Mais l'habituel, le quotidien ne faisaient que camoufler l'attente de grands changements que Nina ne brusquait pas, convaincue qu'ils auraient lieu d'eux-mêmes.

Lucia, la collègue espagnole de Kirill, réagit immédiatement aux sous-entendus de Nina. Elle entra dans le jeu si rapidement que Nina se mit à soupçonner qu'elle attendait une telle lettre depuis longtemps. Car sa part augmentait également : elle pouvait désormais prendre aux Espagnols autant qu'elle le voulait, sans rendre de comptes à personne.

Vers le milieu de l'hiver, l'agenda de Nina vit apparaître une curieuse note, longue de plusieurs pages. C'était une liste de prénoms et de noms d'enfants numérotés de un à douze. À côté du nom de famille, on trouvait leur date de naissance et d'autres informations utiles. Xenia lui avait dicté les noms de famille. Nina l'avait accompagnée plusieurs fois à Rogojine pour l'assister dans ses visites – inviter quelqu'un au restaurant, extorquer de nouveaux enfants à Ada. Les Espagnols préféraient tout de même les enfants en bas âge, et il était indispensable d'avoir un bon contact, même aussi féroce qu'Ada, à l'orphelinat. Tout aussi importante était Lioudmila Dmitrievna au département : elle donnait des informations sur les enfants plus grands.

La première fois qu'elle comprit vraiment la valeur de sa liste, Nina entra dans un état d'excitation extrême. Dans sa tête, comme dans une caisse enregistreuse, s'additionnèrent des chiffres – la somme que Nina recevait pour chaque enfant multipliée par douze. Quand Nina eut obtenu une estimation approximative et l'eut inscrite, elle l'entoura avec son stylo et sa tête se mit à tourner. Elle ne parvenait pas à retenir le chiffre, et commença à penser fiévreusement à leur machine à laver, à leur cuisine où il n'y avait de place pour rien, où tout s'amoncelait sur la minuscule table devant la fenêtre – la salière et le sucrier, un pot de confiture, un pot dans lequel dépérissait une tradescantia, des livres, un calendrier, le téléphone, des tasses sales... Si en plus on voulait couper du fromage ou du saucisson, il fallait le faire presque en l'air.

Deux jours passèrent, et la somme cessa de paraître exagérée. Elle se fixa fermement et solidement dans ses pensées, répandant une agréable sensation de chaleur. À présent, Nina avait une nouvelle tâche : posant devant elle son agenda avec la liste, elle étudiait les dossiers des Espagnols, les triait. Bientôt, devant chaque nom d'enfant apparut le nom d'une famille qui désirait l'adopter aussi vite que possible.

Nina se sentait devenue le maître des destinées. Elle était fiévreuse, dormait par à-coups. Car c'était elle, et personne d'autre, qui réalisait le duo « enfant parents » qu'elle inscrivait dans sa liste, puis envoyait par sms à Xenia. Nina avait l'impression que, derrière la rumeur du quotidien, elle distinguait désormais l'engrenage du destin, qui se mettait peu à peu en mouvement – d'abord lentement, tandis qu'elle essayait de comprendre ce qui se passait et de maîtriser l'agitation de ses nerfs, puis de plus en plus vite – quand furent échangés les premiers e-mails et les premiers sms, quand arrivèrent les réponses des futurs parents.

Arriva le jour où la roue de la fortune lancée de la main de Nina effectua son premier tour. La jeune femme eut l'impression qu'un grondement retentissait sur toute la terre, un grondement ressemblant à la débâcle des rivières au printemps ou au fracas d'un train qui démarre. Nina tressaillit, Xenia tressaillit, le chauffeur Vitia tressaillit, et ils virent passer devant eux, l'un après l'autre, de plus en plus vite, les wagons imaginaires.

Les premiers Espagnols invités en Russie sans l'aide de Kirill arrivèrent début janvier.

– Tout est en ordre, Nina, lui dit Lioudmila Dmitrievna en guise de recommandation. Sauf que la mère du gamin est une Tsigane, et on ne sait pas qui est le père. Je ne sais pas si tes étrangers seront d'accord pour le prendre...

Elle soupira et regarda Nina d'un air triste.

– Tu le leur diras, d'accord ? On ne sait jamais...

Jamais quoi ? se disait Nina. Il est Tsigane, et alors ? Les Espagnols ressemblent souvent à des Gitans. Et ceux-ci sont andalous, la peau foncée et les yeux marron. Et, de toute façon, quelle différence ça fait ?

– Nous avons toujours eu des Tsiganes à Rogojine, raconta Ada Mitrofanovna une heure plus tard, quand ils arrivèrent à l'orphelinat. Je m'en souviens, quand j'étais petite, ma défunte mère les utilisait pour nous effrayer – ne sors pas de la cour, sinon les Tsiganes vont t'emporter avec eux. Nous avions horriblement peur d'eux. Mais c'était idiot. Ils n'ont pas besoin des enfants des autres, ils ne savent déjà pas que faire de tous leurs gamins crottés. Avant, ils étaient nomades, mais le pouvoir soviétique les a obligés à se sédentariser. Ils ont construit des maisons, mais ils vivent comme avant. Ils font un gosse après l'autre, ils les gardent tous si la mère est mariée, mais si c'est un petit bâtard, ils le donnent à l'État.

Pendant ses errances, Nina avait vu plus d'une fois, le long de la route, des maisons tsiganes, grandes, cossues, mais toujours avec des tares absurdes – déraisonnablement hautes, avec une rangée de fenêtres incohérentes et monotones, avec des colonnes idiotes, sans aucune raison d'être. Ventrues comme des femmes enceintes. Ada affirmait qu'à l'intérieur des maisons on trouvait des tapis, de la vaisselle précieuse, des grands écrans home cinéma, des ordinateurs, comme autant de signes de prestige. Mais les toilettes étaient à l'extérieur, l'habituelle maisonnette de bois avec un simple trou qui puait à des mètres à la ronde. Il y avait des détritus partout, que reniflaient des chiens maigrissimes. Des enfants incroyablement sales couraient sur le bas-côté, hurlant, faisant des grimaces aux automobilistes qui passaient sur la route. Un jour, quelqu'un lança une pierre sur la 4x4 de Xenia. La voiture passait vite, la pierre ne fit qu'effleurer la carrosserie et ne causa aucun dégât. Les petits Tsiganes disparurent immédiatement et Xenia ne s'arrêta pas.

Par le passé, Nina avait rencontré des Tsiganes à plusieurs reprises.

Quand elle avait une douzaine d'années, Zoïa Alexeevna l'avait prise avec elle dans une station biologique à trois cents kilomètres au nord de Moscou. La station était entourée d'une forêt sombre et presque impénétrable, peuplée de nombreuses bêtes et d'oiseaux de toutes sortes. Nina et sa mère y allaient aux champignons. La mère de Nina cueillait les champignons en professionnelle, grâce à sa pratique de la taïga : elle se levait à l'aube, buvait rapidement une tasse de café et errait dans les bois jusqu'au déjeuner. La petite Nina, morte de fatigue, ramenait difficilement à la station le lourd panier dans lequel étaient réunies différentes strates. Au fond s'entassaient les champignons moins nobles, bolets bruns et bolets rouges, puis, sur le dessus, étaient exhibés les plus beaux exemplaires de bolets noirs, lisses, parfaits, sans vers, recouverts d'une feuille de fougère et, pour la décoration, d'une branche de framboisier couverte de grosses baies mûres.

– Retiens bien ça, lui apprenait sa mère, tous les champignons sont comestibles. Même les œufs du Diable et les calocères visqueuses. On ne peut pas mourir de faim dans une forêt, il y a toujours des champignons. Ce qui compte, c'est de savoir les trouver et les préparer. Il n'y a pas tant de champignons vénéneux dans nos bois : l'amanite phalloïde (la mère de Nina s'était arrêtée et comptait sur ses doigts devant le nez de sa fille), l'amanite vireuse, l'amanite panthère, la lépiote, l'hypholome, le cortinaire... L'amanite phalloïde est un champignon rare et très vénéneux. Autrefois, dans les villages, les paysannes les utilisaient pour empoisonner leurs rivales.

Pour la plus grande joie de Nina, la forêt entourant la station était pleine de très bons champignons qui ne demandaient aucune précaution particulière, et qui ne laissaient pas le temps de s'occuper de tous les autres, ce qui lui épargnait de passer ses journées à détacher avec son couteau des œufs du Diable glissants et des calocères sentant le bois pourri. De toute façon, il ne lui serait même pas venu à l'esprit de refuser d'aller dans les bois : faire provision de champignons avant l'hiver était considéré comme un devoir par toute la famille. Quand, le week-end, son père les rejoignait, épuisé par sa semaine de travail, on lui collait immédiatement un panier dans les mains et on l'envoyait dans la forêt.

Quand elle allait aux champignons, la mère de Nina s'habillait comme une femme de terrain expérimentée. Des pantalons de treillis, une veste de géologue portant l'inscription « Chikotan[1] », un tulle protégeant des moustiques et un foulard couvrant ses cheveux. C'était sans doute une tenue adaptée à la forêt, mais Nina avait toujours peur qu'on la voie avec sa mère – elle avait honte de la moustiquaire. Un jour, elles s'étaient engagées sur un sentier, quand elles entendirent, dans leur dos, le piétinement de sabots et aperçurent une charrette conduite par un cheval au long poil qui s'avançait vers elles. L'homme et la femme conduisant cette charrette étaient des Tsiganes. Des vrais, rien à voir avec ceux de Moscou que Nina apercevait dans les trains de banlieue. La femme avait de grandes dents en or, un collier de piécettes dorées, un foulard bigarré dans ses cheveux noir-gris. L'homme portait une chemise blanche et un chapeau de feutre.

« Des Tsiganes de choix, comme au cinéma », pensa Nina avec admiration, en les dévorant du regard.

– Ho ! dit l'homme en tirant les rênes.

La roulotte s'immobilisa, et la tête du cheval se retrouva juste à côté du visage de Nina. L'animal lui jeta un regard hébété en rongeant son mors, la gueule pleine de salive.

– Ma bonne dame..., dit la Tsigane à la mère de Nina.

Sa voix était calme et, malgré son apparence exubérante, Nina n'avait remarqué aucune hostilité en elle.

Mais une chose étrange se produisit alors. Nina jeta un coup d'œil à sa mère et resta médusée : cette scientifique, cette femme de terrain expérimentée à la moustiquaire solidement nouée s'était figée, aussi pâle que la plus pâle des amanites phalloïdes de la forêt.

– Vite, chuchota Zoïa Alexeevna. On s'en va.

Elle attrapa la main gauche de Nina (la droite tenait le panier de champignons) et l'entraîna au loin.

– Elle voulait juste nous demander quelque chose..., commença Nina.

– Vite, ordonna sa mère entre ses dents.

1. Île de l'archipel des Kouriles.

– Eh, ma bonne dame, n'aie pas peur de nous, lui cria la Tsigane.

Mais Zoïa Alexeevna ne tourna même pas la tête. Elle traînait Nina sur le sentier en direction de la station.

– Hue !

L'homme abaissa les rênes, siffla, et la charrette démarra, des bidons de lait vides rebondissant contre ses bords. Elle passa devant les deux promeneuses, faisant parvenir à Nina une odeur douceâtre de sueur de cheval.

Pendant que les Espagnols faisaient la connaissance de leur petit Tsigane, Nina et Xenia attendaient Ada dans son bureau. La porte n'était pas fermée, et Nina vit passer dans le couloir une très jolie petite fille pareille à une poupée de porcelaine au visage incroyablement blanc, comme s'il était poudré. Nina savait déjà que la fillette s'appelait Alia, qu'elle avait une grave affection cardiaque et qu'on ne pouvait pas la faire adopter par des étrangers. Xenia s'en affligeait toujours, car elle savait très bien que si elle la proposait à des Espagnols, ils l'adopteraient, lui organiseraient une opération et lui offriraient des cours de natation et de danse. Le malheur était qu'Alia pouvait ne pas arriver vivante en Espagne, et que personne n'aurait autorisé un tel déplacement.

– Les Espagnols prennent tous les enfants, expliqua Xenia. Parce qu'ils sont fous.

– Qui est fou ? demanda Nina sans comprendre.

– Les Espagnols. En tout cas ceux que nous voyons ici, qui viennent adopter. Absolument tous... Et c'est notre chance. À Rogojine, tout le monde sait qu'ils prennent des enfants à problèmes. Et c'est ceux-là qu'on leur propose, et pour nous encourager, on nous en donne quelques-uns en bonne santé.

– Et qu'est-ce qu'ils deviennent ? demanda Nina. Comment s'en sortent-ils, ces enfants à problèmes, une fois en Espagne ? C'est une tragédie, quand une famille adopte un tel enfant...

– Il n'y a aucune tragédie.

Xenia mordit dans une pomme. Elle avait eu le temps d'aller au marché et d'acheter tout un seau de pommes moldaves petites et sucrées qui, plus tard, se retrouveraient dans le coffre et embaumeraient la voiture. Xenia achetait tout par caisses, seaux, paquets, cartouches, ce qui enthousiasmait toujours Nina.

– Il se passe toujours des miracles avec ces enfants. Par exemple, ils adoptent un bébé qui pesait neuf cents grammes à la naissance...

– Neuf cents ?

Nina était horrifiée. Dans son imagination apparut immédiatement un morceau de foie ou un morceau de saucisse de neuf cents grammes.

– Est-ce qu'un bébé peut peser aussi peu ?

– Imagine-toi que oui. Enfin, un enfant normal, né à terme, non, bien sûr. Mais pour un prématuré de six mois, c'est commun. On en voit même souvent ici...

– Et alors, ils les adoptent ?

– Sans hésitation ! (Xenia pouffa.) Et on ne cache rien à ces Espagnols, ni le poids à la naissance, ni les conséquences néfastes...

– Et quelles peuvent être les conséquences ?

– Toutes sortes. Tu comprends, un adulte peut peser un poids ou un autre – cent ou cinquante kilos. Ça n'a pas de conséquence sur ses capacités intellectuelles. Mais chez les bébés, c'est différent... Leur développement, leur intellect, leur santé – tout dépend de leur poids.

– Ça veut dire que si un enfant naît prématurément, il sera retardé mental ?

– Non, bien sûr. Si on s'occupe correctement d'un enfant prématuré, si on lui procure les soins nécessaires, à trois ans rien ne le distinguera d'un enfant né à terme. Même s'il pesait neuf cents grammes à sa naissance. Mais, malheureusement, ce n'est pas le seul problème.

– Qu'y a-t-il d'autre ?

– Nos bébés sont nés de mères qui sont elles-mêmes à problèmes. Des pondeuses qui font un nouvel œuf chaque année. Pendant la grossesse, elles boivent, prennent des drogues, ont de sales maladies. Ou souffrent de la faim – oui, ça arrive aussi... Il est rare qu'une mère n'ayant pas mangé à sa faim ait des enfants en bonne santé... Et les gènes, Nina, les gènes... C'est notre malédiction et notre châtiment. Tu as vu beaucoup de villages. Regarde attentivement les visages. Ceux des gens simples, que tu croises dans la rue, qui achètent des pommes de terre au marché. C'est une vraie dégénération...

– Ce n'est pas vrai, protesta Nina, en pensant aux visages soignés des fonctionnaires rogojinaises. On en voit, mais tout le monde n'est pas comme ça.

– Pas tout le monde, bien sûr, acquiesça Xenia. Dans la région, il existe un type de gens qui remonte à très loin – typiquement russes, beaux, bien faits. Les femmes sont toutes des princesses de conte, les hommes ressemblent à de preux chevaliers... Pas besoin d'aller chercher loin. Notre belle juge, la procureur, la secrétaire au tribunal, Vera l'infirmière de l'orphelinat... On pourrait les prendre comme modèles pour un tableau ! Dans n'importe quelle Amérique, on ferait des pieds et des mains pour épouser ce genre de beauté, rien à voir avec les anorexiques des agences de mannequins. Mais quel étranger viendra ici pour les voir ? Les vraies beautés ne sont pas des aventurières. Elles ont un travail discret, elles sont infirmières dans un orphelinat ou secrétaires au tribunal et ne cherchent pas à en sortir...

– Alors de quels gènes parles-tu ? s'intéressa Nina.

– Les gènes... Vois-tu, la plupart de nos bébés russes qui sont adoptés par des étrangers ne sont pas les enfants de Vera ou de la juge, mais de quelque fille des bas-fonds, prostituée ou alcoolique. Et ils ne sont pas les héritiers d'une race, on ne leur transmet pas de beaux traits, mais le pire, ce qu'on trouve en abondance par ici : une tendance à l'alcoolisme, au vagabondage dans ce qu'il a de plus malsain, un cerveau limité. Tous ces petits nez camus, ces petits yeux ronds. Il n'y a pas longtemps des Espagnols ont adopté une petite fille, Katia, tu t'en souviens ? La mère de cette Katia s'est vu retirer ses cinq enfants, Katia était la plus jeune. Et la grand-mère de Katia, la mère de sa mère, avait été aussi privée de son autorité parentale, pour deux enfants, à ce qu'Ada m'a dit. Et ainsi de suite.

– Ça veut dire que nos enfants vont toujours être pires que les autres, à l'étranger ?

– Quelle idée ! Ils seront cent fois mieux. Nos enfants, après avoir dû vivre toutes ces horreurs, vont prendre du poids dans leur nouvelle famille, grandir et surpasser tous les autres. Ils seront plus intelligents que leurs parents, même si on a diagnostiqué un « léger retard mental ». Parce que les Espagnols, leurs parents adoptifs, sont tous fous.

– Mais pourquoi, Xenia, pourquoi tu penses ça ?

– Je ne peux pas te l'expliquer. Je le sens, c'est tout.

– À mon avis, tu te trompes lourdement.

Nina hocha la tête. Ce jour-là, pour la première fois, Xenia l'irrita fortement, et elle eut beaucoup de peine à ne pas se montrer grossière.

– Tu te trompes. Je suis plus en contact que toi avec les Espagnols. Ils ne sont pas fous du tout – c'est le contraire. Et toi, tu es tout simplement xénophobe.

– Peut-être, répondit Xenia pour éviter la discussion.

Après l'orphelinat, elles se rendirent à l'hôtel. Tout y fut comme à l'habitude : la porte fermée de l'intérieur, Xenia, les jambes croisées, assise dans le fauteuil. Il n'y avait pas de temps pour réfléchir, mais les Espagnols n'en avaient pas besoin non plus. L'affaire fut conclue, et Xenia compta attentivement, examina et rangea soigneusement plusieurs piles de beaux euros tout propres dans son porte-documents. Elle avait préalablement demandé à Nina de prévenir que les billets devaient être neufs.

Ils rentrèrent en coup de vent. La route était déserte, et Xenia fonçait à toute allure sur la voie de gauche. Elle avait les joues rouges, sa peau était inhabituellement lisse, et ses yeux brillaient d'une lueur égale et chaude, comme ceux de Marguerite quand elle s'était enduite du baume magique et avait volé au-dessus de l'Enisseï [1]. Il semblait que c'étaient ses pupilles, et non les phares de la voiture, qui illuminaient la route et l'intérieur de la 4x4.

« On dit que l'amour embellit les femmes, réfléchissait Nina. C'est de la blague : l'amour n'a rien à voir. C'est l'argent qui rend plus beau. »

Dans le sac à dos de Nina, ce soir-là, se trouvait également une liasse verte : neuf fois cent euros enveloppés dans le dixième billet plié en deux. C'était la première fois que Nina recevait une telle somme, pour son travail d'intermédiaire et son organisation, c'est-à-dire pour avoir fait venir les Espagnols à Rogojine. Et ce n'était qu'une avance, elle allait recevoir encore un paiement.

Nina tenait son sac sur ses genoux, fermement, comme si quelqu'un aurait pu faire irruption dans la voiture pour le lui arracher. Ce qu'elle ressentait ne rappelait que de loin la joie espiègle et pétillante qu'elle éprouvait chaque fois que Xenia lui donnait deux solides billets verts pour son travail, cent euros par jour. Ceux-là, Nina les mettait dans son porte-monnaie et sur le chemin du retour à Moscou, somnolant dans la voiture, elle essayait de se représenter combien de plaisirs allaient lui procurer ces rectangles verts.

À présent, il y avait tant de billets verts que l'imagination de Nina était dépassée. Elle peinait à imaginer ce qu'on

---

1. Scène célèbre du roman de Boulgakov *Le Maître et Marguerite* : Marguerite s'est appliqué un baume offert par le diable.

peut obtenir pour une somme aussi exagérée. Au lieu d'une joie pétillante, elle éprouvait un sentiment d'abrutissement, comme après un repas trop abondant. Dans son esprit se bousculait un nombre impressionnant de manteaux et de bottes dont elle n'avait aucun besoin, du genre qu'elle n'avait jamais porté, jamais essayé, qu'elle avait seulement pu voir en vitrine, en passant dans la rue. « Quel kitsch, se disait-elle chaque fois, qui donc achète ça? » Maintenant, elle savait qui : des gens qui avaient sa chance, un paquet de billets de banque verts dans leur sac.

Elle devait voir Xenia le week-end. Elles décidèrent de se balader dans Moscou, de faire les magasins. Elles avaient de l'argent, la saison ne faisait que commencer, pourquoi se priver de distractions innocentes? Elles les avaient bien méritées.

– Tu comprends, je ne peux pas me le permettre, avoua Nina à Xenia.

Elles s'étaient promenées sans hâte parmi les boutiques du centre commercial, puis étaient entrées dans un magasin vendant des Levi's.

– Ils me plaisent. Mais dès que je vois le prix, je suis découragée.

– Force-toi, lui conseilla Xenia.

– Je n'y arrive pas.

– Allez, réfléchissons... Tu dis qu'ils coûtent combien?

– Quatre mille huit cents.

– Roubles? demanda Xenia.

– Bien sûr, dit Nina en riant. Quatre mille huit cents roubles. Pour des pantalons. Même si ce sont d'excellents jeans, des vrais, d'authentiques Levi's. Mais c'est l'équivalent d'un salaire. C'est ce que gagnent des petits employés à Rogojine.

– Tu n'auras plus de quoi manger si tu dépenses quelques malheureux quatre mille roubles pour des jeans?

– Pas quatre, presque cinq mille.

– Admettons. Mais, quoi qu'il en soit, ce ne sont pas tes derniers roubles. Tu en as encore, et tu vas en recevoir plus par la suite. Qu'est-ce qui t'arrête ?

– Je ne peux pas gaspiller autant d'argent pour un bout de chiffon, c'est ça qui m'arrête.

– Oui, mais nous ne parlons pas d'un chiffon.

– De quoi parlons-nous ?

– De toi. De ta bonne humeur. Pour toi, ce n'est pas un chiffon, mais de beaux jeans. Et ils te vont très bien, ils sont faits pour tes longues jambes maigres. Et tu te sentiras très bien dedans, n'est-ce pas ?

– Oui, mais je peux m'en passer.

– Tu peux t'en passer. Mais tu travailles beaucoup, tu gagnes bien, ce qui veut dire que tu peux satisfaire tes caprices. Bien sûr que ce n'est qu'un bout de chiffon. Et cher. Mais ce chiffon, tu dois l'acheter, ici et maintenant, pour te faire plaisir... Apprends à te gâter, conclut Xenia. Si ça te plaît, achète-le. Ça sert justement à ça de gagner beaucoup d'argent.

– Oh, je ne sais pas.

Nina continuait à hésiter. Elle tenait délicatement dans ses mains les jeans doux comme du velours, soigneusement râpés et d'un bleu merveilleux.

– Bon, alors je vais les acheter pour toi, annonça Xenia.

– Non, non, que dis-tu.

Nina était décontenancée. Elle ne s'attendait pas à ce que la discussion prenne un tel tour.

– Si on doit en arriver là, je les paie moi-même.

– Ton caprice est de porter ces pantalons, le mien, de te les offrir ici et maintenant. Nous venons de dire qu'il fallait céder à ses caprices, et tout de suite, avant de changer d'avis.

Nina n'avait pas remarqué comment elles étaient arrivées à la caisse. Une jeune fille toute fine avec un anneau d'or dans l'aile du nez rangea les jeans dans un sac Levi's et le tendit à Nina.

– Et puis quoi, dit Xenia. Moi, aujourd'hui, je veux acheter tout ce qui me plaira, et ne rien me refuser.

Au fond d'elle-même, Nina était incroyablement heureuse d'avoir ces jeans et soutenait entièrement Xenia. Il fallait se créer des joies ici et maintenant, acheter tout ce dont on avait envie. Mais si on avait beaucoup d'envies...

Un soleil radieux passait par le toit vitré du centre commercial. Des taches de lumière claires apparaissaient sur les visages des clients, sur les habits de marque.

– Oh, regarde ce sac, s'exclama Xenia avec enthousiasme. Regarde, regarde. Comme il est.

Elle prit le petit sac à main de cuir roux.

– Mais le prix ! Regarde ça.

– Tu crois qu'il m'ira ? Avec quoi je pourrais le porter ?

Xenia s'habillait de façon très simple. Des vêtements sportifs, de marques respectables : des tailleurs sport, des coupe-vent, des pulls, ou simplement des jeans et une chemise. Des baskets.

– Je ne sais pas, dit Nina. Je crois que tu n'as rien qui lui corresponde.

– Tu veux dire que je ne devrais pas l'acheter ? Mais il me plaît !

– Achète-le s'il te plaît, improvisa Nina. Mais tu vas devoir acquérir tout ce qui va avec. Toute une garde-robe. Beaucoup d'articles que tu pourras bien combiner. Par exemple, une petite veste, et deux paires de chaussures, un chandail, ou deux. Des collants, des bijoux, des bas, des foulards, ça va de soi. Pour aller avec le chandail, tu achèteras encore une robe, pour aller avec la robe, une blouse, pour aller avec la blouse, une veste... Allez, essaie quelque chose, hein ?

– Je ne peux pas. Je suis déjà fatiguée, rit Xenia.

Deux heures plus tard, elles sortirent du centre commercial avec de grands sacs élégants. Xenia avait acheté les jeans pour Nina, et pour elle-même le sac à main, et beaucoup d'autres choses : une jupe élégante, qu'elle voulait toujours mettre à l'envers dans la cabine d'essayage, se retrouvant avec la fermeture Éclair sur le devant, comme sur des jeans, puis une élégante blouse dont le prix, dix mille roubles, donnait le vertige à Nina, un coupe-vent de printemps pour seulement sept mille roubles, une paire de chaussures à talons bas et tout un tas de collants.

– Voici ce que nous allons faire, proposa Xenia. Passons au Septième Continent[1], et nous y achèterons ce qui nous passera par la tête. Par exemple, est-ce que toi tu as un rêve gastronomique ? Quelque chose dont tu as toujours eu envie mais que tu n'as jamais eu ?

– Oui, répondit Nina après une courte réflexion. Du caviar.

– Quel hasard ! triompha Xenia. Imagine que c'est aussi mon rêve.

Elles se rendirent au Septième Continent, traversèrent la salle et s'arrêtèrent devant la poissonnerie. Le caviar était enfermé dans une petite armoire vitrée avec d'autres délicatesses. Il se vendait dans diverses boîtes : petites, moyennes et grosses.

– On prend laquelle ? lui demanda Xenia.

– La petite... Ça suffira pour quelques toasts : deux tranches pour moi, deux pour toi.

– Deux, c'est pas assez. On en voudra encore... Et le but est d'en manger assez pour ne plus en désirer.

– Plus jamais ?

– Pourquoi plus jamais ? Simplement, tu dois en manger suffisamment pour te sentir rassasiée. Un dîner de caviar, en quelque sorte.

– Alors, tu décides toi.

– C'est déjà tout décidé. Donnez-nous cette boîte, dit Xenia à la vendeuse. Non, non, celle sur la gauche. Un demi-kilo de caviar d'esturgeon.

---

1. Chaîne russe de magasins d'alimentation plutôt chers.

Et Nina se retrouva à porter quelque chose d'incroyable : une boîte métallique ronde avec, dessiné dessus, du caviar et la gueule épaisse d'un esturgeon, exactement celle qu'elle avait vue, dans son enfance, sur une illustration de l'inoubliable *Livre sur la cuisine saine et délicieuse*[1].

Nina se souvint des paniers de nourriture[2] de son enfance. Ses parents en ramenaient du travail. En plus d'une boîte de caviar, rarissime en cette période de pénurie, on recevait des conserves de poisson peu comestibles, des bonbons à base de soja ou des pâtes qu'on trouvait dans n'importe quel magasin et qui n'intéressaient personne.

– Eh bien, dit-elle lentement, n'en croyant pas ses yeux.

– Tout ça grâce à l'argent, sourit Xenia. Et, en même temps, grâce à toi, ma petite Nina.

– Achetons encore du pain blanc et du beurre, dit Nina avec empressement, comme si elle avait peur qu'on vienne lui enlever sa chère boîte. Zut, je n'arrive pas à m'y retrouver dans ces Continents. Où sont les produits laitiers ? Et le pain ?

– Pour quoi faire ? Tu vas te remplir l'estomac de pain au lieu de caviar. C'est de la triche.

– Et comment veux-tu le manger ?

– Avec des chips. Tu vas voir, c'est très bon.

Elles arrivèrent rapidement chez Xenia. Ouvrirent le paquet de chips. Ouvrirent, non sans peine, la boîte de

1. Livre de cuisine culte de toute l'époque soviétique, de 1939 à 1999, tiré à des millions d'exemplaires, présent dans presque tous les ménages. Certains produits vantés dans le livre étaient, en fait, introuvables dans les magasins d'URSS, d'où le contraste entre les photos alléchantes et la réalité.

2. Phénomène appartenant à l'époque soviétique : on recevait de la nourriture (souvent des produits introuvables dans les magasins) d'une organisation quelconque (syndicat professionnel, etc.).

caviar d'esturgeon puis la bouteille de vin blanc. Elles versèrent le vin dans des verres, prirent des chips pour piocher dans le caviar. La combinaison chips-caviar était inattendue, mais intéressante. Nina reprit une chips et repiocha dans le caviar.

– Alors ? s'intéressa Xenia.

– Super, répondit Nina, mais inhabituel.

– Tu m'étonnes, rit Xenia. Même pour moi ça n'a rien d'habituel...

– Je ne voulais pas parler de la quantité. Simplement, le caviar est plutôt fait pour être mangé avec du pain blanc et du beurre.

– La prochaine fois on achètera et le pain, et le beurre. Mais cette fois, concentre-toi sur le caviar.

Nina prit encore une chips, puis une autre. C'était étrange : elle n'avait plus faim. Le goût de ce caviar si convoité disparaissait derrière celui des chips à l'odeur de pomme de terre, d'huile et d'oignon. Avec les chips, le caviar devenait fade.

– Rien d'étonnant, répondit Xenia, la bouche pleine. Je l'ai toujours su. Je n'ai qu'un conseil : la prochaine fois, prends plutôt des œufs de saumon.

Une demi-heure plus tard la boîte bleue, le rêve d'enfance jamais réalisé de Nina, était vide. La bouteille de vin également, et Nina se prépara à rentrer chez elle.

Le soir tombé, il faisait nettement plus froid dans la rue. Les flaques d'eau avaient gelé, les feux de signalisation clignotaient frileusement sur les carrefours et les passages piétons. Nina se dirigea à pas rapides vers le métro sur une couche friable de glace. Elle se sentait triste. « De cette façon, on peut détruire n'importe quel rêve, se dit-elle. Il suffit d'obtenir ce que tu désires et d'en manger jusqu'à la nausée. Comme avec les framboises quand j'étais petite : j'en ai trop mangé une fois, et je ne les supporte plus depuis. Je ne mange plus de framboises. Mais que désirer, de quoi rêver, quand on est si vite dégoûté ? »

Nina n'avait pas de réponse à cette question.

Le mois qui suivit, Nina reçut presque chaque jour de lourdes enveloppes avec des documents pour l'adoption. Le matin, jetant le lourd châle de sa mère sur ses épaules, elle allait accueillir le coursier de DHL avec un sourire mystérieux. Le destin en personne frappait à sa porte : Nina ne savait pas de qui venait cette nouvelle enveloppe, et s'étonnait toujours qu'il y en ait autant.

Petit à petit, sa chambre prit l'aspect d'un bureau d'indépendant. La table croulait sous des documents que Nina n'arrivait pas à trier à temps, tandis que les livres universitaires étaient relégués sur l'appui de la fenêtre. La table à journaux, à côté du lit, était depuis peu occupée par un fax que Xenia avait offert à sa secrétaire particulière.

– Qu'est-ce que tu as ici? s'étonna la mère de Nina en regardant la table. Dans sa chambre à elle, en dépit de la montagne de revues, de livres et de monographies qu'elle utilisait pour ses travaux, les choses étaient plus ou moins rangées. Tu joues au manager?

Dans la bouche de Zoïa Alexeevna, le mot « manager » semblait presque une insulte.

– Euh, on m'a demandé de faire quelques traductions, dit Nina, l'air désinvolte.

– Quelques traductions... Tu t'en occupes depuis longtemps, je m'en aperçois bien. Tu ne gagneras jamais tout l'argent du monde... Tu n'as pas oublié ta thèse? Tu as passé tes examens, mais ce n'est que la moitié du chemin. Tu n'as pas le matériau nécessaire, et tu n'as plus mis les pieds dans une bibliothèque depuis des lustres...

– De nos jours, plus personne ne passe son temps dans les bibliothèques, se défendit Nina. On utilise Internet. Il suffit d'aller sur Google, on y trouve tout ce dont on a besoin.

– Tu te trompes, ma petite Nina.

Sa mère ne se retirait toujours pas. Elle se tenait près de la table et barrait le passage.

– Internet ne sert qu'à satisfaire une curiosité oisive. Impossible de l'utiliser pour un travail académique. Chez nous, il y a eu un cas...

– On peut l'utiliser, maman, on peut, l'interrompit Nina – sa patience était à bout. Je ne vais pas consacrer toute ma vie à ces papiers. Les commandes de traduction se termineront bien un jour, mais tant qu'il y en a, il faut les prendre.

Nina s'affairait dans sa chambre, se préparant pour l'université. « Tu essaies de m'avoir à l'usure ? », se demandait-elle avec irritation, s'adressant à sa mère en pensée. Puis elle alla dans l'entrée, mit ses bottes et son manteau.

– À plus tard, maman.

Elle ferma vite la porte, se reprochant son insensibilité. « Je devrais tout de même lui donner plus d'argent. » Nina entra dans l'ascenseur et appuya sur le bouton. « Il y a tant de choses à faire à la maison, et, l'été prochain, les travaux à la datcha. Et demain, je reprends la route. »

Étrangement, l'idée de reprendre la route apaisait toujours Nina.

Une route est toujours et partout « la route ». Peu importe comment on l'appelle : rue, chaussée, nationale, autoroute.

Et encore : la route est toujours une aventure. On ne sait jamais à quoi s'attendre. Peut-être que tout se passera sans incident – à l'aller, au retour. Mais peut-être que non.

Xenia avait raconté à Nina qu'à l'époque, il y a longtemps, sa voiture avait pris feu avec des Américains à bord (Kirill n'avait pas encore d'Espagnols en ce temps-là). Xenia les conduisait à Rogojine dans une Jigouli en piteux état.

– Et alors ? avait demandé Nina en hochant la tête. Qu'as-tu fait ?

– Rien du tout, avait répondu Xenia en souriant. Je me suis arrêtée sur le bas-côté, j'ai sorti ma bouteille de Coca-Cola et j'ai commencé à la verser sur le moteur. Quand la bouteille a été vide, qu'une fumée de Coca-Cola a commencé à s'élever, les Américains sont sortis en hurlant. Enfin, un type a eu pitié de moi, il s'est arrêté, a tiré un extincteur de son coffre et a éteint tout le bordel en une seconde.

– Et s'il ne t'avait pas aidée ? avait insisté Nina.

La question était superflue. Nina savait que si personne ne lui était venu en aide, la voiture de Xenia serait devenue en quelques minutes un châssis carbonisé comme on en voyait souvent sur le bas-côté de la route de Rogojine.

Combien de fois Nina fit-elle le trajet à Rogojine et le retour en quelques années – soixante-dix, cent, plus ?

Pour Nina, la route commençait tôt le matin à la maison, quand elle buvait un café dans la cuisine sombre, regardant la silhouette de la gare de Biélorussie illuminée par les lampadaires et les projecteurs. Elle mettait des jeans et un pull. Retirait le chargeur du téléphone. Ne rien oublier. Regarder encore une fois les documents traduits. Se rappeler à qui et où il fallait les donner. Elle avait de la peine à penser sur la route, mieux valait le faire à la maison.

En été, l'air matinal était frais et transparent à Moscou ; des camions nettoyeurs ressemblant à de grands scolytes orange parcouraient lentement les rues du centre, le moteur tout ensommeillé. Une ombre épaisse s'étendait le long des maisons. La ville n'était pas encore réveillée.

La rue Tverskaïa, les étoiles couleur rubis du Kremlin.

Dans les canaux de la Moskova, au sud du Kremlin, l'eau prenait une couleur rosée.

Avec Vitia, ils se rendaient tout d'abord à l'hôtel, où ils prenaient les Espagnols devenus bien calmes. L'hôtel gardait encore quelques restes de sa vie nocturne. Les machines à sous lançaient des feux multicolores. Des prostituées aux robes froissées sortaient des ascenseurs. Nina les regardait avec compassion : en y réfléchissant, on pouvait dire qu'elle avait beaucoup de choses en commun avec elles dans sa vie actuelle. Elle aussi était au service d'étrangers qui oubliaient ensuite jusqu'à son existence.

En hiver, le lever du soleil était tardif. Il faisait encore nuit à huit heures, les premières lueurs apparaissaient à neuf heures. L'aube hivernale était couleur de thé au lait. De temps en temps, une pâle tranche de citron, le soleil, apparaissait à travers les nuages.

Au printemps, au contraire, il y avait toutes sortes de soleils le matin. L'un était dans le ciel, un autre poursuivait le minibus, d'autres encore glissaient sur les fenêtres des maisons, sur les balcons et les loggias vitrées. L'astre le plus leste se glissait dans une bouteille vide abandonnée sur le trottoir. Plongeait dans le rétroviseur, d'où il tombait sur le visage de Vitia. Il est dangereux de laisser le soleil pénétrer dans les yeux du chauffeur : Vitia mettait des lunettes noires.

La route avait divers aspects. Il y avait la chaussée large et droite comme une piste d'atterrissage au milieu des champs. La route vicinale craquelée, avec les petits cadavres de grenouilles secs et plats, qui semblait si loin de Moscou qu'on avait l'impression de ne plus jamais pouvoir rentrer. Parfois, la route laissait un nuage tourbillonnant de poussière derrière elle, quand l'asphalte se terminait, faisant place à un gravier désagréable et cahotant sur lequel il fallait passer à faible vitesse. Sous la pluie, les roues faisaient penser à celles d'un moulin sur une rivière.

Une route avec du gazon sur la ligne blanche au milieu. Avec la lune courant sur la droite ou sur la gauche. Route qui monte, route qui descend. Traverse un champ enneigé, sans le moindre panneau indicateur. Une femme marche sur le bas-côté. Vitia, fatigué, excédé, s'arrête, baisse la vitre et demande poliment : « Dites, de quel côté est votre orphelinat ? » La femme fait non de la tête : elle ne sait pas. « Et comment s'appelle ce village ? » Elle ne se souvient pas. « Quoi, il n'a pas de nom, ce village ? Il en a un ? Et lequel ? »

Pour toute réponse – le silence.

La route blanche se confondait avec l'horizon blanc au loin. La femme, titubant, se traînait plus loin...

Nina comprenait cette femme silencieuse sans visage. Dans cette neige, dans ce silence de mort, on peut oublier comment s'appelle son village. Quel mois et quelle année on est. Son nom et celui de ses enfants. Une fois, ils avaient fait adopter deux sœurs. Leur ancienne mère les avait appelées toutes deux Natacha. En consultant le dossier, Nina avait découvert que ces Natacha avaient encore deux sœurs dans les villages voisins, lesquelles s'appelaient également toutes deux Natacha. L'une vivait avec sa grand-mère, l'autre avait été recueillie par des voisins.

Avant Rogojine, la route sautillait joyeusement sur des collines, comme dans les illustrations de contes populaires. Ce sont elles les vraies montagnes russes, et non les attractions des Luna Park. Elles ne font pas peur : elles sont joyeuses. Après Rogojine, le tableau s'obscurcissait, la forêt devenait plus épaisse. De vieux hauts sapins étaient couverts de pommes de pin rappelant des décorations d'arbre de Noël. Un jour de printemps, pendant que Nina dormait sur le siège avant, Vitia vit une voiture roulant dans le sens inverse percuter de plein fouet un élan. La voiture s'en sortit avec un pare-chocs tout défoncé. Une chance que Nina ait dormi à ce moment-là et n'ait rien vu de la scène.

Voici un cycliste progressant sur la neige, appuyant de toutes ses forces sur les pédales. Un cabas pend à son guidon. Il contient deux bouteilles de bière, deux bouteilles de vodka et du kéfir. Ils le dépassent, Nina ne parvient pas à compter toutes les bouteilles. Vitia rit : ce bonhomme a l'intention de tout boire ? Par quoi va-t-il commencer ? Un mélange de vodka et de bière ? Nina sait que ce genre de cocktail s'appelle « iorch[1] ». Qu'il envoie au tapis les buveurs les plus chevronnés. Peut-être que la bière est pour sa compagne, et la vodka pour lui ? Ou le contraire ? Et, au matin, ils boiront ensemble le kéfir.

Un traîneau tiré par un cheval roux apparaît après la dernière maison. Le conducteur est un paysan vêtu d'une veste ouatinée. Le cheval ralentit le pas, lève la queue, et des boulettes brunes et fumantes tombent sur la route. De la fumée sort des cheminées. C'est ça, le vrai hiver russe ! Les Espagnols pépient avec animation, sortent leurs appareils photo. L'humeur est joyeuse, le temps froid, on a envie de photographier l'hiver. Ou plutôt les Espagnols en ont envie, pas du tout Nina et Vitia, pour qui c'est une perte de temps inutile. Mais il faut tout de même s'arrêter, sortir de la voiture. Une petite minute, puis on reprend la route. L'odeur âcre de la fumée des poêles, de la neige et des branches de sapin. Les Espagnols se photographient mutuellement. Photographient Nina, le crottin de cheval, Vitia et le minibus. Ils montrent le résultat : les tas de neige, les troncs noirs, et de gros flocons de neige fondant sur l'objectif, quel effet intéressant.

---

1. Litt. *grémille* (poisson « piquant »). Ce cocktail bon marché soûle très vite, mais l'organisme s'en remet lentement...

Les Espagnols s'étonnent qu'en Russie on transporte les enfants sur des luges, c'est féerique. Ce n'est pas une question de féerie, se dit Nina. Impossible de passer sur la neige avec une poussette. Une luge, des bottes de feutre, c'est tout simplement indispensable. Non, ici on ne nettoie pas la neige sur les routes. À Moscou, oui, à Rogojine aussi. Mais pas ici.

La route est toujours composée d'un aller puis d'un retour. Prions pour qu'il y ait un retour. Un jour, tôt le matin, sur le chemin de Rogojine, après une forte pluie de juin, Nina vit un accident : un fourgon qui barrait toute la chaussée, les restes d'une Lexus, un camion militaire renversé sur le flanc. Une Jigouli dans des buissons écrasés, loin du bas-côté...

Des cadavres disposés en rang, couverts avec des journaux et des chiffons sales. Vitia roula précautionneusement, comme s'il avançait sur la pointe des pieds. La Lexus, une voiture chère et solide, était horriblement mutilée ; on aurait dit qu'un géant furieux l'avait attaquée. Sur la route se tenait un jeune soldat, plié en deux par la douleur ; un infirmier avec un goutte-à-goutte se penchait sur lui.

– La Lexus allait très vite, a percuté le fourgon et perdu le contrôle, expliqua Vitia à Nina avec animation, tout en jouant du volant.

Vitia savait reconstituer en détail n'importe quel accident de la route.

– La Lexus a jailli sur la voie, roulant en sens inverse, elle est rentrée dans le camion avec les soldats. Puis la Jigouli s'est trouvée sur son chemin...

Pendant longtemps, Nina ne put oublier la flaque de sang noir sur l'asphalte, dans laquelle se reflétait le ciel bas, blanc après la pluie. Un ventre nu avec un tatouage. Un visage caché par un veston...

Qui trop se hâte, reste en chemin. Il y était resté...

Prions pour qu'il y ait un retour.

En hiver, loin de Moscou, la route est sombre. Sombre quand le ciel est dégagé. Quand il y a des nuages, il fait clair. Clair et doux. Le minibus file comme un bolide blanc et brillant, la route vole à sa rencontre, et les étoiles sont immobiles. Le long de la route les poteaux télégraphiques ressemblent à des fusées spatiales à l'armature déchirée, à des minitours Eiffel s'élevant à intervalles réguliers.

Le jour se lève toujours sur la gauche, au-dessus de la forêt.

Après la pluie les nuages ont de doux ventres roses, comme les poissons des rivières.

Les petites datchas frigorifiées se serrent les unes contre les autres. Les Espagnols se penchent depuis le siège arrière, crient dans l'oreille de Nina :

– Il y a des gens qui vivent ici ?

– Oui, mais seulement en été. Ils passent l'hiver en ville. Ce n'est pas un village, ce sont des datchas. Des chalets, vous comprenez ?

Les « chalets » en question sont des poulaillers assemblés à la hâte, tout de guingois. De minuscules fenêtres, une clôture faite de plaques de métal rouillées. Certains ne sont pas plus grands qu'une niche de chien, ils servent à ranger les outils de jardin. On n'y vit pas, même en été. Les Espagnols font oui de la tête.

C'est trop drôle : des chalets. Nina pouffe.

Des policiers arrêtent les voitures. Impossible de deviner d'où ils vont surgir. Ils se cachent sous un bouleau, au détour d'un virage. Dans l'ombre d'une maison abandonnée. Dans des buissons au bord de la route. Dans ce nuage qui traîne très bas son ventre froid et pluvieux. Les conducteurs avertissent les voitures qui vont à leur rencontre en faisant des appels de phares. Les policiers sont vêtus d'une grosse pelisse réglementaire. L'hiver, ce n'est pas de la rigolade, même quand il louche vers l'été. Non, en Russie on ne paie pas d'amende.

Pourquoi ? Je ne sais pas pourquoi. Ça ne se fait pas. On donne cinq cents ou mille roubles aux policiers, selon la gravité de l'infraction. Un pot-de-vin ? Non, ça a un autre nom. Les pots-de-vin, c'est pour les fonctionnaires. Les policiers, on leur graisse la patte. Leur grosse et lourde patte. Une drôle d'expression, Nina est d'accord. Ils ne comprennent pas – ça ne fait rien. Vitia, lui, comprend tout.

Nina éclate de rire. Et Vitia aussi.

Les toilettes ? Il n'y en a pas ici. Même si c'est une station-service. Enfin, il y en a : vous voyez, là-bas ? La maisonnette en bois, mais je ne vous conseille pas d'y aller. Mieux vaut sortir sur le bas-côté et se soulager derrière un buisson. Oui, un buisson. Et ça ne sert à rien de vous indigner, en fin de compte, vous n'êtes pas en Suisse.

Une fois, ils s'arrêtèrent dans un restaurant le long de la route. Il y avait de la vraie cuisine russe : des blinis aux œufs de saumon, de la viande avec des champignons dans un pot d'argile, de la salade « Olivier ». Oui, vous l'appelez « salade russe », mais chez nous elle porte un nom français. Des concombres salés, de la bière et de la vodka. Pour des prix raisonnables, impossible de manger si bon marché à Moscou ni même à Rogojine. Avec une décoration tout à fait digne d'un restaurant : rondins typiquement russes, branches de bouleau, brides et étriers pendus au mur. Mais, au grand étonnement de Nina, il s'avéra qu'il n'y avait pas de toilettes à l'intérieur. Il fallait aller dans l'inévitable maisonnette de bois avec une porte en planches. Nina alla repérer les lieux. L'intérieur était d'une saleté repoussante, et il n'y avait même pas de mur du fond : les « toilettes » s'ouvraient sur une brèche avec vue sur des champs s'étendant à l'horizon. Un fort vent parcourait les champs, remuant les hautes herbes.

Nina sortit précipitamment de la maisonnette en se bouchant le nez.

Le restaurant était flanqué de plusieurs annexes d'aspect assez malpropre. Nina s'accroupit discrètement derrière l'une d'elles, puis y envoya également les Espagnols.

Un restaurant-halte sur la route – sans toilettes. À la sauce russe.

À quelques kilomètres de Rogojine, dans un champ, une prostituée fait le pied de grue. Toujours la même : grande, dure, solide. Vitia l'appelle « pletchevaïa[1] ». Comment traduire ce mot? Nina est confuse. Ça veut dire « derrière l'épaule ». Comme la mort. Ou sur les épaules, comme une cape de chevalier. Nina connaît ce mot depuis peu. On dit que les « pletchevaïa » ont pour clients les routiers. Ceux-ci parcourent de longues distances, ils ont le bas du bassin engourdi. Difficile de dire ce que les épaules viennent faire là-dedans.

Sur la route menant à Moscou, les prostituées n'étaient pas seules, elles attendaient le client deux par deux, avec leurs souteneurs derrière elles. Parfois, elles étaient tout un groupe, jusqu'à vingt filles. On les mettait en rang, et au crépuscule les phares des voitures illuminaient leurs visages. Ils prenaient la plus jolie à bord, partaient avec elle. Quelle horreur, pensait Nina en frémissant. Où t'emmènent-ils? Comment rentrer ensuite? S'il faut en vivre, autant suivre les étrangers dans les hôtels. C'est moins terrifiant.

De toutes jeunes filles avec des yeux enfantins et des visages maquillés. Une lourde couche de maquillage, pour que leur jeune âge n'effraie pas le client. Tout le monde n'est pas prêt à se risquer avec une mineure, c'est un délit pénal. Ceci dit, il y a aussi des amateurs, eux ne se laissent pas effrayer. Un soir, ils s'étaient arrêtés à un kiosque pour acheter à boire. À côté d'un magasin de fleurs, Les jardins de Salvador. Cela rendit Nina triste... Deux écolières trop maquillées ouvrirent les portes de la voiture.

---

1. En argot russe, prostituée des bords de routes.

– Vous n'avez pas envie de vous amuser?

Vitia avait ri sans méchanceté. Qui sait ce qu'il pensait de ce genre d'amusement?

Nina avait rarement envie d'écouter la radio. Elle préférait regarder silencieusement par la fenêtre, et penser. Sur la route, les pensées devenaient parfois si fortes, si palpables, qu'on avait l'impression d'être sur le point de comprendre quelque chose d'essentiel qu'on ne lirait pas dans les livres et qu'on n'entendrait pas à la radio. Ou alors, elle pouvait ne pas penser, mais simplement se laisser bercer par les arbres et les poteaux qui défilaient, faisant le vide à l'intérieur d'elle-même, se sentant paisible. La route est le meilleur psychothérapeute du monde, pensait Nina. Peu importe où elle mène. Ce qui compte, c'est d'être sur la route.

Parfois ils partaient très loin, à une centaine de kilomètres de Rogojine, à la frontière de la région, où il n'y avait plus ni campagne ni village, seulement quelques maisons solitaires aux toits effondrés et aux yeux crevés, et les champs vides luisaient jusqu'à l'horizon, blancs de neige, et le blizzard glissait ses longues langues de vipère vers les roues du minibus.

En avril, ils roulèrent dans le ciel. En haut, en bas – tout était bleu, brillant. L'eau de la rivière avait enflé et inondé les champs. Les nuages volaient aussi dans toutes les directions, en haut, en bas, à gauche, à droite, se reflétant comme dans un miroir, et le minibus blanc s'avançait lui aussi comme un gros nuage, et il n'y avait pas d'horizon : le bleu des champs se confondait avec le bleu du ciel.

Quand, quelques mois plus tard, Nina se souvint de ce jour, des nuages, du ciel de tous les côtés, elle se demanda si elle avait rêvé. Elle se renseigna discrètement auprès de Vitia : « C'était comme ça? – Oui. Et comment! » Donc, elle n'avait pas rêvé. Ou alors, ils avaient tous les deux fait le même rêve.

La route vidait et fortifiait Nina, et un jour elle sentit qu'elle ne pourrait plus vivre sans ces paysages monotones, sans ces signes qu'elle connaissait par cœur et qui se succédaient derrière la fenêtre du minibus, sur le trajet Moscou-Rogojine, avec la familiarité d'un rituel du matin. Ce trajet était progressivement entré dans sa vie, repoussant définitivement le bâtiment de l'université et l'appartement avec vue sur la gare de Biélorussie. Un instinct archaïque s'était éveillé en Nina : être sur la route, désirer la route, croire en la route.

Mais la route était peu compatible avec l'université. Nina n'en pouvait plus de mener cette double vie. Une double vie nécessitait deux fois plus de forces. Tant qu'elle en eut en réserve, elle accepta ces conditions. Quand, progressivement, ses forces s'épuisèrent, Nina se sentit harassée, exsangue. Elle devait changer quelque chose et, pour commencer, parler à Eva Vostokova.

Et Nina finit par se décider.

Les fenêtres du professeur Vostokova donnaient sur le Kremlin et la Moskova. De la table du salon, la fenêtre semblait une carte postale géante... Eva Vostokova vivait au centre-ville, au bord de la rivière Moskova, dans la célèbre « Maison sur le quai ».

Madame Vostokova était intarissable sur l'histoire de sa maison, si bien que Nina avait parfois l'impression de posséder elle-même des liens mystérieux avec cet endroit.

La Maison sur le quai avait été construite sur l'ordre du camarade Staline en personne, à l'intention des meilleurs citoyens du meilleur pays du monde ; on y trouvait tout ce qu'il faut pour être heureux. C'était la maison du futur, avec des salles de sport, des magasins, une blanchisserie, une école et un jardin d'enfant, une cantine pour les habitants, dont les plats étaient préparés dans un atelier spécial. Il y avait l'eau chaude, une douche et une baignoire...

– Une douche et une baignoire ? s'était étonnée Nina, à l'époque lointaine et heureuse où elle se rendait souvent dans cette maison.

– Et tu te figurais quoi ?

Vostokova était assise face à la fenêtre. On apercevait, derrière elle, le Kremlin et la Moskova.

– Aujourd'hui, on en trouve partout, mais à l'époque elles étaient rares. Les simples citoyens soviétiques se lavaient aux bains publics ou chauffaient de l'eau dans leur cuisine communautaire, dans des bassines – et ça, c'est quand le gaz est apparu, auparavant il n'y avait ni gaz ni eau chaude. Les amis des habitants de la Maison sur le quai venaient s'y laver, imagine. C'était... je ne sais même pas à quoi comparer ça. Comme si maintenant, chez toi, tu n'avais pas une simple baignoire, mais un parc aquatique.

Mais tous ne furent pas heureux dans cette maison construite pour leur bonheur : la peur élut domicile dans les appartements. Les habitants disparaissaient les uns après les autres dans la nuit, et ceux qui étaient encore là se disaient constamment que c'était peut-être eux qu'on viendrait chercher, la prochaine fois.

– Les gens savaient à l'avance qu'on viendrait les arrêter ?

– Pas toujours... Mais certains ont acquis un don de clairvoyance. L'un des habitants, un cadre qui avait assisté à la collectivisation dans la région de Tambov[1], a tout compris. De retour à Moscou, il s'est fait passer pour fou. Il faisait l'idiot, arrivait en retard au travail au Kremlin – et à l'époque, pour dix minutes de retard on prenait pour dix ans de camp. Il se promenait au bord de la Moskova en chantant des chansons... Un jour, il ne

1. De véritables massacres de paysans récalcitrants eurent lieu à Tambov, région fertile dont l'agriculture a été détruite par la collectivisation.

rentra pas à la maison, il s'était fait embarquer, on l'a mis à l'hôpital psychiatrique. On l'a soigné pendant plusieurs années. Mais en fait il avait compris, il était le seul à avoir compris, qu'il fallait sortir immédiatement non seulement du rang des « élus », mais aussi du monde des gens normaux. Il n'a pas sauvé sa propre vie, mais il a sauvé sa famille. Les autres n'ont rien compris, et n'ont sauvé personne...

La peur d'une arrestation nocturne était si grande que les journées passaient dans une tension colossale. Certains habitants ne la supportaient pas et se suicidaient sans attendre qu'on vienne les chercher. Ils se pendaient, se tiraient une balle dans la tempe, sautaient par la fenêtre. On l'appelait, en plaisantant, la Maison de détention provisoire. Mais ce genre de plaisanteries finissait aussi par une balle dans la tête.

– C'est sans doute pour ça qu'elle a des façades grises aussi sinistres, avait dit Nina.

– C'est déjà une chance qu'elles ne soient pas noires. La rumeur dit que Staline la voulait noire. Selon une autre version, elle aurait dû être rouge, comme le Kremlin, pour former un tout architectural avec lui. Les murs auraient été en granit de cette couleur.

– Et pourquoi ils n'ont pas réalisé cette idée ?

– Soi-disant parce qu'ils n'avaient pas assez d'argent pour un travail aussi grandiose. Puis ils ont voulu encore une fois changer la couleur, elle aurait dû être refaite en beige...

– Et ils n'ont de nouveau pas eu assez d'argent ?

– C'est ce qu'on dit, sourit Madame Vostokova. Mais je n'y crois pas outre mesure... Il court aujourd'hui encore tant de légendes sur la Maison qu'on finit par ne plus rien écouter. À mon avis, elle est très bien en gris, comme tous les bâtiments constructivistes.

– Et quelles légendes raconte-t-on encore ? C'est intéressant...

– Quelles légendes ? Hum... Par exemple, on a dit récemment que l'une des entrées de la Maison était fausse.

– Comment ça, fausse ?

– Il y a un perron, une porte d'entrée, un escalier jusqu'au dernier étage. Mais il n'y a pas un seul appartement... Juste la cage d'escalier et des murs sans porte. On dit que l'escalier servait à écouter ce qui se passait dans les appartements des entrées voisines... Selon une autre légende, il y a des espaces cachés derrière ces murs.

– Eh bien ! Et vous, qu'est-ce que vous en pensez ?

– Qu'est-ce que je peux en penser ? J'ai entendu dire que cette entrée a été faite sur ordre de Iejov lui-même, mais il n'est resté aucun document, ce qui fait qu'on ne peut que supposer... Il y a plein d'histoires, je ne me souviens pas de toutes... Par exemple, celle de l'enfant, mais tu la connais sans doute.

– L'enfant ? Non, je ne l'ai jamais entendue...

– L'enfant oublié dans son lit. La police secrète a enlevé toute la famille, une nuit : les parents, la grand-mère et le grand-père, un célèbre académicien... Et ils ont oublié le bébé dans son berceau. La famille ne l'a pas mentionné, espérant qu'il serait sauvé... Pendant la nuit, après qu'on les eut emmenés, les voisins ont entendu le bébé pleurer, sont entrés (la porte n'était pas fermée) et l'ont pris chez eux. Il faut avoir vécu à cette époque pour comprendre la portée d'une telle action... Ils l'ont caché, tout en sachant parfaitement que le personnel de la maison était composé exclusivement de gens du NKVD, qui espionnaient de près tous les habitants. On ne pouvait pas entrer dans la maison sans laissez-passer, et les invités, en partant, devaient montrer une autorisation pour sortir du bâtiment le moindre cadeau, le moindre livre qu'on leur aurait prêté. Voilà leur maison du bonheur...

Eva Vostokova tira une longue bouffée de sa cigarette russe fichée dans un porte-cigares. Un étroit filet de fumée se dirigea vers la fenêtre ouverte, où le crépuscule de printemps pâlissait. Les étoiles rouges brillaient sur les tours du Kremlin ; l'eau de la Moskova était blanche comme du lait et semblait immobile.

– Qu'est-il arrivé à l'enfant ? avait demandé Nina d'une voix étouffée.

– L'enfant a été sauvé. Quand il a grandi un peu, les voisins l'ont envoyé à Odessa... Je ne sais pas ce qui lui est arrivé ensuite. En ce qui concerne les légendes... Vois-tu, cette maison est en elle-même une légende. Imagine, la plus grande maison d'Europe, toute remplie d'une peur éternelle, où les bourreaux côtoient leurs victimes, où les victimes d'hier deviennent des bourreaux, et vice versa. Tu sais bien comme ça se passait alors. Il suffisait d'un regard de travers, d'un mot malheureux, pour qu'une personne soit éliminée.

Madame Vostokova racontait si bien, de façon si vivante et si convaincante, que par la suite Nina avait parfois une impression de déjà-vu, l'impression qu'elle avait vécu à cette terrible époque, il y a très longtemps, dans une autre réalité...

Avec le temps, Nina s'était vraiment attachée à la Maison sur le quai.

Elle s'estimait privilégiée de pouvoir y aller. Si on t'invite dans un appartement avec une telle vue, ta vie est déjà un succès.

Quand elle se rendait chez Madame Vostokova, elle achetait toujours un cadeau – des fleurs, de jolis gâteaux ou des chocolats. Nina savait que son professeur avait déjà tout cela à profusion – et des fleurs, et les meilleurs chocolats, et des thés raffinés, que la femme de chambre préparait dans de délicates théières, posait sur un plateau et apportait cérémonieusement au salon. C'étaient des cadeaux d'amour et de reconnaissance : Nina voulait remercier Madame Vostokova de vivre dans un appartement aussi merveilleux et de l'y accueillir. C'était un modeste sacrifice au dieu de la chance, qui l'avait conduite, par des voies mystérieuses, dans cette maison.

Après avoir piétiné dans l'escalier et enlevé de ses semelles de grandes langues de neige d'un blanc sale, Nina sonna à la porte. La serrure cliqueta, et Madame Vostokova en personne ouvrit la porte.

– Ah, Nina. Bonjour. Entre. Je suis seule, tout le monde m'a abandonnée.

Nina ôta ses bottes et se dirigea vers le salon. Madame Vostokova entra discrètement à sa suite, dans le froufrou de ses habits d'intérieur, et Nina eut l'impression qu'un grand oiseau avait pénétré dans la pièce, apportant avec lui des parfums d'espaces et de nuages, et s'était gracieusement assis en face d'elle.

Madame Vostokova avait l'air épuisée. Cela dit, ceci faisait partie de son style : le regard fatigué, les paupières lourdes – Akhmatova peinte par Modigliani, Serebriakova ou Altman, ou cet autre portrait, particulièrement expressif (ce soir-là Nina ne parvenait pas à se souvenir du nom du peintre). Sur tous ces tableaux, Anna Akhmatova était plus jeune qu'Eva Vostokova. Quel âge avait-elle sur le portrait de Serebriakova ? Et quel âge avait Eva Vostokova ? Personne ne le savait. Elle était apparue à l'université il y a fort longtemps ; son époux, un diplomate célèbre, lui permettait généreusement de s'occuper de linguistique et de littérature. Il était mort quelques années plus tôt, et Nina avait vu une émission qui lui était consacrée à la télévision.

– Je m'apprêtais justement à boire un thé. Tu arrives au bon moment.

Eva Vostokova versa dans les tasses un thé à l'odeur exotique.

– C'est du lotus. Ce n'est pas un très bon thé, on sent l'essence de la plante. Mais il me plaît, et je l'achète. On n'aime pas toujours ce qu'il y a de mieux, n'est-ce pas? Comment vas-tu?

Elle s'assit en face de Nina.

– Tu avais tout à fait disparu.

– Ça va. Comme d'habitude. Sauf que je ne donne plus de leçons particulières.

– Et tes parents? demanda Eva Vostokova avec sollicitude, en regardant attentivement Nina.

– Ils vont bien... Papa part la semaine prochaine à Vienne, pour un congrès. Maman... maman écrit un nouvel article. Elle rêve de recevoir une bourse pour cet été.

– Que fait-elle? Excuse-moi, j'ai oublié.

– Elle s'occupe de mammifères marins. Étudie l'effet du réchauffement climatique sur eux et répertorie leurs voix.

– Et quel est l'effet du réchauffement?

– Mauvais... Pour les étudier, maman doit aller régulièrement dans le Grand Nord. L'expédition se prépare toute l'année, mais chaque fois on n'est pas sûr qu'elle aura lieu. Les Américains attribuent une bourse. S'ils approuvent l'article de maman, ils la lui donneront. Sinon, ils la donneront à quelqu'un d'autre.

– Les Américains, protecteurs de la science russe.

Eva Vostokova mordit dans le minuscule gâteau fait maison de la confiserie luxueuse de la rue voisine. Il y a peu, Nina n'aurait pu y acheter qu'une baguette, mais aujourd'hui elle avait pu choisir, et acheter, le dessert le plus cher.

– Que deviendrait notre science si ces drôles d'Américains trop bien nourris cessaient de la financer? Qu'en penses-tu?

– Je ne sais pas... Sans eux, la science cesserait probablement d'exister. Ou notre État finirait par s'en occuper.

– Notre État ne fera rien pour elle. Ou, pour être plus précise, il financera, mais pas les mammifères marins.

Une contribution désintéressée, c'est un luxe de riches. Nous, nous ne nous intéressons qu'à ce qui rapporte beaucoup d'argent, et le plus vite possible. C'est notre principe : l'argent doit affluer immédiatement. Améliorer le monde, aider les phoques, c'est une utopie, et personne ici ne se lancera dans un projet utopique. Sauf si ça peut rapporter... Donc, sans ces Américains, tes mammifères ne survivront pas. Pas dans le Grand Nord russe, en tout cas.

– Mais peut-être que c'est une question de temps, que nous finirons par accorder nous aussi des contributions désintéressées ? Qu'un jour les gens comprendront que le monde ne peut pas être harmonieux si les phoques meurent dans le Grand Nord. Chaque année, des espèces animales disparaissent, des forêts brûlent... Et, près de nous, de pauvres enfants sont abandonnés, ajouta Nina à l'improviste, regardant fixement une feuille de thé dans sa tasse.

– Des enfants abandonnés, lui fit écho Eva Vostokova. C'est donc cela.

Elle parlait à voix basse, mélangeant le thé refroidi avec sa cuillère. Nina n'avait encore jamais remarqué de telles intonations dans la voix de son professeur, ni une expression aussi mystérieusement lointaine sur son visage.

Le téléphone se mit à sonner. Eva Vostokova alla à la commode et prit le combiné. Nina sentit l'odeur d'un parfum coûteux. Une odeur de passé distingué – d'arbre, de résine, de tabac. « Un parfum masculin, pensa Nina. Elle le portait déjà avant, mais ça ne m'avait pas frappée. Ou alors c'est un parfum féminin qui a l'air masculin. »

– Allô... Quoi ? À la rue Pokrovka ? Non, venez plutôt ici... Apportez-moi tout... Oui, mais ce n'est pas mon problème. Ils n'ont qu'à décider eux-mêmes... Ils ont un responsable – il n'a qu'à s'en occuper... Il est payé pour ça, et bien payé. Moi, je n'ai rien à voir avec ça... Oui, avec mon chauffeur. Je dis avec mon chauffeur... Bien sûr, avec le garde du corps, c'est évident.

Nina écoutait cette étrange discussion comme si elle rêvait. Madame Vostokova avait une voix sèche, dure. « Ils discutent d'affaires de la faculté, décida Nina. Mais alors pourquoi un garde du corps ? Étrange. » Cela dit, Eva Vostokova avait un effet légèrement hypnotique sur son entourage, et Nina cessa bientôt de s'intéresser à cette conversation incompréhensible.

– Dis-moi, Nina, il t'est arrivé quelque chose ? lui demanda Eva Vostokova.

Elle posa le combiné, s'approcha de la fenêtre et s'immobilisa, contemplant le panorama qui s'étendait devant elle, auquel elle aurait pourtant dû être habituée depuis longtemps.

– Imagine-toi, dit-elle soudain, que de vivre au centre-ville, je veux dire dans une mégapole, n'est pas aussi merveilleux que ça. On est au milieu du vacarme, de l'agitation, de publicités lumineuses. Dès qu'il fait sombre, il faut baisser les stores, de peur d'être ébloui. Mais, ici, c'est autre chose. Cet espace, la Moskova, le Kremlin... Ça fait des années que je regarde cette vue, je ne peux pas m'en lasser. Je n'ai pas besoin de datcha, ni de voyages...

Elle parlait à voix basse, comme si elle s'adressait à elle-même. Nina entendait à peine sa voix basse et un peu rauque. Puis il lui sembla que Madame Vostokova avait soupiré.

– Maintenant, raconte ce qui se passe. Impossible de me tromper. Je vois bien qu'il t'arrive quelque chose, ajouta le professeur.

Les intonations autoritaires de sa conversation téléphonique s'étaient modérées, sa voix était douce et un peu fatiguée.

Alors, Nina se mit à raconter.

Elle n'avait encore parlé à personne aussi en détail de sa nouvelle passion. Ce soir-là, elle expliqua tout à son professeur, par le menu, en commençant par le premier voyage à Rogojine, quand la 4x4 filait sur la route gelée et que la tempête venait à eux comme un chrysanthème blanc. Elle raconta les restaurants qui lui ouvraient leurs séductions jusque-là interdites. Et la sage, énergique et endurante Xenia, une vraie femme moderne. Et, petit à petit, avec une fierté secrète, elle parla d'elle-mêÒme, une autre femme moderne qui s'était découvert des qualités de femme d'action. Des qualités qui lui permettaient de s'affirmer dans une nouvelle réalité épaisse et opaque que, contrairement à une thèse, on pouvait palper. Subitement, elle voulut également raconter l'histoire de la boîte de caviar qu'elles avaient mangée avec Xenia, en y trempant des chips...

À peine une heure plus tôt, alors qu'elle se tenait dans la cage d'escalier devant la porte inaccessible de Madame Vostokova, Nina n'avait même pas imaginé qu'elle allait autant parler d'elle-même. Elle était venue pour tout autre chose – pour demander conseil et assistance dans ses problèmes à l'université. Elle avait appris depuis longtemps qu'il ne fallait pas ennuyer les gens avec sa petite personne et ses petits problèmes qui ne pouvaient intéresser qu'elle. Mais la magie de cette maison, les plafonniers à la lumière douce, le silence insinuant, les étoiles du Kremlin brillant à travers la sombre fenêtre et, surtout, le mystérieux charisme de son hôtesse poussèrent Nina, une fois prononcées ses premières paroles timides, à s'animer et à examiner bien en face l'eau trouble vers laquelle elle évitait depuis tant de mois de porter ses regards, comme si c'était un aquarium défraîchi dans lequel nageaient des poissons inconnus.

Elle parla, parla sans s'arrêter, des visages des enfants qui la regardaient à travers les barreaux des lits, des routes accidentées de la région de Rogojine, des villages en train de disparaître... Elle évita seulement de parler de Kirill. Et du plan de Xenia. Du mensonge qui était devenu la pierre angulaire de sa vie actuelle...

Arriva un moment où elle se dit qu'elle était probablement déjà restée trop longtemps chez Madame Vostokova, dans l'appartement rempli d'antiquités et de tapis étouffant les bruits. Qu'elle lui faisait perdre un temps précieux en l'ennuyant avec des détails inutiles.

Mais, étonnamment, Eva Vostokova écoutait Nina avec un intérêt marqué. Au début, elle était tournée vers la fenêtre, immobile comme une statue antique sur fond d'étoiles du Kremlin, puis elle était silencieusement revenue à la table et s'était assise sans dire un mot, le menton entre les mains, ressemblant soudain à la mère de Nina. Elle se mit à lui poser des questions. Nina finit par penser que son récit précipité et désordonné l'intéressait au plus haut point.

– C'est donc de ça qu'il s'agit, dit-elle quand Nina se tut finalement – elle prit une cigarette, la mit dans son porte-cigares et tira une bouffée. Des enfants abandonnés auxquels notre intelligentsia vient en aide. Notre Nina Koretskaïa, enseignante à la faculté de philologie romano-germanique.

Eva Vostokova prit une autre bouffée, perdue dans ses pensées. Elle resta un moment immobile, puis regarda Nina et sourit.

– Pas de façon tout à fait désintéressée, mais, tout de même, tu les aides.

– Est-ce que je peux en prendre une? demanda soudain Nina, tendant la main vers le paquet de cigarettes.

– Vas-y. Je ne pensais pas que tu fumais.

Tout ce qui se passait semblait si inhabituel à Nina qu'elle en oublia son désir de terminer au plus vite la conversation, de s'excuser et de partir.

– Donc, tu aides des enfants abandonnés et tu reçois de jolies sommes pour ça, sourit Madame Vostokova. Car ce sont de jolies sommes, n'est-ce pas?

– Oui, acquiesça naïvement Nina.

– De l'argent non soumis à l'impôt. Tu n'as pas à le déclarer. Tu n'as jamais rêvé d'en recevoir autant. On ne peut pas recevoir de telles sommes en salaire, seulement sous enveloppe. Tu reçois de l'argent, mais sans ton aide des parents ne trouveraient jamais leurs enfants en Russie.

Tout cela était parfaitement vrai, mais Nina se sentit soudain mal à l'aise. Elle fit oui de la tête et se plongea dans la contemplation de la pointe brillante de sa cigarette.

– Alors, qu'est-ce qui te rend aussi confuse ?

– Je ne sais pas... C'est compliqué... Je crois que je voulais dire encore quelque chose, mais je ne sais plus quoi, reconnut Nina, écrasant sa cigarette dans le cendrier.

– Tu ne sais plus... Je vais te dire moi-même où est le problème dont tu voulais discuter avec moi.

Elle était assise, immobile, et regardait Nina dans les yeux.

– Le problème est que ta nouvelle activité... Je ne veux pas l'appeler travail, parce que ce n'est pas tout à fait un travail, c'est autre chose. Donc, ta nouvelle activité est en contradiction avec ce que tu désirais pour toi-même. Et tous tes plans, tous tes rêves ambitieux ont pâli devant la perspective réelle de gagner beaucoup d'argent.

Nina baissa les yeux. Même seule face à elle-même, elle avait eu peur de formuler ce qu'elle ressentait de façon aussi claire et concise.

– Oui, vous avez absolument raison. Et je ne sais pas quoi faire.

– Tu ne sais pas ? Alors que veux-tu de moi ? Allez, je vais te dire ce que tu attends de moi. Tu désires que je te donne ma bénédiction pour quitter ton travail à la faculté et t'occuper tranquillement de cette activité lucrative.... exigeante et compliquée à tous les niveaux.

Nina se taisait, elle avait honte. Eva Vostokova, la merveilleuse Eva Vostokova, était déçue et offensée par sa fidèle doctorante Nina, qui se montrait prête à la quitter aussi facilement.

– Non, dit-elle en se faisant violence. Non, non, ce n'est pas ça.

– C'est exactement ça, Nina. Exactement. Le jour vient où il nous faut faire un choix. Tu dois décider toi-même de la voie à suivre : te consacrer à ce que tu considères comme ta vocation ou partir.

– Je vais bien sûr rester à la faculté, dit Nina avec feu. Je...

– Tu as déjà fait ton choix, ma petite Nina. Ne te mens pas à toi-même. C'est pour ça que tu es venue vers moi. Tu as fait ton choix en faveur des orphelins. Ou plutôt, de l'argent.

Nina était prête à pleurer à grosses larmes obstinées et rageuses, qui raclent la gorge et ne donnent aucun réconfort. Elle craignait de suffoquer. Elle ne se sentait pas prête pour une discussion aussi tendue et intensément sincère.

« Non, non, que dites-vous, voulait-elle crier à son professeur. Vous vous trompez, vous m'avez mal comprise. Je veux rester avec vous. Je ne peux pas faire autrement. Je ne veux pas que l'argent me détourne de mes plans. Cet argent peut tout détruire. »

C'est ce qu'elle avait envie de crier. Mais elle ne cria rien, ne dit rien. Les mots restèrent coincés dans sa gorge, avec ses petites larmes coupables.

– Oui, Nina. Tu as fait ton choix.

Eva Vostokova reprit une bouffée de cigarette. La discussion, semble-t-il, la préoccupait réellement. Elle était concentrée, très sérieuse.

– Et tu as fait le bon choix, ajouta-t-elle, exhalant un nuage de fumée et écrasant sa cigarette dans le cendrier.

Le silence s'installa dans le salon. C'était un silence particulier, rare dans la vie de tous les jours. Il devenait difficile de croire que cette pièce merveilleuse avait une fin et que hors de ses murs soufflait un vent froid, que les arbres agitaient leurs branches noires et humides, que les voitures étalaient sur le pont leurs flots dorés et mugissants.

– C'est le choix d'une personne raisonnable, non d'un rêveur et d'un idéaliste. Et je l'approuve entièrement.

Nina n'en croyait pas ses oreilles. Cette discussion inimaginable avait-elle lieu en rêve ? Encore un instant, et tout allait se confondre, la pièce allait rétrécir ou, au contraire, grandir et s'emplir de détails inattendus, puis Nina allait se réveiller dans son lit, s'apercevoir que déjà le jour se levait. Mais rien ne bougea, un silence ouaté continuait de régner, et les pendeloques du lustre en cristal oscillaient doucement. Qu'est-ce qui les mettait en mouvement ? Un courant d'air imperceptible, la respiration de Nina ? Ou, peut-être, la tension de ses nerfs ?

– Réfléchis. Dans ton nouveau travail, tu gagneras beaucoup d'argent, tu acquerras une bonne pratique de la langue et, surtout, une expérience de vie irremplaçable, prononça finalement Eva Vostokova. Alors qu'à la faculté, tu ne fais que te chatouiller les nerfs. Actuellement, tu n'y trouveras rien d'aussi fort. Tu ne satisferas même pas tes ambitions ; or, c'est ce qui nous permet de garder la plupart de nos collaborateurs. C'est quelque chose, un enseignant à l'université de Moscou ! Est-ce qu'on peut le comparer à un modeste traducteur ou un pauvre petit manager... Pourtant toute notre soi-disant activité de recherche est totalement nulle. Mais personne n'a la force de caractère de le reconnaître honnêtement... Chacun veut avoir l'impression d'être non une molécule, mais un individu participant à un processus historique important. Un enseignant à l'université, un chercheur. Mais l'époque où cette activité avait un sens est révolue. Malheureusement, elle ne peut plus remplir une vie, elle est devenue un hobby. Et notre chaire est une maison de retraite, rien de plus.

– Pourquoi une maison de retraite ? s'étonna Nina. Nous avons beaucoup de jeunes enseignants...

– Peu importe, l'interrompit Eva Vostokova. C'est une maison de retraite. Elle a fait son temps, même si nos collaborateurs ne veulent pas se l'avouer. À notre époque, la philologie n'est qu'un élément du processus d'apprentissage. Elle ne sert qu'aux étudiants. Tu es prête à consacrer ta vie à des étudiants ?

Nina garda le silence.

– Tu as raison, tu n'es pas prête, continua le professeur. Par contre, tu es prête à exercer ta propre activité. Donc, tu n'as pas à te faire de soucis de ce côté-là.

» Le problème est ailleurs, prononça-t-elle pensivement, laissant le temps à Nina de saisir l'importance de ses paroles et de les retenir. Il est lié à ce dont nous avons parlé avec toi ce soir.

– Lié à quoi ? demanda Nina, perdue. Quel problème ?

– Il y en a deux. Premièrement, d'après ce que tu en as dit, ce travail est assez trouble. Il rapporte énormément, mais tu dois bien comprendre que ce genre d'activité est ambivalente, elle a un double fond.

– Comment ça ? Quel double fond ?

– Sa part d'ombre. Elle existe dans cette activité comme dans tout autre phénomène. Plus le phénomène est fort, plus sa part d'ombre est importante. Dans ton cas, disons que Rogojine risque de te dévorer.

– Me dévorer ?

– Oui. Rapidement, discrètement, tu n'auras pas le temps de battre des cils, et tu te retrouveras dans son estomac. C'est comme chez les araignées : avec leur salive, elles injectent dans le sang de leur victime un poison paralysant. Qui sait, peut-être que la mouche, dans les pattes de l'araignée, éprouve de l'euphorie et non de la douleur.

– Que voulez-vous dire ? Que j'aurai peu de temps libre ? Que je ne finirai pas ma thèse ?

À cet instant, Nina acquit la certitude que la discussion avait vraiment commencé à épuiser Madame Vostokova : celle-ci regarda discrètement l'horloge pendue au mur du salon.

– Je vais y aller, proposa Nina.

– Oui, oui, j'imagine que tu es pressée. Ta nouvelle vie exige de toi de nouvelles actions.

– Non, c'est juste que je ne veux pas vous accaparer.

– Tu ne m'as pas accaparée. Au contraire, ça m'a changé les idées. Mais laisse-moi terminer ma pensée. C'est la dernière chose que je veux te dire.

Nina était déjà dans l'entrée. La neige qui était sur ses bottes avait fondu, formant, sur le sombre parquet de chêne, une flaque dans laquelle se reflétaient les plafonniers brillants.

– Je t'ai dit que tu pouvais te faire dévorer. Tu es déjà très impliquée – avec Xenia, avec les fonctionnaires de Rogojine. Et peut-être que d'autres personnes sont mêlées à cette affaire. Des gens que tu ne connais pas, ou dont tu n'as pas eu le temps de me parler.

– Peut-être, acquiesça Nina de façon vague.

– Tu ne sais pas si tous ces gens ont vraiment les mains propres. Si ta Xenia est toujours nette... Au fait, c'est le deuxième problème. J'ai bien dit qu'il y en avait deux.

– Que voulez-vous dire par nette ?

– Dans ce genre d'affaire, pour autant que je puisse comprendre, il est important de ne pas laisser de traces. Si quelqu'un laisse des traces, on pourrait remonter la chaîne et arriver jusqu'à toi.

– Mais moi, je n'ai rien à faire avec tout ça ? Je ne suis qu'un pion, s'étonna Nina. Qui pourrait s'intéresser à moi ? Qui voudrait s'occuper de moi ?

Eva Vostokova eut un rire peu amène.

– Personne ne s'intéresse à toi, c'est un fait, mais les temps changent, et tu peux devenir intéressante. Et alors, comme tu dis, ils s'occuperont de toi.

– Mais qui, dans quel but ?

– Il se trouvera bien quelqu'un. Vois-tu, une seule personne est formellement impliquée dans cette histoire : toi.

– Et Xenia ?

– Tout le monde connaît Xenia, et chacun comprend très bien comment elle travaille. Ils doivent même comprendre combien elle prend. Mais formellement elle n'existe pas, et si besoin est on peut l'oublier. Au pire, Xenia les y aidera. Elle donnera une grosse enveloppe à la bonne personne, et on la laissera tranquille... Et alors tous les indices mèneront à toi, ma chère.

– Mais c'est peu probable...

– J'espère vraiment que c'est peu probable... Mais je ne t'en avertis pas moins : sois prudente. Et, surtout, sois irréprochable, je t'en prie.

La domestique Tatiana apparut dans le vestibule. Elle était rentrée avec les courses pendant qu'elles discutaient dans le salon, puis était allée à la cuisine. Nina n'avait même pas entendu tourner la clé dans la serrure, tant elle était absorbée par leur discussion.

Tatiana salua Nina et ouvrit la porte d'entrée.

– Au revoir, madame Vostokova.

La voix de Nina trembla. Elle aurait voulu dire quelque chose, prononcer des paroles particulières, qui auraient exprimé son amour et sa reconnaissance. Reconnaissance pour l'attention et la sollicitude dont elle avait fait preuve. Pour cette vraie empathie qui avait rendu une telle discussion possible.

Elle descendit au rez-de-chaussée, ouvrit la porte et sortit dans la rue qui l'accueillit avec une débauche de sons, d'odeurs, et une humidité frileuse qui sentait l'essence. Des corbeaux croassaient, perchés sur des branches noires. Nina s'arrêta devant l'entrée, leva la tête : la fenêtre d'Eva Vostokova brillait, au sixième étage.

« C'est bien une vraie Maison du futur, pensa Nina. L'architecte avait raison. Nous sommes dans le futur, et de nombreuses maisons de ce genre sont apparues à Moscou. Impossible d'étonner les gens aujourd'hui avec cette infrastructure, et un appartement équivalent, même dans la Maison sur le quai, peut très bien être acheté par une quelconque Xenia. »

Nina se demanda s'il restait beaucoup d'habitants d'avant. Il faudrait le demander à Madame Vostokova... Et aussi : qui étaient ses parents, comment s'étaient-ils retrouvés dans cette maison ? Nina se rendit soudain compte qu'Eva Vostokova ne parlait jamais d'eux, évitait de répondre aux questions les concernant.

Nina se dirigea hâtivement vers le métro, achevant tout en marchant sa pensée, et passant immédiatement à la suivante : Xenia, les documents, les Espagnols et Rogojine.

Dans les quatre mois qui suivirent, douze enfants de la liste de Nina furent attribués : chaque semaine, une nouvelle famille espagnole – et parfois deux – venait à Moscou. Après une première rencontre, Nina préparait les documents, et quelque temps plus tard le tribunal se réunissait.

La décision s'imposa d'elle-même. Nina n'était plus tourmentée par le doute, elle n'eut plus besoin de demander conseil. Un matin, elle se leva, vidée et épuisée : ses quelques heures de sommeil ne lui avaient pas suffi. Elle comprit qu'elle ne pouvait pas continuer ainsi ; elle n'en avait tout simplement pas la force. Et une seule chose la ferait sortir de chez elle et traverser tout Moscou en métro : la perspective de poser sa lettre de démission sur la table du doyen de la chaire à l'université. Elle n'avait même pas le courage de subir les quatre heures académiques qui l'attendaient ce matin-là.

Sa lettre était courte. Elle ne faisait que quelques lignes, que Nina avait préparées à l'avance, pour éviter une perte de temps inutile et des interrogatoires fatigants. Par bonheur, le bureau était vide – l'heure du premier cours avait sonné, et les enseignants s'étaient rendus dans leurs auditoires. La démission de Nina n'étonna presque pas la secrétaire, qui avait remarqué depuis longtemps que quelque chose n'allait pas.

– Je n'en peux plus, reconnut Nina.

– Des problèmes privés ? s'intéressa la secrétaire avec compassion.

– Oui, dit Nina en baissant les yeux.

– Je comprends, ma petite Nina. J'ai remarqué depuis longtemps que vous n'allez pas bien. Vous attendez probablement un enfant. Mais vous feriez mieux de patienter un peu et de prendre un congé maternité...

– Je ne peux plus attendre, s'exclama Nina. Vous comprenez, je ne peux pas. Je n'en ai plus la force.

– Mais vous aurez un congé académique. Et vous pourrez reprendre votre place ici.

– Je sais. Mais je ne peux pas. Excusez-moi.

La lettre fut signée. Nina descendit dans le hall, enfila son manteau, sortit dans la rue.

C'était le printemps – le vrai, l'unique, sans neige boueuse et sans froid, avec des cerisiers en fleur et des pissenlits, un ciel bleu et une herbe toute neuve qui poussait à travers les fissures de l'asphalte. Un vent tiède souffla sur Nina, ouvrit son manteau, emmêla ses cheveux. Nina se dirigeait vers le métro en souriant, il lui semblait qu'elle sentait le goût du vent sur ses lèvres, mais peut-être qu'on brûlait les feuilles mortes de l'automne passé dans le parc de l'université.

Nina n'avait vraiment personne pour la mettre enceinte. Elle n'avait pas le temps non plus – non seulement de tomber enceinte, mais de s'intéresser à quelqu'un. Il n'existait qu'un homme dans sa vie, le chauffeur Vitia, qui par ailleurs était marié et avait trois enfants. En revanche, le lendemain, elle put partir pour deux jours à Rogojine l'âme tranquille. Elle avait un nouveau manteau blanc, de nouveaux jeans et un joli sac à main de cuir pour remplacer son sempiternel sac à dos d'hiver. Elle était heureuse et libre comme le printemps.

C'était déjà le mois de mai ; le temps était clair et serein. Le soleil rebondissait sur les branches des arbres, brillait sur tous les éclats de verre, tous les miroirs et les gouttières.

Les Espagnols sortaient la tête du minibus, observant avec curiosité les vieilles maisons, la foule des passants aux feux. Et ces bandes blanches en bas des arbres, c'est décoratif ? Non, c'est de la chaux pour les protéger des insectes. Et ça veut dire quoi, « pectopan » ? Comment, « pectopan » ? Où avez-vous vu ce mot ? Ça n'existe pas en russe. Là, c'est écrit sur la maison. Ah, mais ce n'est pas un « pectopan ». C'est un restaurant : seulement c'est écrit en cyrillique et vous l'avez lu comme si c'étaient des caractères latins[1].

Ils examinent les voitures, ils comptent les Mercedes 600. En Espagne elles sont assez rares, mais chez nous ils en ont déjà croisé cinq, sept ou plus, et encore, c'est le matin, à la sortie de Moscou, en entrant sur la route de Rogojine. Bah, des Mercedes. Nina avait lu sur Internet qu'il y avait une liste d'attente à Moscou pour les Bentley. Elles n'étaient pas faciles à acheter : tout ce qui était disponible était parti, on en avait réimporté, mais cela ne suffisait toujours pas. Xenia ne comprenait pas pourquoi les Bentley, ces voitures fragiles et capricieuses, si peu adaptées à leurs routes, étaient si prisées. Elle-même avait une Toyota, une tout autre affaire. Bon marché et fiable. « Bon marché, c'est vite dit, pensait Nina. Neuve, elle coûte au moins quarante mille dollars. » Elle aurait voulu

1. Ресторан (en cyrillique).

une voiture comme celle-ci. Comme la Toyota de Xenia, pas une Bentley.

Tout près de l'entrée de Rogojine, ils croisèrent un moine. Une silhouette noire sur le fond bleu-vert de la campagne printanière. Avec un bâton en guise de crosse, un sac sur le dos. Des nuages se reflétaient dans les flaques d'eau, semblables à des bateaux de papier. Une maison aux chambranles sculptés, puis une autre inhabitée, ses fenêtres barrées. Et la silhouette noire : de loin, on ne voyait pas si elle s'approchait ou s'éloignait. Dans quel siècle étaient-ils plongés ? Le dix-neuvième, tout à fait.

Une autre fois, un prêtre avec une grosse croix sur la poitrine faisait du stop sur le bas-côté. Quel âge a-t-il, Nina ? Impossible de comprendre, avec cette barbe – vingt ou trente ans. Victor fronça les sourcils, contrarié : il aurait bien pris le père dans sa voiture, s'il n'y avait pas eu les passagers. Mais avec ces catholiques, mieux vaut être prudent... Ils font le signe de croix à l'envers.

Le jeudi saint, une longue file de croyants s'était formée devant l'église. Une file qui faisait des virages, une sorte de huit, comme le symbole de l'infini : les femmes avaient des foulards, les hommes, des barbes. Qu'est-ce qu'ils attendaient ? Évidemment, la bénédiction des gâteaux de Pâques. Nina raconta tout ce qu'elle savait sur les gâteaux de Pâques, qu'on appelle les koulitch, sur les œufs qu'on décore. Il y avait aussi l'eau bénite, que certains utilisaient pour se soigner. Ça marche ? Vera, l'infirmière de l'orphelinat, dit que oui. Une des nurses se fait même des lavements avec de l'eau bénite.

Rogojine, ce n'est pas Moscou. Tout est différent.

Une femme en foulard s'arrêta au milieu de la rue, joignit le pouce, l'index et le majeur, et fit un large signe de croix devant la coupole de l'église. En la voyant faire, une autre l'imita à la hâte, une femme avec une chemise à strass et des talons aiguilles. Le bruit des cloches s'envola dans l'air, et on aurait dit qu'il répandait également un parfum de miel et de feuilles toutes fraîches, lui, et non le petit vent insolent qui soulevait le bas des jupes longues.

Rogojine est une ville pieuse. Jupes longues, foulards blancs...

L'un des pères, au monastère, exorcise les possédés. Pour le voir, comme pour la Bentley, les gens s'inscrivent sur une liste d'attente des mois à l'avance. Il accueille des possédés de toute la Russie. Vera l'infirmière a raconté comment une femme avait croassé dans l'église comme un corbeau, parce qu'on lui avait jeté un mauvais sort dans sa ville. Elle commençait par parler normalement, puis, tout d'un coup, elle faisait une terrible grimace et croa, croa. Elle avait fait la queue pour voir le père, avait attendu presque un mois, une croyante l'avait logée chez elle pour la gloire de Dieu. Le père l'avait reçue, avait dit des prières, chassé le démon, et elle avait guéri. Elle était rentrée chez elle.

À la fin de l'hiver, une icône épanchait de la myrrhe – c'était aussi un récit de Vera. Il venait beaucoup de monde de régions éloignées, de Moscou même. On embrassait la relique, allumait des cierges, récitait un Te Deum. Tout ça parce que les fidèles de l'église vivaient pieusement, certains devenaient novices, d'autres moines.

Les icônes, les cierges, les prières. Les miracles orthodoxes.

Une éducatrice de Konkovo :

– Nous avons un grand starets qui est enterré ici. Nous allons souvent sur sa tombe, prenons un peu de terre. Prenez-en aussi. Vous pouvez en mettre dans un verre d'eau, ou dans le thé. Mais vous devez absolument dire une prière et ce dont vous avez besoin, vous demandez au saint père de vous exaucer. Et il vous exaucera. Nous le faisons toujours nous-mêmes, et le conseillons aux autres.

Pour les fidèles, le prêtre est un père et un roi. Ils lui obéissent. Vera l'infirmière lui demandait sa bénédiction pour toutes ses petites affaires : arracher une dent, acheter des bottes, partir en vacances. Un prêtre-moine dit à une femme qu'il la bénissait de ne pas partager la couche de son époux. À quoi bon pécher encore, quand ils avaient déjà des enfants. Il est difficile d'obéir à la volonté du prêtre, mais que faire... Cela dit, selon certaines rumeurs, il y a des « faux » prêtres. Il n'est pas difficile de les identifier, il suffit de regarder si, au moment de la confession, le prêtre met la main sur son étole ou non. S'il la met – les péchés ne seront pas absous, et le prêtre est « faux ».

Les pieux habitants de Rogojine craignent les prêtres inconnus, les églises étrangères.

Dans l'orphelinat d'Ada, une nurse avait peur des autres fidèles. À la communion, quelqu'un pouvait s'approcher par-derrière et toucher votre dos. Elle disait qu'elle sentait alors littéralement la grâce s'éloigner d'elle. On dit aussi que les chats repoussent la grâce.

Les journaux parlèrent d'une icône miraculeuse. Dans un village, lors des grandes fêtes religieuses, le prêtre sortait cette icône de l'église et la présentait aux fidèles. Si un homme juste la touchait, il ne se passait rien. Mais si un pécheur s'y risquait, l'icône commençait à faire des bonds et le tapait sur la tête. On disait que l'icône reconnaissait elle-même les pécheurs. Mais d'autres gens prétendaient que cette icône était en fait possédée par le démon. Car les icônes peuvent être possédées. Les démons savent tout ce qui se passe entre les gens et qui commet quel péché. Et, en fait, une icône n'est pas conçue pour battre les pécheurs : elle est là pour qu'on prie devant elle. Seuls les démons peuvent rendre une icône aussi ridicule. Il faut se tenir à l'écart de ce genre de miracles.

Lioudmila Dmitrievna, du département de l'Éducation, parlant à quelqu'un au téléphone : « Pour baptiser un enfant, on lui achète une croix. S'il y a un crâne au pied du christ, l'enfant souffrira toute sa vie. S'il n'y a pas de crâne – il sera heureux. Les prêtres savent très bien cela, mais ils ne le disent pas. Parce que tout le monde ne peut pas être heureux. »

Ada Mitrofanovna reconnut un jour que, dans sa jeunesse, une femme l'avait enviée et lui avait volé son mari – elle l'avait ensorcelé. Son mari avait quitté Ada, il l'avait abandonnée seule avec leur enfant. Ada avait alors commencé à fréquenter l'église, avait mis des cierges pour son salut à lui. Elle y était allée un jour, un autre. Et beaucoup d'autres jours; une femme lui avait appris comment faire. Et imaginez-vous, ça avait marché : le mari avait quitté l'autre femme, il n'avait pas voulu vivre avec elle. Il est vrai qu'il n'était pas revenu à Ada, mais elle ne le désirait plus tant que ça à ce moment.

Certains s'adressaient à des sorciers. Les sorciers pouvaient lire la bonne aventure, soigner, jeter le mauvais œil. Mais on pouvait en devenir fou – si celui à qui on avait lancé le mauvais œil réagissait et détournait ce sort. Car le mauvais œil, privé de proie, revenait alors à celui qui l'avait lancé.

Afanassi était issu d'une dynastie de sorciers. Il vivait dans un village près de Rogojine. On disait que son grand-père était un sorcier si puissant que des cornes lui avaient poussé. Beaucoup de gens allaient chez Afanassi, il y avait une vraie liste d'attente.

Il existait aussi des guérisseurs orthodoxes. Qui ne soignaient pas avec des médicaments, ni avec des formules magiques, mais avec des prières. La célèbre Baba Nioura, ou Anna, de Rogojine, était une guérisseuse, une sauveuse d'âmes. Elle guérissait de l'alcoolisme par la foi.

On disait qu'elle n'acceptait pas tout le monde. Si quelqu'un ne se confessait pas, ne communiait pas à temps, elle ne le recevait pas. Dans la publicité du journal local, Baba Nioura était toujours représentée avec une icône de la Vierge et un crucifix dans les bras.

Les petites infirmières de l'orphelinat allaient loin de la ville se faire dire la bonne aventure. Vera, l'infirmière-chef, était au courant. Elle écoutait leurs discussions et les rapportait à Ada. Elles se donnaient rendez-vous, partaient à deux, à trois en bus. La diseuse de bonne aventure n'était pas chère, mais elle vivait dans un village isolé à plus de cent kilomètres. Les filles avaient peur de s'y rendre seules.

Le soir, ils allumèrent la télévision dans leur chambre d'hôtel. Sur une chaîne locale, un chœur de grands-mères en robes folkloriques chantaient une berceuse traditionnelle de la région de Rogojine :

Vaniouchka Sedine va mourir
Demain on l'enterre
On enterre Vania.
On sonnera le glas.
Dodo, dodo,
Meurs bientôt !
Meurs bien vite.
On f'ra un bel enterrement,
On ira au cimetière
On chantera le requiem
On creusera la tombe
On pleurera, on gémira
Le corps on recouvrira.

– Pourquoi une tombe ? Pour une berceuse ?

Les Espagnols étaient choqués. On ne chante pas ce genre de choses en Europe.

– Ni chez nous non plus, expliqua Nina. C'est une vieille berceuse des temps anciens. Ce genre de chansons servait à tromper le Malin, à éloigner le malheur. On estimait que si le pire était déjà arrivé en paroles, avec tant de détails, le malheur épargnerait le lit de l'enfant. C'est comme des formules magiques, mais à l'envers.

En général, Nina ne se souvenait pas des Espagnols. Elle se souvenait seulement des enfants.

Elle se rappelait particulièrement l'histoire de la petite Ticha. Peut-être parce que les parents adoptifs de Ticha étaient parmi les rares avec lesquels Nina avait développé des liens d'amitié. Cette amitié n'avait pas disparu quand l'enveloppe contenant l'avance était passée dans le porte-documents de Xenia, ni quand toute la somme fut réglée, quand les derniers documents furent prêts ainsi que le passeport international au nom de Cristina Oller Puich, avec une photo noir et blanc de son visage anxieux et expressif. Une autre photo de Ticha, plus grande, en couleurs, trônait sur le bureau de Nina : une grande gamine sérieuse à l'aspect absolument catalan portant des lunettes et un tutu – Ticha fréquentait une école de danse.

Ticha avait vécu presque une année à l'orphelinat sans apprendre à jouer avec les autres enfants. Elle n'aimait ni ne savait jouer avec eux, parce qu'autrefois elle avait été le seul enfant d'un village à demi déserté et n'avait eu personne avec qui jouer. On pouvait, non sans difficulté, l'impliquer dans un jeu, et Ticha faisait alors tout ce qui était exigé d'elle, mais dès que l'éducateur s'éloignait, elle s'arrêtait de jouer. En revanche, tout au bord de la cour, elle avait un pré magique, dont elle connaissait chaque herbe, chaque pomme de pin, chaque craquelure dans l'écorce. Elle grattait sur le tronc un peu de résine odorante qu'elle roulait en boule et suçait comme un bonbon. Elle enfonçait soigneusement dans le bois des aiguilles de pin souples, comme autant de petits bonhommes aux longues jambes gravissant le tronc vers la cime. En hiver, elle mangeait de la neige et avalait avec bonheur l'eau pure qui sentait la forêt.

Le neurologue de l'hôpital régional dit que Ticha souffrait probablement d'autisme. Personne n'était pressé de poser un diagnostic définitif mais, à tout hasard, on s'apprêtait à la transférer en internat spécialisé dès l'hiver.

Le monde de Ticha s'était rétréci aux dimensions du pré après la mort de tante Nastia, la sœur de sa maman.

Tante Nastia était plus âgée que la mère de Ticha et ressemblait plus à une grand-mère qu'à une tante. Elle était grande, grosse, avec des cheveux gris clairsemés et une peau jaune à l'aspect maladif, elle était tout le temps essoufflée et avait été plusieurs fois à l'hôpital pour ses problèmes de cœur. Tante Nastia disait que sa sœur, la mère de Ticha, était une bonne à rien. Ainsi, Ticha avait appris dès sa plus tendre enfance que sa mère était une ivrogne, et que son frère Vania était mort quelques années plus tôt à cause de son ivrognerie. Il y avait toujours un tonton quelconque qui traînait dans la maison de sa mère : il y eut d'abord le gentil tonton Slava, qui était bon avec Ticha, ne se montrait jamais violent, mais buvait comme un trou. Puis il fut remplacé par tonton Micha, lui-même remplacé par tonton Slava, mais un autre ; le premier tonton Slava, que Ticha appelait papa, mourut en avalant du liquide de freins après une nuit de beuverie.

Tante Nastia avait quelques bêtes : des poules, une vache et le chien Belka[1]. La vache s'appelait Mania, elle avait son caractère et ne laissait personne d'autre que tante Nastia s'approcher d'elle. Le chien Belka était le chouchou de tante Nastia, qui l'aimait presque plus que Ticha. À l'encontre de toutes les coutumes villageoises, Belka était logée été comme hiver dans la maison,

1. Belka veut dire « écureuil ». L'un des deux chiens envoyés dans l'espace en 1960 s'appelait Belka.

mangeait à table et dormait même dans le lit avec tante Nastia, sous la couverture.

Les poules étaient des poules ordinaires, elles se ressemblaient toutes et n'avaient pas de nom.

Au printemps, Ticha aidait tante Nastia au jardin. Elle aimait creuser des trous dans la terre noire et friable, et y glisser une pomme de terre, un oignon ou des graines, puis refermer avec la tranche de la main. La terre printanière, qui venait de s'éveiller, avait une odeur sucrée, et Ticha ne pouvait s'empêcher, de temps à autre, de porter à sa bouche un morceau de terre odorante et grasse, le mâchait et l'avalait, parce qu'il était meilleur que n'importe quel complément alimentaire et, dans ces moments, Ticha avait l'impression d'être une graine ou une larve de scarabée. Tout était délicieux chez tante Nastia : l'étable, la cuisine, la cour intérieure, la vodka de betterave – tout avait une odeur pleine et confortable.

Il y a longtemps, tante Nastia avait travaillé à la comptabilité. Elle donnait leur salaire aux travailleurs du kolkhoze, et tout le monde la respectait. Puis les salaires se firent plus rares, les hommes du village venaient rouspéter sous les fenêtres de tante Nastia, comme si c'était elle qui amenait l'argent de la ville et le distribuait. Tante Nastia les engueulait jusqu'à en avoir la voix rauque : elle n'était pas responsable de l'argent, et elle-même, au même titre que les autres, n'avait pas reçu de salaire depuis plusieurs mois. Des injures avinées retentissaient dans sa cour jusque tard dans la nuit.

Puis le kolkhoze fut démantelé, la ferme vidée, on amena toutes les vaches à l'abattoir, et tante Nastia resta sans travail. Mais elle ne se mit pas à maudire son sort et ne devint pas ivrogne comme ses voisins. Tante Nastia se mit à fabriquer et à vendre sa propre vodka. De nombreuses femmes, dans les villages voisins, produisaient leur vodka, et, du point de vue de la morale villageoise, ce n'était pas un crime. Tante Nastia était sérieuse et honnête. Sa vodka n'était pas frelatée, et même de bonne qualité, au grand soulagement des paysannes du coin : sans elle, leurs maris se détruiraient avec le poison que vendaient les Tsiganes.

Toujours officiellement comptable, tante Nastia versait sa vodka dans des bouteilles en plastique qu'elle trouvait dans les alentours, et la vendait discrètement dans sa cour, le soir venu. Le commerce de tante Nastia était un succès, et elle comptait soigneusement l'argent gagné qu'elle cachait derrière le tableau accroché dans sa chambre au-dessus de son lit.

Ticha dormit chez tante Nastia pour la première fois l'année où le premier tonton Slava disparut de son existence, faisant place à toute une succession d'autres tontons qui précédèrent le second tonton Slava. Sa mère menait la grande vie : elle se levait tard et accueillait jusqu'à tard dans la nuit des invités qui lui apportaient de la vodka bon marché et de quoi croquer un morceau, du saucisson de fressure, du pain et de l'oignon. Les invités criaient, dansaient, mangeaient toutes les provisions avec la vodka, ne laissant même pas un morceau de pain. Tante Nastia passait parfois avec des friandises pour Ticha, mais dès qu'elle était partie les friandises étaient retirées à la petite fille et disparaissaient également dans l'estomac des invités.

La mère de Ticha vivait dans une bâtisse en rondins dont elle avait hérité, avec tante Nastia, à la mort de la grand-mère. La maison n'était composée que d'une grande chambre et d'une cuisine avec un poêle russe sur lequel on dormait en hiver. Il n'y avait pas de portes pour séparer les pièces, elles étaient remplacées par des rideaux qui permettaient à la chaleur de se répandre partout. Personne ne lavait les sols, personne ne faisait le lit – on dormait tout habillé sur les matelas noirs de saleté, et il y avait tant de cafards que, le soir, quand Ticha regardait le mur grouillant de bêtes, elle avait l'impression que chacun suivait sa propre orbite.

Ticha n'avait pas peur des cafards, mais elle fuyait le poêle, qui était lié à d'horribles souvenirs. Un jour, elle s'était réveillée la nuit et s'était rendu compte qu'elle avait probablement la grippe, qu'elle avait déjà eue quelque temps plus tôt : sa tête était douloureuse, elle sentait ses tempes pulser très fort, des ronds de lumière dansaient devant ses yeux et le bord de la couverture lui semblait sec et friable comme un bout de papier. Ticha avait la nausée, la chambre lui tombait dessus, puis s'éloignait au rythme de sa respiration. Elle avait soif; elle se leva et se traîna dans la cuisine où se trouvait toujours un seau d'eau. Le seau était vide, personne ne l'avait rempli le soir. Ticha fit du bruit avec la louche, puis s'approcha du lit et se mit à secouer sa mère. Celle-ci mit longtemps à se réveiller et Ticha, en pleurs, la secoua par les épaules, comme une vilaine poupée géante. Puis, prenant peur, elle se mit à lui pincer les joues et à lui tirer les cheveux. Sa mère se réveilla enfin et leva péniblement la tête. Elle balaya la chambre d'un regard trouble, se leva, titubant comme si elle était ivre, bien qu'elle n'ait eu aucun invité la veille et n'ait rien bu.

– Oh, merde..., gémit-elle, et, se précipitant vers le poêle, elle en tira la grosse clé.

Elle courut à la fenêtre, tira de toutes ses forces sur l'espagnolette et l'ouvrit d'un coup, tout grand, sans se préoccuper du froid qui entrait. Il gelait cette nuit-là, et un vent glacé souffla sur le visage de Ticha, elle voulut dire à sa mère qu'elle était malade, mais à ce moment les ronds de lumière devant ses yeux se transformèrent en une grande tache violette et elle perdit connaissance.

Quand elle revint à elle, il faisait déjà jour, le soleil entrait dans la chambre. On entendait des bruits de cuisine énergiques : un seau qu'on heurtait, une allumette, un couteau sur une planche. Ticha devina que tante Nastia était venue s'occuper de la maison. Elle n'avait déjà presque plus la nausée, mais la couverture pesait sur elle comme un tas de neige, et tout son corps était faible.

Elle ne comprit pas exactement ce qui était arrivé cette nuit-là, mais elle savait bien que c'était à cause du poêle, et elle se mit à le redouter, comme si un mauvais esprit se cachait dans ses entrailles d'argile.

Après l'histoire du poêle, la mère de Ticha se tint tranquille, mais pas longtemps : le nouveau tonton Slava fit son apparition, et le bazar reprit. La vodka artisanale ne finissait jamais ; en revanche, il n'y avait plus rien à manger. Ticha avait faim, elle allait de plus en plus souvent chez tante Nastia, dans la rue voisine. Tante Nastia l'accueillait, la nourrissait, lui libérait un coin dans la chambre juste à côté de la pièce où les bouteilles de vodka s'entassaient, près d'une armoire et de la télévision.

Un jour, la mère de Ticha ferma la porte de la maison à clé et partit dans le village voisin où elle fit la fête toute une semaine. Le troisième jour, tante Nastia démolit la porte avec une hache et sortit Ticha à demi morte de la maison glacée, empuantie par les cafards. Après cette histoire, Ticha déménagea définitivement chez tante Nastia. Sa mère vint plusieurs fois menacer et insulter tante Nastia sous sa fenêtre, mais la tante ne la laissa pas entrer et ne lui rendit pas sa nièce.

Un beau jour, Ticha et tante Nastia montèrent dans un bus et partirent à la ville où elles cherchèrent une grande maison jaune. Dans cette maison, tante Nastia eut une longue discussion avec des dames de la ville à l'air important, qui interrogèrent ensuite Ticha sur sa vie avec sa mère, sur l'histoire du poêle, les tontons Micha et Slava. Tante Nastia signa des papiers. Ticha sentait que toutes ces discussions et ces signatures annonçaient un changement important.

Enfin, la dame la plus imposante, qui avait les cheveux relevés haut sur la tête et sentait fort le parfum, demanda à Ticha :

– Dis-nous, Kristina : tu veux vivre avec Anastasia Sergueïevna ?

– Oui, répondit Ticha, devinant qu'Anastasia Sergueïevna était la tante Nastia.

– Et maman ? demanda-t-elle après un temps.

– Ta maman te ferait mourir de faim, dit la dame à mi-voix en échangeant un regard avec tante Nastia. Reste chez ta tante pour le moment, on verra après.

C'est ce qui fut décidé. Puis Ticha et tante Nastia repassèrent par les bureaux sentant le parfum, et on les laissa partir.

Depuis ce jour, Ticha vécut légalement chez tante Nastia. La mère de Ticha continuait de venir, soûle, et d'exiger qu'on lui rende sa fille.

– On en reparlera demain matin, disait calmement tante Nastia – mais la mère de Ticha, ayant dessoûlé au matin, ne pensait plus à ses larmes de la veille et ne venait pas chercher sa fille.

Mais un jour, un malheur arriva. On buvait depuis plusieurs jours sans discontinuer chez la mère de Ticha, grâce à quelques sous que tonton Slava avait gagnés. Quand ils eurent tout bu, tonton Slava envoya la mère de Ticha chercher de la vodka. En général, celle-ci ne s'adressait jamais à tante Nastia, sachant qu'elle ne lui donnerait rien à boire, mais elle n'avait plus le choix : ce jour-là, tonton Slava était totalement déchaîné, il ne la harcelait plus en pleurant et en l'embrassant, il était devenu féroce, et la tapait sans desserrer les lèvres.

– Nastia, donne-moi à boire. Slava ne me laisse pas rentrer chez moi, pleurnichait la mère de Ticha sous la fenêtre de tante Nastia. Il va me tuer. Tu m'as pris ma fille, tu peux au moins m'aider. Donne-moi une bouteille, plus vite que ça ! hurla-t-elle.

Ce jour-là, la mère de Ticha resta sous les fenêtres plus longtemps que d'habitude. Elle couvrit tante Nastia d'injures ordurières, donna des coups de pied dans la porte, s'attaqua aux ciselures de la fenêtre, et tante Nastia lui répondit en l'engueulant, même si, depuis le matin, elle avait des douleurs au cœur et aux bras. Elle ne prêtait tout simplement pas attention ni à son cœur ni à ses bras, et avait préparé, comme d'habitude, la soupe aux choux pour la semaine, nourri le chien et les poules, trait la vache. Le soir venu, elle s'était sentie très mal, mais elle tenait le coup et n'ouvrait pas à sa sœur.

Celle-ci s'en alla enfin.

Tante Nastia se coucha tôt, sans manger. Ticha mangea seule, puis fit bouillir l'eau et donna son thé à tante Nastia, parvenant difficilement à poser la tasse sur la table déjà couverte de nombreux objets, flacons de médicaments, vieilles recettes, coupures de journaux, bocaux avec des graines, bonbons poisseux, diverses lunettes pour différentes occasions... Ticha avait bu son thé et était allée se coucher.

Ils étaient revenus ensemble pendant la nuit – maman et tonton Slava. Quelque chose avait mal tourné cette nuit-là : jaillissant des ténèbres noires comme du charbon, tonton Slava avait commencé à défoncer la porte. La mère de Ticha sanglotait des larmes d'ivrogne, lui attrapait les bras, se pendait à son cou, essayait de l'arrêter. Belka sautillait devant la porte comme un ballon blanc laineux, aboyant de toutes ses forces. Ticha se réveilla et courut dans la chambre de sa tante. Celle-ci était assise sur son lit, dans le noir.

– Kristina, va te cacher, dit-elle d'un ton décidé. Mets ton bonnet, ton manteau et va dans la cave, ou ils vont te faire du mal.

– Et toi, et Belka ? hurla Ticha. Je ne vous abandonnerai pas !

– Je t'ai dit de te cacher, lui cria sa tante. Nous réglerons ça entre nous, ajouta-t-elle, se levant péniblement du lit. Oh, les scélérats.

Elle s'avança lentement vers la cour intérieure où Belka, déchaînée, courait d'un côté à l'autre.

– Ne casse pas la maison, j'vais t'ouvrir, prends c'que tu veux et tire-toi, cria tante Nastia à la porte – mais la porte ne l'entendit pas et continua à émettre un grondement lourd et régulier.

Tante Nastia tira le verrou, mais ne put pas ouvrir : on continuait de frapper la porte avec colère, sans s'arrêter, de l'autre côté. Tonton Slava avait oublié pourquoi il était venu, et se battait avec la porte sans songer à la tirer vers lui.

Ticha prit son manteau, mais ne descendit pas à la cave. Elle se cacha sous le grand lit de tante Nastia. La porte de la chambre était ouverte, elle voyait le couloir, la cour et la porte d'entrée gémissant sous les coups de tonton Slava. Soudain, les coups cessèrent, le silence régna, et ce silence était encore plus sinistre. Tante Nastia poussa le verrou, colla son oreille contre la porte et écouta. Puis, sans allumer la lumière, elle regarda par la fenêtre.

Belka recommença soudain à aboyer, et se tapit derrière la porte.

Ils étaient de retour. Cette fois-ci, tonton Slava avait pris un objet lourd avec lui : la porte fit entendre un craquement, eut un soubresaut et céda.

Le premier coup, terrible, tomba sur Belka qui hurlait de colère. Ticha vit le chien voler contre le mur, et une boule blanche retomber au sol.

Les coups suivants atteignirent quelque chose de plus grand et de mou : tante Nastia poussa un gémissement puis se tut, comme si elle avait parlé dans son sommeil.

Puis tout devint très silencieux, et dans ce silence des bottes se mouvaient lentement, parfaitement dégrisées. Ticha les vit hésiter dans l'entrée, où étaient rangés les seaux de tante Nastia, les bouteilles en plastique vides pour la vodka et les bocaux de trois litres pour le lait. On aurait dit que les bottes n'osaient pas entrer dans la maison où on ne marchait qu'en pantoufles. Elles passèrent sur la terrasse, puis dans la cuisine, puis dans la chambre de Ticha, et dans la chambre de tante Nastia. Les bottes s'arrêtèrent à un mètre de Ticha, comme si elles la sentaient. Ticha essayait de retenir son souffle et les surveillait de son refuge poussiéreux avec des yeux agrandis par la frayeur.

Puis, quand les voisins accoururent en entendant les longs hurlements de maman, que la police arriva du centre régional, immobilisa et emporta tonton Slava et se mit à fouiller la maison, chambre par chambre, en appelant Ticha par son nom, celle-ci ne répondit pas. Elle resta allongée sous le lit jusqu'au lendemain, immobile, fixant devant elle l'endroit où, quelque temps plus tôt, deux bottes noires en cuir artificiel lui cachaient la tache noire étendue dans la cour...

On enterra tante Nastia sans Ticha. À l'hôpital où on avait emmené la fillette à tout hasard, quand on l'eut enfin sortie de la maison sentant le sang, personne ne pensa à lui permettre d'assister aux funérailles, et elle n'avait pas d'autres parents que sa mère pour y songer. Ticha savait que sa tante était morte, qu'on l'avait enterrée au cimetière du village voisin, où Ticha s'était rendue plusieurs fois sur la tombe de sa grand-mère et de son frère. Pendant que tante Nastia s'affairait autour de la tombe, arrachait les mauvaises herbes, fouillait la terre de sa pelle et plantait des marguerites, puis posait sur une assiette des œufs teints et des morceaux de gâteau de Pâques, versait de la vodka dans un verre qu'elle posait sous la croix, Ticha se promenait dans le cimetière; un jour, elle apporta un gros bouquet de très jolies fleurs blanches en plastique qu'elle avait trouvées près des tombes, mais, sans lui expliquer pourquoi, tante Nastia lui avait enlevé les fleurs des mains et les avait jetées.

Ticha essaya d'imaginer comment on mettait sa tante dans la tombe, puis comment on l'enterrait dans l'argile glacée au milieu des croix couvertes d'une peinture argentée.

Puis elle se représenta sa tante, un foulard blanc sur la tête, une icône sur la poitrine – la grand-mère avait été enterrée ainsi – avec ses sourcils et sa bouche très serrée qui lui donnaient une expression sévère et concentrée, gisant tout au fond, dans une obscurité exiguë, gelant avec la terre dans le froid et fondant au dégel. Mais Ticha ne se faisait pas de souci pour sa tante. Au village, mourir était une chose normale, c'étaient généralement des personnes âgées et respectées qui mouraient, et leur mort était immédiatement suivie de gestes efficaces. Personne ne pleurait, on préparait une grande table autour de laquelle tous s'asseyaient cérémonieusement, avec, à la place d'honneur, une photo du défunt, un petit verre de vodka et un morceau de pain noir. Ticha s'était souvent étonnée que, alors qu'il y avait tant de bonnes choses sur la table, du fromage, du saucisson, du saindoux, le pauvre mort n'ait droit qu'à ce morceau de seigle desséché, que même le chat ne mangerait pas, et encore moins Belka, la chouchou de tante Nastia.

La mort, au village, était une affaire importante et sérieuse, personne n'en avait peur, et Ticha savait qu'on prendrait soin de sa tante.

Mais une pensée ne la laissait pas en paix, celle du destin de Belka. Son cœur saignait, elle était réveillée par des cauchemars la nuit, ne parvenait plus à s'endormir. Elle ne savait pas qui avait sorti le cadavre du chien de la maison, et ce qu'on en avait fait. Et si Belka avait survécu ? Qui s'en occuperait ? Qui la nourrirait de poulet et de crème aigre, comme le faisait tante Nastia ?

Sa mère vint la voir un jour, versa des larmes d'ivrogne, promit de venir la chercher. Tonton Slava était « au trou », et Ticha l'imagina immédiatement dans un grand trou, assis devant une table couverte d'écailles de poisson, une hache sur les genoux. Mais on lui expliqua que le trou était la prison, et que tonton Slava ne reviendrait pas.

Ticha resta longtemps incapable de parler. Elle était comme une très vieille dame, il ne lui restait aucun mot pour répondre aux questions des policiers, des médecins, des infirmières, des employés du RONO et de l'orphelinat. L'été venu, elle s'ouvrit un peu, mais les familles russes refusaient de prendre chez elles cette fillette maussade et pas vraiment jolie.

Fin septembre, Nina amena à Ticha les Catalans Joan et Nuria, qui venaient de la ville de Cadaqués, où Salvador Dalí vécut à une époque.

Comme plusieurs fois auparavant, Xenia ne voulut pas les accompagner : Nina s'en sortirait parfaitement toute seule. Nina ne protesta pas, elle aimait mieux voyager seule, elle pouvait alors contempler les paysages défilant par la fenêtre sans avoir à faire la conversation.

Des pluies abondantes étaient tombées de fin août à la mi-septembre, et la verdure exubérante des arbres avait commencé à se clairsemer sans avoir eu le temps de jaunir. Puis vint l'été indien, et les buissons longeant la route passèrent à une couleur dorée, il faisait doux et beau.

La petite ville d'Ozeretsk où se trouvait l'orphelinat de Ticha était encore plus excentrée que le village de Konkovo, et Nina et Vitia partirent tôt, pour avoir une marge de temps le cas échéant. Ils décidèrent de prendre le petit déjeuner sur place. On avait bien expliqué le chemin à Vitia au département de l'Éducation, et ils arrivèrent en une heure et demie.

Victor avait lu quelque part qu'Ozeretsk était plus ancienne de quelques siècles que Rogojine, et Nina se réjouissait de voir cette Russie du passé dont elle ne retrouvait que de trop courtes bribes à Rogojine. Mais, contrairement à ses attentes, ils ne trouvèrent rien d'ancien à Ozeretsk : les rues étaient sales, couvertes d'une épaisse couche de poussière âcre qui pénétrait dans la cabine du minibus, se faufilant à travers les fenêtres fermées; les maisons de bois étaient pauvres et laides. Pendant qu'ils roulaient à travers la ville à la recherche de l'orphelinat, Nina eut le temps de remarquer plusieurs églises, mais elles avaient toutes l'air récentes. La ville entière ressemblait à un grand village sale qui se serait étendu dans toutes les directions, avec des immeubles gris de quatre étages à ses extrémités.

En revanche, l'orphelinat local surprit agréablement Nina. Une petite bâtisse de deux étages, comme à Konkovo, mais voisinant avec un bosquet de pins ; l'air sentait la résine et les aiguilles de pin, et les arbres hauts et droits se laissaient doucement balancer sous la tiède brise d'automne.

Le directeur de l'établissement, un petit gars plus jeune que Nina, était troublé et intimidé. Il voyait rarement des étrangers, et on ne lui avait encore jamais offert de rioja espagnol, ni de longue bouteille d'huile d'olive avec un goulot étroit, ni de café à l'odeur agréable dans une jolie boîte. Le jeune homme dissimula hâtivement ces présents dans son bureau.

Puis on fit entrer Ticha.

C'était une petite fille rachitique avec des yeux gris et des cheveux ternes, hésitant entre le blond cendré et le châtain clair. « C'est ça, le vrai type russe, se dit Nina. Bien différent du blond scandinave. » Tandis que les Espagnols posaient les cadeaux sur la table, le visage de Ticha n'exprima rien. La Barbie souriante en robe de bal couverte de strass ne lui fit aucune impression. Alors Joan installa Ticha sur une chaise, sortit un album de photos et se mit à le feuilleter lentement, feuille après feuille. Nuria en robe de plage, Joan, bronzé, en tee-shirt et en shorts. Une place, une fontaine, le bord de mer, les rues vides, baignées de soleil, de Cadaqués et la petite maison d'un blanc intense dans laquelle la famille vivait toute l'année. Cette maison au bord de la mer, simple, pas riche, toucha profondément Nina. Elle ressentit une envie impérieuse de gravir ces marches tièdes décorées de carreaux de couleur, de s'asseoir sur une chaise longue dans la douce ombre automnale. Mais Ticha ne réagissait toujours pas. Elle ne pouvait pas comprendre que toute cette beauté légère et sereine pouvait avoir quelque chose à voir avec sa vie à elle.

Voici l'intérieur de la maison : un abat-jour orange, une table ronde comme celle de la datcha de Nina, et Nina n'aurait pas été surprise si elle avait aperçu sur le bord de la fenêtre des pots avec des plantes. On voyait effectivement l'appui de la fenêtre à l'arrière-plan, il était décoré de coquillages, pas des coquillages de la Méditerranée, mais des tropiques, peut-être de l'océan Indien.

Des chaises en rotin, une commode, un divan. Sur le dos d'une des chaises pendait une serviette froissée après la mer.

Sur le divan, regardant droit dans l'objectif et penchant la tête selon une adorable habitude canine, qui exprimait une attente intense et une volonté presque humaine de comprendre, se tenait un chien blanc d'une race indéterminée. Ticha eut alors une réaction inattendue : elle s'empara de l'album, sauta au sol et, accourant vers le timide directeur, elle cria, s'adressant simultanément à lui, à Nina et aux drôles de visiteurs qui parlaient dans une langue incompréhensible :

– La voilà ! C'est Belka, c'est Écureuil ! C'est bien Écureuil, hein ?

Et elle regarda Nina d'un air implorant, la bouche entrouverte d'émotion.

– Bien sûr, que c'est un écureuil, répondit Nina sans montrer son étonnement, sentant qu'elle devait confirmer absolument, immédiatement, et non demander à l'orpheline Kristina pourquoi elle appelait écureuil ce bâtard amical, bienveillant, visiblement déjà âgé.

Un peu plus tard, assise à la place de jeu près de Kristina qui, selon le directeur, était devenue inhabituellement communicative, Nina prit une décision : si, pour une raison inconnue, les Catalans Joan et Nuria ne la voulaient pas, elle adopterait elle-même Ticha, obtiendrait sa garde, rassemblerait tous les documents que le département exigeait pour les Russes, mais elle ne laisserait pas la fillette à l'orphelinat.

Ce fut le premier et le dernier cas de ce genre au cours de son travail dans l'adoption...

Mais les Catalans n'avaient aucune intention de renoncer à la fillette. Deux mois plus tard, Ticha reçut un passeport au nom de Cristina Oller Puich – ce passeport avec une émouvante photo en noir et blanc – et s'envola pour Cadaqués, et dans la tête de Nina se forma la première histoire complète, petit chapitre parmi toutes celles auxquelles elle n'avait pas fait attention jusqu'alors.

Le plus pénible pour Nina n'était pas tant les documents à réunir, les négociations par téléphone avec l'Espagne et les voyages épuisants à Rogojine, que l'obligation de transmettre constamment aux Espagnols les exigences financières de Xenia.

Parfois, Nina était témoin de scènes où Xenia extorquait littéralement de l'argent aux clients, organisant de véritables règlements de compte dans le minibus.

Assise à côté d'elle, Nina aurait chaque fois préféré tomber raide morte que de subir cette honte. Dans son désespoir, elle en venait à haïr Xenia, mais était incapable de changer le cours des choses.

La procédure était toujours la même. Sur un signal de Xenia, le minibus s'arrêtait sur un chemin vicinal, sur un bas-côté poussiéreux éloigné des maisons – Xenia choisissait volontairement des lieux isolés, peu fréquentés. Elle passait tranquillement du siège avant à l'arrière, où Nina était assise avec les Espagnols. Elle recevait la somme convenue, celle qu'ils devaient payer pour l'enfant avant la décision du tribunal, dépliait les liasses d'euros, les comptait très soigneusement, examinant les coupures d'un œil critique, les rangeait. Puis, après un silence, faisant mine de réfléchir à quelque chose, elle prononçait :

– Il me semble qu'il y a plus de gens que prévu dans la voiture.

– Oui, reconnaissaient les Espagnols. Notre fils est venu avec nous. Il a très envie de faire la connaissance de son futur frère, et nous l'avons pris avec nous...

– Il faut payer pour un passager supplémentaire.

– Mais il ne prend pas beaucoup de place ?

– Ce sont nos règles.

– Combien devons-nous payer ?

– Cinq cents euros.

Ces malheureux cinq cents euros étaient prélevés non seulement pour tout membre de la famille en plus des deux parents, mais également pour l'accompagnateur au cas où une femme seule adoptait et qu'elle avait eu peur de venir en Russie sans compagnon. Ces prélèvements supplémentaires semblaient à Nina le comble de l'impudence, mais elle n'osait pas se quereller avec Xenia à ce sujet.

Une somme folle était également exigée pour toute visite supplémentaire à l'orphelinat. Nina et Vitia n'en touchaient qu'une toute petite portion, le reste allait à Xenia, qui ne participait pas au voyage : Nina lui transmettait l'argent à Moscou. Elle était toujours horriblement gênée de prendre dans ses mains cette somme honteusement élevée, fixée par Xenia. Les Espagnols, eux, étaient persuadés que c'était la rémunération de Nina.

Il arrivait qu'elle récolte de l'argent de plusieurs familles au même moment, et la grosse enveloppe était momentanément stockée chez elle, à la maison, le temps de la transmettre à Xenia.

Au grand étonnement de Nina, Xenia était très préoccupée par le sort de l'argent que Nina lui préparait dans une enveloppe avec son nom écrit en caractères latins, un X remplaçant le K russe[1]. Un jour, incapable d'attendre un nouveau voyage à Rogojine, Xenia vint chercher son dû dans l'appartement en face de la gare de Biélorussie, tard le soir, quand la mère de Nina dormait déjà, et Nina elle-même, morte de fatigue, piquait du nez sur son livre.

« C'est bizarre, réfléchit Nina. Est-ce qu'elle ne me fait pas confiance ? Est-ce qu'elle a peur que l'argent disparaisse quelque part ? Comment est-ce qu'elle s'imagine ça : quelqu'un enfonce ma porte et vole toute la somme, ou je succombe moi-même à la tentation ? »

Pendant que les Espagnols fouillaient dans leurs porte-monnaie et leurs poches, rassemblant leur argent, Nina restait assise en silence, les yeux baissés. Elle avait l'impression qu'un vilain oiseau de proie s'était jeté sur ses clients, avec lesquels elle bavardait si gentiment en espagnol quelques minutes plus tôt, et que cet oiseau leur donnait de méchants coups de bec, les tourmentait, glissait ses griffes et son bec dans leurs poches et leurs porte-monnaie. Les Espagnols se reflétaient docilement dans les lunettes de soleil irisées qui cachaient si bien les yeux moqueurs de Xenia, regardaient d'un air effrayé le paysage désertique derrière les vitres du minibus – un champ vert émeraude, pareil à un marécage, puis un champ brun, labouré, puis encore un, un champ de trèfle odorant qui allait jusqu'à l'horizon, ou encore un champ d'herbes folles avec les taches blanches des marguerites, les petits lacs de chicorée et de pois à crapaud sur lesquels le vent passe en vagues serrées. Un grand calme régnait dans ces champs, seuls les grillons faisaient entendre leur grésillement somnolent et indifférent. Les

1. En cyrillique, on écrit : Ксения (Ksenia).

Espagnols regardaient encore les sinistres bois sombres où, doucement, mais très haut dans le ciel, s'égrenaient les trilles mélancoliques des alouettes, regardaient les contours flous du village, au loin, et craignaient également de se quereller avec Xenia; ils finissaient ainsi par payer sans rien dire tout ce qu'elle exigeait. Nina pouvait sentir les émanations de cette peur, des ondes nauséeuses, hébétantes, de terreur physiologique qui montaient de la victime effrayée. Les billets que les Espagnols avaient sortis avec une hâte humiliante du porte-monnaie à leur ceinture étaient encore chauds au toucher, humides de sueur. En un instant, des personnes respectées dans leur pays – médecins, avocats, instituteurs, agriculteurs ou employés – qui avaient l'habitude de leur propre dignité et n'avaient jamais été confrontées à une vraie humiliation, se muaient en bêtes traquées et privées de parole. Cette métamorphose hypnotisait toujours Nina. Involontairement, elle y trouvait un sentiment enivrant d'impunité totale. C'est, sans doute, ce qu'éprouvent les maraudeurs quand ils cambriolent une maison abandonnée, fouillent dans le linge laissé dans les armoires, les commodes, les valises abandonnées par les propriétaires qui ont quitté leur logement dans la panique. Nina n'avait encore jamais éprouvé de telles émotions auparavant; elle ne s'était jamais doutée que dans les tréfonds de son être, qui lui devenait de plus en plus transparent, familier, se cachaient ces instincts grossiers et archaïques.

« Il ne manque que des armes à feu pour compléter le tableau, se disait Nina sous l'effet de l'adrénaline. Xenia exige de l'argent, et moi, assise en face d'eux, je sors discrètement un pistolet et je le pose sur mes genoux. Et alors Vitia apparaît près de la porte ouverte sur les champs vides, avec dans les mains... une mitraillette, avec un canon noir. Comment réagiraient-ils? Ils feraient dans leur culotte? »

Une seule fois, quelqu'un tenta de protester. Ce fut vers la fin de leur carrière commune, quand la somme initiale, que Xenia avait fixée elle-même, lui avait soudain semblé trop petite et qu'elle essaya de la compléter en exigeant un supplément. Nina se souviendrait toujours de cette journée. Le ciel était calme, nuageux, c'était un matin couvert comme il y en a souvent au milieu du printemps en Russie centrale. Des corbeaux survolaient les champs où la neige avait fondu. Les arbres mouillés brillaient, mais l'asphalte était presque sec, couvert encore ici et là de taches sombres aux contours étranges, évoquant des îles ou des continents inconnus.

– C'est une parente ? s'intéressa Xenia, montrant de la tête la vieille femme assise dans le minibus.

– La grand-mère. La mère de mon épouse, répondit l'Espagnol.

– Vous devez payer pour elle aussi, exigea Xenia. D'ailleurs, c'est déjà la deuxième fois qu'elle prend le minibus avec vous, la traductrice me l'a dit.

– Et je dois payer combien ?

– Pour aujourd'hui, cinq cents.

– Euros ?

Le futur père ouvrit grand les yeux et regarda fixement son reflet dans les lunettes de soleil impénétrables qui donnaient à Xenia l'air d'une sauterelle géante. Nina avait tout de suite noté qu'il avait des yeux inhabituels : un peu bridés, dorés.

– Bien sûr, pas cinq cents roubles, répondit tranquillement Xenia. Pour aujourd'hui, aller et retour, cinq cents euros. Pour l'autre fois, la première visite, également aller et retour, encore cinq cents. Donc vous nous devez mille euros.

– Mille euros ?

De saisissement, l'Espagnol se leva à demi de son siège.

– Mais c'est une somme énorme !

– Vous auriez dû demander avant combien coûte le transport d'une personne supplémentaire dans notre voiture, dit Xenia avec impudence. Payez ces mille euros. Sinon, nous n'allons nulle part.

– Je crois qu'il y a un malentendu, commença paisiblement le futur père adoptif, faisant un geste d'apaisement à l'adresse de Xenia. Cette femme n'est pas une étrangère à notre famille. C'est la mère de ma femme, la future grand-mère de notre enfant... Cet hiver, elle est venue faire la connaissance de son petit-fils. C'est son premier petit-fils, vous comprenez ? Et aujourd'hui elle nous accompagne au tribunal. Vous ne pouvez pas demander une telle somme pour elle. C'est inhumain.

– Humain ou pas, répliqua Xenia, si vous ne voulez pas payer, nous allons rester ici. Et si vous ne voulez pas rester ici, vous n'avez qu'à sortir immédiatement du minibus, il n'y aura pas de jugement.

– Comment ça, pas de jugement ? demanda très doucement l'Espagnol.

Il regardait fixement Xenia, un peu par en dessous, de ses étranges yeux dorés. Le silence s'installa, on entendait juste le chuchotement discret du vent. Nina eut l'impression qu'ils allaient tous les deux sortir des pistolets de leur poche et se mettre en joue.

– Comme ça – Xenia accepta le défi et rit avec effronterie. Nous n'irons pas au tribunal, et c'est tout. De toute façon vous n'y arriverez pas tout seul, la moitié de vos documents sont avec moi, et si vous n'avez pas tous les documents le tribunal ne prendra pas de décision.

Elle tapota son porte-documents d'un air satisfait.

C'était un mensonge : tous les documents étaient depuis longtemps entre les mains du juge. Nina le savait, mais resta muette, attendant avec une curiosité morbide ce qui allait suivre.

– Vous n'en avez pas le droit, répliqua l'Espagnol, conservant encore son calme.

Le pistolet imaginaire était dirigé sur le front de Xenia. Il pressait l'index sur la gâchette et...

– C'est totalement illégal. Vous en répondrez. Il y a des lois, la justice, enfin.

– Ça m'étonnerait que la justice vous aide.

Nina n'avait encore jamais vu cet effrayant sourire glacé sur le visage de Xenia.

– À Rogojine, nous avons payé tout le monde. Personne n'a intérêt à gâcher ses relations avec moi pour vos beaux yeux. Tout est contrôlé par le haut, et si vous essayez de vous en mêler, vous n'aurez aucun enfant à adopter.

Xenia restait impassible, fixant audacieusement la bouche du pistolet invisible, les yeux rivés sur le trou noir d'où la balle se préparait à sortir, mais Nina sentait qu'elle était réellement alarmée.

– Au fait, le temps passe, ajouta Xenia, sortant son portable et regardant les chiffres inscrits sur l'écran. La séance commence dans exactement quarante minutes. Enfin, elle commencera si vous payez tout de suite. Dans le cas contraire, il n'y aura pas de séance au tribunal.

Il se passa alors une chose inattendue : rougissant jusqu'à la racine de ses cheveux roux, l'Espagnol aux yeux d'or ouvrit son luxueux porte-monnaie de cuir, en sortit mille euros – un billet de cinq cents et cinq billets verts de cent. Nina suivait attentivement les mouvements de ses mains et eut le temps de compter avec lui. Il jeta les billets au visage de Xenia.

« Bravo, l'Espagnol, un-zéro ! applaudit Nina en pensée. Maintenant, crache sur ses lunettes de soleil. Allez, vas-y, n'aie pas peur. »

Mais l'Espagnol avait déjà repris sa place. Il regardait par la fenêtre et respirait par à-coups, s'efforçant de contenir sa fureur. Xenia ramassa avec un calme parfait l'argent répandu par terre et le glissa dans sa serviette. Le moteur du minibus démarra.

– C'est très bien, dit Xenia. Maintenant, nous pouvons y aller.

Elle reprit sa place à l'avant. Vitia conduisait d'un air paisible, et, en effet, tout ensuite se passa le mieux du monde.

– Mais tu ne crains pas qu'ils se vengent un jour ? lui demanda Nina quand tout était déjà passé et que Xenia, ayant reçu tout l'argent désiré, était d'excellente humeur.

– Comment est-ce qu'ils pourraient se venger ?

– Je ne sais pas. Par exemple, t'abattre.

– Tu es sérieuse ?

– Je plaisante. Ils ne te tireront pas dessus, mais ils peuvent se plaindre au consulat espagnol.

– Ça ne servirait à rien, répondit Xenia. Ils ne peuvent rien prouver. Ils n'ont pas de reçu pour ces sommes. Nous n'avons qu'à nier. Et ils n'ont eux-mêmes aucune envie de se lancer dans des processus aussi délicats, tu peux me croire.

Et, effectivement, le temps passait mais aucune famille espagnole ne dénonça Xenia. Elle semblait inatteignable, comme si elle avait un ange gardien qui, chaque fois, détournait d'elle le châtiment divin.

« Est-ce vraiment toi, Nina ? Est-ce que ça te ressemble ? se demandait Nina avec désespoir après chaque scène de chantage. Où est passée ta vie pure, intellectuelle ? Depuis combien de temps n'ai-je pas ouvert de livre, n'ai-je pas appelé Vostokova ? Ça fait presque une année que je ne suis pas allée chez elle, que je n'ai pas parlé de Salvador Dalí, que je n'ai pas vu le Kremlin depuis ses fenêtres. »

On comprend une perte à de petits signes indirects. Quand elle est énorme, il est difficile de la saisir dans toute son ampleur. Nina était poursuivie par la pensée non de sa thèse abandonnée, non de Dalí, mais de la Maison sur le quai avec les fenêtres donnant sur les tours du Kremlin.

Nina se remémorait souvent le soir où elle avait rendu visite à Eva Vostokova pour la première fois dans sa Maison sur le quai, dans le salon avec vue sur le Kremlin où elle était revenue si souvent par la suite.

C'était tout au début de sa vie d'étudiante. Madame Vostokova donnait un cours sur la littérature contemporaine espagnole, c'étaient des interventions brillantes – ces fameux cours où il était impossible de prendre des notes. Elle fut vite entourée d'un petit cercle d'admirateurs qui la suivaient fidèlement, quitte à manquer d'autres cours plus importants pour leur cursus, malgré l'obligation qu'ils avaient de les fréquenter. Nina faisait partie de ce cercle.

Un jour, Eva Vostokova invita chez elle tout ce groupe de jeunes hispanistes qui suivaient ses conférences avec un enthousiasme constant. Ils vinrent un peu avant les examens, la veille du Noël catholique. Des jeunes filles juste sorties de l'adolescence, habillées pauvrement, en manteaux à carreaux, en bottes rapiécées et bonnets en tricot. Une timidité maladive émanait de tous leurs gestes, se retrouvait dans toutes les paroles de ces anciennes premières de classe. Un unique jeune homme les accompagnait, petit, binoclard, sorti premier de l'une des meilleures écoles spécialisées en langues étrangères[1] de la ville.

« Que sont-elles devenues, mes camarades de cours ? », se demandait Nina avec nostalgie.

Elle avait gardé des liens avec certaines d'entre elles. L'une d'elles était enseignante à l'université, à la faculté de journalisme[2] ; elles se voyaient parfois, s'appelaient. Une autre était retenue à la maison par ses enfants, Nina lui donnait de temps en temps des traductions. Rita, qui

---

1. Écoles secondaires souvent réservées à l'élite, avec une langue étrangère principale, enseignée à un niveau supérieur à celle des écoles non spécialisées.

2. Une faculté prestigieuse (donc : signe de succès).

avait été la plus proche de Nina à l'université, la plus vive et la plus débrouillarde de leur groupe, s'était mariée et était partie à New York. Plus tragique avait été le destin de Gulnara, une étudiante belle et sérieuse dont les travaux sur l'histoire des langues romanes avaient commencé à être publiés dans les revues scientifiques quand elle était encore étudiante de troisième année. Elle avait fait sensation – ses travaux étaient commentés par des spécialistes importants. La faculté attendait Gulnara les bras ouverts, on lui prédisait une brillante carrière, mais elle avait à peine fini l'université que ses parents la mariaient à un riche parent d'une petite ville azérie, et Gulnara, ayant tout juste eu le temps de passer ses examens finaux, disparut à jamais ; elle n'écrivit plus d'article pour les revues scientifiques, ne commença pas de thèse et ne revit pas l'Espagne où elle ne s'était rendue qu'une fois et qu'elle adorait.

Nina ne savait rien sur le destin du jeune homme – il avait fini une année avant elle.

« Je peux être à peu près sûre d'une chose en tout cas : aucun d'entre eux ne sillonne les routes de Russie tel Tchitchikov dans les *Âmes mortes*, se disait Nina. On ne leur jette pas des liasses de billets à la figure. Ils ne visent pas des Espagnols au front avec un pistolet imaginaire. Mon Dieu, quelle honte, quelle tristesse affreuse. Est-ce vraiment ce dont je rêvais ? »

Lors de cette merveilleuse soirée, incroyablement lointaine, ils s'étaient retrouvés au métro Kropotkine pour se rendre ensemble à la Maison sur le quai. Ils avaient attendu longtemps dans le froid, devant l'entrée. À cette époque, les interphones étaient une nouveauté, même au centre de Moscou. Il faisait moins vingt degrés, et ils n'arrivaient pas à faire obéir leurs doigts gourds, qu'ils n'avaient pas l'idée de réchauffer avec leur souffle avant d'appuyer sur les touches. Le Kremlin, qu'ils avaient tous déjà vu mille fois, se retrouvait soudainement dans le voisinage, ce qui lui donnait un aspect inhabituel : il devenait familier, intime. C'était une nuit claire, et des étoiles aux teintes rubis brillaient dans l'air glacé d'une lumière vive et nette. Nina, les autres filles et le garçon à lunettes contemplaient le Kremlin et n'arrivaient pas à croire que dans quelques minutes ils seraient à l'intérieur de cette maison extraordinaire, nimbée de légendes. Mais l'interphone finit par fonctionner, la porte d'entrée s'ouvrit, un gigantesque ascenseur les transporta au sixième étage, et ils se retrouvèrent rapidement dans l'entrée de l'appartement, enlevant leurs écharpes, leurs bonnets et leurs manteaux à carreaux, se recoiffant devant le miroir au cadre ancien – le miroir lui-même était ancien, haut et sombre, et renvoyait un reflet où les gens apparaissaient plus beaux que dans la réalité – et la femme de chambre Tatiana, qu'ils avaient prise pour une parente d'Eva Vostokova, accrochait leurs habits dans l'armoire.

Les bottes furent rangées côte à côte, la pointe pudiquement tournée vers le mur.

Nina entra dans le salon, aperçut par la fenêtre les feux des tours du Kremlin et resta médusée. Elle se retrouvait au centre du monde, dans le cœur brûlant et battant de la vie, comme lors de son premier jour à l'université, en cette tiède journée dorée de septembre, quand les bienheureux étudiants débutants, au signal du recteur, avaient chanté en chœur le « Gaudeamus igitur », l'hymne étudiant du Moyen Âge, et que Nina, qui ne connaissait pas les paroles, avait tout de même fredonné :

Que la tristesse disparaisse
Que périssent ceux qui nous haïssent
Que périssent le diable
Les ennemis des étudiants
Et tous ceux qui les moquent !

Debout au milieu des étudiants de première année, Nina se sentait sur le point de pleurer d'enthousiasme. La joie gonflait son cœur, encore et encore, pour se déverser finalement dans le monde en un latin triomphant, et cette joie était reprise par une centaine d'autres jeunes voix fraîches qui s'élevaient jusqu'à la voûte de l'auditoire, jusqu'à la pointe de l'université et vers le ciel d'automne brillant.

Dans le salon d'Eva Vostokova, la table était déjà mise, couverte de pâtés, gâteaux, salades de toutes sortes, soucoupes en porcelaine avec des tranches fines de poissons raffinés et de saucissons inconnus. Une fois assise à cette table, Nina ne savait pas exactement que faire de ce saucisson translucide qui l'avait intéressée de loin déjà, et qui n'était en fait pas du saucisson, mais de l'authentique jambon de Parme, dont Nina avait entendu parler dans des livres : devait-elle poser la délicate lamelle rose sur une tranche de pain et la manger comme une tartine, ou la couper en morceaux et la manger à la fourchette, comme une grillade ? Eva Vostokova expliqua que ni l'une ni l'autre des solutions n'était la bonne : le jambon de Parme se mange avec un morceau de melon, un petit morceau. Il y avait sur la table un vase de cristal avec toutes sortes de fruits impensables en cet hiver moscovite, dont des morceaux de melon. « Mais mangez-le comme vous voulez », ajouta leur professeur en souriant, avant de raconter la suite. Le saucisson piquant n'était pas non plus du saucisson russe, mais du chorizo, que les Espagnols ajoutent dans leurs plats de pommes de terre et haricots, et les poissons n'étaient en aucun cas des sardines à l'huile, comme on aurait pu le croire au premier abord, mais des anchois. En Catalogne, on les met sur du pain frotté à la tomate et à l'ail. Et la poire verte n'était pas un fruit, mais presque un légume, qu'on appelle *avocado*; on enlève la peau et on le mange avec de l'oignon et du piment, et ce n'est pas dégoûtant, inutile de faire la grimace. Le goût de l'avocat est particulier, c'est vrai, mais il vous plaira, simplement vous devez goûter tranquillement et vous y habituer. Et elles le goûtèrent, et s'y habituèrent. Puis, comme à des adultes – et elles étaient des jeunes filles tout à fait adultes et sérieuses, parmi lesquelles s'était glissé un unique jeune homme à lunettes, ancien premier de classe d'une école réservée à l'élite – on leur versa un verre de rioja un peu amer, presque noir, mais couleur rubis à la lumière, au-dessus de la perle transparente au cœur du verre, et tous trinquèrent au Noël catholique et burent, même si deux des filles étaient orthodoxes pratiquantes, en jupe longue, sans maquillage, les cheveux réunis en tresses serrées; c'était l'époque où l'orthodoxie devenait à la mode, et Gulnara était une vraie musulmane, hors des modes, et elle n'avait pas le droit de boire du vin, mais elle goûta tout de même, pour la première fois de sa vie. Le rioja plut à Gulnara, elle adressa un sourire confus à Eva Vostokova, et sous l'effet du vin ses joues devinrent pourpres comme des roses de Bakou.

Elles passèrent ensuite dans le bureau d'Eva Vostokova, dont la décoration frappa Nina autant que celle du salon éclairé par la lumière mate des plafonniers, avec ses étoiles du Kremlin et son tapis épais étouffant les sons. Un lustre ancien pendait au plafond, et ses pendeloques de cristal envoyaient sur les murs des taches de lumière mouvantes, qui semblaient dotées d'une vie propre. Un large bureau était installé devant la fenêtre, et une grande partie des murs étaient traversés d'étagères vitrées en bois de chêne, toutes contenant des livres.

Il y avait également des photographies aux murs. Certaines attirèrent immédiatement l'attention de Nina; elle s'approcha, leva la tête et commença à les examiner.

Une grande photo couleurs. Des gens, des murs blancs, un drapeau espagnol. Nina se dit que c'était l'ambassade d'Espagne. Un homme en veston blanc, ressemblant au roi Juan Carlos, avec à son bras Madame Vostokova – sévère, officielle, presque méconnaissable.

– C'est mon défunt mari, dit Eva Vostokova en remarquant la question sur le visage de Nina.

Sur une autre photo, Nina l'aurait juré, on voyait le jeune Gabriel García Márquez. Son visage lui était familier, elle l'avait souvent vu dans les journaux. À côté de l'écrivain était assis le même homme au visage de roi et Eva Vostokova en robe blanche, un chapeau d'été sur la tête et un collier de perles au cou. Elle était beaucoup plus jeune qu'aujourd'hui.

– Bogotá, 1973, expliqua-t-elle. Nous sommes passés en Colombie en visite privée pendant une croisière en Amérique latine. Márquez était déjà célèbre dans le monde entier. Il avait écrit *Pas de lettre pour le colonel*, *Cent ans de solitude*, *La Mala Hora*... Mon mari avait des relations amicales avec lui. Il m'a dédicacé tous ses livres.

Sur les autres photos, on voyait Eva Vostokova en compagnie de diverses personnes. Nina ne connaissait pas ces gens, mais quelques visages lui semblaient vaguement familiers. Cependant, ce n'était pas le moment de poser des questions : Eva Vostokova discutait avec animation avec les autres filles et le premier de classe.

Soudain, le cœur de Nina se serra, puis se mit à battre très vite, elle eut chaud, et elle se dit qu'elle était déjà ivre après l'unique verre de vin bu à table : dans un petit cadre en argent, une photo noir et blanc représentait Madame Vostokova dans sa jeunesse, en costume de ville, avec une coupe courte au carré, debout à côté d'un homme qu'il était tout simplement impossible de ne pas reconnaître ou de confondre avec quelqu'un d'autre. La vareuse militaire avec les manches relevées jusqu'aux coudes, le béret noir, l'inimitable sourire aux dents blanches qui avait charmé le monde entier. Il n'y avait aucun doute possible : Nina était en train de contempler le chef révolutionnaire immortel et éternellement jeune, l'idole barbue au regard rêveur et hardi.

– Incroyable ! ne put-elle s'empêcher de s'exclamer. Mais c'est Che Guevara !

– Pourquoi incroyable ? sourit Eva Vostokova en interrompant sa conversation. Ou êtes-vous stupéfaite de voir à quel point j'ai l'air jeune sur cette photo ? Comme le temps passe vite. Oui, c'est Ernesto Guevara. En novembre 1964 il est venu en Union soviétique, et j'étais son interprète.

Nina se figea devant la photo. Une dizaine de questions se pressaient dans sa tête, des questions qui la tourmentaient depuis longtemps déjà : comment était mort Che Guevara, qui était responsable de sa mort, était-il vrai qu'on l'avait trahi – qu'il avait été trahi par les siens, peut-être par Fidel lui-même sur ordre de Moscou ? Toutes ces hypothèses circulaient parmi les étudiants sous la forme de rumeurs non vérifiées, mais personne ne connaissait la vérité. La version officielle disait que le Che était simplement mort dans une embuscade ennemie...

Mais, ce soir-là, Nina n'osa pas déranger Eva Vostokova.

Des albums étaient étalés sur le grand bureau de chêne, des éditions luxueuses d'El Greco, Gris, Miró, Picasso, Dalí. De tels livres, aussi magnifiquement imprimés, étaient introuvables en Union soviétique. Les filles et le premier de classe les examinèrent avec recueillement, posant de temps en temps des questions à Eva Vostokova.

Nina s'assit à la table et ouvrit un album sur Salvador Dalí.

Elle n'aimait pas Dalí. Elle le trouvait affecté, pompeux et vantard, et elle ne comprenait pas qu'on puisse sérieusement discuter de toutes ces montres molles, fourmis, ânes chétifs, et grands masturbateurs qui étaient devenus le symbole de toute une époque. « Est-ce qu'on peut trouver quelque chose dans ses toiles, se disait-elle chaque fois qu'elle feuilletait ses albums, dans des éditions plus modestes, quelque chose d'autre qu'"Avida Dollars", sa soif inextinguible d'argent ? »

Mais, assise dans le bureau d'Eva Vostokova et tournant lentement les pages de l'album, elle perdit toute notion de temps, oublia qu'elle était entourée de ses plus brillantes camarades, que Gulnara était en train de regarder par-dessus son épaule – Gulnara qui, après sa visite dans cette maison, ne pourrait absolument plus retourner dans son aoul –, oublia qui elle était et la sonorité de son nom, oublia que, dehors, l'air n'était pas humide du sel et de l'iode de la Méditerranée, mais qu'à Moscou il gelait à pierre fendre dans le froid de décembre – et soudain, elle sentit qu'elle plongeait dans les paysages mystérieux des tableaux. Pour comprendre le secret de Dalí, se disait Nina bien des jours plus tard, réfléchissant à l'impression si forte qui l'avait soudain atteinte, comme une révélation, il fallait s'abstraire du sujet et regarder ce qui est au fond de la toile : un ciel à ramages, les côtes désertes de Port Lligat, la mer d'un vert ocre, presque monochrome... Il fallait entendre le silence des tableaux, commencer par les petites choses, pour ensuite seulement ressentir la profondeur et le mystère des paysages d'Ampurdán, que Nina, auparavant, n'avait eu ni le temps ni particulièrement l'envie d'examiner, puis passer aux colonnes et aux figures, aux fourmis et aux mystérieuses arches vides, au poisson qui nageait dans la tête de García Lorca, à la lune mauve, aux algues et aux coquillages rejetés par la mer qui pourrissaient sur le rivage. C'est lors de cette inoubliable soirée dans le bureau du professeur Vostokova que Nina ressentit pour la première fois une attirance inexplicable, irrationnelle pour Dalí, ses fantasmagories, ses symboles et ses visions.

Elle tourna la dernière page de l'album et le referma. Elle se leva de son siège et s'approcha des étagères. On voyait, derrière les vitres, un choix extraordinaire de livres en russe, anglais, espagnol et français. Le dos de certains livres était sombre, avec des lettres d'or un peu effacées. Visiblement des livres anciens, sans doute très chers. Nina les observa attentivement à travers la vitre, par-delà son propre reflet.

– Si un livre vous intéresse, n'hésitez pas à le prendre pour le regarder, lui dit Madame Vostokova.

– Merci, répondit Nina.

L'un des livres attira en effet son attention : une épaisse revue intitulée *Studium*, avec, écrit sur le dos : « Figueras, 1919 ». Nina le prit et regarda le sommaire. Au milieu de textes d'auteurs inconnus on trouvait des articles du jeune Dalí consacrés à Goya, Dürer et Michel-Ange. Nina en ouvrit un au hasard, mais elle n'avait pas assez de temps pour se concentrer sur les mots, et elle posa avec regret la revue à sa place.

– C'est une rareté bibliographique, un tirage de seulement trois cents exemplaires, lui expliqua Madame Vostokova. Je l'ai acheté il y a longtemps, lors d'une vente aux enchères.

À côté de la revue se trouvait un livre de Dalí en anglais, *Cinquante secrets magiques pour peindre.* Les *Secrets* étaient serrés contre le *Journal d'un génie* en espagnol. Enfin, New York, 1940 : *La Vie secrète de Salvador Dalí, rédigée par lui-même.* Nina le prit et l'ouvrit. Elle avait déjà entendu ce titre quelque part, mais elle était persuadée qu'il n'existait pas en russe.

– Il a été traduit, fit remarquer Eva Vostokova, et on s'apprête à le publier à Moscou. Achetez-le dès qu'il paraîtra, c'est une chose extraordinaire.

– Je ne savais pas que Dalí avait autant écrit, reconnut Nina.

– Il a écrit presque tout au long de sa vie, et était un écrivain peu ordinaire. Il y a même un roman, *Visages cachés*, que Dalí a écrit en Amérique, dans la maison du marquis de Cuevas, le mécène. Mais je n'ai pas réussi à l'obtenir. Ceci dit, il paraît qu'il est moins bon que *La Vie secrète*.

– Ça voudrait dire que Dalí n'était pas satisfait par la peinture ?

– Dalí n'était pas seulement un peintre, il était créateur dans le sens le plus élevé du terme. Il s'efforçait d'arracher la couche de lieux communs qui recouvre les objets et les phénomènes. Vous vous souvenez de cette remarquable phrase d'Akhmadoulina : « Ô, banalité, tu n'es pas bassesse mais paresse de l'esprit. » Dalí s'occupait justement de dissiper cette paresse de l'esprit. Peut-être qu'il n'y parvenait pas toujours. Dalí était très sollicité et dans une grande part de son travail il ne fit que répondre aux sollicitations du public. Mais il a commencé à écrire des poèmes dans sa jeunesse. Quelque chose sur Ampurdán, la mer, les montagnes, je crois... Je n'ai pas lu. Puis il a tenu son journal, écrit des notes, des articles et même des pièces. Mais il s'est mis à prendre la littérature vraiment au sérieux plus tard, quand il a fait la connaissance de Lorca à Madrid. C'est Lorca qui a réveillé le poète en Dalí.

– Oui, vous avez raconté qu'ils étaient amis, se souvint Nina.

– Ce n'était pas une simple amitié. Il y a eu beaucoup de légendes et de commérages sur leurs relations, dont certains n'étaient pas sans fondement. Mais, avant tout, c'était une incroyable union créative. Dalí rencontrait pour la première fois un génie égal à lui, et il l'a reconnu – à Madrid déjà, à la Résidence, quand ils ont étudié ensemble. Dalí, cet enfant gâté, fut d'abord jaloux – il avait l'habitude de se trouver au centre de l'attention, mais c'est García Lorca qui était le centre de l'attention des habitants de la Résidence. Avec le temps, cependant, ils ont développé un lien profond, un lien émotionnel et intellectuel dont le souvenir est resté fort pour chacun d'entre eux tout au long de leur vie, et qui a beaucoup influencé leur art.

– Et Buñuel ?

– Ils étaient aussi amis avec Buñuel. Mais Dalí n'avait pas autant d'affection pour lui que pour Lorca... Et puis, on peut dire que Buñuel, à un moment, a trahi Dalí, quand il a retiré son nom de l'affiche du film *Un chien andalou* qu'ils avaient tourné ensemble. Touché dans sa vanité, Dalí, comme vous pouvez vous en douter, ne lui a jamais pardonné. Peut-être que Lorca a été son unique vrai ami. Lorca a écrit sur Dalí : « Une quête commune de sens nous a rapprochés. » Effectivement, la quête d'un sens, c'est la seule façon de comprendre l'essence de son œuvre. Je vous assure que, en fin de compte, la célèbre anagramme « Avida Dollars » ne s'applique pas directement à Dalí.

– Comment ça, ne s'applique pas à lui ? s'étonna Nina. Il aimait vraiment l'argent.

– Son rapport à l'argent était plutôt abstrait... Il n'a jamais compris sa valeur. C'est Gala qui s'occupait de l'organisation de ses finances, et il faut dire qu'elle s'en occupait très bien. Finalement, la célèbre anagramme s'applique avant tout à Gala.

Nina vit ses camarades se diriger l'une après l'autre vers l'entrée. La porte des toilettes se ferma, on entendit la chasse d'eau. Il était déjà tard, elles se hâtaient de rentrer chez elles.

Nina s'éloigna à contrecœur de l'étagère et des livres.

– Si vous le voulez, je peux vous prêter le *Journal d'un génie*. Je pense que cette lecture vous intéressera et vous sera profitable.

– Je ne peux pas le prendre, s'exclama Nina. C'est un livre trop cher et trop rare. S'il lui arrivait quelque chose ?

– Il ne lui arrivera rien, sourit Eva Vostokova. Prends-le.

C'était la première fois qu'elle tutoyait Nina.

Nina prit effectivement le livre, l'emballa dans un sac en plastique et le rangea dans son sac à dos.

Une fois rentrée chez elle, elle dévora le *Journal d'un génie* du début à la fin : elle s'enferma dans sa chambre et lut jusqu'au petit matin, ne soupçonnant pas encore que bientôt les écrits de Dalí deviendraient le sujet constant de ses réflexions, de ses recherches et de ses doutes, le sens de sa vie, et plus tard, le sujet de sa thèse, dont le directeur serait le professeur Vostokova en personne.

Cette même thèse qui prenait à présent la poussière sur une étagère de la chambre de Nina, au milieu de cahiers de notes et de photocopies des livres rares que Nina avait étudiés dans le silence sacré des archives de Barcelone...

Depuis plus d'une année, Nina était hantée par une sensation de danger. Petit à petit, cette sensation était devenue la toile de fond de son existence, et elle s'y était habituée.

La peur s'était emparée d'elle pour la première fois lors d'une journée neigeuse de son deuxième hiver à Rogojine, et ne l'avait plus quittée.

Les racines cachées de cette peur remontaient à leur repas à la Maison du Dragon, quand elles avaient conçu, avec Xenia, un plan pour se débarrasser de Kirill (pour Nina, il ne faisait aucun doute qu'elles l'avaient conçu toutes les deux ensemble). Les derniers mots de Xenia ce jour-là, sur le fait que Kirill était un homme dangereux et qu'il ne fallait en aucun cas l'oublier, résonnaient si clairement dans les oreilles de Nina qu'on aurait pu croire qu'elle les avait entendus la veille. Dans les premiers temps, tout au plaisir d'un sentiment d'impunité et de l'argent qui affluait, elle s'était efforcée de ne pas réfléchir à leur sens sinistre, de ne pas y toucher, de ne pas s'en souvenir, mais ils avaient fini par envahir tout son être comme des ronces hérissées d'épines de peur.

Nina n'oublierait jamais son premier accès de panique. Ce jour-là, elle devait prendre chez Lioudmila Dmitrievna une énième autorisation à visiter un enfant pour des parents espagnols. Vitia la conduisit devant la mairie, où il ne put pas tout de suite se garer : leur place était prise par une énorme 4x4 noire avec des plaques moscovites, des vitres teintées et des phares inhabituels, tels qu'on en trouve parfois sur les voitures de sport. Les autres places étaient occupées par des voitures plus anodines, avec des plaques de Rogojine.

– Quel emmerdeur, dit Victor sans hostilité, regardant avec envie les flancs lustrés de la 4x4 qui ressemblait à un monstre préhistorique à la carapace brillante.

Le minibus parvint finalement à trouver une place un peu plus loin, en face de la mairie.

Nina attendait que Victor ait fini sa manœuvre et éteint le moteur, que les Espagnols enfilent et ferment leurs vestes. Un pressentiment angoissant montait dans son cœur. Où avait-elle déjà vu ce monstre noir ? Peut-être que quelqu'un lui en avait parlé ? Soudain, une horrible supposition l'aveugla comme un flash de lumière : bien sûr ! Comment n'y avait-elle pas pensé tout de suite ? C'était la 4x4 de Kirill. Xenia lui avait raconté un jour qu'il avait acheté une Hummer noire pour une somme exorbitante et qu'il lui avait fait un tuning inhabituel, et que cette voiture était la seule de son genre à Moscou.

Nina sentit son estomac se serrer. Qu'est-ce que Kirill venait fiche dans cette mairie de Rogojine d'où il avait été chassé l'hiver précédent, il y avait une éternité de ça ? « Maman ! » gémissait peureusement un animal blessé à l'intérieur de Nina.

Elle sortit de la voiture, prit son sac. Elle gravit avec peine l'escalier sombre aux odeurs de crypte jusqu'au troisième étage de la mairie. L'ascenseur ne fonctionnait pas. Le clignotement des lampes entrait douloureusement dans ses yeux, comme des bris de miroir.

Le troisième étage était sombre et désert ; on voyait, tout au fond du couloir, un triangle de ciel couvert. Il n'y avait personne devant la porte du bureau de Lioudmila Dmitrievna. Nina frappa timidement et entra lentement, s'attendant à voir, non pas Lioudmila Dmitrievna, mais Kirill, qui surgirait brusquement et ordonnerait à des hommes aux manières doucereuses de la saisir par les bras et de lui faire descendre l'escalier. Son cœur battait trop vite, elle avait des palpitations, comme si elle souffrait de tachycardie. « On a bien raison de dire que toutes les émotions humaines passent par le cœur, pensa Nina. Avec un tel stress, je suis sûre qu'il ne tiendra pas jusqu'à un âge avancé. »

À sa grande surprise, il n'y avait pas de Kirill dans le bureau. Une agréable colline ronde, la silhouette familière de Lioudmila Dmitrievna, se découpait derrière la table. L'autorisation était déjà signée. Nina fit comme si de rien n'était, glissa la feuille dans sa chemise transparente, remercia avec un sourire poli et prit congé.

Au moment de sortir, elle eut l'impression que Lioudmila Dmitrievna était elle aussi effrayée par quelque chose.

Nina redescendit l'escalier, boutonna son manteau, sortit dans la rue. Elle s'assit dans le minibus, le cœur glacé, toujours en proie à un pressentiment alarmant.

« Stop, s'ordonna-t-elle, s'asseyant sur le siège et fermant la porte. Tu dois immédiatement comprendre ce qui se passe. Qu'est-ce qui t'a tant effrayée ? Une voiture inconnue ? Mais pourquoi serait-ce forcément la voiture de Kirill ? Les Hummer ne sont pas si rares, de nos jours. Et Lioudmila Dmitrievna était comme à son habitude. Tu as tout inventé. »

Mais quand Vitia eut tourné la clé de contact, et que le minibus, en rugissant, commença à reculer lentement pour sortir sur la route, Nina sentit un regard froid et menaçant posé sur elle. Comme si l'immeuble même de la mairie, cet affreux cube gris qui défigurait la place centrale de Rogojine, la contemplait avec haine.

Bientôt, le minibus, faisant crisser la neige fraîche sous ses roues, s'engagea sous le portail morose de l'orphelinat, et un petit garçon fut enfin présenté à ses parents espagnols, qui attendaient cette rencontre depuis longtemps; Nina leur avait envoyé des photos et expliqué le diagnostic de la commission médicale, et le diagnostic ne les avait pas effarouchés. L'animation générale repoussa la peur de Nina, qui éloigna ses tentacules froides, et Nina rit et se réjouit avec les autres, puis comme chaque fois se sentit honteuse de prendre l'enveloppe des Espagnols, qui conservait la chaleur du corps qui l'avait portée.

Mais la funeste Hummer noire n'en continua pas moins d'occuper une place importante dans ses pensées.

Un soir, quand les énièmes Espagnols furent embarqués dans le minibus, où ils roucoulaient sur les sièges arrière avec leur bambin en l'arrosant copieusement d'eau de Cologne dont l'odeur forte et piquante faisait penser à du liquide antimoustique, et alors que Vitia avait déjà dépassé le centre de Rogojine pour prendre la route de Moscou, Nina eut l'impression que des feux bizarres illuminaient la route devant eux.

– C'est quoi, ces phares? demanda-t-elle immédiatement à Vitia.

– Lesquels?

– Ceux-là, tu vois, devant nous.

Ils s'étaient justement arrêtés à un feu, et les phares suspects apparurent pour la dernière fois : le conducteur accélérait.

– Je ne sais pas, dit Vitia en haussant les épaules, en regardant fixement, devant lui, la route déjà vide et sombre, où seule la neige tombait en tourbillonnant. On dirait des phares ordinaires. Ou peut-être qu'ils sont un peu bizarres. Mais on en voit des fois sur les 4x4.

– Sur des Hummer? demanda Nina à voix basse.

– Aussi sur des Hummer, confirma immédiatement Vitia.

Pendant tout le trajet du retour jusqu'à Moscou, tout au long des deux cents kilomètres de ténèbres neigeuses, Nina resta prostrée sur le siège avant comme une souris terrorisée.

Une autre fois – c'était aussi à la tombée de la nuit –, elle vit très clairement une grosse ombre noire sortir du stationnement devant le bâtiment du tribunal pour, après lui avoir adressé un clignement d'adieu avec ses étranges phares, disparaître dans la nuit.

Depuis lors, la peur s'était installée en elle, profondément et pour longtemps. Elle se mit bientôt à remarquer de nombreux signes de la menace qui planait au-dessus d'elle. Peut-être que tout cela n'était que le jeu de son imagination, et qu'il ne se passait rien de particulier – en tout cas, Nina aurait été particulièrement heureuse qu'il en fût ainsi.

Le signe funeste suivant lui parvint à la fin de l'hiver, quand de nouveaux parents adoptifs comparurent devant le tribunal. Elle passa à nouveau par un accès de peur panique, qui cette fois-ci n'était plus liée à la Hummer noire.

Elle se tenait près de la salle d'audience, quand elle vit soudain sortir d'un bureau, presque en face d'elle, à quelque cinq mètres sur sa gauche, un jeune homme inconnu portant une chemise transparente sous le bras. C'était un jeune homme tout ce qu'il y a de plus ordinaire, elle ne l'avait jamais vu et il n'avait rien de remarquable, mais quelque chose, dans son apparence passe-partout et efficace, rappelait Kirill de manière frappante : les petits yeux, le regard fuyant, le costume de fonctionnaire gris. Il sortit du bureau en compagnie d'une jeune et jolie secrétaire. Nina la connaissait très bien, la jolie secrétaire avait souvent été responsable du procès-verbal des séances du tribunal où elle traduisait. Quand ils remarquèrent Nina dans le couloir, ils se figèrent tous deux d'un air incertain, et la fixèrent. Nina détourna rapidement le regard, ressentant à nouveau un vertige d'angoisse. Elle poussa la porte, entra dans la salle d'audience, et au dernier moment elle eut l'impression que la secrétaire l'indiquait du menton en regardant le jeune homme d'un air entendu.

C'était un incident absolument insignifiant. Nina avait peut-être imaginé cet intérêt manifesté par le jeune inconnu, et à un autre moment, dans d'autres circonstances, elle n'y aurait prêté aucune attention. Cet homme pouvait se trouver au tribunal régional de Rogojine pour de nombreuses raisons qui n'avaient rien à voir avec elle, il y avait des dizaines d'audiences chaque jour ; il pouvait être témoin à un procès, avocat, inspecteur de la brigade des pompiers, amoureux de la jolie secrétaire, ou encore, un employé du tribunal que Nina n'avait tout simplement encore jamais rencontré, elle ne connaissait pas tout le monde. Il pouvait être tout ce qu'il voulait, ce jeune homme ordinaire à l'apparence peu frappante, en costume gris de fonctionnaire, avec les mêmes cheveux cendre et les mêmes yeux gris fuyants que Kirill, mais Nina était persuadée, elle ne savait pas trop pourquoi, d'une chose : il n'était pas n'importe qui, ni un employé du tribunal, ni un visiteur fortuit. Il s'intéressait précisément à Nina, et il était mystérieusement, directement lié à Kirill.

C'était un soupçon absurde, mais c'est justement dans cette absurdité, son caractère absolument ridicule, que Nina voyait une menace mystique, irrationnelle, mais par là même encore plus funeste.

Cela dit, même la rencontre dans le corridor ne pouvait se comparer en absurdité avec les autres petits événements qui ne cessaient de persécuter Nina, la plongeant dans le désespoir le plus absolu.

Quelqu'un appelait sur le téléphone fixe et raccrochait dès qu'on répondait. Nina en perdait l'appétit jusqu'au soir.

– Qu'est-ce que tu as, ma fille ? lui demandait sa mère en observant avec inquiétude son visage défait.

Depuis le dimanche matin où Nina avait posé une pile d'euros sur sa table, elle avait commencé à considérer différemment le travail de sa fille, comme si l'argent gagné par Nina, dont elle avait une idée très vague, mais tout de même proche de la réalité, mettait sa fille de l'autre côté d'une limite invisible que Zoïa Alexeevna ne franchissait jamais et où se trouvait un territoire étranger, où elle ne pouvait pas appliquer ses vérités habituelles. Et elle cessa de rappeler quotidiennement à Nina qu'elle n'avait pas achevé sa thèse, qu'elle avait quitté la faculté, chose qu'elle ne lui aurait jamais pardonnée dans d'autres conditions, pensait Nina.

– On a raccroché, et alors, dit Zoïa Alexeevna en haussant les épaules.

Elle enclencha la bouilloire électrique et mit une tranche de pain et de fromage dans le nouveau micro-ondes. La bouilloire et le micro-ondes avaient bien sûr été achetés par Nina, au début déjà, tout comme le nouveau frigo, l'aspirateur et le lave-linge.

– Quelqu'un s'est trompé de numéro, c'est déjà arrivé par le passé. On ne va pas se laisser mourir de faim pour ça.

Elle posa devant sa fille blanche comme un linceul l'assiette avec le pain et le fromage fondu, qui faisait des bulles.

Nina prit une fourchette et un couteau dans ses mains glacées et coupa le pain en minuscules parts qui restèrent abandonnées sur l'assiette, à côté de la tasse de thé qui tiédissait lentement dans la cuisine vide aux fenêtres donnant sur la gare de Biélorussie.

Le lendemain matin, Nina se leva pleine d'énergie, ayant presque oublié l'histoire de la veille, mais quelques jours plus tard elle reçut à nouveau des appels anonymes, cette fois-ci sur son portable. Au lieu du numéro de l'abonné, l'écran indiquait « appel inconnu ». Nina ne put pas dormir cette nuit-là.

Une autre fois, alors qu'elle discutait au téléphone dans son appartement, elle entendit un étrange déclic dans le combiné.

– Allô, tu m'entends ? Je crois qu'on a été coupés, cria-t-on à l'autre bout du fil, d'incroyablement loin, de l'autre côté de l'océan gris hivernal.

C'était son amie Rita, de New York. Nina fut incapable de poursuivre la conversation : elle fut prise d'un tel vertige et d'une telle faiblesse qu'elle alla se pelotonner sous sa couverture, où elle resta toute la journée, essayant d'oublier ses angoisses avec une lecture distrayante.

Depuis, suivant un vieux conseil de Kirill, Nina n'avait plus aucune discussion sérieuse au téléphone.

Mais cela ne la sauva pas – les signes funestes continuaient de se manifester.

Un jour, Nina reçut par courrier électronique une lettre envoyée d'une adresse incompréhensible. Le message était entièrement constitué de points d'exclamation.

– C'est un spam, grommela son père quand elle l'appela pour lui parler de cet étrange message. Un spam tout à fait ordinaire. Les symboles ne sont pas lus correctement. Change la codification, si tu es si désireuse de comprendre, tu pourras tout lire.

Nina passa toute sa soirée devant l'écran, mais elle ne parvint pas à déchiffrer le texte.

Deux semaines plus tard, en rentrant de chez le notaire, Nina ouvrit sa boîte aux lettres et en sortit une enveloppe. Elle regarda le timbre : la lettre était envoyée de Moscou. « Par qui ? », s'étonna Nina. Son nom et son adresse étaient indiqués sur l'enveloppe, mais pas ceux de l'expéditeur.

Elle ouvrit la porte de son appartement et, sans enlever son manteau ni ses bottes, courut dans sa chambre, se précipita vers sa table, s'empara de ciseaux et, très précautionneusement, pour ne pas abîmer le mystérieux contenu de l'enveloppe, elle en coupa le bord. Elle glissa hâtivement les doigts dans l'ouverture, fouilla à l'intérieur, puis écarta les bords de l'enveloppe et l'agita au-dessus de la table, puis finalement laissa tomber ses mains sur ses genoux et regarda fixement la fenêtre, aux prises avec un phénomène devenu familier, un accès de désespoir qui lui retournait l'estomac.

L'enveloppe était vide.

« Kirill n'est pas un monstre, se disait Nina. C'est pour ça que je n'arrive pas à le détester. Si l'on y réfléchit, il est dans son bon droit. Et, par conséquent, le bien doit vaincre, et le mal être puni. »

Cette nuit-là, Nina rêva qu'un grand oiseau noir était perché sur son armoire, dans sa chambre. L'oiseau était gros, puissant, sans doute un oiseau des bois, se dit Nina. Il était immobile, le plumage hérissé, les ailes rentrées, dans la posture habituelle des corbeaux en hiver. Sur le fond de la tapisserie claire de la chambre, Nina distinguait bien sa petite tête d'oiseau de proie, avec un bec pointu. Dans ce rêve, sa peur se mit à grandir, devint énorme et presque insupportable ; elle n'était à ce moment plus causée par un danger mystérieux, mais bien par l'oiseau noir sur l'armoire. L'oiseau était la personnification de la menace qui persécutait Nina, son symbole magique. Et Nina ne craignait pas que l'oiseau soit particulièrement dangereux et puisse la blesser avec son bec ou lui arracher un œil. Simplement, l'apparition d'un oiseau dans son appartement citadin, dans sa chambre à la fenêtre fermée, qu'il soit épervier, condor, corbeau ou moineau, était une chose tout à fait impossible.

– Comment es-tu entré ici ? lui demanda Nina d'une voix faible, en s'appuyant sur un coude.

Dans le silence de mort de la chambre, sa voix faisait un bruit sourd, et lui semblait étrangère.

Mais l'oiseau ne répondit rien et regarda Nina du haut de l'armoire d'un œil noir et vide. Nina reposa précautionneusement la tête sur l'oreiller, remonta la couverture, sans quitter l'oiseau de ses yeux fascinés – parce qu'il fallait absolument le regarder, c'était encore plus effrayant de ne pas le voir tout en sachant qu'il était toujours sur l'armoire –, et soudain, elle comprit que, sans avoir quitté l'armoire où il formait une épaisse motte de ténèbres, l'oiseau était également descendu sur le lit, et se trouvait à présent tout près de Nina, à moins d'un mètre. Il avança le cou, ouvrit les ailes toutes grandes et poussa un cri rauque, un cri humain.

– Aaaah, hurla Nina, et elle se réveilla.

Il lui sembla que son cri continuait de frémir dans le nuage d'obscurité froide de la chambre.

Il n'y avait rien sur l'armoire.

« Je deviens folle », se dit Nina le lendemain, errant dans l'appartement, incapable de maîtriser sa tension nerveuse. Elle essaya de se distraire – entra dans la baignoire, prit une douche chaude suivie d'une douche froide, comme le lui conseillait toujours sa mère, se frotta jusqu'à en devenir toute rouge avec la serviette éponge. Puis elle enfila sa robe de chambre, prit un verre de bière et s'assit à la cuisine devant la télévision. « Je deviens tout simplement folle. » La bière lui parut amère, et Nina posa le verre dans l'évier. « Salvador Dalí était normal. En dépit de tout ce que racontent sur lui les profanes et les envieux, il était parfaitement normal. Un génie. Mais moi, je perds la raison et je serai bientôt tout à fait folle. Une folle échevelée qui a peur de son ombre. »

Tôt ou tard, elle se calmait, se changeant les idées avec une traduction de documents ou en lisant un livre et, après réflexion, en arrivait à la conclusion que ses nerfs malades étaient responsables de tout. « Je dois prendre du repos », se disait Nina, et elle appelait Xenia. Elles allaient ensemble au restaurant, espagnol, italien ou chinois, où Xenia réglait toujours la note, ou faisaient les magasins, et Nina s'achetait tout un tas de chiffons colorés et légers, délicieux et parfaitement inutiles, de nouveaux jeans ou encore un sac en cuir qui lui coûtait très cher. Son humeur redevenait joyeuse, et le soir, quand elle rentrait à la maison, elle se sentait fière de sa réussite, reposée et heureuse.

Mais quelques jours passaient, et un nouvel événement inhabituel, inexplicable et effrayant se produisait, ou elle voyait à nouveau des signes et des symboles là où d'autres n'auraient rien remarqué du tout...

Elle faillit s'évanouir un jour où elle examinait attentivement la statue de plâtre devant laquelle elle était si souvent passée en se rendant au tribunal de Rogojine. C'était une représentation assez masculine de Thémis, la déesse de la justice. Un voile recouvrait légèrement ses formes bombées, ses yeux étaient cachés sous un étroit bandeau, et sa bouche esquissait un sourire mystérieux et sinistre. Dans ses mains, elle tenait une balance immobilisée dans un équilibre précaire. À sa gauche, la devise suivante était gravée dans le plâtre : « *Dura lex, sed lex* ». « *Dura lex*, répéta Nina, gravissant les marches de l'escalier et s'efforçant de ne pas regarder le visage de Thémis. La loi est inflexible. Sans pitié. Le moment voulu, elle rattrape les coupables et leur fait subir un châtiment mérité. »

Nina avait ses raisons de craindre Thémis et sa balance en équilibre précaire. Comme souvent dans ce genre d'entreprises d'envergure, Nina et Xenia avaient commis de nombreuses petites infractions dont elles étaient les seules à connaître l'existence.

Ainsi, Nina savait très bien que Xenia avait plusieurs fois écrit elle-même des autorisations du ministère de l'Éducation. Ces autorisations étaient une pure formalité, mais on ne les considérait pas moins comme des documents essentiels, sans lesquels les étrangers ne pouvaient pas adopter légalement un enfant russe. Parfois, cette autorisation s'égarait au dernier moment dans le bureau d'un fonctionnaire ou se retrouvait, on ne sait trop pourquoi, coincée à Moscou, et n'était pas prête le jour de la séance au tribunal. Dans ces cas, Xenia avait recours à l'assistance d'un ami de son ex-mari, un spécialiste de Photoshop, qui reproduisait parfaitement puis imprimait en couleurs tous les cachets, sceaux et les signatures nécessaires, grâce à quoi l'autorisation du ministère de l'Éducation était ajoutée au dossier d'instruction le lendemain, comme si de rien n'était.

Nina avait également recours à de petites ruses : elle dut plusieurs fois signer à la place des Espagnols, enlever du dossier puis rajouter des documents dont les dates ne correspondaient pas, corriger une traduction.

L'expression « corriger une traduction » était de Xenia. Elle n'était pas tout de suite apparue dans leur travail. Nina l'entendit pour la première fois cinq minutes avant le début de l'une des innombrables séances de tribunal qui, à cette époque, se confondaient déjà en une seule et interminable séance.

Nina était déjà devant la porte de la salle d'audience, quand Xenia s'approcha d'elle.

– Il va falloir un peu corriger la traduction, dit-elle d'un ton résolu.

– Comment ça ? demanda Nina, perplexe.

– C'est simple, expliqua Xenia d'un air pressé. Tu comprends, à la visite médicale de notre petit Dima, on lui a collé une saleté de diagnostic : retard du développement mental. Eh bien, il ne faut pas traduire ce diagnostic pendant la séance du tribunal.

– Comment ça, « pas traduire » ? Le juge parlera, et je devrais me taire ?

– Pourquoi te taire ? Non, tu dois traduire. Mais, au lieu de « mental », dis « physique » en espagnol, c'est tout. Qu'est-ce que ça change pour toi ? Et quelle différence, au fond ?

– Comment ça, quelle différence ? protesta Nina. Mais l'enfant est malade. Comment est-ce que je peux leur taire ça ? Ils ne voudraient probablement pas l'adopter s'ils connaissaient l'existence d'un tel diagnostic !

– Attends un peu avant de monter sur tes grands chevaux, la coupa Xenia. D'abord, il ne reste que quelques minutes avant la séance, et nous n'avons plus le temps de leur expliquer. Et si on le leur dit aussi brusquement, sans les préparer, ils peuvent ne plus savoir ce qu'ils veulent, et il faudra ajourner la séance. Tu veux qu'on l'ajourne ?

– Non, avoua Nina. Mais je ne sais pas traduire comme tu le proposes.

– Si tu ne veux pas qu'on soit tous mal, il va falloir, énonça crûment Xenia. On ne peut pas ajourner la séance, tu as parfaitement raison. Ce serait pire pour tout le monde – pour toi, moi, les Espagnols et l'enfant. Des innocents feraient les frais de ta stupide obstination. Attends, je ne t'ai pas encore tout dit, ajouta-t-elle plus doucement, sentant Nina prête à protester. Vois-tu, le directeur de la commission médicale s'est fâché avec Ada. Il est brouillé avec elle, et ils ont saboté le diagnostic du petit. Ils savent bien qu'avec une telle tare les étrangers refuseront d'adopter, et ils l'ont fait pour donner une leçon à Ada... Mais le petit est tout à fait normal. Quand il grandira, il ne sera pas pire que toi ou moi.

– Tu en es sûre ? demanda Nina avec espoir.

– Tu peux me croire. Ne te fais pas de soucis et traduis tranquillement comme je te l'ai dit.

Nina voulait encore répliquer quelque chose, mais la porte de la salle d'audience s'ouvrit, et on les invita à entrer.

La séance du tribunal se passa très bien. Nina fit tout ce que Xenia lui avait suggéré.

Le directeur de la commission médicale était visiblement très en colère contre Ada Mitrofanovna : il y eut de plus en plus d'audiences où Nina devait corriger la traduction. En général, il s'agissait de légères modifications. Et quand retentissaient des phrases telles que « soupçon de retard du développement mental », « alcoolisme chronique », « retard mental de la mère », Nina ne traduisait tout simplement pas. Elle apprit à la perfection à adoucir ses interprétations, le faisait sans se poser de questions, tout comme elle ne se posait pas de questions sur les grosses sommes qui transitaient par elle.

« Je la tiens, se dit Nina dans un moment d'emportement, un jour où Xenia l'avait énervée pour une broutille. Si je le veux, je peux tout raconter à qui de droit – et la traduction "corrigée", et l'argent, et les documents falsifiés. Attends, attends, s'interrompit-elle toute seule. Et qui a corrigé la traduction ? Qui n'a pas mentionné le diagnostic ? Qui a reçu l'argent ? Xenia n'apparaît nulle part, c'est chaque fois mon nom, ma signature. Et les autorisations ministérielles qu'elle a contrefaites, encore faudrait-il les retrouver, d'ailleurs je ne me souviens même plus pour quels enfants elles ont été réalisées. Et les juges n'auront aucune envie de fouiller les dossiers, ça invaliderait l'adoption. Je ne pourrai rien prouver, même si l'envie m'en prend. Toutes les pistes mènent à moi. »

Nina avait commis d'autres délits, plus graves, que Xenia n'ignorait pas. Il arrivait que les familles espagnoles, ayant fait la connaissance de l'enfant, rentrent en Espagne sans avoir signé ni l'accord pour l'adoption ni un refus. Les raisons pouvaient être diverses. Par exemple, on avait montré trop tard l'enfant à ses futurs parents – non pas le matin du jour prévu, mais le soir, ou le lendemain, et les Espagnols n'avaient tout simplement pas eu le temps de passer chez le notaire. Ou ils auraient eu le temps, mais ils n'étaient pas pressés de signer le document, car ils n'étaient pas sûrs de vouloir adopter l'enfant qu'on leur proposait, dont l'état de santé était douteux. C'était un cas beaucoup plus rare. Ils suppliaient Nina d'attendre – un tout petit peu, deux semaines. Une fois rentrés en Espagne, ils consulteraient quelques médecins, signeraient le document chez un notaire et l'enverraient par poste rapide à Nina. Nina, bien sûr, acceptait. Elle n'avait pas le droit de protester ou d'insister dans une situation aussi compliquée.

– C'est faux, tu as le droit, la pressait Xenia. Leur accord doit être sur le bureau de Lioudmila Dmitrievna la semaine prochaine. Et s'ils proposaient l'enfant à quelqu'un d'autre ?

– Que dis-tu, Xenia, répliquait calmement Nina, essayant de l'amener à la raison. On ne t'enlèvera pas cet enfant, on ne le donnera à personne d'autre. Ils attendront la réponse de nos Espagnols, et tout se passera bien.

– C'est clair. (Le ton de Xenia était glacial.) Tu ne veux tout simplement pas travailler avec nos clients. Tu sais pourtant à quel point il est important de les brusquer parfois !

– Brusque-les toi-même, s'énervait Nina. Allez, je te les amène, et tu leur expliques, je traduirai. Fais-les signer immédiatement.

– Oublie, disait Xenia d'un ton capricieux. Je ne veux pas d'Espagnols chez moi. Débrouille-toi avec eux, c'est ton travail. En fin de compte, c'est pour ça que tu es payée.

Nina comprenait l'allusion de Xenia : elle pouvait très bien décider de prendre un autre partenaire à la place de Nina, organiser un autre lien entre elle et Lucia qui leur fournissait des Espagnols. Nina doutait fortement que Xenia soit capable d'une bêtise pareille. Elles avaient déjà tant travaillé ensemble, et Nina faisait des choses qu'une autre interprète, moins intéressée par l'argent, refuserait probablement de prendre sur elle. De plus, Nina était au courant de toute l'histoire avec Kirill ainsi que d'autres actions peu reluisantes de Xenia, toute la région de Rogojine la connaissait, tous les fonctionnaires, les éducateurs, les directeurs et les représentants des organes de tutelle. Combien de temps faudrait-il au nouvel interprète pour que les fonctionnaires peureux s'habituent à lui ? Cependant, Xenia avait tant changé au cours des derniers mois qu'elle semblait capable de tout, même de la démarche la plus folle.

– Bref, l'accord doit arriver au département, lui répétait Xenia d'une voix inflexible. Tu te débrouilles comme tu veux.

– Et s'ils changent d'avis ?

– Ça m'étonnerait. Et même s'ils changeaient d'avis, nous oublierions simplement ce papier, c'est tout. Personne ne va les contraindre à adopter, tu comprends. Cet accord, c'est une pure formalité, on en a besoin pour nous éviter des ennuis à toi et à moi, et pour que l'enfant arrive plus vite dans sa famille adoptive.

D'une façon ou d'une autre, il était parfois plus difficile d'obtenir cet accord à temps que de recevoir l'avance des Espagnols. Il y eut des cas où Nina eut recours à la solution la plus désespérée : elle allait chez l'ami de Xenia qui, pour une somme modique, scannait les sceaux du notaire et, avec son imprimante couleurs, les appliquait sur le document préparé par Nina.

Contrefaire les signatures des Espagnols était un jeu d'enfant.

– J'ai peur. J'ai tout le temps peur. Et si quelqu'un l'apprenait ? se plaignait Nina à Xenia.

– Personne ne l'apprendra. Et si quelqu'un vient à le savoir, il se taira. Tu n'auras aucun ennui, ne te fais pas de soucis. Ce genre d'affaires n'est révélé que quand quelqu'un y trouve un intérêt. Et à Rogojine, personne n'a envie d'avoir des ennuis. Tout le monde a intérêt à ce que tout continue comme ça, et que tout ait l'air parfaitement correct. C'est aussi ce dont les enfants ont besoin, ne l'oublie pas.

Nina n'oubliait pas. Elle tentait tout le temps de se souvenir qu'elle et Xenia œuvraient pour une bonne cause, elle tentait de ne pas penser aux aspects négatifs, de chasser au fond d'elle-même les pensées les plus désagréables et de les recouvrir avec d'autres pensées, nettement plus agréables, comme l'argent gagné, le succès de leur entreprise, les enfants qui trouvaient un foyer. Un foyer remarquable – Nina le voyait ensuite sur les photographies que les anciens clients lui faisaient parvenir. Elle apprit à manœuvrer assez bien ses pensées, à filtrer le négatif et à ne garder que le positif.

Mais le temps passait, et l'angoisse réapparaissait toujours.

Un nouveau choc attendait Nina au tribunal de Rogojine.

La courte journée hivernale touchait à sa fin, il faisait déjà sombre dehors, de gros flocons de neige, qui faisaient penser à des feuilles blanches, tombaient assidûment du ciel.

Ce jour-là, elle était arrivée plus tard et, debout dans le couloir du premier étage, elle attendait la secrétaire. Les procès civils avaient généralement lieu au deuxième étage. Nina descendait rarement au premier, qui était celui du pénal. Elle y examinait toujours avec curiosité les personnes qui attendaient leur tour devant les portes des nombreux bureaux. Les Tsiganes venaient au tribunal par clans entiers et remplissaient tout l'espace. On les retrouvait assis sur les banquettes, les chaises, debout le long des murs. Les jeunes femmes mangeaient des graines de tournesol en crachant la cosse dans leur poing, promenant autour d'elles avec intérêt leurs yeux noirs sans éclat. On voyait toute une foule de plaignants, témoins, hommes et femmes à l'air suspect avec des physionomies de criminels, gamins effrayés, donzelles mal peignées, dénudées selon la mode du marché, quidams miséreux avec des visages pleurnichards. Cette cour des miracles exhalait des odeurs de parfum, sueur, corps malpropres et malsains, naphtaline, neige, laine mouillée.

Nina attendit la secrétaire, lui remit le document désiré et, avant de sortir, passa aux toilettes. Les toilettes du premier ne ressemblaient pas à celles, propres et spacieuses, du deuxième, fréquentées par le public plus convenable des jugements administratifs et civils. Il n'y avait pas de cuvette au premier, mais une légère élévation où l'on posait les pieds. Le visage concentré des visiteuses dépassait de la porte des cabines. Nina sortit de la cabine, passa ses mains sous l'eau et se dirigea vers le couloir quand elle fut repoussée à l'intérieur presque de force et, par la porte ouverte, elle assista, décontenancée et effrayée, à une scène inoubliable. Dans le couloir devenu absolument vide – les autres visiteurs, tout comme elle, avaient été repoussés dans des pièces où ils n'avaient aucune intention d'entrer, toilettes, bureaux, cage d'escalier – s'avançait une jeune femme d'à peu près l'âge de Nina, ou peut-être un peu plus âgée, soigneusement menottée. Elle marchait lentement, fixant le sol d'un air morose. Des policiers armés l'entouraient de tous les côtés. Par la suite, Victor, qui avait attendu Nina dans le minibus, lui raconta que l'arrivée de la femme dans un véhicule de la prison avait été précédée par un car de policiers qui avaient fermé toute la place, tous les accès au tribunal. Victor avait dû également se garer plus loin.

– C'est une criminelle, une meurtrière, souffla une grosse dame en anorak sale qui ressemblait à une vendeuse du marché, et qu'on avait poussée dans les toilettes avec les autres en dépit de ses protestations sonores.

– Pas une meurtrière, répondit sentencieusement une autre en tirant sur ses collants. Si c'était une simple meurtrière, on ne nous aurait pas planqués dans les toilettes. Elle est membre d'une bande organisée. Ou arnaqueuse. Elle a piqué des sous, et tué quelqu'un pardessus le marché.

Quand la femme menottée fut passée, et que le dernier policier de son escorte eut disparu, on leur donna l'ordre de sortir. Les dames, jouant des coudes, se ruèrent dehors. Nina resta seule dans les toilettes, où elle fut prise par l'impulsion de se rincer les mains une nouvelle fois. Son visage blême se reflétait dans le miroir au-dessus du lavabo, et elle eut l'impression qu'il était en tous points pareil à celui de la détenue mélancolique que l'on venait de faire passer dans le couloir, à moins de deux mètres d'elle.

Nina garda le silence durant tout le trajet en voiture, jusqu'à Moscou. Elle pensait à la femme menottée.

« Et si on me mettait aussi en prison, se disait-elle. Qu'est-ce qui se passerait ? »

Ces pensées glaçaient le cœur de Nina, et elle essayait de s'en distraire comme elle pouvait. Mais, quand elle se retrouva deux semaines plus tard dans le tribunal de Rogojine et qu'au lieu de la salle habituelle, avec de grandes fenêtres et un drapeau de la Fédération de Russie tout pimpant au-dessus de la tête du juge, on fit entrer Nina et les Espagnols dans une étrange pièce exiguë avec une cage en fer dans un coin, où l'on mettait les criminels dangereux lors des audiences pénales, elle bredouilla, oubliant son espagnol, ne parvenant pas à se souvenir du nom de ses clients, puis, quand elle se retrouva à l'extérieur, trébucha et tomba de la dernière marche du haut escalier de marbre, et vint échouer juste sous les pieds de Thémis et son sourire indifférent. Elle se fit mal.

Nina vivait selon un calendrier particulier : elle mesurait le temps en familles espagnoles.

Une semaine – une famille. Chaque nouvelle famille ressemblait absolument à la précédente. Les mêmes noms, les mêmes visages. Et les mêmes semaines.

« Tu te souviens de Mariluz ? » Quelqu'un se penchait vers Nina dans la pénombre du minibus. Les phares des voitures roulant dans l'autre direction glissaient sur le visage de cette personne, y dessinant des entrelacs compliqués, comme si l'interlocuteur souffrait d'une maladie de peau exotique. « Mariluz te salue bien. »

Nina sourit et acquiesça, mais elle n'avait aucune idée de qui on parlait. Pendant tous ces mois, elle avait vu défiler au moins une dizaine de Mariluz, chacune marquant les saisons.

La Mariluz des premiers jours de l'automne : cheveux roux, blouse blanche, bronzage régulier.

L'hivernale : des yeux bleus, pas comme ceux des Russes, d'un bleu intense. « J'ai acheté un manteau de fourrure exprès pour ce voyage », dit la Mariluz hivernale en riant. La bière russe lui avait plu, elle avait descendu une bouteille entière, en Espagne les femmes ne boivent pas ainsi. « Exprès pour la Russie. Je pensais qu'il y aurait de la neige et des grands froids, et regardez, je trouve de la boue et de la pluie. – Aujourd'hui de la boue et de la pluie… », lui avait répondu Nina tout aussi joyeusement, après avoir bu la même bière, toute une bouteille également, et le rire de Mariluz était contagieux, « … et demain, de la neige et les grands froids. »

La Mariluz du printemps : l'arc des sourcils noirs pareil aux ailes d'un oiseau en plein vol. Celle-ci était partie de Moscou pour Rogojine en nu-pieds. Des sandales de plage. Elle sortit de la voiture et enfonça son pied nu dans la neige détrempée. Pendant un instant, Nina eut peur : qui était cette femme à la peau foncée et aux pieds nus ? Une réfugiée ? Une Gitane ? Une folle ? Ou peut-être que la guerre avait éclaté, et que cette pauvre Espagnole ne pouvait plus se procurer de bottes ?

Mais, à la forme sombre et sans nom dans le minibus, elle répondit, à tout hasard : « Mariluz ? Bien sûr que je me souviens ! »

Parfois, les cadeaux permettaient de mieux se souvenir. En pensant aux cadeaux, on retrouvait le nom de l'Espagnol qui l'avait offert, son prénom et celui de l'enfant adopté en prime.

Le collier violet qui pendait à l'entrée de l'appartement de Nina comme une guirlande de Noël : c'était le cadeau de cette drôle de famille, propriétaire d'un restaurant à Málaga. Nina ne se rappelait pas leur nom. Il y avait, semble-t-il, aussi une Mariluz parmi eux. C'était étrange, s'ils possédaient tout un restaurant, qu'ils offrent une pacotille aussi bon marché. À moins qu'ils nous prennent pour des Indiens fascinés par les breloques aux couleurs vives ? Cela dit, Nina ne s'était pas vexée. Ça lui était égal – elle se perdait dans la contemplation du doux hiver pelucheux, elle était attendrie par le juge, le procureur et la dame revêche du service des tutelles en bottes à talons hauts sur des petites jambes de cochon, qui arpentait si dignement, dans lesdites bottes, le linoléum du couloir du tribunal. Nina était heureuse que la séance se passe si rapidement et, pendant que Xenia faisait la tournée des fonctionnaires, elle accompagna Mariluz et son époux, dont elle ne parvenait pas à se rappeler le nom, dans le bistrot d'en face, où ils burent un cappuccino à la cannelle et commandèrent des pizzas immangeables recouvertes d'un concentré de tomate aigre et de tranches de salami d'un rose chimique ; Mariluz et son époux, propriétaires d'un restaurant à Málaga, ne firent qu'une bouchée de cette pizza chimique qui les regardait avec ses yeux de salami. Même le collier en plastique violet était un plaisir – il allait si bien avec l'immense plaine bleutée se déroulant derrière la fenêtre du minibus.

Le foulard dont Nina avait fait une taie d'oreiller : c'était le cadeau d'une mère célibataire, une juge de Pampelune. Incroyable : cette Anglaise sèche et terne était en fait une Espagnole, originaire de Grenade ! Des cheveux châtains cassants, une bouche fine et pâle. Des sourcils clairs, des yeux gris de Nordique. Mais quand est-ce que nous nous débarrasserons de l'image de Carmen et de son usine de tabac ? Carmen était une Gitane, pas une Espagnole.

Un tee-shirt d'un vert salade vivifiant, avec du strass et l'inscription « Gucci ». Nina avait vu exactement le même l'avant-veille sur le marché de Rogojine. Ils se ressemblaient comme deux gouttes d'eau ! Combien coûtait celui du marché ? Cent roubles ? Cent cinquante ? Inutile de regarder l'étiquette : made in China, ils ne s'en cachaient pas. Mais celui-ci, dans son emballage de papier de soie, était un vrai Gucci : l'original avait été cloné, il s'était répandu dans le monde entier en millions de gouttelettes couleur salade. Nina ouvrit le papier froufroutant, vit le tee-shirt et poussa un cri d'enthousiasme. Personne ne lui avait jamais rien offert de pareil ! Si elle mettait ce tee-shirt et allait rendre visite à quelqu'un ? À l'université ? À Eva Vostokova ? Ou tout simplement se promener sur la Tverskaïa[1] ? Nina tournait et retournait dans ses mains le minuscule chiffon couleur salade, retenant difficilement son rire.

1. Équivalent moscovite des Champs-Élysées.

Elle se dit alors que le tee-shirt vert lui avait été offert par la Mariluz dont ils venaient de parler dans le minibus – la Mariluz de la fin de l'été.

Elle se souvenait maintenant. C'était un mois d'août doré et lourd comme un jaune d'œuf. Dans les forêts épaisses, de l'autre côté de Rogojine, les tourbières brûlaient. On sentait la fumée jusque dans les rues de la ville, et cette odeur réveillait une angoisse dans le cœur, comme en temps de guerre.

Le doux soleil automnal éblouissait Nina, qui ne songeait pas à s'en plaindre : d'ici peu, il n'y en aurait plus du tout. Les premières feuilles mortes tombaient comme des pièces de laiton sur le pare-brise.

– Nous voulons un enfant pour Noël, annonçait d'une voix capricieuse la Mariluz estivale du tee-shirt. La Mariluz de l'été de la sécheresse, qui avait transmis ses salutations à travers le passager avec une maladie de peau née des phares des voitures croisant leur minibus.

– Une petite fille aux cheveux clairs. Non, non, celle aux cheveux foncés que vous nous avez montrée sur la photo, nous n'en avons pas besoin. Il nous faut une petite fille aux cheveux clairs. Et pour Noël, absolument.

– Pour Noël ? Une petite fille aux cheveux clairs ? répéta pensivement Nina, regardant attentivement, fixement les Andalous assis en face d'elle, Mariluz aux cheveux teints en blond et aux yeux mats d'agate noire, et Juan, son époux, un brun débonnaire et flegmatique.

Elle remit dans son sac à dos la photographie d'une petite fille basanée qu'Ada avait proposée à la famille. La fillette était une récompense incroyablement généreuse que Xenia avait reçue de façon inattendue en automne pour avoir casé deux enfants aux diagnostics compliqués, à peu près incurables.

Sur le marché rogojinais de l'adoption, de tels enfants étaient appelés des « invendables ». Les Espagnols compatissants prenaient les invendables, rares étaient ceux qui les refusaient, et quand quelques mois plus tard Nina recevait un rapport à traduire, accompagné de photos, on ne reconnaissait déjà plus l'invendable dans le bambin jouant dans la piscine, enfonçant sa pelle dans le sable devant les crêtes dentelées des vagues méditerranéennes, ou chevauchant un poney au Luna Park.

Selon la loi du marché, pour deux invendables, on avait droit à un bonus sous forme d'enfant de qualité, en bonne santé. Comme cette fillette basanée sur la photo.

– C'est vraiment dommage.... Mais dites-moi, ne put-elle s'empêcher d'ajouter, au risque d'enfreindre sa règle qui était de n'intervenir en aucun cas dans les décisions des clients, pourquoi voulez-vous une fille aux cheveux clairs ? Regardez-vous : vous êtes tous les deux des gens du Sud, vous avez les cheveux foncés...

La dame lissa nerveusement ses boucles décolorées. Ses doigts arboraient une manucure d'un rouge flamboyant. Des nu-pieds blancs à hauts talons. Une robe d'été cintrée. Les Espagnoles ne s'habillent pas ainsi.

Son mari vint à sa rescousse.

– Mariluz a décidé dès le départ que notre fille serait blonde comme elle, dit le lourdaud débonnaire en faisant un geste d'impuissance, regardant sa moitié d'un air résigné et soumis.

Nina s'étonna de voir sur cet homme un visage si simple, si russe. Il aurait très bien pu vendre sur le marché des tee-shirts « Gucci » made in China ou travailler comme garde – après une longue expérience dans l'armée, après s'être battu sur tous les points chauds de la planète, avoir fait la Tchétchénie ou l'Afghanistan –, ou alors être un homme d'affaires prospère : difficile à dire, de nos jours. Ils ont tous le même visage. Sauf que les cheveux de Juan sont trop noirs, les traits de son visage trop doux. Et ses manières sont trop polies, les mouvements de ses bras forts et musclés trop gracieux, trop ronds pour appartenir à un homme du Nord.

Mariluz, dans sa robe, faisait penser à une Ukrainienne, une petite dame de Kharkov gentille et débonnaire. Nina estimait que de telles femmes épousaient souvent des militaires. D'où lui venait cette idée ? Du cinéma ? Mais peut-être que Juan était réellement militaire ? Nina se remémora leur dossier : non, il n'y avait rien à ce sujet. Et si Juan était un espion – un espion russe ? Ce qui expliquerait son physique, son épouse ukrainienne dans une robe cintrée des années cinquante, comme Nina n'avait jamais vu aucune étrangère en porter. C'était une robe typiquement russe, très moscovite. Mon Dieu, quel délire.

Ils refusèrent la petite fille d'un an et demi en parfaite santé. Ils adoptèrent un garçon nettement plus grand, de quatre ans. Dont la mère était oligophrène, personne ne le leur cacha. Mais il était blond des pieds à la tête, blond comme les cheveux de Mariluz brûlés à l'eau oxygénée.

Les Espagnols se ressemblaient tous, et pas seulement par leurs noms et prénoms. Ils avaient tous la même mimique – quand ils écoutaient, quand ils riaient. Un sourire poli, signe d'une bonne éducation. Ils se mordaient la lèvre inférieure pour exprimer la compassion ou l'étonnement. Peut-être qu'en fait ils ne compatissaient ou ne s'étonnaient pas vraiment, mais la lèvre mordue signifiait l'embarras. Ils demandaient poliment à Nina comment elle se sentait. Si elle n'était pas fatiguée. Si elle n'avait pas froid. Nina les prenait en pitié. Elle s'imaginait comment ils se sentaient eux, seuls en Russie. Ils avaient même peur des distances – de ces milliers et milliers de kilomètres d'hiver infranchissable. De neige et de neige. Et les cieux hauts et gelés. Ils avaient peur de la Russie – c'était si facile à comprendre.

Nina parvint à la conclusion que les maris étaient plus sympathiques que leurs femmes. Ou n'était-ce qu'une impression ? Elle restait seule avec eux le dernier jour, quand il fallait aller au consulat pour établir le visa de l'enfant adopté, et que l'enfant restait à l'hôtel avec sa mère nouvellement acquise. En cette dernière journée, les hommes se transfiguraient. Ils fondaient comme des fleurs d'hiver. Ils essayaient même de faire un brin de cour à Nina. Parce qu'ils n'avaient pas de telles femmes à Barcelone ou à Madrid. Parce que c'était leur dernière bouffée de liberté, leur chant du cygne.

Nina pensait souvent à toutes les histoires d'amour qu'on rapportait entre les interprètes russes et les étrangers. Elle ne comprenait pas. Ce sourire poli, cette peur au coin des yeux. Cette Europe domestiquée, cette Europe mouchoir de poche, dont ils venaient. Peut-on tomber amoureuse d'un homme qui n'est pas sûr de lui ? Qui cache sa peur sous un sourire poli et un bavardage futile et désinvolte ?

Étonnamment, en présence d'étrangers, Nina éprouvait des accès de fierté nationale, si l'on peut dire, de supériorité territoriale. Ces accès étaient parfaitement inattendus et la prenaient de court. C'était un instinct animal que Nina n'aurait avoué à personne – ni à elle-même, ni aux autres : tu as une minuscule Europe civilisée, et moi, regarde ce que j'ai, des milliers de kilomètres de terre presque inhabitée.

En dépit de l'université, de sa thèse sur Dalí et de son enfance au centre de Moscou, Nina avait grandi en écoutant les récits de sa mère sur le Grand Nord. La Kolyma, le fleuve Iana, les montagnes lilas que Nina avait vues en photo accompagnaient imperceptiblement toute sa vie. Sa mère partait pendant longtemps chaque été, puis revenait et semblait toujours un peu changée à Nina. Et Nina elle-même changeait, car avec l'arrivée de sa mère elle comprenait soudain qu'au-delà de la vie citadine confortable et structurée, pleine de bons repas, d'objets pratiques, de déplacements en transports publics, quelque chose d'autre, de tout à fait autre, existait...

Nina passait beaucoup de temps avec Xenia. Seule la présence de Xenia dissipait le pressentiment de malheur qui la poursuivait nuit et jour. Xenia se comportait avec une telle indépendance, une telle assurance, ne se laissant troubler par rien, que Nina se tranquillisait en la regardant. Un jour, elle raconta avec un calme absolu que Kirill était entré dans une rage folle en apprenant sa trahison. Elle l'avait su par Alevtina, l'une des intermédiaires de Rogojine que Kirill, dans son désespoir, avait appelée pour faire part de son malheur.

– Et tu n'as pas peur ? lui demanda Nina.

– De quoi aurais-je peur ? Qu'est-ce qu'il peut me faire ? Il est lui-même dedans jusqu'au cou, et il évitera les ennuis. Kirill est un lâche, ne l'oublie pas.

Nina gardait le silence. « Xenia est-elle réellement aussi peu perspicace ?, se disait-elle. Qu'est-ce que ça veut dire, lâche ? Même le dernier des lâches essaiera de se venger si quelqu'un s'est emparé de son bien. Et ce quelqu'un ici, c'est Xenia, à qui il faisait confiance, son amie d'antan, avec qui il avait volontairement partagé son bien, avant qu'elle l'en chasse comme le renard chasse le lapin de son isba dans le conte russe. »

Cependant, l'attitude imperturbable de Xenia rendait Nina plus optimiste. D'autant plus que le temps passait, mois après mois, les emportant toujours plus loin de cette soirée au restaurant chinois, et que Kirill ne se manifestait pas. « Tout de même, Xenia le connaît très bien, raisonnait Nina. Il semble qu'il préfère réellement éviter de l'affronter. Ou peut-être qu'il a assez à faire comme ça – car Rogojine n'est pas sa seule région d'activité. »

Il n'empêche qu'elle ne se sentait tranquille que lorsque Xenia était près d'elle. Si elles ne se voyaient pas pendant plusieurs jours, elle était reprise par ses angoisses, perdait l'appétit et le sommeil.

Mais elles se voyaient très souvent.

Elles étaient unies par ce qu'on appelle « une communauté d'intérêts ». En d'autres termes, Xenia était l'unique personne qui partageait entièrement la nouvelle passion de Nina et qui était au courant de toutes ses activités. Nina s'efforçait de cacher autant que possible à ses connaissances, y compris à sa mère, les spécificités de son travail. Personne, d'ailleurs, ne posait de questions : sa mère, écrasée par les sommes qu'elle lui donnait pour les dépenses courantes, ne demandait plus rien ; ses anciennes amies de l'université s'étaient éloignées, effacées, d'autant plus que, depuis son départ de la faculté, Nina avait désappris les conversations de son cercle, était toujours trop occupée, ne lisait presque plus de livres. Elle ne s'était pas non plus fait de nouveaux amis. Sans compter qu'elle n'avait tout simplement pas le temps de voir des gens, à part Xenia.

En revanche, avec Xenia, Nina pouvait vraiment dire tout ce qu'elle avait sur le cœur. Elles buvaient le rioja offert par les Espagnols dans leur chambre d'hôtel ou chez Xenia, ou passaient des heures dans un restaurant moscovite, parlant, parlant sans s'arrêter – des Espagnols, des fonctionnaires, de Rogojine, et de l'argent, de ces sommes incroyables qui étaient apparues dans leur vie de façon presque inattendue, qui avaient imposé leur loi et leur avaient offert de nouvelles sensations. Depuis quelque temps, Nina ressentait presque physiquement cet afflux d'argent ; elle avait l'impression de posséder une puissante énergie, une énergie que les autres n'avaient pas, et de pouvoir la diriger où elle en avait envie.

En fait, Nina avait vite compris qu'elle et Xenia n'étaient pas seules dans ce monde de fous : elles avaient des pairs. Ces pairs, les collègues de Xenia, Nina allait bientôt les rencontrer.

Un jour, Xenia l'emmena à une réunion d'intermédiaires indépendants qui vivaient à Moscou mais s'occupaient d'adoption à Rogojine. Ces réunions avaient lieu régulièrement dans un restaurant moscovite. Le fait que Xenia commençait à y être invitée signifiait beaucoup pour leur carrière commune : elle avait été acceptée dans un cercle étroit, était considérée comme l'un des leurs, ce qui voulait dire que son opinion avait une valeur, on avait décidé de l'écouter. Leur sixième sens indiquait à ces hommes d'affaires expérimentés que Xenia était un concurrent sérieux, dont il valait mieux, pour le bien de tous, faire un allié qu'on pouvait contrôler.

Nina se prépara à cette sortie au restaurant pendant presque deux heures. Elle se mit du vernis à ongles, se maquilla les yeux, les cils, essaya une montagne d'habits, jupes, pantalons, vestes. Il n'y avait pas de grand miroir dans sa chambre, et à chaque nouvel essayage elle traversait tout l'appartement pour se mirer dans l'entrée. Elle comprenait bien pourquoi on l'emmenait : Xenia elle-même ne payant pas de mine, elle voulait se montrer en compagnie d'une amie charmante et éduquée.

– Tu as une taille de mannequin, lui avait dit Xenia un jour où Nina se demandait une fois de plus si elle devait oser porter des pantalons serrés, une minijupe qui dénudait ses longues jambes maigres dont elle avait honte depuis l'enfance, une robe trop voyante, un chandail décolleté. Tout te va, tu n'as pas de soucis à te faire !

Nina n'osait presque pas se maquiller. Sa mère lui répétait depuis l'enfance que le maquillage rend les femmes vulgaires, que la beauté doit être naturelle, et que les hommes, les vrais, sont attirés avant tout par les femmes modestes, sans maquillage. Le mascara et l'ombre à paupières, se disait Nina, ne faisaient que souligner la pâleur de sa peau, la vieillir, et elle acheta son premier rouge à lèvres pour sa soutenance de diplôme et ne l'utilisa plus jamais par la suite. Avec le temps, le bâton de rouge avait tourné, prenant une odeur de paraffine fraîche, et elle avait dû le jeter.

La veille de la réunion, Nina acheta tout un lot de maquillage spécialement pour l'occasion.

Elle finit par se décider pour des pantalons noirs austères qu'elle avait portés quand elle faisait passer des examens à ses étudiants, un pull à col roulé gris, une veste de daim fine et un fichu de couleur vive qui lui venait de France, où Zoïa Alexeevna s'était rendue l'année d'avant pour une conférence scientifique.

Six personnes, en comptant Nina et Xenia, se réunirent ce soir-là dans un petit restaurant confortable. Tous étaient assis autour de deux tables basses mises l'une contre l'autre, sur lesquelles brûlaient des bougies faisant penser à des cierges. On leur donna du thé, du café, des sablés aux abricots secs, des éclairs fourrés d'une crème maison, des morceaux de strudel aux cerises nappés de crème anglaise.

Nina commanda une glace à la pistache et un chocolat chaud.

Elle avait déjà vu au moins une fois tous les participants à la réunion, au tribunal de Rogojine, au département de l'Éducation. Par exemple, le couple français antipathique que Nina avait rencontré des siècles auparavant dans l'orphelinat d'Ada appartenait à Alevtina, une dame imposante, qui avait toutes les qualités d'un rouleau compresseur. Xenia avait raconté à Nina que dans son passé Alevtina avait été censeur dans une école réservée aux enfants de la nomenklatura, puis, quand les temps avaient changé, elle s'était soudainement reconvertie en businesswoman, se spécialisant dans les adoptions ; depuis cette époque, elle avait acheté au moins deux appartements, l'un au centre de Moscou, l'autre dans un quartier récent. À côté du restaurant, une 4x4 carrée, de celles que les bandits affectionnent particulièrement, attendait Alevtina, avec à l'intérieur son chauffeur privé qui écoutait « Radio chanson » en lisant le journal.

En face d'Alevtina était assis un homme d'âge moyen, assez petit, avec une tête sphérique absolument lisse, un visage rond bien nourri, et de petits yeux étonnamment fixes. C'était Roman, un intermédiaire à l'air anodin, du niveau de Xenia, mais qu'il ne fallait pas sous-estimer, sans qu'on puisse trop bien dire pourquoi. Parfois, avait expliqué Xenia, il était difficile de comprendre la logique de cette confrérie, mais il y en avait toujours une.

La jolie femme assise en face de Nina était, au contraire, très vive, charmante et élégante. Elle s'appelait Tamara, travaillait depuis peu dans le milieu de l'adoption, mais y avait déjà acquis une certaine autorité. Nina l'avait également déjà vue à Rogojine. Un jour de printemps, elles s'étaient retrouvées côte à côte sur un banc du square bordant le tribunal. Au grand étonnement de Nina, Tamara tenait dans ses bras un bouquet de mimosas, comme la Marguerite du roman de Boulgakov, et lui adressa la parole, en dépit du fait que Nina n'était qu'une interprète à qui, selon l'usage, les intermédiaires ne parlaient pas. Tamara avait une voix mélodieuse, elle parlait sans se hâter, avec une indolence non exempte de coquetterie, comme si elle allait se lever non pour courir prendre des documents dans le bureau d'un fonctionnaire, mais pour se rendre dans un boudoir secret où l'attendait un invité agréable et où la femme de chambre avait déjà dressé la table pour un petit déjeuner tardif.

Tamara était vêtue tout entière, des pieds à la tête, dans une gamme beige et gris perle : un ensemble-pantalon anglais beige à carreaux, une blouse grise, un gros collier de perles autour du cou et des chaussures vernies argentées à talons hauts.

– Imaginez-vous, ma petite Nina, que moi aussi j'enseigne, lui dit-elle après la réunion. Oui, oui, Xenia m'a raconté que vous enseignez ! Moi, je donne des cours à l'École des finances. Vous voyez à quoi ressemble ma vie : je cours toute la journée comme un hamster dans sa roue, et, en même temps – je ne pense qu'à nos étrangers et aux enfants ! Je ne pense qu'à eux. Ha ! Ha ! Ha !

Tamara avait fait une très agréable impression à Nina déjà à l'époque, sur le banc, avec ses mimosas. En regardant sa montre-bracelet ronde, ses charmantes bagues de jeune fille, ses minuscules boucles d'oreilles, ses perles qui se perdaient dans l'ouverture de la blouse, en écoutant sa petite voix mélodieuse, on avait involontairement envie de sourire. Le visage de Tamara était agréable, soigné : une peau lisse, un maquillage habilement appliqué dans des tons pastel unis. Il était difficile de s'imaginer Tamara courant toute la journée, selon son expression, « comme un hamster dans sa roue ». Elle ne ressemblait pas à une enseignante dans une école de finance, encore moins à une intermédiaire dans des dossiers d'adoption, mais à une styliste, une graphiste, une reine de la mode.

Assise à côté de Tamara, Regina Sergueïevna était une fausse blonde aux formes imposantes et à la voix basse et rauque. Nina trouva Regina, contrairement aux autres membres de la confrérie, plutôt vulgaire. Son haleine était assez fortement teintée d'alcool : pendant leur discussion, elle commanda au moins trois verres de cognac.

Cela dit, comme le lui expliqua Xenia par la suite, le point de vue de Regina était décisif dans toutes les discussions. En dépit de son penchant ancien et chronique pour l'alcool, Regina était considérée comme un membre de marque de la confrérie rogojinaise des intermédiaires indépendants. Pas une seule réunion ne se déroulait sans elle, et les discussions sérieuses ne commençaient que lorsque la 4x4 noire rugissante de Regina avait lourdement hissé ses roues avant sur le trottoir, que le chauffeur avait ouvert la porte et, lui tendant la main avec galanterie, l'avait aidée à descendre. Regina avait une voix basse et rauque, un immense et luxueux manteau de fourrure en renard argenté. Sa 4x4 recelait un véritable bar, avec des bouteilles entamées de cognac, de brandy et de whisky. Lorsqu'elle se déplaçait pour affaires, Regina buvait à tour de rôle dans chaque bouteille.

Dans la confrérie des intermédiaires, personne ne pouvait rivaliser avec Regina au chapitre des relations utiles, celles qui permettaient de conclure une affaire. Regina était, dans son genre, une sorte de génie : elle avait le don très rare de trouver et de conserver auprès d'elle pendant de longues années des gens utiles. Grâce à son sixième sens affûté à un niveau de subtilité incroyable, elle décelait sans jamais se tromper dans ses amies laides et mal habillées, ses amants radins et trop terre à terre, dans diverses connaissances de hasard qu'elle faisait un peu partout – chez des amis, dans la salle d'attente d'un dentiste, dans un avion ou un train – la personne qui allait lui être utile, le fonctionnaire influent, le propriétaire de magasins ou d'une agence de voyages.

Regina attendait patiemment, année après année, que la larve sans éclat, maladroite et parfois même repoussante fasse son cocon et se transforme en magnifique papillon ou en abeille ouvrière qui volerait de ses ailes légères vers les fleurs les plus inatteignables. En faisant sa cour à la larve, Regina n'épargnait ni son argent ni ses forces, tant et si bien qu'avec le temps l'abeille utile était si habituée à recevoir son attention que, le moment venu, elle lui présentait elle-même son dos doux et confortable pour l'emmener dans des jardins paradisiaques, de fleur en fleur, dont Regina ramassait à pleines mains le délicieux nectar.

Ainsi, une très importante fonctionnaire du ministère de l'Éducation, ce saint des saints, une petite femme nerveuse portant un nom connu dans toute la Russie, qu'on mentionnait au moins une fois par semaine au journal de vingt heures, était l'amie intime de Regina depuis les temps anciens où Regina travaillait comme maître d'hôtel dans un restaurant moscovite et portait des habits occidentaux, d'assez mauvais goût mais achetés grâce à ses relations dans le magasin Berezka[1]. Les souvenirs de jeunesse qui les liaient étaient irremplaçables, plus précieux que toute somme d'argent, cadeau ou récompense. Regina avait été particulièrement attentive envers cette femme nerveuse dans laquelle aucun clairvoyant n'aurait deviné la future abeille mellifère, et elle récoltait aujourd'hui les fruits abondants de son action constructive. Son utile amie l'avait aidée non seulement à combiner toutes sortes d'affaires, à obtenir sur un appel du ministère l'accès à de nouvelles régions ou le droit de faire adopter les meilleurs enfants, elle la fournissait également en informations qu'elle n'aurait pu obtenir nulle part ailleurs. Ainsi, elle avait pu annoncer à Regina quelques années plus tôt l'imminence d'un moratoire sur les adoptions internationales. Le lendemain, Regina convoqua une réunion extraordinaire pour mettre ses collègues au courant. Dans des délais extrêmement courts, les étrangers firent sortir de Russie toute une foule d'orphelins, permettant aux entrepreneurs de Rogojine de se constituer des réserves pour six mois, le temps que dura le moratoire.

Tout en observant les personnes réunies dans le restaurant, Nina pensait que chacune d'entre elles, sans aucun doute, avait une manière à elle de conquérir la sympathie, chacune avait un atout particulier dans ses relations avec le monde extérieur.

---

1. Les magasins de la chaîne Berezka étaient réservés aux étrangers, aux diplomates soviétiques et autres privilégiés. Ils vendaient des marchandises occidentales introuvables dans un magasin soviétique ordinaire.

Xenia était le type même de la femme sans chichis, qui semblait toujours entrer dans le bureau d'un fonctionnaire non pas pour affaires, mais en passant, pour bavarder de tout et de rien. Alevtina, c'était l'artillerie lourde. Elle incarnait à la fois le style Empire stalinien, l'élite du Parti, et Catherine la Grande en 4x4 avec un chauffeur à moustaches.

Tamara pouvait conquérir les cœurs avec son chic et son charme – en la regardant, les commères de Rogojine se demandaient soudain ce qu'elles pourraient acheter avec leur prochaine paie pour améliorer leur apparence : Tamara était pour elles une sorte de journal de mode en chair et en os.

Roman à l'étrange figure personnifiait sans aucun doute l'homme respectable et positif. Les fonctionnaires féminines fondaient quand elles le voyaient entrer dans leur bureau. Son annulaire droit était orné d'une chevalière en or portant l'inscription « Sainte Russie, défends la foi orthodoxe », et il choisissait méticuleusement ses cadeaux, à l'avance et en tenant compte de la complexité de la nature féminine; chaque fonctionnaire recevait exactement ce dont elle avait vraiment envie.

Seule Regina ne faisait aucun effort particulier pour conquérir les cœurs : tout le monde connaissait ses relations au ministère, et son apparition mettait les fonctionnaires en transe.

Xenia avait déjà expliqué à Nina l'éthique commune aux intermédiaires de Rogojine. Il n'était pas admis de se couper l'herbe sous le pied – de s'attaquer à des orphelins qui appartenaient déjà à un autre, ou de prendre l'initiative d'augmenter la somme d'un pot-de-vin par rapport à celle qui avait été établie lors de la réunion. Les intermédiaires de Rogojine avaient compris depuis longtemps qu'il valait mieux se répartir équitablement les enfants et ne pas se montrer trop avides. Il existait une règle très utile pour Xenia et Nina : si tu ne parviens pas à faire adopter un orphelin, donne-le à quelqu'un d'autre. Cela voulait dire que si quelqu'un n'avait pas réussi à trouver des parents pour un enfant souffrant de retards de développement ou avec un diagnostic difficile, on le transmettait à des collègues en échange d'un pourcentage, et le diagnostic, si désespérant qu'il soit, ne leur était jamais caché.

Les questions délicates de stratégie, de relations avec les fonctionnaires et l'administration, étaient également discutées en conseil général.

Il y avait encore d'autres règles dans ce milieu : ne pas fourrer son nez dans la vie des autres, ne pas se vanter et ne pas envier. Ainsi, le poids lourd Alevtina ne fit que mentionner en passant qu'elle avait déménagé dans un nouvel appartement, et un jour Xenia apprit tout à fait par hasard que ce n'était pas un appartement ordinaire, mais un penthouse de deux étages dans un excellent quartier résidentiel de Moscou. Nina sut également par hasard que Tamara avait acheté une villa avec piscine en Espagne, au bord de la mer : un soir, Tamara l'appela pour lui demander de traduire de toute urgence quelques documents de l'espagnol au russe pour établir légalement la transaction, et de l'aider le lendemain dans les négociations avec le vendeur. La confiance de Tamara frappa tellement Nina qu'elle omit d'en parler à Xenia.

Quand l'un des membres de la confrérie secrète arrivait dans une nouvelle voiture, laquelle était chaque fois plus prestigieuse et plus chère que la précédente, tous les membres se taisaient discrètement.

En un mot, les intermédiaires de Rogojine avaient établi entre eux des relations délicates, soumises à une vraie éthique de travail, que n'importe quelle entreprise occidentale florissante aurait été en droit d'envier.

Xenia avait fait comprendre à Nina que de nombreux thèmes seraient abordés à la réunion – quels pots-de-vin donner à quels fonctionnaires, afin que personne ne puisse, par erreur, donner trop et par là laisser ses collègues sur le carreau, comment répartir l'aide humanitaire envoyée par les étrangers, dans quel ordre les familles étrangères allaient rencontrer les enfants dans les mois à venir, pour éviter des rencontres et des conflits désagréables. Quel prix exiger pour des orphelins en bonne santé, pour des prématurés et des malades, afin d'empêcher absolument des erreurs qui s'apparenteraient à du dumping.

Cependant, ce jour-là, aucun point important ne fut soulevé. Ils discutèrent de la vie, buvant tranquillement leur thé et leur café, puis Alevtina Petrova commanda soudain un bortsch froid et le mangea en mettant la cuillère à la bouche avec appétit, puis après le bortsch demanda une salade César, et Tamara en voulut également une. En voyant ses collègues mâcher, Xenia parcourut le menu du regard et choisit de la truite fumée. Quant à Roman, il opta pour un sandwich compliqué nappé de fromage fondu. Nina commanda encore une portion de glace, deux boules, cerise et fraise. La discussion démarrait gentiment : on parla des fonctionnaires, d'un nouveau moratoire qui s'annonçait, puis on passa aux magasins et aux restaurants de Rogojine. Ada avait l'intention de venir à Moscou le mois suivant, et ils discutèrent avec animation de qui allait s'occuper d'elle et comment, et des dépenses qui s'ensuivraient. Ils décidèrent de se cotiser pour payer les distractions d'Ada, et tous se mirent à fourrager dans leurs portefeuilles.

L'atmosphère de la réunion était, comme on dit, décontractée.

– Chacun d'entre eux, expliqua Xenia quand l'assemblée toucha à sa fin, qu'elles dirent au revoir à tout le monde et s'assirent dans la voiture, travaille dans diverses agences d'adoption. Mais tu sais toi-même combien on peut gagner dans ces agences. Maximum cinq cents euros par enfant. Qui s'en contenterait? Un enfant en bonne santé ne vaudrait pas plus? Mon œil! Alors ils slaloment : un enfant pour l'agence, l'autre sous le manteau, comme intermédiaire indépendant. Mais ils ont plus de peine que nous : leurs clients sont en majorité américains, ils sont capricieux et connaissent bien la loi. Au moindre problème, ils rappellent leurs droits et veulent leur avocat. En revanche, ils paient vraiment bien : pas nos pauvres quinze ou dix-sept mille euros, mais vingt mille par orphelin en bonne santé, plus une aide à l'orphelinat. Eh oui.

» Les Américains sont plus riches que nos Espagnols, continua pensivement Xenia, tandis qu'elles étaient immobilisées dans un embouteillage. Le problème, c'est qu'ils ne prennent pas d'enfant défectueux, à moins d'être venu exprès chercher ce type d'orphelins, il y en a aussi. Il y avait une famille, par exemple, qui adoptait des enfants sans jambes. D'abord ils ont pris un garçon, handicapé de naissance. Ils l'ont emmené en Amérique, lui ont cousu des jambes. Comment? Je n'en sais fichtre rien. Puis ils sont revenus chercher sa sœur, chez nous à Rogojine, aussi sans jambes... Mais, en majorité, ils sont difficiles. C'est pour ça qu'Alevtina et Tamara s'intéressent à moi : tout ce que leurs Américains ne prennent pas arrive chez nous. Et je leur donne ensuite un pourcentage. Tu comprends?

– Je comprends, répondit Nina. C'est très intéressant. Au fait, ils sont bien, tes collègues. Mais, sais-tu, avoua-t-elle soudain, ils me regardaient un peu bizarrement. Peut-être qu'ils étaient fâchés que je sois venue avec toi au restaurant?

– Mais non! La question est ailleurs : Nina, tu es très tentante, pour eux.

– Dans quel sens?

– Je veux dire qu'ils rêvent d'avoir auprès d'eux une fille comme toi. Avec un réseau bien organisé d'intermédiaires espagnols, et qui travaillerait pour eux et leur fournirait des clients.

« C'est étrange, se dit Nina. En principe, Xenia n'a aucun intérêt à me raconter de tels détails. Si l'on réfléchit, elle devrait éviter de me dire à quel point ces gens auraient besoin de moi. Moi, évidemment, je n'en ai pas besoin, je suis bien avec Xenia. Mais tout de même... »

– Au fait, demanda-t-elle soudain. Ils connaissent ton histoire avec Kirill ?

– Bien sûr qu'ils la connaissent, dit Xenia comme si de rien n'était.

– Et comment ont-ils réagi ?

– Normalement. Pour dire la vérité, c'est Regina qui m'a donné l'idée de rompre avec lui.

– Regina ?

– Oui, elle m'a dit que Kirill m'exploitait. Qu'il me payait comme une agence alors qu'il était un intermédiaire. Qu'il décidait tout seul des prix. Une fois quinze mille, une fois dix-huit mille euros. Si un enfant était de qualité supérieure, en bonne santé, il en demandait plus, et s'il était défectueux, « invendable », il faisait une ristourne. Alors que pour moi, c'était cinq cents euros et basta. Comme si je travaillais pour une agence, purée. Et moi, quel intérêt j'y trouvais ? Il croyait que je ne voyais rien, que je ne comprenais rien ?

« Tu comprenais tout, mais moi, je ne comprends pas », se disait Nina. Elle avait quitté Xenia devant le métro et descendait l'escalator. « Pourquoi Xenia m'a-t-elle raconté que tout le monde rêve de travailler avec moi ? Pourquoi Regina a-t-elle voulu exclure Kirill de la région ? Qu'est-ce qu'il y a derrière tout ça ? Mais peut-être qu'il n'y a rien du tout. Peut-être que ce ne sont que des gestes spontanés, fortuits... Je ne pourrai jamais le savoir. »

Rita, l'ancienne camarade d'université de Nina, arriva à Moscou à l'improviste. Nina ne savait rien de sa venue, qu'ignoraient aussi les autres filles de leur groupe restées vivre à Moscou après l'université. Un soir, le téléphone sonna chez Nina – sa mère prit le combiné – et une voix agréable et mélodieuse retentit. C'était Rita. La mère de Nina ne la reconnut pas.

– Viens me voir, Rita ! – Nina était vraiment heureuse de l'entendre.

– Si tu veux, je peux venir tout de suite, répondit Rita. Je prends un taxi, et je serai chez toi dans une heure.

– Parfait ! Je t'attends !

Et le soir même, la grande, belle, mince Rita, copie conforme du Cinquième élément dans le film du même nom, vêtue de noir à la mode new-yorkaise, avec un petit sac à dos laqué sur l'épaule, fit son apparition dans l'entrée de Nina, qu'elle serra dans ses bras et embrassa trois fois, à la russe.

Elles s'assirent dans la cuisine, Rita buvant le cidre de pomme qu'elle avait elle-même acheté sur la route.

– Oh, comme il est bon ! Imagine-toi qu'en Amérique, il y a bien du cidre, mais il n'a pas le même goût ! Peut-être même qu'il est meilleur, mais il n'a pas le goût du nôtre, celui qu'on vend dans les bouteilles en plastique.

Nina s'étonnait d'autre chose : elle ne soupçonnait pas qu'on vendait, à Moscou, du cidre dans des bouteilles en plastique, et que quelqu'un l'aimait et l'achetait.

– Tu comprends, lui expliquait Rita, en Amérique, on peut tout trouver. Il y a des supermarchés spécialisés, tenus par des Polonais et des Ukrainiens. Il y a tout ce qu'on peut désirer : du chou fermenté, du pain noir, des concombres salés. Mais tous ces produits sont bizarres. Ils n'ont pas le goût habituel.

– Ils sont moins bons ?

– Meilleurs. Mais ce n'est pas le goût de Moscou, et ça change tout. Je n'ai pas besoin que ces produits soient meilleurs – je veux retrouver le goût dont j'ai l'habitude. Si c'est du pain noir, il doit avoir le même goût qu'ici, avec du cumin et une croûte sombre. Les concombres salés doivent être faits sans vinaigre.

– Pourquoi, ils les font avec du vinaigre en Amérique ?

– Aucune idée.

Rita mordit avec plaisir dans un concombre salé que Nina lui avait pêché dans un bocal.

– Au goût, on a l'impression qu'ils sont au vinaigre. Eux jurent qu'il n'y en a pas.

– Peut-être, sourit Nina, que c'est ça, la nostalgie ?

– Que dis-tu, Nina, dit Rita, soudain sérieuse. Quelle nostalgie ! J'ai complètement coupé les ponts : il y avait la Russie, il n'en reste plus rien. Au contraire, ici, j'ai la nostalgie de New York. Je la vois en rêve, je veux y retourner le plus vite possible.

Elles restèrent un moment silencieuses. Rita vivait à New York depuis maintenant six ans. Elle était partie en Amérique à l'époque inoubliable où un mariage avec un étranger était considéré comme un pas indispensable vers la réussite. La plupart des étudiantes provinciales qui avaient rêvé toute leur vie de la capitale n'avaient pas souhaité rester à Moscou après l'université, et s'étaient essaimées à l'étranger, un peu partout. Rita avait suivi le même parcours, même si Nina savait pertinemment que dans son cas ce n'était pas un calcul, ni un désir d'ascension sociale, mais une vraie, une grande histoire d'amour. Rita était trop innocente pour jamais accepter de se marier par intérêt.

Elle était venue de Sotchi pour passer les examens d'entrée de l'université de Moscou. Son amitié avec Nina datait de cette époque. Rita, anémique, avait tellement angoissé lors du dernier examen, qu'elle avait vomi de la bile dans les toilettes des femmes, et Nina l'avait reconduite en taxi à sa cité universitaire. Puis elles s'étaient assises ensemble aux cours, dans les bibliothèques, avaient fait ensemble leur stage en Espagne, avaient rêvé ensemble de rester à la faculté et de soutenir leur thèse. Mais, après avoir obtenu son diplôme avec mention très bien, Rita trouva immédiatement un travail dans une autre ville et épousa très vite un Espagnol, biologiste, avec lequel elle partit en Amérique, éveillant un intérêt intense auprès du père de Nina, qui rêvait secrètement d'émigrer. Son mariage, contrairement à beaucoup de mariages précipités de jeunes femmes russes avec des étrangers, se révéla heureux : Rita fit sa vie à New York et perdit tout lien avec Sotchi et Moscou. Elle ne revint que deux fois – une fois pour une question de papiers officiels, et une autre pour enterrer son beau-père.

– Et toi, demanda Rita à Nina, comment vas-tu ? Ta mère m'a dit au téléphone que tu travailles sans arrêt. C'est la faculté qui te prend autant de temps ?

– Pas la faculté, se troubla Nina.

– Non ? Peut-être qu'il ne s'agit pas de travail, mais de tout autre chose ?

– Non, c'est le travail. – Nina sourit. Pas un travail tout à fait ordinaire, c'est vrai. Je n'avais jamais osé en rêver.

– Qu'est-ce que c'est ? Ça devient intéressant...

– Rien d'intéressant. Je travaille comme interprète pour des Espagnols qui adoptent des enfants en Russie, c'est tout...

Nina se tut, en remarquant la réaction étrange de Rita : elle s'était immobilisée, la fixant d'un air stupéfait.

– Tu fais adopter des enfants ?

– Oui. Et alors ? s'étonna Nina.

– Rien. (Rita réfléchit.) Simplement, c'est un sujet qui m'est très familier.

– Comment ça ? (Nina n'en croyait pas ses oreilles.) Tu as été confrontée à ça ?

– Imagine-toi, dit Rita en hochant la tête, que si je n'avais pas fait ce foutu travail, peut-être que je n'aurais pas à ce point cessé d'aimer ce pays et que je ne serais pas partie d'ici.

Et Rita raconta à Nina qu'après l'université elle avait travaillé toute une année, sans que personne n'en sache rien, comme interprète pour des Espagnols qui venaient adopter des enfants. C'était un travail éreintant. On avait envoyé Rita en Sibérie, dans une énorme ville industrielle, Ekaterinogorsk, où elle devait parfois rester pendant des mois : les Espagnols étaient envoyés par dizaines, et elle vivait à l'hôtel, où on lui avait réservé une chambre, ce qui lui permettait d'être toujours à disposition. Ses clients devaient parfois rester longtemps à Ekaterinogorsk, en attendant qu'on leur permette enfin d'emmener l'orphelin adopté. Personne n'avait envie de se montrer compréhensif et d'accélérer les formalités : les Espagnols vivaient dans des appartements qu'on leur louait très cher, et chaque jour supplémentaire était une source de revenu pour les propriétaires.

– Parfois (Rita sortit une cigarette de son sac et l'alluma, on avait le droit de fumer dans la cuisine de la mère de Nina), on les logeait en dehors de la ville, dans une grande maison de bois. Je crois que c'était la datcha de quelqu'un. Une vraie isba en rondins, avec une véranda, un étage. Heureusement, il y avait le chauffage et des toilettes à l'intérieur. Au début, les Espagnols étaient ravis. Bien sûr : un hiver russe d'une beauté folle, la nature. Mais ils déchantaient rapidement : il y avait plusieurs chambres dans la maison, ils y étaient parqués comme des sardines en boîte. Ils ne sortaient presque pas, il n'y avait nulle part où aller – moins trente degrés dehors, et pas un chat. Pas de magasins, rien. La forêt, la neige et des datchas aux fenêtres condamnées avec des planches pour l'hiver, qui disparaissaient sous la neige. Toute la nourriture était apportée en voiture – et, bien sûr, on leur réclamait trois fois le prix normal. Plus les trajets quotidiens à l'orphelinat, qui était loin : trois cents euros pour chaque aller-retour. Tu peux calculer les bénéfices des propriétaires.

– Mais pourquoi les Espagnols acceptaient de vivre dans cette isba ? On ne les retenait pas de force...

– On peut dire que si. Ils étaient contraints d'accepter. Ils n'avaient pas le choix. Si vous voulez adopter un enfant, vivez dans les conditions que nous vous dictons, et si vous ne voulez pas, tirez-vous, il y aura toujours d'autres candidats...

– C'est fou, je ne savais pas que tu travaillais dans l'adoption – Nina était stupéfaite. Nous ne nous sommes presque pas vues à l'époque, nous n'étions pas en contact. Nous nous voyions seulement brièvement quand tu venais à Moscou. Tu ne m'en as jamais parlé. Et personne n'était au courant à l'université – ni les professeurs, ni nos camarades.

– Ils sont excellents, ces concombres – Rita prit encore un concombre croquant. Ce sont les vôtres, j'imagine, de la datcha ?

– Oui. C'est maman qui les fait pousser, les prépare...

– Ta mère est merveilleuse – Rita finit son cidre et posa le verre dans le lave-vaisselle. Écoute, tu n'as rien de plus fort ? Une petite vodka, par exemple. Nous sommes en Russie, et en plus il y a des concombres salés.

– Il devrait y en avoir.

Nina trouva une bouteille de vodka entamée, et sortit deux petits verres.

– Tu veux la boire pure ou avec du jus ?

– Allez, pure, répondit Rita. Mais juste un peu.

– Donc, continua-t-elle, vidant un verre, tu comprends, je n'avais pas envie que les gens apprennent ce que je faisais, alors je n'en ai parlé à personne. Ni à nos camarades d'étude, ni aux professeurs. Je restais discrète. Comme si je sentais que ce n'était pas pour longtemps. Que je n'allais pas faire de vieux os dans ce foutu commerce. Il fallait juste tenir un moment, c'est tout. Je n'avais pas terminé l'université avec une mention très bien pour me consacrer à la vente d'enfants. J'avais envie d'autre chose, de plus intéressant. Enseigner dans une institution de qualité – l'université des sciences humaines RGGU, par exemple. Mais comment refuser de gagner de l'argent ?

– La vente d'enfants... Tu penses vraiment que l'adoption, c'est une mauvaise chose ?

– L'adoption, c'est magnifique. Une vraie bonne action. Tu te souviens du proverbe ? « Ne construis pas sept églises, mais donne un foyer à sept enfants... » Sauf que la bonne action, c'est eux qui la font – les Espagnols, les Italiens, les Américains. Nous, on fait des affaires.

– Pourquoi tu le vois tout de suite comme ça...

– Comment, comme ça ? Il faut appeler les choses par leur nom. Ils nous donnent de l'argent. Nous leur fournissons la marchandise. Comment appeler ça autrement ? C'est une vente tout ce qu'il y a de plus classique. Simplement, de leur côté, il y a encore autre chose qui intervient : la compassion, le désir de devenir parents, d'aider de pauvres orphelins. Mais nous ? Nous n'avons qu'un but : gagner de l'argent. Des euros, tu comprends ? Ou alors des dollars.

– Et Javier ? demanda Nina pour que cette conversation désagréable prenne un tour moins dangereux. Où avez-vous fait connaissance, si tu es restée terrée toute l'année dans ton Ekaterinogorsk ?

– À Ekaterinogorsk. Il est venu adopter un enfant.

– Seul ?

– Avec sa femme. Comme d'habitude, ils viennent tous en couple. Ou presque tous.

– Je ne comprends rien...

– Il est venu avec sa femme pour adopter un enfant, et à Ekaterinogorsk il a fait ma connaissance.

– Comment as-tu pu... ?

– J'ai pu, c'est tout. On est tombés amoureux, tu peux le croire ? Un vrai coup de foudre, comme on dit. Il ne pouvait pas faire autrement, ni moi. Nous avons essayé pendant un moment de nous passer l'un de l'autre, mais ça n'a pas marché.

– Et ils ont tout de même adopté un enfant?

– Oui. Un garçon, un tout petit – aux cheveux clairs, aux yeux bleus. À dire vrai, je les ai vraiment aidés : j'ai tout fait pour qu'on leur donne un bébé en bonne santé.

Rita soupira.

– Et après? Qu'est-ce qui s'est passé, quand ils sont rentrés avec leur garçon en Espagne?

– J'ai fait la connaissance de Javier quand je suis venue pour la première fois à Ekaterinogorsk. Imagine : on est arrivés par le même avion, on a débarqué ensemble dans l'aéroport. Il faisait moins trente, le climat est très continental là-bas et il fait très froid en hiver. À l'aéroport, les interprètes, toutes des jeunes filles, se tenaient sur un rang, comme des prostituées faisant le trottoir. Je me suis mise dans leur groupe. J'étais toute nouvelle, on ne m'a pas donné beaucoup de clients au commencement. On m'a attachée à Javier et à sa femme. Je n'étais encore jamais venue à Ekaterinogorsk et n'avais encore jamais travaillé dans l'adoption. Je faisais mes débuts. Après coup, je me suis dit que notre rencontre n'était pas un hasard : un jour plus tôt, un jour plus tard, et nous ne nous serions jamais connus. Autrefois, je pensais que ça n'existait que dans les livres : nous nous sommes regardés – et sommes immédiatement tombés amoureux l'un de l'autre. Ça arrive aussi dans la vie. J'ai vu Javier, et tout le reste a disparu – je ne voyais plus ni sa femme, ni les Espagnols, ni les interprètes. Il n'y avait que lui et moi. Nous sommes allés à l'hôtel nous installer dans nos chambres, avons sorti nos passeports, avons rempli des papiers quelconques, puis au département nous sommes passés dans plusieurs bureaux, nous avons mangé dans des cafés – lui, moi et sa femme; de nouveau, il n'y avait que lui et moi. Mais les cafés, ce n'est rien, évidemment, comparé au reste. Le plus dur, ça a été à l'orphelinat. Au début, on leur a proposé un garçon faible avec de très gros retards. Bien sûr, ça me faisait de la peine pour le petit. Mais j'ai tout de suite compris que quelqu'un le prendrait de toute façon; si ce n'était pas nous, ce serait quelqu'un d'autre. Imagine, je pensais : nous. Pas eux, Javier et sa femme, mais nous, Javier et moi... Et je me suis mise à appeler Kira, l'intermédiaire, à la supplier, à insister, en inventant une histoire stupide – que je les connaissais depuis de nombreuses années. Si l'on réfléchit, il n'y avait aucun espoir. Généralement, si les Espagnols disent qu'un enfant ne leur convient pas, on leur fait faire demi-tour et on les renvoie dans leur Espagne natale avec un coup de pied au derrière. Et il n'y a presque jamais eu de tel cas, les Espagnols sont gentils, compatissants, il est rare qu'ils refusent un enfant. Ils sont charitables, tu comprends? Nobles et charitables. Et mon Javier aussi est comme ça – un véritable Espagnol. Imagine-toi que Kira leur a trouvé un autre enfant le jour même... Et après ça on dit que les miracles n'existent pas. Et comment, qu'ils existent : d'abord notre rencontre avec Javier, puis ce nouvel enfant, leur futur fils. Ils le gardaient pour une autre famille qui devait venir en même temps que Javier, mais qui n'est pas venue, et ils ne savaient plus que faire du garçon. Il vivait dans le même foyer que le premier, l'invendable... Ils sont finalement restés cinq jours à Ekaterinogorsk. J'étais tout le temps comme ivre : je ne dormais plus la nuit, je ne pouvais pas lire non plus, je restais couchée, les yeux fermés, rêvant que le matin arrive le plus vite possible. Dès l'aube, je courais à la douche, je m'habillais, je camouflais mes cernes avec du fond de teint, et je courais à lui. Je frappais à la chambre, il ouvrait la porte – et tu n'imagines pas quel bonheur c'était. Je me suis même mise à aimer sa femme, tant j'étais heureuse. Même si, à dire vrai, c'était une bonne femme désagréable... Plus grande que lui, plus âgée de dix ans. Maigre, silencieuse, un visage plein de rides. Javier m'a dit qu'elle était quelqu'un de bien. Peut-être que c'est vrai... Après, j'ai appris qu'elle prenait tout le temps des médicaments – d'abord pour redevenir fertile, puis pour soigner sa dépression. Elle faisait une dépression parce qu'elle ne pouvait pas tomber enceinte. Elle avait fait trois inséminations artificielles, qui s'étaient toutes les trois soldées par une fausse couche. Nous n'avons évidemment pas dit un mot sur nos sentiments, avec Javier, pendant ces cinq jours. Mais je savais déjà que je ne pourrais pas vivre sans lui. Et lui pensait la même chose. Deux mois plus tard, ils sont revenus – pour la séance du tribunal. Ils ont vécu assez longtemps à Ekaterinogorsk – ils attendaient qu'on leur donne l'enfant, puis ils ont dû rassembler tous les documents officiels. Et Javier n'était pas pressé de partir, c'est clair.

– Et ils ont aussi vécu dans l'isba dont tu m'as parlé ? Comment avez-vous pu vous voir, dans ce cas ?

– Ils logeaient dans le meilleur hôtel, au centre-ville. J'ai fait croire à tout le monde que c'étaient mes amis, et ils étaient bien traités. La femme de Javier disait que j'étais leur ange gardien. Si elle avait su alors... Mais, dans un sens, j'ai vraiment été leur ange gardien : en tout cas, on leur a soutiré moins d'argent qu'à leurs compatriotes. Au fond, un interprète devrait être une sorte d'ange gardien pour ses clients. Ça doit être le cas parfois, mais pas là, pas dans ces sales combines.

Rita se tut, puis se servit encore une vodka. Nina mit l'eau à chauffer, sortit des tasses.

– Que s'est-il passé ensuite ? demanda-t-elle.

– Ensuite, Javier est rentré définitivement en Espagne, avec sa femme et son fils. J'étais sûre que nous nous quittions pour toujours. Je les ai accompagnés à l'aéroport, je sanglotais sans pouvoir retenir mes larmes. J'avais le visage tout gonflé, une horreur... Vus de l'extérieur, ces adieux avaient l'air plutôt bizarres, mais je m'en fichais.

Je ne voulais qu'une chose : qu'on me laisse seule avec lui ne serait-ce que quelques minutes. Sans sa femme, sans son fils, juste lui et moi...

Nina remarqua que des larmes brillaient dans les longs cils élégamment recourbés de son amie. Elle se sentait elle-même sur le point de pleurer, tant ce récit l'avait touchée.

– Et après, que s'est-il passé ?

– Javier a vécu quatre mois avec sa famille, puis m'a rejointe en Russie. De nouveau à Ekaterinogorsk, j'y travaillais toujours. Je n'avais nulle part où aller. Je n'avais pas envie de rentrer à Moscou, personne ne m'attendait là-bas. Tout ce qui me restait, c'était l'hôtel où Javier avait vécu, les rues dans lesquelles il avait marché... Et le travail ne manquait pas : chaque jour, de nouvelles familles arrivaient, rencontraient des enfants, puis allaient au tribunal.

– Et qu'a pensé sa femme, quand il est venu te voir en Russie ?

– Aucune idée. Il ne m'a pas tellement raconté comment ils ont vécu après notre rencontre. Quand ils se sont décidés à adopter, ça n'allait déjà plus très bien entre eux. Et puis, cette différence d'âge... Ces malheureux dix ans qui sautaient aux yeux. Ils travaillaient ensemble dans un laboratoire, elle l'avait aidé. Je crois qu'elle était sa chef, elle dirigeait la recherche. Au travail, c'était super, mais à la maison tout alla de travers dès le début. D'abord ils ont fait tous les deux des examens dans une clinique, puis ils ont découvert qu'elle était stérile, elle a essayé de se soigner. Des soins contre l'infertilité, ça ne dure pas une semaine, ni un mois, c'est plusieurs années de souffrance. Elle en devenait hystérique, dépressive – je te l'ai déjà dit... Javier était fatigué.

– Et après ? Un divorce en Espagne, ce n'est pas comme ici. C'est plus compliqué.

– Heureusement pour tous, sa femme n'a pas essayé de le retenir. Ils ont divorcé très tranquillement, très rapidement. Javier lui a tout laissé, et l'enfant est resté avec elle. Puis Javier m'a vite épousée pour m'emmener avec lui aux États-Unis. On l'attendait déjà là-bas. Un laboratoire américain les avait invités il y a longtemps, avec sa femme, mais elle refusait toujours, et sans elle, tu comprends bien qu'il ne pouvait pas. Puis, quand il m'a rejointe, il a tout de suite donné son accord.

– Quelle histoire, dit Nina. C'est presque incroyable. Voilà pourquoi tu avais disparu ! Nous ne nous sommes même pas dit au revoir quand tu es partie. Et je ne savais rien d'Ekaterinogorsk. Je savais seulement que tu avais trouvé un travail. Vous avez fêté votre mariage ?

– Rien du tout, répondit Rita. Nous n'avions pas le temps. Nous sommes simplement passés par la mairie. S'il y avait eu une fête, tu aurais été la première invitée.

– Merci, sourit Nina.

L'eau se mit à bouillir. Nina enleva le vieux thé de la théière et y mit un nouveau thé que Rita lui avait apporté, un authentique Oolong, acheté dans le quartier chinois de New York.

– Quel délice, s'exclama Nina après en avoir bu une gorgée. On n'en trouve pas de pareil chez nous.

– Je ne sais pas – Rita prit une guimauve de l'assiette. À mon avis, on peut aussi en trouver chez vous. Regarde, cette guimauve. Bonne et pas chère. Chez nous, tu peux courir toute la ville, tu n'en trouveras pas de pareille. Une vraie guimauve moscovite. Ici, aujourd'hui, le plus important, c'est d'avoir de l'argent. Au fait : tu dois bien gagner ta vie maintenant, hein ? L'adoption, c'est pas l'université.

– Je gagne assez bien, acquiesça Nina à contrecœur.

Elle n'avait pas envie de parler de son travail. C'était tellement plus intéressant de questionner Rita sur son mariage, dont Nina ignorait tous les détails.

– L'adoption, c'est une mine d'or, poursuivit néanmoins Rita, prenant encore une guimauve. Mais il faut avoir les nerfs solides.

– Tu veux parler des enfants malades ?

– Je veux parler des intermédiaires qui courent les régions. Ils sont incroyablement avides, je les ai vus piller les Espagnols et leur prendre jusqu'à leur dernière chemise. Tout travail marque de son empreinte, et celui-ci dénature.

– Et pourquoi ? dit Nina, sur ses gardes.

– Parce que ces gens ont un pouvoir illimité... Les Espagnols, quand ils viennent ici, tombent entre leurs griffes et dépendent entièrement d'eux. Les intermédiaires font ce qu'ils veulent, augmentent les prix, prennent cent euros supplémentaires par éternuement si ça leur chante, les obligent à vivre dans une isba. D'ailleurs, ces petits jeux ne passent pas avec les Américains, qui se révoltent immédiatement.

– Et qui fait ce travail en Sibérie ? demanda prudemment Nina. J'ai entendu dire que presque la moitié des étrangers adoptent là-bas.

– À l'époque, oui, maintenant je ne sais pas. Il y a quelques grands requins qui se partagent la Sibérie. Le plus connu d'entre eux est Vadim. Il contrôle jusqu'à cinquante adoptions par mois.

– Pas possible ! s'exclama Nina. Je ne peux pas le croire.

– Imagine-toi que c'est possible. Tu te rends compte de ce qu'il gagne – presque un million d'euros par mois. Il a encore des intermédiaires dans d'autres régions.

– Et les autres ? Il ne peut pas y avoir qu'un seul Vadim pour contrôler tout ce flux.

– Non, évidemment. Il ne le peut pas, mais il le voudrait. Vadim est un monopoliste. Ses gens essaient de s'emparer de tous les enfants, sans exception. Et les autres intermédiaires n'apprécient pas, ils essaient de lutter contre lui.

– Quelle histoire ! Et comment luttent-ils ?

– De toutes les façons. Une fois, on a mis le feu à sa voiture... Elle était neuve, il venait de l'acheter. Elle a brûlé jusqu'à la carcasse, il ne restait plus qu'une carrosserie noircie. La police n'a pas pu découvrir qui avait fait ça. Une autre fois, ils ont organisé un attentat...

– Ils voulaient le tuer ?

– Je ne pense pas... Plutôt lui faire peur... Mais peut-être que quelqu'un en a eu tellement marre qu'il voulait vraiment l'éliminer. Il ne permettait pas aux autres de travailler, il y en avait qui le haïssaient. Depuis cette période, il ne met pas un pied dehors sans garde du corps. Quand on le voit passer, on dirait un ministre de l'Éducation. Alors que c'est un magouilleur, un membre de la pègre. Mais il est en excellents termes avec les fonctionnaires. Il a ses entrées dans tous les bureaux, même à Moscou. Il s'introduit sans problème au ministère de l'Éducation, il peut même ouvrir les portes du pied.

– Et tu l'as rencontré personnellement ? demanda Nina.

– Non, bien sûr... Je ne l'ai même jamais vu. Vadim vit dans une autre sphère, on ne nous invite pas là-bas. Je travaillais avec Kira, une petite intermédiaire, qui travaillait pour lui... Il y en a des dizaines à Ekaterinogorsk, au moins. Kira a laissé entendre que Vadim lui-même travaillait pour quelqu'un, mais personne ne sait qui est au-dessus de lui. Probablement des responsables moscovites qui contrôlent toutes les adoptions en Russie. Il existerait une légendaire Evelina, qui aurait tout appris à Vadim et lui aurait donné la Sibérie...

Elles se turent un moment. Rita sortit encore une cigarette et en approcha l'extrémité de la flamme violette de la vieille cuisinière à gaz.

– Tu dis que le plus dur ça a été de travailler avec les intermédiaires ?

– Sincèrement, je ne m'en souviens plus très bien. Tout était insupportable. Il y a quelque chose, dans ce travail, qui te donne la nausée pour longtemps. Tous ces destins brisés, ces cruautés, ces viols, ces enfants abandonnés – et c'est sur cette base que d'autres, des malins, gagnent une petite fortune, avec tout un menu fretin qui gravite autour d'eux et attrape des miettes du gâteau...

Rita tira longuement sur la cigarette, et exhala un jet de fumée.

Nina entendit ouvrir la serrure de la porte d'entrée : sa mère était arrivée.

Elle n'avait pas envie que Zoïa Alexeevna s'assoie avec elles à la cuisine. Ça les obligerait à interrompre une discussion importante et intéressante. Elle rassembla sur un plateau la théière, les tasses, la guimauve et le fromage – elle avait pris de Xenia cette habitude d'utiliser des plateaux – et elle emporta tout cela dans sa chambre. Rita la suivit docilement.

– Qu'en penses-tu, demanda Nina en enlevant le fax de la table basse où elle posa le plateau, toutes ces horreurs qui arrivent aux enfants, c'est la conséquence d'un phénomène plus large ? Peut-être que c'est parce que chez nous les gens sont particulièrement cruels ? La cruauté serait un trait de caractère typiquement russe ?

– J'en doute – Rita éteignit soigneusement sa cigarette et posa le mégot dans le cendrier. Le problème, c'est l'indifférence. À mon avis, les Russes sont fondamentalement indifférents aux autres.

– J'ai toujours pensé que chez nous les gens étaient chaleureux, compatissants, protesta Nina.

– C'est sans doute ça la fameuse mystérieuse âme russe – Rita grimaça un sourire. À la fois compatissante et indifférente.

– Peut-être... Mais qu'est-ce qui distingue la cruauté de l'indifférence ? Le résultat est le même.

– Oui, le même. Mais la cruauté, ça existe partout. N'importe où, dans n'importe quel pays. Faire volontairement souffrir les autres – c'est une pathologie, une maladie. Mais, ici, personne ne fait souffrir les autres. C'est-à-dire, volontairement. La mère qui a abandonné ses enfants pour aller boire dans la maison d'à côté – je me souviens que j'avais eu un cas comme ça. Elle n'a maltraité personne, elle est juste allée chez les voisins – et a disparu pendant plusieurs jours. Les enfants étaient dans la maison, la porte d'entrée fermée à clé. Ils n'avaient rien – ni habits, ni chaussures, ni couvertures. Et surtout, il n'y avait rien à manger, absolument rien. Leur mère a oublié de leur laisser des provisions. Tu as rencontré ce genre d'histoires dans ton travail, n'est-ce pas ?

– Oui. Continue.

– Deux enfants, les plus jeunes, sont morts de faim. Le troisième vit maintenant en Espagne. Qu'est-ce que ça a à voir avec la cruauté ?

– Probablement rien.

– Ou, un excellent exemple tiré de la littérature russe... Je ne me souviens plus d'où exactement. Je crois, de Mariengof... Un homme, un cordonnier, a perdu sa femme. Elle est morte pendant la période difficile d'après la révolution, le pays est en proie au chaos, à la famine, à la guerre. Ce cordonnier est resté veuf avec un petit enfant de cinq ans sur les bras, un idiot. Avec ce que nous appelons, dans l'adoption, « un retard du développement mental ». L'homme n'avait que faire de ce garçon... Il a essayé de le mettre dans un orphelinat – mais on ne l'a pas accepté. Puis il a essayé ailleurs, sans succès. Puis il a eu une idée : il a acheté deux billets, pour Dmitrov je crois, est monté dans le train avec son fils, est descendu discrètement à un arrêt et est rentré à Moscou... Et le garçonnet a continué son voyage. L'homme a probablement poussé un soupir de soulagement.

– Peut-être que non, qui sait? marmonna Nina. Peut-être qu'il en a souffert toute sa vie. Qu'il s'est mis à boire de chagrin.

– Peut-être qu'il s'est mis à boire. Personne ne le saura jamais, tu as raison. Un cas typique, dans notre travail, Nina. On ne les compte plus.

– On ne les compte plus, acquiesça Nina. Et ça n'a rien à voir avec la cruauté, tu as raison.

– Encore un exemple, continua Rita. Ça s'est passé quand je travaillais encore à Ekaterinogorsk... C'est un travailleur social à l'orphelinat qui me l'a raconté. Une mère a jeté sa fille qui venait de naître dans le vide-ordures. Elle a accouché à la maison, est sortie dans la cage d'escalier, et a balancé le bébé dans le vide-ordures. La petite est tombée, mais elle n'a presque rien eu. Elle était toujours vivante. Ce n'était pas très haut, au premier étage peut-être... La mère n'en est pas restée là. Quand elle a compris que sa fillette était encore vivante, elle a jeté dans le conduit des feuilles de journaux enflammées. Elle faisait des boules, y mettait le feu et les jetait. Pour mettre le feu au vide-ordures et brûler le bébé. Quelqu'un a entendu des cris, on l'a sortie de là. Peut-être qu'ils avaient entendu plus tôt, mais qu'ils n'avaient pas envie de quitter leur appartement douillet pour sortir dans le froid... Et la fillette a eu le temps de brûler de partout.

– Elle a survécu?

– Elle est morte.

Elles se turent un moment. Rita reprit une cigarette : cette fois, ses gestes étaient brusques, emprunts de colère.

– Nous sommes le pays de l'indifférence, oui... L'indifférence de la mère qui brûle sa fillette pour qu'elle ne lui reste pas sur les bras. L'indifférence des voisins de palier qui ne sont pas sortis en entendant crier l'enfant... L'indifférence, tu comprends? Tout tient à ça. Un jour, je vivais encore à Moscou à l'époque, ma sœur est sortie en ville, enceinte. Elle a voulu aller au centre, cette idiote, juste avant les fêtes de fin d'année. Elle était à moins d'un mois du terme. Elle voulait acheter un cadeau pour son mari, et la voilà partie. Elle est sortie du métro, a monté des escaliers, ils étaient couverts d'une couche de gel. Elle a glissé et est tombée. Elle était étendue sur le sol gelé, juste devant l'entrée du métro. Elle se débattait, mais n'arrivait pas à se relever – son ventre la gênait, et le sol était trop glissant. Elle n'arrivait qu'à se rouler d'un flanc sur l'autre. Il y avait plein de monde autour d'elle, c'était dix-sept heures trente. Et personne, pas un passant ne l'a aidée. Alors elle s'est traînée un peu plus loin, et a fini par trouver le moyen de se relever en s'agrippant à un parapet. Elle pleurait – pas de douleur, mais d'humiliation... De peur à l'idée de ce qui aurait pu lui arriver. Et où ? Au centre de la ville où elle avait vécu tant d'années. Quand elle s'est enfin retrouvée sur ses pieds, elle a sorti son téléphone et m'a appelée. Pas son mari : elle avait trop honte. Elle m'a appelée moi, elle sanglotait au téléphone... Je ne peux pas m'imaginer une telle chose dans un autre pays. En Espagne, aux États-Unis... Dans ces pays où je suis allée. Je crois qu'à ce moment quelque chose s'est brisé en moi, et j'ai voulu partir pour toujours. Pas pour moi, pour mes futurs enfants, car nous allons bien sûr en avoir avec Javier... Mais avant j'étais une vraie patriote, tu te souviens ?

– Oui, je me souviens...

– Une autre histoire... C'était l'an passé, quand je suis venue pour l'enterrement de mon beau-père. Je devais rencontrer quelqu'un à propos de l'héritage. Ç'avait été très difficile à organiser, j'avais dû le convaincre de venir me trouver, de prendre rendez-vous chez un notaire. Et je n'avais que quelques jours avant mon retour, j'avais déjà le billet d'avion. Enfin, nous sommes arrivés à décider entre moi, cette personne et le notaire, du jour et de l'heure. J'étais dans un taxi. Les embouteillages étaient terribles. J'ai compris que je n'arriverais pas à l'heure dite. Je suis sortie du taxi et suis descendue dans le métro. Je n'avais déjà plus de temps, et il y avait une queue interminable pour acheter des billets. J'ai demandé à la dame des portillons de me laisser passer pour vingt roubles. Elle n'a rien voulu entendre. Pour cinquante – sans résultat. En plus, elle s'est fâchée. Allez faire la queue comme tous les autres, m'a-t-elle dit. J'ai regardé ma montre, il ne restait que quinze minutes avant le rendez-vous, juste le temps d'arriver... Je me suis résolue à un geste désespéré, presque impossible pour moi : j'ai commencé à agiter devant les gens ces malheureux vingt roubles pour qu'ils me laissent passer avec leur abonnement. Qu'ils me vendent une course. Et, à ton avis? Ils s'énervaient, me repoussaient... Ils me disaient : vous êtes folle?

– Et qu'as-tu fait?

– Je n'avais pas le choix – j'ai continué de supplier. Je pleurais presque de honte. Puis une femme m'a fait passer, elle n'a même pas voulu prendre l'argent...

– Et comment tu t'expliques ça?

– Les gens ont peur qu'on les trompe avec un truc subtil, encore inconnu. Qu'on leur vole toutes leurs courses pour ces malheureux vingt roubles. Ou qu'on pique leur porte-monnaie dans leur poche. Ou peut-être qu'ils sont simplement trop absorbés par leurs affaires pour s'arrêter et essayer de comprendre de quoi a besoin cette femme bizarre.

– Et qu'aurais-tu fait à leur place? Tu leur aurais prêté ton abonnement?

– Tu veux la vérité? À Barcelone, à New York – sans problème... Je l'aurais fait. Sans réfléchir. Mais ici, à aucun prix.

– Mais pourquoi?

– Je ne sais pas... Tout est là.

Le récit de Rita avait tant frappé Nina qu'elle n'en dormit pas de la nuit.

Couchée dans l'obscurité, les yeux ouverts, elle regardait les lueurs des phares passer lentement sur les murs, et pensait à Rita. Elle se souvenait d'une discussion lointaine avec une interprète qu'elle avait rencontrée par hasard au consulat. C'était une grande fille joyeuse répondant au nom de Lena, d'une insouciante beauté russe. Lena lui avait raconté comment elle avait vécu des mois durant en Sibérie, comment les Espagnols venaient en foule et adoptaient les enfants par dizaines. Ils se déplaçaient en autobus, et au départ ils remplissaient la moitié de l'avion. Puis Lucia raconta à Nina plusieurs histoires sur cette Lena, qui flirtait avec les futurs pères. À la fin, les épouses espagnoles avaient fini par se révolter, et avaient refusé de conserver auprès d'elles une créature aussi perfide. C'était clair, se disait Nina, on pouvait les comprendre : elles luttaient contre leur stérilité, passaient par tous les cercles de l'enfer, partaient finalement adopter un enfant dans un pays lointain, et là, dans ce pays, dans l'hiver glacial et neigeux, une dévergondée rousse et rieuse séduisait leur mari qui se préparait à devenir père adoptif.

Nina avait été très heureuse de voir Rita, mais elle n'en désapprouvait pas moins sa conduite.

Puis elle se souvint d'un récit de Lucia au sujet d'une autre interprète du nom de Natacha. À la fin de leur séjour, les familles espagnoles qui rentraient chez elles invitaient toutes cette Natacha à venir les voir. Ils l'invitaient en bonne et due forme, comme ils le font toujours, comme ils avaient souvent invité Nina. Mais Nina avait vite compris : inviter quelqu'un quand on quitte un pays pour toujours, c'est une simple formule de politesse, et il ne faut pas prendre ces invitations au sérieux, si sincères qu'elles paraissent. La pauvre Natacha ne se posa pas la question : elle partit pour l'Espagne avec un visa de tourisme, et elle se rendit dans toutes les familles qui l'avaient invitée. Elle ne fit rien de spécial, ne resta pas longtemps chez eux, juste le temps de revoir les enfants que, contrairement à Nina, elle connaissait tous sur le bout des doigts. Mais les parents espagnols à qui Natacha rendit visite laissèrent éclater leur indignation dès qu'elle fut partie, échangèrent des coups de téléphone, et le bruit de ces visites parvint jusqu'à Lucia. Ils étaient très mécontents que cette Russe sans aucun tact ait osé se présenter chez eux. Ils l'avaient invitée par politesse, et ce n'était pas très joli de sa part de répondre à cette invitation.

Lucia avait raconté cette histoire à Nina au téléphone, en ricanant.

– Et qu'est-ce que tu en penses ? avait alors demandé Nina. Est-ce qu'ils ont bien agi ou pas tellement ?

– Je ne sais pas, reconnut Lucia. Chaque pays a ses règles. Chez nous, à de rares exceptions près, on n'invite de vagues connaissances que par politesse. C'est l'étiquette : les uns doivent poliment inviter, les autres ignorer cette invitation.

– Oui, mais chez nous, en Russie, ce n'est pas comme ça, protesta Nina. Chez nous, si tu invites quelqu'un, tu dois être prêt à le voir un jour débarquer chez toi. Nous nous estimons responsables de nos paroles, et à plus forte raison d'assumer une invitation que nous aurions lancée.

– Tu sais, lui dit Lucia après avoir réfléchi un instant, nous nous estimons aussi responsables de nos paroles. Mais ici, c'est une question d'étiquette, c'est autre chose.

– Mais cette fille, l'interprète Natacha, pouvait ne pas connaître votre étiquette, insista Nina.

– Elle avait l'obligation de la connaître, répliqua Lucia. Puisqu'elle travaille avec des étrangers.

C'est juste, avait alors décidé Nina. Lucia a raison. Si un Américain ou un Espagnol nous demande comment nous allons, ça ne veut pas dire qu'il s'intéresse tant à nous. Cette question, si elle n'est pas faite par un ami proche, ne peut normalement avoir qu'une réponse : « Très bien. » C'est la même chose avec cette histoire d'invitation.

La nuit était déjà bien avancée, les voitures avaient cessé de défiler sous les fenêtres, et seul un lampadaire projetait encore une lumière faible dans la chambre de Nina. Elle regarda son réveil : il était quatre heures du matin. À six heures, Vitia allait passer la prendre, il était inutile d'essayer de dormir. Elle alluma la lumière, prit un livre sur une étagère, mais ne parvint pas à lire. Incapable de se concentrer, elle rejeta la couverture, se leva, enfila sa robe de chambre et s'approcha de sa bibliothèque où, sur l'une des étagères protégées par une vitre, elle conservait un tome de Tchekhov avec un énorme marque-page fait d'une multitude d'euros verts et roses. Il y avait déjà tant de coupures que le livre ne pouvait plus fermer : les deux moitiés étaient largement ouvertes, formant un triangle isocèle. Il y avait une autre pile de billets dans une boîte en carton entre le livre et le bord de l'armoire. « J'ai cassé mon Tchekhov, se désola Nina. Mais qui aurait pensé qu'il y en aurait autant. Au fait, combien y en a-t-il au juste ? »

Travaillant mois après mois, tout en ayant appris, sur le conseil de Xenia, à dépenser presque sans y penser son argent pour des futilités comme des jeans ou des sacs à main, Nina ne s'était pas une seule fois demandé quelle somme elle avait réussi à économiser.

– Nous allons voir, dit-elle à voix haute, s'asseyant sur le bord du lit et renversant tout l'argent sur la couverture. Les billets de toutes les couleurs se déversèrent avec un froissement de papier de soie.

Nina s'assit confortablement et commença à compter. Elle triait les billets selon leur valeur, puis les rassemblait en piles bien nettes, chacune de mille euros. De loin, on aurait pu croire qu'elle faisait une patience.

– Rien que ça, murmura Nina quand elle eut terminé.

Elle leva la tête de sa patience, se redressa et se mit à réfléchir avec intensité. Elle avait devant elle, sur la couverture, quatre-vingts piles bien nettes.

« Quatre-vingt mille euros, se répéta mentalement Nina. Et en moins d'un an et demi ! Mais que vais-je en faire ? À quoi peut me servir cette grosse pile d'argent ? Je ne peux pas me contenter de les empiler sur l'étagère de ma bibliothèque... »

Contre toute attente, Nina se révéla parfaitement insensible à cette découverte. « Ce ne sont que des bouts de papier, pensa-t-elle avec indifférence. En gros, je n'en ai pas besoin. Comme c'est bizarre, comme c'est bête. »

Elle rangea les coupures et les remit dans sa cachette. Petit à petit, timidement, une pensée tout à fait nouvelle apparut dans son esprit. « Un appartement, se dit-elle dans une stupeur ouatée. Je vais m'acheter un petit appartement pour moi. Je quitterai ma mère et je vivrai seule. »

Cette pensée était si vaste que Nina se sentit immédiatement fatiguée, et elle eut envie de dormir. Elle se coucha sur le lit sans enlever sa robe de chambre, se couvrit de sa couverture et sombra dans un sommeil sain et paisible.

Au-delà de la Hummer noire, des sceaux du ministère douteux et de la déesse de la justice au visage hommasse et impénétrable, une autre chose angoissait Nina. Avec le temps, il lui apparut clairement que Xenia piquait des crises pour une raison précise : elle avait peur. Elle avait peur et était jalouse. Tout était très simple : théoriquement, avec un peu de volonté et en se montrant maligne, Nina pouvait exclure Xenia de la région de Rogojine.

Cela faisait déjà longtemps qu'elle se rendait bien plus souvent que Xenia dans les villes et les villages, les fonctionnaires la voyaient plus fréquemment, et elle leur plaisait plus – Ada et Lioudmila Dmitrievna lui avaient plusieurs fois fait des allusions, en essayant de l'entraîner dans un jeu dont elles auraient, cette fois, établi les règles... Nina ne pouvait même pas imaginer se débarrasser de Xenia, et n'avait jamais ressenti une envie folle de s'enrichir. Il n'empêche que, à de nombreux signes, on voyait que la possible trahison de Nina hantait Xenia, et ces soupçons, bien que dissimulés, pesaient beaucoup à Nina.

Le sentiment permanent d'un danger avait aiguisé ses nerfs à l'extrême. Elle était souvent réveillée la nuit par le pressentiment d'un malheur imminent et, sans savoir pourquoi, disait adieu à sa chambre avec vue sur la gare de Biélorussie chaque fois qu'elle partait pour Rogojine.

Avec le temps, cette tension nerveuse apporta des fruits inattendus : par des signes imperceptibles, Nina apprit à deviner comment les choses se passeraient pour une nouvelle famille. C'était très simple : il suffisait de se déconnecter du flux des pensées, et de regarder fixement, sans rien analyser, les photos des futurs parents, de leur maison, de leur patio. De se laisser pénétrer par la sonorité des prénoms et des noms. Parfois, il lui suffisait de jeter un seul regard aux documents étalés sur la table, de les voir selon un angle inattendu, inhabituel – en se retournant alors qu'elle était devant l'armoire à habits, en regardant vers le bas debout sur une chaise, quand elle allait chercher un livre en haut de la bibliothèque –, pour que s'entrouvre un pan d'avenir. Cela ne fonctionnait pas toujours, mais de temps en temps Nina savait qu'elle ne se trompait pas. Pour le roux avec un pistolet imaginaire qui ne voulait pas payer à Xenia les mille euros supplémentaires et regardait dans ses lunettes de soleil avec des yeux dorés plein de haine, elle avait su à l'avance. Évidemment, elle ne savait pas exactement que tout se passerait comme ce matin-là à l'arrière du minibus, mais elle avait clairement pressenti quelque chose quand elle avait vu sa photo.

La logique ne faisait que la gêner : logiquement, un jeune couple devait adopter un orphelin en bonne santé, et non un invendable, comme c'était arrivé plus d'une fois ; au contraire, des provinciaux soumis qui avaient peur de sortir de leur hôtel à Moscou auraient dû hériter d'un enfant chétif et maladif, et se retrouvaient avec une blondinette en pleine forme.

Après avoir anticipé d'après les photos, Nina suivait toujours très attentivement le déroulement des événements. Progressivement, ces tâtonnements dans l'avenir se transformèrent pour elle en une sorte de jeu de hasard.

Ainsi, elle devina à l'avance qu'avec cette famille andalouse les choses seraient difficiles. Elle le sentit immédiatement, à l'instant même où elle sortit de l'enveloppe un choix de photos : la maison villageoise un peu gauche, avec de vieux meubles massifs, un crucifix au-dessus du lit, un jardinet avec des roses en fleur, le ruban bleuté de montagnes dentelées à l'horizon. Nina regardait toutes ces vieilleries inconnues, le crucifix, la sierra aux sommets blancs qui apparaissait derrière la maison. Les documents lui tombèrent soudain des mains et s'éparpillèrent sur le sol. « C'est sûr, se dit-elle, il va se passer quelque chose avec eux. »

Elle ne pouvait pas dire exactement où se situerait le problème, et attendait l'avenir avec impatience et angoisse. Son instinct ne l'avait pas trompée.

Premièrement, les autres documents, envoyés par express d'Andalousie à Moscou, n'étaient pas arrivés le jour prévu. Au bureau de DHL, on annonça tranquillement à Nina que le colis avait été envoyé par erreur en Allemagne, d'où il était reparti pour Bombay. « Ou

Mumbai ?, pensa machinalement Nina. Enfin, quelle importance. » C'est ce qu'on lui avait dit : le colis avait été envoyé, puis il s'était envolé. Faisant fi de la loi qui soumet les objets à la volonté humaine, il parcourait le monde à sa guise, sans intervention des employés de la compagnie de livraison où l'envoi le plus modeste coûte cinquante euros, et un lourd paquet de documents pas moins de cent. Quoi qu'il en soit, Nina n'avait plus que deux jours pour traduire tous les documents : de Mumbai, le colis devait d'abord rentrer en Espagne, d'où il serait réexpédié à Moscou. Nina n'avait encore jamais été confrontée à un pareil cas.

Ensuite, les Espagnols eux-mêmes partirent dans la mauvaise direction. Pendant la nuit, un vrai orage de printemps, non prévu par les stations météorologiques, s'abattit sur Moscou, et leur avion fut détourné de l'aéroport Cheremetievo vers l'aérodrome de Poulkovo – à Saint-Pétersbourg. Nina et Vitia les attendirent à Cheremetievo jusqu'à l'aube, Nina s'endormit dans un fauteuil, dormit toute une heure, se réveilla et se remit à attendre, regardant régulièrement le tableau des arrivées. Finalement, ils comprirent qu'il ne servait à rien de rester et rentrèrent chez eux.

Ils ne partirent pour Rogojine que le troisième jour. Il avait plu à verse toute la nuit, il gelait au matin, et la route scintillait comme un miroir. Quant aux buissons des bas-côtés, sur la route conduisant vers Moscou, ils semblaient couverts de bris de verre et lançaient mille feux sous le soleil pâle de cette journée froide.

En revanche, les Andalous eux-mêmes plurent immédiatement à Nina. Elle n'avait encore jamais rencontré des provinciaux aussi doux et timides, peu loquaces et posés comme de vrais paysans. Dans leur village d'Andalousie, ils travaillaient la terre de leurs mains. Ils avaient des vignes, des oliviers et des vergers, et même quelques bêtes. Maria semblait avoir dix ans de plus que Nina, alors qu'elles n'avaient qu'une année de différence. Force était de constater que le travail physique n'embellit pas une femme, même dans l'air montagnard le plus pur.

En Russie, Luis et Maria venaient rencontrer deux sœurs de quatre et six ans. Lioudmila Dmitrievna les avait trouvées pour Xenia. Ils devaient se rendre à une centaine de kilomètres de Rogojine, à Konkovo, dans l'orphelinat éloigné où Sveta avait vécu.

Arrivés à Rogojine, ils reçurent l'autorisation du département, et s'apprêtaient déjà à repartir pour Konkovo, quand s'annonça un autre désagrément : Xenia déclara soudain à Nina d'une voix capricieuse qu'elle allait désormais prendre le double de la somme pour deux enfants, et non une fois et demie, comme Kirill le faisait auparavant. Et elle commencerait immédiatement.

– Hein ? Pourquoi je perdrais cet argent ? Je lèche le cul des fonctionnaires, et pour les Espagnols il n'y a pas de différence essentielle... Penses-tu – quelques milliers d'euros en plus. S'ils sont décidés à adopter, ils vont payer tout ce qu'on leur demande, tu peux être sûre... Donc : ils doivent donner autant pour la deuxième que pour la première. D'autant plus que ce sont de magnifiques gamines... Qu'ils paient le double de la somme, ou je ne fais plus rien.

En un mot, pendant que les Espagnols faisaient la connaissance des fillettes, leur donnaient des cadeaux et des Kinder Surprise, leur montraient des photos de leur maison et du patio avec la silhouette menaçante des montagnes bleutées à l'arrière-plan, Nina ne prenait presque pas part à l'allégresse générale. Même au moment où elle traduisait le dossier médical, elle pensait à tout autre chose : comment pouvait-elle annoncer à Luis et Maria cette modification des conditions à l'improviste ? Comme un fait exprès, Xenia n'était pas venue à Konkovo. Elle n'aimait pas courir la cambrousse et tressauter sur des routes inexistantes ; Nina devait donc souvent se débrouiller toute seule avec les enfants et les parents. Le soir, Xenia, qui les attendait à l'hôtel de Rogojine, empochait l'avance. Quoi qu'il en soit, il fallait bien préparer Luis et Maria avant la rencontre avec Xenia.

– Regarde, Nina, ronronnait Maria, berçant sur ses genoux l'une des sœurs de Konkovo, l'aînée, Dacha, ressemble tellement à Luis ! C'est le portrait craché de sa *sobrina*, sa nièce. Dis-leur, dis-leur vite : elles vont avoir une très jolie chambre et beaucoup beaucoup de jouets. C'est vrai, Luis ?

Sa physionomie débonnaire, avec une frange bouclée comme celle d'Angelina Jolie, rayonnait de joie.

– Ces fillettes sont des merveilles, approuva Luis avec satisfaction.

« Ah, des merveilles, pensait Nina, morose. Regarde plus attentivement le petit visage de la cadette : chez nous, en Russie, on appelle ça l'avinée conception. Et l'aînée n'est pas mieux. »

Nina avait raison : Dacha avait une mine effrontée de petit caïd. La petite, Ania, émouvait par sa maigreur, mais Nina releva tout de suite sa tête minuscule, son nez plat, ses yeux obliques presque privés d'expression.

« Les Espagnols prennent tout ce qu'on leur propose, se rappela-t-elle avec irritation les mots de Xenia. Ils prendront celles-ci, et pour le double du tarif encore. »

Elle leur annonça les conditions de Xenia dans la voiture, quand ils furent sortis de la cour de l'orphelinat et traversaient le village en longeant des maisonnettes noircies, le château d'eau et les ruines de l'église abandonnée...

Les Espagnols s'attristèrent.

– Il fallait nous le dire plus tôt, s'affligea Luis, tandis que son épouse regardait Nina en écarquillant ses yeux ronds et limpides.

– Il aurait fallu, je suis d'accord avec vous, approuva Nina. Mais, voyez-vous, Xenia, votre intermédiaire, ne l'a appris que ce matin.

Elle appuya volontairement : votre, et non la mienne.

– Visiblement, il y a eu des changements ces derniers jours, et on vient de le lui dire au département. Les fonctionnaires, ici, c'est terrible. Vous ne pouvez pas imaginer – Nina parlait vite, en improvisant. Chez vous, l'ordre règne, le gouvernement contrôle tout. Mais ici, c'est différent, vous comprenez ?

– Nous comprenons, dit Luis en hochant la tête.

– C'est parfait. Je vous comprends aussi. Il n'est pas agréable d'apprendre de telles choses au dernier moment. Il s'est passé quelque chose quelque part, et tout changement dans notre affaire nous expose immédiatement à une hausse des prix. C'est comme ça. Je vous en prie, ne vous en faites pas, ajouta-t-elle déjà sur un autre ton.

– Nous ne nous en faisons pas, répondit Maria. S'il le faut, nous paierons. L'essentiel, c'est que ces enfants sont adorables.

« Adorables, rien à dire », pensa Nina, se remémorant les yeux de l'aînée.

Elle reprit progressivement son calme. Il était très important de préparer les Espagnols, pour qu'ils ne fassent pas de scandale quand ils verraient Xenia. À présent, la discussion désagréable était achevée, et tout se passerait bien.

Mais il s'avéra rapidement qu'elle avait eu tort de se tranquilliser. Ils venaient à peine de sortir du village et de rejoindre la route de Rogojine, quand Xenia rappela, et sa voix déplut immédiatement à Nina.

– Salut, salut ! Comment vont nos affaires ? lui dit Xenia d'un ton bien trop mélodieux.

– Tout va bien, nous rentrons à Rogojine. Les Espagnols n'ont presque pas rouspété. Tu sais, je me suis dit

– Nina baissa la voix – tu pourrais prendre ton avance dans la voiture. Nous nous assiérons tous à l'arrière pour régler ça. Je pense que nous perdrions trop de temps à aller à l'hôtel. Ils ne vont pas dormir à Rogojine. Ils ont leur réservation et toutes leurs valises à Moscou.

– Vois-tu, Nina, dit Xenia, gênée, je te demanderai de prendre l'argent toi-même.

– Comment ça, moi-même, dit Nina qui ne comprenait pas.

– Toi-même. Dis-leur que j'ai eu une urgence, que j'ai dû rentrer à Moscou. C'est la pure vérité : je dois régler une affaire le plus vite possible. Ils n'ont qu'à te donner toute la somme pour que tu me la transmettes. Dis-leur que je te fais entièrement confiance.

» Mais n'oublie pas de tout recompter attentivement, ajouta Xenia après une courte pause, – et Nina comprit qu'elle était au volant. Vérifie toutes les coupures. Je pense qu'ils vont devoir retirer de l'argent au distributeur. Conduis-les à la banque, et après tu m'apporteras les sous, d'accord ?

– Qu'est-ce que c'est, Xenia ? s'indigna Nina. Ils vont croire que je le prends pour moi. D'autant plus que la somme a soudain augmenté... Ils vont croire que c'était mon idée... Ça me gêne, c'est délicat. Je ne peux pas.

– Soit dit en passant, ça s'appelle travailler avec le client. C'est pour ça que tu es payée ! l'interrompit Xenia avec humeur. Allez, je te demande un service. Qu'est-ce que ça te coûte ? ajouta-t-elle d'un ton plus accommodant.

Nina ne savait pas quoi faire. Il était impossible d'accepter la requête de Xenia, mais également impossible de refuser. Et comment pouvait-elle avoir des idées pareilles ?

– Imagine-toi, pouffa Xenia, pour soulager la tension et amadouer Nina, que, dans le certificat de naissance des fillettes, le prénom de la maman est Axana. « Axana », et non « Oxana », tu m'entends? Ils ont mis un « A » à la place du « O ». C'est Lioudmila Dmitrievna qui me l'a dit au département. Tu te rends compte?

– D'accord, ronchonna Nina. Je prendrai l'argent.

Le jugement eut lieu un mois et demi plus tard, en mars.

Après la séance du tribunal, quand les fonctionnaires eurent fini de faire bruisser leurs papiers et s'en allèrent dans le couloir, la directrice de l'orphelinat resta en arrière et fit signe à Nina.

– Ce sont vos Espagnols? l'interrogea-t-elle à mi-voix.

– Dans quel sens, les miens? lui demanda prudemment Nina.

– Je veux dire que ce sont vos clients. C'est vous qui traduisez pour eux?

– C'est moi.

– Écoutez – la directrice baissa encore la voix, fit reculer Nina dans un coin et lui murmura à l'oreille : Écoutez. Vous comprenez au moins ce que nous avons fait?

– De quoi voulez-vous parler? – Nina se sentit soudain horriblement mal, et malheureuse.

– Ils ne vont pas s'en sortir avec elles.

– Qui? Avec qui, elles? dit Nina sans comprendre.

– Avec les fillettes. Vos Espagnols ne vont pas s'en sortir avec nos deux petites sœurs, Dacha et Ania.

– Pourquoi croyez-vous cela?

Nina était fatiguée après la séance du tribunal. Ils avaient quitté Moscou au petit matin, ils étaient encore attendus à Konkovo après le tribunal, et elle voulait maintenant rapidement soulager sa vessie, boire un cappuccino brûlant avec de la cannelle dans le bistrot d'en face, puis somnoler dans la voiture.

– Comment ça? s'étonna la directrice. J'ai pourtant prévenu votre... comment s'appelle-t-elle...

– Xenia, lui souffla Nina.

– Oui, j'avais prévenu Xenia. Les fillettes sont très difficiles. Les Espagnols ne vont pas s'en sortir avec elles.

– Et qu'est-ce qu'elles ont de si difficile ?

Nina était impatiente d'en finir avec cette discussion. Elle sautait d'un pied sur l'autre, craignant que sa vessie lâche en pleine salle d'audience.

– Elles ont un comportement difficile. Vous ne vous imaginez même pas...

– Comment est-ce que deux adultes peuvent ne pas s'en sortir avec deux petites filles ?

Encore un peu, et Nina, écartant la directrice, allait courir aux toilettes.

– Nina... Vous vous appelez bien Nina, n'est-ce pas ? Vous voyez, je m'en souviens. Donc, Nina, je vais vous dire sincèrement : depuis le nombre d'années que je travaille, je n'ai jamais vu des enfants pareils. Il va falloir aider vos Espagnols à Moscou, les soutenir un peu. Car je ne sais pas comment faire...

– Bien entendu, assura Nina poliment, mais se dégageant résolument. Je les aiderai, bien sûr, et les soutiendrai. Ne vous faites pas de soucis, d'accord ?

Et elle courut de toutes ses forces aux toilettes.

Quand elle sortit dans la rue, Nina ressentit un énorme soulagement. Le ciel avait été couvert toute la matinée, mais le soleil était apparu vers midi, et l'air était empli d'un parfum de printemps fort et enivrant. Rogojine s'était métamorphosé, rempli de lumière.

Xenia empocha le reste de l'argent des Espagnols, cacha son porte-documents dans son sac à dos et, maudissant en guise d'adieu le soleil trop brillant qui l'aveuglait, repartit régler des affaires pressantes. Les Espagnols et Nina burent rapidement un café, et une heure plus tard Vitia, après avoir fait un dernier tour de piste dans Rogojine, prit la direction du lointain Konkovo. Après la séance du tribunal, les fillettes pouvaient être emmenées à Moscou.

Le minibus fila à travers les vieux quartiers rappelant un jeu de Meccano – de petites maisons jaunes sur deux étages, comme les prisonniers allemands en construisaient après la guerre. Puis à travers des villages qui faisaient penser à de très vieilles femmes aux yeux bleus. Il n'y avait déjà presque plus de neige, mais ce qui avait gelé pendant la nuit ne fondait pas.

Ils longèrent des champs qui avaient perdu leur blancheur et ressemblaient à des lacs gelés scintillant au soleil.

– Et vous appelez ça le printemps, rit Maria. Ça ne ressemble pas à mars, mais à janvier. Le soleil brille, mais tout est gelé. Hier soir, quand nous nous sommes couchés, nous avions l'impression d'être au printemps, mais en nous réveillant ce matin nous étions en hiver.

La route bondissait joyeusement de colline en colline, des peupliers sautillaient à sa rencontre.

À l'orphelinat, on les attendait déjà. On leur apporta les fillettes, vêtues de vestes et de pantalons identiques, jaunes et bleus, aux couleurs de cette journée d'éclaircie. Les sœurs rayonnaient de joie. Il n'empêche que l'aînée Dacha plut encore moins à Nina cette fois-ci, avec le coin de ses yeux louchant vers le bas et son regard direct et effronté, comme Nina n'en avait encore vu chez aucun enfant. « Une criminelle née, pensa-t-elle, le bagne l'attend avec impatience. » Cela dit, le temps n'était plus à la réflexion : on emballa les fillettes dans des anoraks, trop grands d'au moins deux tailles, on mit des bonnets de flanelle sur leurs oreilles, et des écharpes autour du cou.

– De vraies poupées, sourit une nounou qui passait par là. Elles en ont de la chance, ces merdeuses.

Nina se leva et enfila son manteau.

– Nous devons y aller, dit-elle à Luis et Maria. C'est bientôt le soir, et nous n'arriverons à Moscou qu'à la nuit.

– Oui, oui, acquiesça Maria. Nous sommes prêts.

Devant la porte, Nina tomba sur la directrice, Elena Ilinitchna.

– Bon voyage ! Je vous souhaite beaucoup de plaisir ! dit la directrice en hochant énergiquement la tête, agitant sa main aux doigts courts et potelés pour dire adieu aux Espagnols – à cet instant, Nina sut avec certitude que Xenia lui avait déjà donné l'agréable enveloppe à Rogojine.

– C'est pour toi, Nina.

Elena Ilinitchna lui tendit un papier plié en deux.

– Qu'est-ce que c'est ?

Dépliant le papier, Nina vit deux numéros de téléphone, griffonnés avec un stylo à l'encre violette presque épuisée.

– Des numéros de téléphone. Celui du haut est le mien, celui du bas celui de Tania, notre infirmière. C'est le code de Konkovo. N'hésite pas à nous appeler.

– Merci beaucoup, Elena Ilinitchna, sourit Nina, qui fourra le papier dans sa poche. Je n'hésiterai pas à vous appeler.

Pendant les heures qui avaient suivi le tribunal, le soleil avait fini par réchauffer la terre. Des gouttes tombaient avec un léger tintement de l'avant-toit surplombant le perron. Une odeur douce et excitante de sève de bouleau s'était répandue dans l'air, et l'espace au-delà des palissades de l'orphelinat était si vaste et si transparent que Nina faillit en pleurer.

Ils prirent place dans le minibus : Victor au volant, Nina sur le siège avant, où elle s'asseyait toujours en l'absence de Xenia, et les Espagnols et les fillettes à l'arrière, sur les deux rangées de banquettes. Vitia tourna la clé de contact. Des enfants jaillirent sur le perron, leur crièrent quelque chose, agitant la main. Nina se colla à la fenêtre, leur sourit, et agita également la main. Seul le garçonnet sans dents aux cicatrices sur la tête n'était pas présent cette fois-ci ; il n'était pas sorti sur le perron, ne s'était pas lancé à la poursuite de la voiture, n'avait pas hurlé quelque chose à Nina de sa voix de voyou.

– Bon, à Dieu vat, dit Vitia.

Il disait toujours ça quand ils se trouvaient en rase campagne et qu'il était temps de rentrer. Ce n'était pas une mince affaire : le soir tombait, et il avait devant lui trois cents kilomètres de route.

« Comme c'est bien, se disait Nina, ouvrant son manteau et s'asseyant confortablement. Nous avons trouvé un foyer pour les deux sœurs, fait le bonheur des Espagnols, gagné de l'argent, et nous rentrons à la maison. »

Même la fatigue de cette journée lui était agréable. Cette fatigue lui proposait un choix : elle pouvait dormir en s'appuyant sur le fauteuil, sentant à travers son sommeil, à portée de main, la solidité de Vitia concentré sur la route ; si elle n'avait pas envie de dormir, elle pouvait tranquillement rester assise, regardant depuis la confortable capsule du minibus le vaste espace bleuté briller, se teintant, le soir venu, d'orange et de gris.

Une énorme lune s'éleva au-dessus des champs, remplissant la moitié du ciel. On aurait dit une montgolfière. Puis elle s'éleva encore, et se rétrécit à la taille d'un poing d'enfant. Tous les événements de la journée, et surtout le paisible après-midi – les champs pareils à des lacs gelés, le soleil fou qui avait instantanément réchauffé les trottoirs, le visage rond et bienveillant, avec une pincée de malice, de la directrice Elena Ilinitchna, sur lequel on lisait clairement que l'enveloppe était déjà rangée dans son sac à main à la dernière mode de Rogojine, l'inquiétude diffuse pour le garçon aux cicatrices, les gouttes brillantes tombant du toit, les visages irréguliers des fillettes – tout cela s'unifia dans un accord tendre et sonore, qui semblait vouloir réveiller Nina d'un étrange sommeil antique.

Le jour avait déjà plongé dans la nuit, les lueurs folles s'étaient éteintes, la lune était devenue ordinaire et s'était élevée bien au-dessus de la forêt, les champs étaient restés derrière eux, les silhouettes noires de troncs d'arbres les entouraient, et Nina continuait à réfléchir à cet accord avec cette sonorité tendre et profonde : de quel enchantement essayait-il de la tirer...

Vitia alluma la radio, la musique se répandit dans la voiture.

Soudain, Nina distingua un bruit bizarre qui jurait avec son humeur pensive – des bruits faibles, étouffés, de lutte, et un murmure de protestation : d'abord contenu, avec des intonations d'exhortation, puis de plus en plus fort et apeuré.

Puis elle entendit des cris aigus. Ce n'était pas les cris que peuvent émettre des enfants effrayés ou enthousiastes : les hurlements qui s'élevaient des sièges arrière étaient animaux, des cris de singe. Nina se retourna et resta sans voix : les fillettes, qui avaient enlevé leurs bonnets et leurs vestes, martelaient Luis et Maria de coups de poing furieux.

– Qu'est-ce que vous faites? dit sévèrement Nina. Asseyez-vous tout de suite à votre place !

Mais les deux sœurs n'entendirent pas les intonations courroucées de sa voix – elles ne lui prêtèrent pas la moindre attention. Luis haussa les épaules et eut un sourire coupable, repoussant les petites mains tenaces et espérant tourner la scène à la plaisanterie, mais Maria ne contrôlait absolument plus son expression et sa bouche avait une expression d'horreur.

– Nina, gémit-elle. Qu'est-ce que c'est? Dis-leur d'arrêter.

Vitia se rangea sur le bas-côté et coupa le moteur. Nina sauta sur l'asphalte désormais sec, ouvrit la porte arrière et s'engouffra sur la banquette.

– Calmez-vous tout de suite ! vociféra-t-elle en essayant d'imiter les nounous de l'orphelinat.

Mais les deux sœurs ne cessèrent pas leurs hurlements et ne se tournèrent même pas vers Nina. Celle-ci saisit alors l'aînée, la secoua et l'assit près de la fenêtre, puis répéta la même procédure avec la cadette. De surprise, les fillettes se calmèrent.

Ne sachant pas quoi faire de plus pour aider les Espagnols, Nina retourna à sa place près de Vitia.

– Nos gamines s'en donnent à cœur joie, grommela-t-elle.

– J'ai entendu, rigola Vitia. Ce n'est rien, elles se calmeront quand nous serons arrivés à Moscou.

Mais les deux sœurs n'avaient aucune intention de se calmer. Quelques minutes plus tard, les hurlements reprirent avec une vigueur renouvelée. Il faisait sombre dans la voiture, illuminée seulement par les phares des véhicules allant en sens inverse. Nina tourna la tête et scruta la pénombre sinistre à l'arrière. Dacha se cramponnait avec une énergie furieuse au poignet de Luis, et Ania griffait de toutes ses forces la poitrine et le cou de Maria. Luis haletait, comme s'il portait quelque chose de très lourd sur les épaules ; quant à Maria, elle avait baissé les paupières et rentré sa tête dans les épaules, s'efforçant de protéger ses yeux des ongles acérés de la petite.

Nina aurait voulu se boucher les oreilles pour ne pas entendre ce reniflement bestial et l'agitation régnant à l'arrière. Elle n'essayait même plus d'intervenir.

Les bruits de lutte, les gémissements sourds et les glapissements carnassiers des enfants continuèrent jusqu'à Moscou. Devant l'hôtel, Luis et Maria sortirent du minibus exténués, le visage gris. Sur le trottoir, Maria ferma son manteau, et Nina constata avec horreur qu'il lui manquait plusieurs boutons.

– Nina, dit Maria d'une voix tremblante, qu'est-ce qui se passe ? Personne ne nous a prévenus. Penses-tu qu'ils ignoraient tout ça à l'orphelinat ? Et si nous ne nous en sortions pas avec elles ? Tu comprends, si ça continue comme ça, je... Nina... je... – elle ne se maîtrisait plus, et de petits torrents transparents coulaient sur ses joues.

– On s'en sortira, s'écria Luis. Il n'y a pas de raison !

Il tapa l'épaule de son épouse pour la réconforter. Sur son menton épais et rasé de frais, une griffure profonde dessinait un trait sombre, avec une goutte de sang séché.

« Il faut désinfecter la blessure de Luis. Acheter du calendula », se dit fiévreusement Nina, qui les suivit sur le large escalier de l'hôtel Ukraine[1]. Malheureusement, le kiosque pharmacie du rez-de-chaussée était fermé à cette heure tardive.

– Prends ça, dit Nina à Maria – elle arracha une feuille de son bloc-notes et griffonna rapidement quelques mots avec son stylo. C'est le nom du médicament – en lettres d'imprimerie russes. Demain matin, tu descendras au kiosque, tu le montreras à la vendeuse, et ils te donneront une petite fiole et de la ouate. Tu mettras le liquide de la fiole sur la ouate et la passeras sur la griffure de Luis. Tu as compris ?

– J'ai compris, sanglota Maria – mais Nina eut l'impression qu'elle n'était pas en état de l'entendre.

« Demain, décida Nina, je téléphonerai demain, et je le lui rappellerai. »

Nina mit une éternité à rentrer depuis l'hôtel. Elle erra sur de vieilles neiges couvertes de croûtes glacées, s'étonnant qu'un hôtel aussi prisé puisse être si loin du métro, et se demandant d'où venait l'odeur de brûlé qui pinçait les narines.

---

1. Célèbre hôtel 5 étoiles situé dans un gratte-ciel stalinien.

« Il doit y avoir un incendie quelque part », pensa-t-elle confusément, en arrivant à la gare de Kiev.

De l'autre côté de la rue, une benne à ordures était en flammes. La fumée blanche et brillante s'élevait vers le ciel haut, constellé d'étoiles.

Il commençait à geler. Près du métro, Nina glissa et fit une chute douloureuse sur le trottoir.

– Maudit hiver, murmura-t-elle. Pourquoi dures-tu si longtemps ? Nous sommes bientôt en avril ! Mon Dieu, qu'est-ce que j'ai fait ? cria Nina à pleine voix en se levant de l'asphalte noir et glissant.

Un trolleybus s'arrêta devant la gare de Kiev dans un couinement de freins qui couvrit le cri de Nina.

Une fois rentrée chez elle, Nina extirpa de son sac les billets verts et les fourra dans sa cachette. Elle refusa catégoriquement les pâtes de sa mère, s'enferma dans sa chambre et tomba sur son lit. Elle s'endormit immédiatement d'un sommeil obscur et vide.

Elle se réveilla au milieu de la nuit, comme si quelqu'un lui secouait l'épaule.

« Qu'est-ce qui m'a réveillée ? se demanda-t-elle, scrutant avec inquiétude les ténèbres de la chambre. Quelque chose d'horrible, d'irréparable... Les fillettes !..., comprit-elle soudain, les deux sœurs n'ont pas fini de tourmenter les Espagnols ! » Elle devait attendre le matin et appeler tout le monde – Elena Ilinitchna, l'infirmière Tania. Pourquoi ne l'avait-elle pas fait plus tôt ? Pourquoi n'avait-elle pas posé de question à Elena Ilinitchna quand celle-ci l'avait approchée au tribunal ?

« Mon Dieu, qu'est-ce que j'ai fait », se répétait Nina à voix basse, mettant ses pieds nus dans ses pantoufles et marchant dans l'obscurité jusqu'à l'entrée. Elle chercha à tâtons son manteau sur la patère, fouilla dans les deux poches. Elle ne parvint pas à trouver le papier avec les numéros de téléphone. Elle ne le trouva pas ailleurs – ni dans le sac à dos, ni dans son porte-monnaie, ni dans les poches de ses jeans. Alors Nina alla à sa cachette, en sortit les euros de la veille et les étala sur sa table. Aucune trace non plus du billet avec les téléphones.

« Où es-tu, l'appela Nina, où, où, où... »

Dans la voiture ! Dans la voiture de Vitia ! Le papier était resté sur le tableau de bord près du pare-brise, avec la carte de la région de Rogojine, un calendrier, des cartes de visite d'Espagnols et encore quelques bouts de papier abandonnés là.

Nina n'essaya même pas de se rendormir avant le matin. À neuf heures, elle appela Vitia. Vitia descendit à sa voiture, trouva le papier – par bonheur, il se trouvait bien sur le tableau de bord – et lui envoya les deux numéros par sms.

La directrice n'était pas sur place, mais l'infirmière Tania répondit tout de suite.

– Oui, oui, dit-elle. Je me souviens de vous. Vous vous appelez Nina. Nous pensions bien, avec Elena Ilinitchna, que vous alliez téléphoner.

» Je ne sais même pas quoi vous dire, répondit-elle avec hésitation, après avoir écouté le récit embrouillé de Nina. Ce sont des enfants difficiles. Elles n'ont pas de pathologie, mais ça ne change rien. Vous savez que chez nous on ne pose jamais le diagnostic d'alcoolisme fœtal. Mais ce n'est pas le problème. Beaucoup de nos enfants ont souffert d'alcoolisme fœtal. Et beaucoup d'entre eux se développent normalement. Mais Dacha et Ania, c'est leur nature. On ne peut rien y faire. Nous avons aussi eu beaucoup de peine avec elles.

– Que faire ? demanda Nina d'une voix découragée.

– Je ne sais pas.

– Et si on les gronde vraiment ?

– Ça ne sert à rien.

– Et si on les frappe ? (Nina parlait très doucement.) Un châtiment corporel ?

– En aucun cas, répondit Tania. De tels enfants s'excitent encore plus si on les frappe. Ils interprètent les coups comme une marque d'attention.

Elle soupira.

– Ça fait dix ans que je travaille dans cet orphelinat, j'ai vu de tout. Nous avons déjà eu des enfants de ce genre. En général, ils ne tournent pas bien. Après l'orphelinat, ils ne vont pas loin, ils habitent à Konkovo ou dans les villages voisins. Quelques années plus tard, nous accueillons déjà leurs enfants, qu'ils ont très jeunes. C'est l'hérédité, les gènes. Je crains qu'à l'avenir Dacha et Ania ne deviennent comme leurs parents... Je veux dire, pas comme vos Espagnols, mais comme leur papa et maman biologiques, ajouta-t-elle. Si vous les voyiez, ce papa et cette maman... Ils vivent près de chez nous.

– Peut-être qu'il y a un médicament ? Des calmants ? demanda Nina avec espoir.

– Essayez la valériane. Mais je doute que ça aide. C'est trop léger.

– Et quelque chose de plus fort ? Le phénazépam ?

– Non. On ne sait pas l'effet que des préparations aussi fortes peuvent avoir sur ces enfants. Sur une personne normale, le phénazépam a un effet tranquillisant, il l'aide à dormir, mais avec ces... Ne leur donnez rien, c'est trop risqué.

– Mais il y a d'autres médicaments...

– Je pense que seuls des médicaments vraiment forts, comme l'aminasine ou l'halopéridol, pourraient les calmer. Mais il faut une ordonnance, on ne vous les donnera pas comme ça en pharmacie.

– Conseillez-moi quelque chose, s'il vous plaît. On ne peut pas complètement abandonner ces gens à leur sort.

– Ne leur donnez pas trop à manger, à Ania et Dacha, c'est mon unique conseil. Pas de sucreries. Cachez les bonbons et les biscuits. Pas de sucre, sous aucune forme – même pas dans les yaourts. Le sucre donne de l'énergie, et quand elles en mangent elles deviennent encore plus actives. Mieux vaut ne pas leur donner de viande non plus. Et, de manière générale, peu de nourriture. Qu'elles ne mangent pas tout à fait à leur faim. En tout cas dans les premiers temps, puis leurs parents n'auront qu'à décider quoi faire.

– D'accord, je vais leur transmettre ce que vous m'avez dit, promit Nina. Sans faute.

– J'espère que ça aidera. Et sinon, je ne vois rien d'autre à faire. Nous vous avions prévenues, ajouta l'infirmière Tania avec reproche.

– Oui, oui, bien sûr, vous nous aviez prévenues, marmonna Nina en raccrochant.

« Quelle salope ! », pensa-t-elle soudainement, ne sachant pas elle-même à qui elle pensait – à Xenia ou à Dacha, l'aînée des deux sœurs.

Le prochain téléphone de Nina fut pour l'hôtel Ukraine. Elle n'avait pas osé appeler plus tôt – elle voulait laisser les Espagnols dormir tout leur soûl et se reposer. Ils sortaient d'un jour difficile, plus le décalage horaire avec l'Espagne. Elle appela à dix heures pile.

Le téléphone sonna longtemps avant qu'on décroche. Luis répondit, sa voix lui parut nettement moins énergique que la veille.

– Bonjour, Nina.

– Bonjour. Comment vont les filles ?

– Franchement, pas très bien... (Luis hésita.) Elles n'ont dormi que deux heures – de six à huit heures du matin.

– Et vous ?

– Nous n'avons pas dormi. Nous avons essayé de les calmer toute la nuit. Comment s'endormir ?

– Vous avez pris le petit déjeuner ?

– Il y a longtemps. En bas, au restaurant.

– Et que leur avez-vous donné ?

– Des yaourts, des crêpes, des tartines, des bonbons, des biscuits. Nous avons dû les arrêter, elles étaient prêtes à éclater. Elles ont un sacré appétit. (Luis eut un rire las.)

– Comment va Maria ?

– Nina, je voulais te demander de venir nous voir. Je comprends que tu es occupée. Mais nous sommes à bout de forces...

– Bien sûr que je vais venir.

Une heure plus tard, Nina arrivait à l'hôtel Ukraine. Cette fois, le chemin depuis le métro ne lui sembla plus aussi désespérément long : à la lumière du soleil, le quartier avait un air nettement plus riant. « Il a tout de même une sorte de beauté », se dit Nina, en le regardant de loin.

La chambre où logeaient Luis, Maria et leurs filles, était au cinquième étage. Le salon et la chambre étaient aménagés avec des prétentions de luxe – dans le sens soviétique du terme : des moulures au plafond, un lustre en cristal, de hautes portes aux poignées de cuivre, des meubles lourds et démodés. Nina regarda avec intérêt autour d'elle : c'était la première fois qu'elle voyait l'hôtel de l'intérieur. Le bruit courait à Moscou qu'il allait bientôt fermer pour rénovation, et Nina savait bien qu'après rénovation l'hôtel Ukraine n'aurait plus rien en commun avec ce qu'elle voyait maintenant.

Quand elle entra dans la suite, les deux sœurs au comble de l'excitation sautaient sur le lit, s'élevant et retombant toutes deux en même temps, le regard vide brillant fiévreusement, les cheveux collés par la sueur.

– Elles sont tout le temps comme ça, lui expliqua Luis en indiquant les fillettes.

Il avait pâli depuis la veille ; ses traits étaient tirés et il semblait s'être ramassé sur lui-même, comme s'il avait passé la nuit non dans une chambre d'hôtel, mais dans une cage avec des bêtes sauvages. Maria était allongée sur le canapé du salon. Elle salua à peine Nina. Un de ses yeux était rougi et gonflé, et elle appliquait sur lui un linge humide.

Toute la suite – le sol couvert de tapis, le canapé, le fauteuil, la télévision – tout disparaissait sous les plumes des coussins déchirés. Les stores avaient été arrachés de leur fixation. Les murs étaient couverts de rouge à lèvres. Les valises avaient été renversées, leur contenu répandu sur le sol. Les journaux étaient déchiquetés. Le lampadaire gisait à terre, brisé. Les poupées que les fillettes avaient reçues à l'orphelinat étaient démembrées – tête, jambes et bras séparés du tronc.

Les petites refusèrent catégoriquement de sortir, griffant et mordant quand on essayait de les habiller.

– Le téléphone de Maria, se plaignit Luis. Dacha l'a jeté dans les toilettes.

– Pourquoi ne l'en as-tu pas empêchée ? s'étonna Nina.

– C'est arrivé si vite, dit le gros homme d'un ton penaud, en faisant un geste d'impuissance. Je n'ai pas eu le temps d'intervenir.

– Nina, dit Maria en remuant légèrement sur le canapé. Tu comprends, le problème... Les filles se mettent tout le temps toutes nues, elles écartent leurs jambes et montrent leurs organes génitaux. Elles ont des mouvements indécents... D'où est-ce que ça leur vient ? Qui leur a appris ça ?

– Je ne sais pas, dit Nina, un peu perdue. On ne m'en a pas parlé à l'orphelinat.

– Peut-être que ce sont des jeux de l'orphelinat ? Elles sont petites, elles ne comprennent pas ce que ça signifie.

– Oui, oui, répondit distraitement Nina. Bien sûr qu'elles ne comprennent pas.

À ce moment, son téléphone se répandit en trilles joyeux. « Je devrais changer la sonnerie », pensa Nina avec dépit.

– Salut salut, chantonna Xenia d'une voix qui sembla à Nina faussement aimable. Comment ça va ?

– Très mal, se renfrogna Nina. Je suis chez nos Espagnols.

– Et alors ?

Xenia jouait l'étonnement.

– Et alors, les deux sœurs ont littéralement détruit leur chambre. Ce ne sont pas des fillettes, mais des petits démons. Impossible de les calmer, elles ne comprennent pas le langage humain. Elles ont déchiqueté les coussins, peinturluré tous les murs au rouge à lèvres. Je ne peux pas imaginer comment ils vont pouvoir faire le check-out. Et dans l'avion ? Je n'ose pas y penser, il y a plus de quatre heures de vol jusqu'à Madrid.

– Mmm, réfléchit Xenia à haute voix. Bon, voilà ce qu'il faut faire : amène-les le plus vite possible au consulat et envoie-les en Espagne. Nous les accompagnerons à l'aéroport, et le reste ne nous concerne pas.

– Comment ça, ne nous concerne pas ? Ce sont des êtres humains ! Les deux sœurs sont malades mentales. Il faut les soigner à l'halopéridol, pas les envoyer en Espagne. J'ai déjà appelé l'orphelinat...

– Ah ? Et qu'est-ce qu'ils t'ont dit ? demanda Xenia très vite.

– La même chose. On ne peut les calmer qu'à l'aide de médicaments très forts...

– Écoute, dit Xenia d'un ton inflexible. Premièrement, on ne va soigner personne à l'halopéridol. Deuxièmement, le personnel de l'orphelinat a tendance à exagérer, surtout la directrice, Elena Ilinitchna, je l'avais déjà remarqué. Et troisièmement – elle fit une pause – nous faisons notre travail, ce n'est pas une œuvre de bienfaisance. Notre tâche est de fournir des enfants à nos clients, le reste ne nous regarde absolument pas.

– Ah non ? Mais les enfants doivent être normaux, n'est-ce pas ?

– Elles seront normales. L'essentiel, c'est qu'ils les emmènent chez eux en Espagne aussi vite que possible. L'avion, le changement de décor – c'est un grand choc. Dans une semaine, les gamines seront devenues douces comme des agnelles.

– Mais elle est au bord des larmes.

– Qui ?

– Maria. Les Espagnols. C'est eux qui sont sous le choc.

– Ce n'est rien... On a souvent de la peine à s'habituer. Crois-moi, ajouta Xenia, se radoucissant. Je travaille là-dedans depuis longtemps... Il y a de tout. Dans certaines familles, les choses se font facilement, d'autres s'habituent plus lentement. Pas la peine de se faire de la bile pour ça.

– Tu veux dire que tu as déjà vu des cas comme ça ?

– Bien sûr. Sincèrement, j'en ai vu. Et des pires, aussi. Dis aux parents que les orphelins se comportent souvent ainsi au début. Avec le temps, tout se tasse. Il faut de la patience. Et du temps.

Nina ressentit un certain soulagement. Tout se passerait bien. Simplement, elle manquait d'expérience, alors que Xenia avait l'habitude. Elle avait vu plus d'enfants, il fallait la croire.

Nina aida Maria à rassembler les affaires disséminées dans toute la suite – les habits d'enfants, les bottes, les serviettes tachées d'encre de stylo, les jouets, les livres déchirés, le papier alu des Kinder Surprise. Elle essuya le vomi dans un coin. Elle habilla les deux sœurs et les rendit plus présentables, lava au savon leurs visages barrés de rouge à lèvres. Traduisit aux Espagnols tout ce qu'on lui avait dit à l'orphelinat au sujet de la nourriture.

Puis ils descendirent au restaurant, où Dacha et Ania purent manger – Nina prit la commande. Elle arracha une feuille de son bloc-notes et écrivit comment et de quoi les nourrir.

– Tu as bien fait de nous prévenir au sujet du sucre, Nina. Merci beaucoup, lui dit Maria avec reconnaissance quand elle les quitta. Je saurai maintenant qu'il ne faut par leur donner de bonbons ou de chocolat, rien de sucré. Nous pensions que c'était le contraire...

Les deux jours suivants, les sœurs se conduisirent plutôt bien. Leur ration calorique était strictement limitée, Nina contrôlait de près ce qu'elles mangeaient. Elles avaient droit à un sandwich le matin, une assiette de soupe à midi et de la purée avec un morceau de pain le soir. À la grande surprise des Espagnols et de Nina, les fillettes ne songèrent pas à protester. Elles avalaient docilement leur maigre repas, s'essuyaient la bouche avec une serviette et disaient « merci ». Le soir du premier jour, on leur donna des albums et des crayons, et elles dessinèrent jusqu'au coucher. Il est vrai que leur manière de faire restait inhabituelle : elles dessinèrent toute la soirée sans s'arrêter, jusqu'au moment où toutes les feuilles furent coloriées et tous les crayons usés.

Le lendemain, elles eurent droit à une promenade : quelques heures après le petit déjeuner et avant le dîner. Tard dans la soirée, les fillettes ainsi abruties furent vêtues de chemises de nuit en dentelle et envoyées au lit, où elles dormirent de nombreuses heures sans se réveiller.

Puis elles prirent l'avion pour l'Espagne.

Nina appela Luis et Maria un mois plus tard.

– C'est difficile, admit Maria, soupirant. Mais supportable. Elles sont très vives, rien à faire. Mais nous nous habituons gentiment, nous à elles, elles à nous. C'est chaque jour plus facile.

Six mois plus tard, Nina reçut le rapport. Sur les photos, les sœurs se tenaient par la main. Elles semblaient plus calmes, plus mûres. Elles avaient visiblement grandi. La lueur satanique avait disparu des yeux de Dacha. Elles étaient vêtues de longues robes de flamenco, de châles de couleurs vives, sans doute pour une fête locale.

Puis Nina téléphona une nouvelle fois, plus d'une année plus tard. Une voix enfantine, gazouillant avec assurance en espagnol, l'informa que maman était au jardin et papa au travail. Elle pouvait rappeler dans une heure, tout le monde serait de retour.

Nina décida qu'il valait mieux ne pas rappeler.

Combien de fois, pendant les derniers mois écoulés, Nina se répéta les paroles terribles de Rita : « Tout travail marque de son empreinte. » Combien de fois y avait-elle songé elle-même avant cette discussion avec son amie.

Elle n'aurait pas pu dire exactement quand elle avait senti pour la première fois le changement qui s'était opéré en elle.

Peut-être ce matin où elle se réveilla avec un sentiment de bonheur absolu, de légèreté et de liberté. Le soleil avait envahi sa chambre et se reflétait dans les myriades de grains de poussière flottant dans la pièce, et Nina eut l'impression que sa peur avait disparu et ne reviendrait plus jamais, qu'elle-même était devenue une fraction du scintillement général, de ces étincelles volant dans l'air. Couchée sur son lit, elle écouta le silence de ce dimanche matin et de Moscou s'ouvrant au printemps. Elle qui avait toujours vécu dans la crainte d'être en retard, d'oublier quelque chose ou de se tromper, de décevoir ceux qui croyaient en elle, et qui en plaisantant appelait elle-même cet état de dépendance constante « le syndrome de l'assistante », elle avait l'impression d'avoir soudain acquis une essence divine. En une nuit, elle était devenue une déité aux longues jambes et aux cheveux blonds, le dieu de sa propre vie. Elle prit lentement conscience de la transformation – il lui semblait que ce n'était plus du sang, mais des bulles d'air piquantes qui coulaient dans ses veines – et comprit qu'elle devait absolument faire quelque chose d'inhabituel, d'extraordinaire, qu'elle n'aurait jamais osé faire auparavant.

Elle se leva, clopina pieds nus jusqu'à sa table de travail, absorbant par les yeux et la peau une bande de lumière qui s'engouffrait par la fenêtre, et alluma son ordinateur. Elle ouvrit, sur Internet, un site d'annonces de vente de voitures et prit quelques notes sur un petit carré blanc de papier. C'était un numéro de téléphone correspondant à l'annonce pour la vente d'une Toyota 4x4 gris métallisé « Conduis ton rêve » d'une beauté indescriptible, extraterrestre. Nina contempla la photo, puis composa le numéro indiqué. Une voix masculine lui répondit, d'abord endormie, puis plus éveillée dès que l'homme eut compris qu'on l'appelait pour affaires.

Nina posa quelques questions, puis ils se fixèrent rendez-vous.

Une heure plus tard, Nina était devant sa maison, assise dans la voiture gris métallisé. Une voisine qui passait dans la cour la regarda avec des yeux ébahis. Dès l'instant où elle s'était assise dans la voiture, posant ses mains sur le volant, Nina avait compris : c'est moi, c'est pour moi, c'est à moi. La 4x4 lui allait idéalement, comme une ingénieuse robe grise cousue sur mesure.

« Maintenant ou jamais », avait-elle décidé. Elle avait bien assimilé la règle de Xenia : il fallait acheter de façon ludique, selon l'humeur du moment, sans faire de plans pour l'avenir et sans s'engager dans des crédits à long terme.

C'est ce qui se passa cette fois-là : le propriétaire de la Toyota, un grand type en costume de sport, conduisit Nina chez l'unique notaire ouvert le dimanche – et il n'était pas loin, dans l'une des rues du centre, mais les quinze minutes du trajet plongèrent déjà Nina dans l'enthousiasme, le corps léger de la voiture ayant conquis l'espace avec une facilité et une rapidité merveilleuses. Ils signèrent un contrat, puis procédèrent à l'échange :

Nina donna l'argent, vingt piles rose vert, chacune naïvement composée de neuf billets réunis par la dernière centaine pliée en deux – c'était le quart du jeu de patience que Nina cachait sur son étagère – et le type donna à Nina les clés de la voiture et plusieurs documents.

Le soir, Nina emmena sa mère faire un tour en ville. Zoïa Alexeevna entra maladroitement par la porte arrière, se battit longtemps avec la ceinture de sécurité, poussa des cris de bonne femme dans les virages, regardant timidement par la fenêtre, contemplant avec plaisir les rues familières, presque vides par cette belle soirée dominicale, et qui semblaient inconnues depuis la nouvelle voiture. Délicatement, du bout des doigts, elle caressait le revêtement clair et élégant des sièges, comme si c'était la peau d'un être vivant, et ne parvenait toujours pas à croire que cette créature silencieuse et argentée appartenait réellement à sa fille, qui la conduisait si tranquillement, avançant sans peur et dépassant même d'autres voitures, forte de son récent permis de conduire. Elles dînèrent au café Chokoladnitsa, où la mère de Nina se conduisit de nouveau comme un enfant. Il s'avéra qu'elle n'avait jamais de sa vie dîné au restaurant. Jamais ! Ou plutôt elle avait déjà fréquenté des restaurants, mais toujours dans le cadre de congrès, de conférences ou de célébrations. Mais jamais elle n'était allée au restaurant en passant, simplement pour dîner, sans raison particulière. Pas une fois. Les clients des autres tables étaient tout ce qu'elle méprisait du fond du cœur : des directeurs guindés, des secrétaires en plastique, des employés de bureaux affairés et bavards. Et parmi eux, mêlées à eux, la mère de Nina, silencieuse et comme effrayée, et Nina elle-même, assises à une table près de la fenêtre, mangeaient des crêpes et des salades, buvaient des cocktails, et devant la porte, les roues avant calées sur le trottoir, les attendait leur nouvelle voiture, et Nina eut l'impression que tout cela était parfaitement impossible, parce que ça ne pouvait pas arriver, pas à elle en tout cas. Elle se revoyait, petite fille, revoyait la machine à écrire, la lampe de bureau poussiéreuse et, sous la lampe, sa mère qui énonçait des vérités banales, lesquelles, dans sa bouche, acquéraient toujours une fraîcheur et une vie nouvelles, parce qu'elles représentaient pour Nina les seules valeurs possibles et un impératif absolu. Les paroles de sa mère impliquaient que ni l'argent, ni la gloire, ni le succès ne comptaient dans la vie, parce qu'il y avait autre chose de bien plus important, quelque chose de difficile à définir, que Nina avait perçu un jour, en lisant les classiques russes, passant ses journées à la bibliothèque, et dont aujourd'hui elle n'arrivait absolument plus à se souvenir.

Elle n'arrivait plus à s'en souvenir, et elle n'en avait pas besoin, elle était légère et joyeuse, elle continuait d'être une déité aux longues jambes, le dieu insouciant de sa propre vie, capable d'obtenir beaucoup plus que tous les petits bonshommes complexés des tables voisines qui perdaient leur temps assis dans des bureaux rances de neuf à dix-huit heures, tous les jours sauf le weekend et les jours fériés.

Elles rentrèrent sans se presser, en faisant un dernier détour triomphal par le centre.

Nina accéléra, passant hardiment sur la file de gauche à quatre-vingt à l'heure, et Moscou s'ouvrit de tous les côtés, comme un immense éventail de fête. Elles prirent le pont. Sur la droite défilaient les étoiles du Kremlin ; sur la gauche se dressait le sombre Vatican où vivait Eva Vostokova. « Dommage qu'elle ne me voie pas maintenant », se dit Nina. Elle avait eu une sensation analogue lors de son stage de première année, à Barcelone. Les étudiants russes avaient été invités pour le weekend dans une petite ville des Pyrénées où l'un de leurs professeurs avait une maison de vacances. La voiture qui les conduisait avançait sur les routes de montagne, traversant la brume et des nuages bas touchant presque le sol, et Nina pensa soudain : « Quel dommage que ma mère ne puisse pas me voir maintenant. » Mais, cette fois-ci, Zoïa Alexeevna était assise à côté d'elle sur le siège avant, examinant pensivement le jardin d'Alexandre[1], et Nina était absolument convaincue que, pour la première fois depuis de nombreuses années, peut-être depuis ce lointain mois de juin où elle avait passé ses examens d'entrée et avait été immédiatement admise à l'université, dans la faculté la plus prestigieuse, dotée des meilleurs enseignants – sa mère était fière d'elle. Et sa fierté était en contradiction avec ses convictions et toute son expérience, si incompréhensible et étrangère à Nina, de sa vie et ses expéditions...

Ce joyeux dimanche ne fut que le début de la transformation que Nina ressentait de plus en plus souvent à l'intérieur d'elle-même.

« Je me demande, réfléchissait-elle en se regardant dans le miroir, comment ma profession se reflète sur moi. Peut-être qu'elle m'a déjà marquée de son sceau, sans que je m'en aperçoive ? Non, je crois que tout est comme d'habitude », se tranquillisait-elle, lissant ses cheveux et se détournant du miroir.

Mais, par la suite, elle se mit soudain à apercevoir – non dans la glace, mais dans les vitres teintées des voitures parquées le long de la rue, les vitrines des magasins, les miroirs du métro, partout où notre vie se trouve impitoyablement reflétée sans qu'on puisse éviter d'y jeter un œil – une jeune femme peu familière, affairée, avec des rides nerveuses au coin de la bouche, un regard tenace, et chaque fois, pendant un long instant, elle ne parvenait pas à croire que cette personne n'était autre qu'elle-même.

1. Jardins aux pieds du mur du Kremlin, avec la flamme du soldat inconnu, ainsi nommés en l'honneur du tsar Alexandre Ier.

Un jour, ayant arrêté sa voiture à un feu rouge, elle se souleva sur son siège pour arranger son imperméable, et elle s'observa dans le rétroviseur du regard rapide et immédiat avec lequel les femmes pressées jugent leur visage.

– Est-ce que c'est vraiment moi ? s'étonna-t-elle.

L'étroit rectangle du miroir reflétait le visage d'une blonde hitchcockienne – pas la femme peu scrupuleuse de *Sueurs froides,* qui avait failli rendre fou le détective trop crédule, mais l'autre, la malheureuse Marion de *Psychose,* au moment où elle s'enfuyait de la ville en emportant dans son sac les quarante mille dollars qu'elle avait volés. Nina avait dans son sac non quarante mille dollars, mais trois mille euros. Elle ne les avait pas volés, au contraire, elle s'apprêtait à les transmettre à Xenia, qui ne les avait pas volés non plus, puisque les Espagnols les avaient donnés d'eux-mêmes et sans rechigner. Mais, pour tout le reste, elle était la copie conforme de Marion : les cheveux blonds, le visage pâle, les yeux effrayés qui scrutaient dans la nuit le ruban de la route éclairée par les phares.

– Non-on, murmura Nina. Ce n'est pas moi. C'est quelqu'un d'autre...

Mais c'était bien elle, la nouvelle Nina.

Par la suite, elle surprit souvent sur son visage cette expression d'angoisse, où l'on pouvait lire la culpabilité et la peur d'être démasquée, comme chez les chats qui ont fait une bêtise, expression qu'elle n'avait jamais vue auparavant dans son reflet.

Un jour, au début de l'automne de cette année agitée, de cette année de grandes transformations, Nina vit, à l'aéroport Cheremetievo, une jeune femme inhabituelle. Elle était assise sur un siège et attendait probablement l'embarquement de l'avion pour Delhi. Pour l'instant, elle sommeillait, la tête calée contre le dos du siège. Sur le fond d'une aube pâle et rose, le visage de la jeune femme semblait presque noir. Nina n'aurait pas pu dire quel âge elle avait, elle semblait très jeune, et en même temps très moderne, habillée à la mode, dans un style ethno : une longue robe colorée, des pantalons de toile, des sandales légères sur ses pieds nus (c'était l'été indien, l'été de la saint Michel comme disent les Espagnols). Ses cheveux épais étaient rassemblés en une longue tresse. Cependant Nina ne fut pas frappée par les cheveux, la robe ethno ou les sandales, mais par son visage et ses mains. Ils étaient couverts de caractères d'une langue inconnue, probablement le sanscrit. Cette jeune fille devait être une étudiante indienne ou sri lankaise, et sa peau portait visiblement les mots d'une prière ou d'un texte sacré, comme on en dessine traditionnellement à l'aide d'un pinceau fin et d'une encre particulière qui se lave, en cas de besoin, avec de l'eau ou un détachant spécial. Mais on avait l'impression, à la voir, que ces caractères mystérieux s'étaient amassés à l'intérieur d'elle-même et qu'un jour ils avaient débordé sur sa peau.

Par la suite, Nina repensa souvent à cette fille de l'aéroport. Les histoires qui depuis quelque temps emplissaient sa mémoire, les tableaux de Rogojine, variant selon les saisons, qu'elle connaissait par cœur et dans n'importe quelle lumière de la journée, par n'importe quel temps et tous les jours de la semaine, comme si c'était sa ville natale et non une ville étrangère, les villages à demi désertés qu'ils traversaient avec Victor dans le minibus blanc et lisse comme une glace à la crème, l'odeur un peu aigre de l'argent caché sur l'étagère, qui la poursuivait partout : tout cela pesait sur elle, prenait de l'ampleur, remplaçant peu à peu ce qui constituait l'ancienne Nina.

– Pourquoi est-ce que je dois me souvenir de tout ça? se plaignit Nina quand Rita l'appela de New York.

Depuis le jour où Rita avait révélé le secret bien gardé de son mariage et Nina celui de son nouveau travail, la barrière qui les avait séparées après l'étrange disparition de Rita s'était évaporée, et elles s'appelaient souvent.

– Comment me débarrasser de ces histoires ? Elles emplissent tout mon espace, comme ces informations inutiles qui envahissent la mémoire d'un ordinateur...

– Fais un *upgrade*, proposa Rita.

– Je me fends le lobe frontal ?

– Mais non... Simplement, apprends à te distancer... À tout oublier... Imaginons que tu travailles huit heures par jour, de neuf à six, avec une pause à midi, comme tous les gens normaux. Et après tu te reposes. Tu as le soir, la nuit, le matin... Et c'est suffisant.

– Je n'y arrive pas. Je ne peux pas me reposer, je ne peux pas oublier, ne serait-ce qu'un instant. J'essaie tout le temps de penser à autre chose, ou, au contraire, de me détendre et de ne penser à rien, mais je suis submergée par tout ça, ça écrase mes propres pensées. C'est comme si j'étais empoisonnée. La nuit, je rêve de Rogojine. Je fais des cauchemars, je me réveille et je recommence à y penser.

– Alors, écris un livre, lui conseilla un jour Rita. Tu en es capable.

– Un livre ? Sur quoi ?

– Sur tout ce que tu as vu. Sur les enfants, les adultes, les villages, les fonctionnaires de province. Et sur ta Xenia – sincèrement, c'est un personnage passionnant.

– Ce n'est pas possible, répondit Nina après avoir réfléchi un peu.

– Pourquoi ?

– Parce que personne ne me croira, et ça n'intéressera personne. Tu comprends, je vois beaucoup de choses auxquelles personne ne croirait. C'est la différence entre la peinture et la photo. Mettons que tu as photographié quelqu'un sous un angle inattendu, et sur la photo il a des jambes courtes et un coude écarté qui semble deux fois plus grand qu'en réalité. Personne ne se posera de questions, c'est une photo, donc on admet cet effet. Mais si on peint ce grand coude et ces petites jambes, les gens le remarqueront, parce que c'est un tableau. On n'admet pas dans un tableau ce qui paraît naturel sur une photo. Tu comprends ce que je veux dire ?

– Pas tout à fait...

– Je t'explique. Tu te souviens que je t'avais parlé de l'orphelinat de Rogojine où nous allons souvent avec Xenia ? Là où il y a Ada Mitrofanovna, le docteur Stepanytch et le directeur qui ne fait rien d'autre que de prendre de l'argent.

– Ça me dit quelque chose...

– Et chaque fois que j'y vais, ça pue horriblement, la pisse, le lait brûlé, les enfants sales. Au début, je supportais difficilement cette puanteur si triste et aigre, mais je m'y suis habituée. En automne, un de leurs enfants est mort, une petite fille : une nuit, elle a coincé sa tête dans les barreaux cassés de son lit, et elle n'a pas réussi à se dégager. Imagine-toi cette petite de moins d'un an, le lit est cassé, et tout le monde s'en fiche. Elle a crié toute la nuit, mais personne n'est venu voir, ne l'a dégagée de ces maudits barreaux qui pressaient sa tête comme un étau, et finalement elle est morte, énuquée ou étouffée. Tu te souviens, je t'avais raconté... Et puis, Stepanytch, le médecin-chef, est mort il n'y a pas longtemps, il y a un mois. Stepanytch, au fond, n'était pas un mauvais docteur, il connaissait son travail, mais il buvait beaucoup. Un jour, il était seul chez lui, enfin, pas tout seul, en compagnie de ses chiens qu'il adorait. Son fils était ailleurs, dans une autre ville, à ce moment-là. Ces chiens, Stepanytch les avait trouvés dans la rue, les avait sauvés de la famine... Donc, il s'est trouvé mal. Peut-être que la vodka était frelatée, ou que son cœur a lâché. Bref, il est mort seul, dans son appartement vide, il est tombé et est resté étendu sur le sol – un jour, deux jours... Plusieurs jours ont passé. Et les chiens de Stepanytch l'ont mangé – ils avaient faim, tu comprends ? Ces chiens qu'il aimait tant, qu'il avait sauvés. Ils avaient faim, il n'y avait rien à manger dans la maison, et ils ont dévoré leur maître. Pourquoi ? Un châtiment divin, bien mérité ? Je n'y crois pas... Ce n'était pas un mauvais homme, et si les enfants étaient si négligés, ce n'était pas uniquement de sa faute. C'était la situation générale, chez Ada. Il prenait des pots-de-vin, oui, mais personne ne crache sur l'argent de nos jours. Non, c'était un simple accident. Mais c'est dur à croire, on se dit que ça n'arrive pas dans la vie ; or ça arrive, parce que la vie est toujours plus riche et plus ingénieuse que toute invention de l'esprit. Mais le lecteur dira : l'auteur a tout imaginé. La pure vérité ressemble souvent à un mensonge... Voici encore une histoire. Des Espagnols ont adopté un enfant de sept ans. Un garçon mignon, mais très maigre, avec des chicots noirs à la place des dents. Autrefois, il vivait avec ses parents dans une maison tombant littéralement en ruine, pleine de détritus, de chiffons couverts de pourriture. Son dossier dit qu'ils chauffaient la maison avec un poêle sans conduit – la fumée restait à l'intérieur[1]...

– Sérieusement ? s'étonna Rita. Ça existe encore à notre époque ?

– Et comment. C'était une vieille maison. Le tuyau était cassé, ou bouché, et ils chauffaient sans que la fumée sorte à l'extérieur, il faut bien chauffer en hiver. Et ce petit garçon, il s'appelait Vania, était forcé par ses parents à chasser les chats. S'il en attrapait un, ils le laissaient rentrer à l'intérieur pour la nuit, sinon, il dormait dehors. Les chats, ils les mangeaient.

– Quelle horreur...

– Tu vois. Quelle horreur. Puis le père de Vania a tué son voisin, pendant une dispute. Il ne savait pas que faire du corps, alors il l'a découpé en morceaux et il l'a enterré dans le potager, au milieu des légumes. Mais ce n'est pas

1. Manière de chauffer traditionnelle dans le nord de la Russie.

encore tout : il n'a pas voulu enterrer la tête. Il l'a emballée dans un sac plastique et il l'a mise dans son frigo.

– Mon Dieu ! Mais pourquoi ?

– Je n'en sais rien. Peut-être pour faire peur à ses ennemis, ou par haine... Ou peut-être par culpabilité, tout comme l'assassin revient sur les lieux de son crime. La tête est restée au frigo de nombreux mois, on posait des casseroles à côté, la nourriture... Vania était au courant, et du meurtre, et de la tête. Il avait peur d'entrer dans la maison, il vivait sur le perron... Puis une bonne âme a dénoncé les parents de Vania, les a accusés de le maltraiter. Une fonctionnaire des services sociaux est venue pour emmener Vania au centre de rééducation. Mais avant, elle a jeté un coup d'œil dans le frigo, et elle a failli tomber dans les pommes : elle a vu la tête coupée.

– Et après ?

– Après, la police est venue, ils ont déterré les restes du voisin dans le potager : on voyait bien où la terre avait été remuée. Quand on a emmené Vania, il souffrait de cachexie au premier degré, d'inanition chronique : à six ans, il pesait dix kilos. Puis une Catalane l'a adopté... Il vit maintenant à Tarragone, tout au bord de la mer.

– Eh bien... Je n'ai jamais entendu une histoire pareille.

– Moi, je l'ai entendue, et maintenant je ne peux plus l'oublier. Ou tout autre chose. Vitia nous conduisait, avec des Espagnols, à Konkovo, il faisait moins vingt, une tempête de neige tourbillonnait de la terre au ciel. Il y avait tant de neige qu'on ne distinguait plus la route des champs lisses et blancs... Vitia avait peur de manquer son virage, et il l'a effectivement manqué, il l'a dépassé sans le voir, et nous ne l'avons compris que plus tard, quand nous nous sommes rendu compte que nous roulions depuis trop longtemps, nous connaissions la route par cœur pourtant, nous y avons été souvent, au village de Konkovo, et je me souvenais même du virage, bien qu'en général je ne retienne pas les itinéraires. Bref, nous nous sommes perdus. Et les hurlements de la tempête ! On aurait dit une voix humaine. Puis nous avons fini par nous orienter, nous avons trouvé le village dans cette horrible tempête, tu ne te représentes même pas ces neiges dans lesquelles on reste bloqués, dans lesquelles on ne voit rien, même pas l'arbre le plus proche, ni le ciel, tout est uniformément blanc de tous les côtés, et vers le haut, et vers le bas, dans un crépuscule épais et sombre... Je n'avais jamais vu un tel ouragan de neige, je n'aurais jamais pu m'imaginer ce que c'est, je l'avais juste lu chez Pouchkine. Je sentais bien que c'était mauvais signe : qu'on allait se perdre dans la tempête, ou se retrouver pris dans un tas de neige, ou que le moteur allait tomber en panne, et que nous allions mourir de froid, c'est facile par moins vingt. Vitia avait l'air d'avoir peur lui aussi, je lisais sur son visage qu'il était mal... Finalement, nous avons rejoint Konkovo, nous sommes arrivés à l'orphelinat, nous sommes sortis de la voiture dans l'air opaque, tourbillonnant, glacial... Quand nous sommes entrés dans l'orphelinat, on nous a dit qu'Elena Ilinitchna, la directrice, n'était pas là et ne reviendrait pas de la journée, elle était rentrée chez elle, parce que son mari venait de mourir – il avait touché le radiateur et avait été tué d'une décharge électrique, il s'était passé quelque chose ce jour-là avec les fils électriques, la charge s'était répandue dans le radiateur, et l'avait tué. Il avait suffi d'une seconde – et il était mort. Moi, je me suis dit à l'époque que la mort se débattait dans cette horrible tempête, et qu'elle avait fini par trouver sa proie... Nous avons vécu ça... Et d'autres choses encore... Mais dis-moi, comment faire, comment pourrais-je prouver que tout cela s'est réellement passé ? Peut-être que je devrais inventer un signe qui voudrait dire « fait véridique », et que je mettrais sur chaque page ?

– Pourquoi un signe ? Mets dans l'introduction : « Les événements décrits dans ce roman ont réellement eu lieu. » Tout le monde le fait.

– Tout le monde le fait... Oui, encore faut-il que le lecteur le croie... Mais ce n'est même pas l'essentiel... Il y a une autre difficulté. Tu comprends, il n'y a rien de particulier dans ces histoires – pas de morale, pas d'idée conductrice. Elles ne constituent même pas un récit, tu parles d'un livre. Mais elles m'ont profondément marquée... Je t'en raconte encore une, récente. J'ai traduit des documents pour le consulat, les dossiers d'enfants qu'on emmenait en Espagne. Parmi eux, il y avait un garçon de cinq ans. Et j'étale devant moi, sur la table, quatre certificats de décès : le père, la mère, la grand-mère et le grand-père. Toute la famille est morte, presque le même jour.

– Ils sont tombés malades ?

– Je me suis aussi posé la question, et je me suis renseignée : on m'a dit qu'ils avaient bu une vodka frelatée à en être mortelle. Ce n'était peut-être pas de la vodka, mais un substitut d'alcool. À une époque, dans les campagnes autour de Rogojine, on buvait le liquide pour laver les vitres. Il arrive qu'on explique aux Espagnols que l'enfant n'a pas de père, et que la mère est morte l'an passé. Ils répondent : « De quoi est-elle morte ? » Ada Mitrofanovna fait un geste d'impuissance, pour dire je ne sais pas, ce n'est indiqué nulle part. Autrefois, on écrivait dans le certificat de décès : mort causée par..., et on savait ce qui s'était passé, mais maintenant on ne le précise plus. Moi, par contre, je n'ai pas besoin qu'on m'explique : la mère a bu un verre de trop, et en est morte. Je le sais, mais je me tais, pour ne pas les effrayer. Ou encore... Tu vois – je ne peux plus m'arrêter... Il y a deux semaines, une femme célibataire est venue de Valence à Rogojine pour adopter un enfant. À Rogojine, elle a découvert que son futur fils était un

Noir. Sa mère était russe, mais son père, voyez-vous, était africain.

– Sans blague ! Et qu'a dit la dame de Valence ?

– Au début, elle était un peu perdue. Elle était venue exprès en Russie pour adopter un enfant russe. Il y a assez de Noirs en Afrique, pas besoin de venir jusque chez nous. Au début, elle voulait une fillette, mais on lui a refilé un garçon, qui en plus s'est avéré noir, tout noir. Un nègre russe du village de Kobylia griaz[1] de la région de Rogojine...

– Et alors, elle l'a pris ?

– Oui. Par pitié, je pense. Mais elle a eu raison : c'était un enfant en parfaite santé, intelligent, beau.

– Tu n'as qu'à l'écrire. Écris l'histoire du petit Noir du village de Kobylia griaz, de la chasse aux chats, de tout ce que tu ne cesses de me raconter... Personne d'autre ne connaît ces histoires, et personne d'autre que toi ne pourra les écrire.

– Tu penses que ça intéressera quelqu'un, d'apprendre comment Stepanytch est mort ? Comment nous nous sommes perdus dans une tempête de neige avec Vitia ? Comment je me suis trouvée face à quatre certificats de décès ? Je ne pourrai rien écrire là-dessus... Il n'y a rien de marquant, d'édifiant là-dedans. Rien à quoi se raccrocher. C'est peu clair, un assemblage de morceaux, de fragments aléatoires. Il n'y a pas d'unité, il ne peut pas y en avoir, c'est le plus triste. J'y ai déjà pensé... Sans compter, ajouta Nina, qu'on ne peut écrire un livre que si on parle de l'essentiel. Et où est l'essentiel dans ces histoires ?

– Qu'est-ce que c'est, l'essentiel ? Que veux-tu dire ?

---

1. Littéralement : boue de jument. Un nom très « bouseux », qui donne l'idée d'un tout petit village perdu. Le nom de « griaz » coiffé d'un adjectif se rencontre dans plusieurs villages russes, notamment dans la région de Moscou.

– C'est quelque chose qui est lié à moi, qui joue un rôle dans ma vie. Comme pour ma mère et son Grand Nord : ça fait longtemps qu'ils sont devenus une seule et même histoire, qu'ils forment un tout, et ils doivent être conservés dans le même dossier, dans les archives de l'éternité. Le Grand Nord permet à ma mère de comprendre quelque chose de très important sur elle-même...

– Et ton Rogojine t'aide aussi à comprendre quelque chose ?

– Je ne pense pas. Je crois qu'il m'empêche de comprendre. Qu'il parasite ma vie. Un jour, j'ai regardé autour de moi, et à part Rogojine, il n'y avait plus rien. Tout ce que je considérais comme important, tout s'était envolé, avait cessé de m'intéresser, et il ne restait plus que ces histoires : ce sont elles qui constituent ma vie à présent...

C'était vrai, Nina ne pouvait pas s'imaginer un livre sur Rogojine. À quoi bon écrire sur la tête coupée, sur les chiens affamés qui avaient mangé leur maître ? Sur les enfants violés ? Qui cela pourrait-il intéresser ? Ça n'intéressait pas non plus Nina. Elle aurait voulu tout oublier, expulser de sa tête ces rejets inutiles et pesants.

Mais Rita avait raison. Nina avait toujours rêvé d'écrire un livre et saurait l'écrire, et ce serait un livre étonnant. Mais il parlerait de tout à fait autre chose que du malheureux Stepanytch dévoré par ses chiens : du divin Dalí, de son sombre génie, de son œuvre. Dalí avait dit un jour que comme écrivain il surpassait le peintre Dalí. Nina n'était pas d'accord avec lui ; l'un n'allait pas sans l'autre, on ne pouvait pas comprendre ses textes sans sa peinture, ni sa peinture sans ses textes. Le livre de Nina parlerait de tout cela, et, surtout, de Dalí lui-même.

Nina avait commencé à penser à son futur livre il y a longtemps déjà, quatre ans plus tôt, et le mûrissait jour après jour. C'était son secret, qui lui faisait vivre, en cachette de tous, la vie de quelqu'un d'autre, la vie de Dalí et de son futur livre en même temps que la sienne propre, et les signaux du monde extérieur lui parvenaient comme à travers un filtre épais. Le livre s'élaborait tout seul à partir de documents qu'elle ne parvenait pas à intégrer à sa thèse, qui s'entassaient année après année dans ses archives sous la forme de notes éparses, en désordre, mais extraordinairement précieuses. Nina pouvait se représenter le contenu de l'ouvrage en détail, elle voyait déjà le texte imprimé sur les pages. Elle rêvait souvent que son livre était déjà prêt, écrit et publié, sa couverture reliée ornée d'une image célèbre – les fourmis, les ânes, les montres molles. Dans ses rêves, Nina ouvrait le livre et voyait les pages écrites.

C'étaient des rêves inhabituels : elle lisait des lignes à haute voix, et le texte prenait vie. À travers les mots et les lettres apparaissaient des paysages, des personnages en mouvement, des symboles magiques. D'autres fois, les lignes s'imprimaient sur la paume de Nina, qui ouvrait ses mains comme un livre, comme elle le faisait dans son enfance, et lisait ce qui était écrit.

À son réveil, elle ne se souvenait pas des détails, mais elle se souvenait de l'essentiel : son ouvrage sur Dalí était rond. Pas la forme du livre, mais son contenu : le sujet était précis et harmonieux, et chaque pensée développée était complète et achevée. Dans le livre de ses rêves, Nina énonçait une théorie un peu mystérieuse, qu'elle ne parvenait pas à reconstituer une fois éveillée. C'était peut-être une théorie absurde, illogique – mais pouvait-on parler autrement de la vie et de l'œuvre de Dalí ? Et encore : l'ouvrage que Nina voyait en rêve était très triste, simple, intime. C'était un livre empli de tristesse sur le peintre empli de tristesse qu'était Salvador Dalí. Dalí lui-même, depuis l'épais brouillard où il avait disparu de nombreuses années auparavant, parlait, dans les rêves de Nina, et disait sur lui-même des choses qu'elle n'aurait pu lire ou entendre nulle part ailleurs. « Il est clair, se disait Nina à son réveil, qu'il y a Dalí l'homme, son destin, ses quêtes, son inspiration, et, à côté, son mythe, qui est également une réalité en soi. Mais il faut absolument séparer le mythe de lui-même, de l'homme qu'était Dalí. »

– Dalí était beaucoup plus simple que le mythe qu'on a inventé à son sujet, lui avait dit un jour Eva Vostokova.

– Simple ?

– Bien sûr... Regarde attentivement les peintures de ses débuts : elles sont incroyablement simples. Tout le reste, c'est pour épater le public, c'est de l'expérimentation. Le temps passant, Dalí mit de moins en moins de lui-même dans ses toiles. Il avait perdu le lien avec sa propre peinture, dont les sujets devenaient de plus en plus abstraits, et il en souffrait. Dalí aimait l'art classique et il ne pouvait interagir avec le monde, le reproduire sur un tableau, que par le biais de l'art classique.

– Mais son enfance ? Dalí n'était-il pas un enfant hors du commun, particulièrement complexe ?

– Quel enfant pourrait être qualifié d'ordinaire et de simple ?

– Mais l'histoire de la chauve-souris ?

– Quelle souris ? Je ne m'en souviens pas...

– Quand il était petit, Dalí a attrapé une chauve-souris, l'a déchiquetée avec ses dents et l'a lancée dans la piscine.

– Où as-tu trouvé cette histoire ? dit Madame Vostokova en fronçant les sourcils.

– Mais, dans *La Vie secrète de Salvador Dalí, par Salvador Dalí.*

– Par lui-même ! Justement ! *La Vie secrète* a été écrite par lui-même, et il n'y a aucune raison de croire que cette histoire est véridique. *La Vie secrète* n'est qu'un récit fantaisiste de Dalí sur lui-même.

Quoi qu'il en soit, Nina était particulièrement touchée par les premières œuvres de Dalí. Et le Livre rond était dédié à cette période. Il parlait du Dalí qui faisait chaque jour des promenades de plusieurs heures dans Port Lligat, chaque promenade reproduisant exactement la précédente, parce que la répétition, la routine était essentielle pour son travail. Après avoir exploré les environs, il revenait à ses toiles, submergé d'impressions. Les ânes morts sur le bord de mer existaient réellement : les paysans lançaient les cadavres dans le ravin. Dalí étudiait les oursins, les coquillages, les poissons morts rejetés par le ressac, les déchets déformés sur la berge, les cailloux et le sable. Il contemplait pendant des heures le relief de la côte et les métamorphoses du ciel. Tous ces merveilleux phénomènes atmosphériques, les nuages parlant, les lueurs rouges apocalyptiques et les couchers de soleil, sont aussi dessinés d'après nature. Et, surtout, Dalí regardait à l'intérieur de lui-même, dans son passé. Il disait qu'il se souvenait du temps où il était dans le ventre de sa mère, d'une lueur pourpre, d'une harmonie absolue avec le monde. Ce genre de révélations pouvaient paraître prétentieuses, mais Nina était persuadée que tout était exactement comme il le dessinait et qu'il s'en souvenait réellement. Dalí appliquait méticuleusement son propre monde sur la toile. Il n'inventait rien, contrairement à ce que prétendent certains – ceux qui n'ont pas appris à entendre son silence et à se fondre dans ses paysages –, il dessinait ce qui existait, essayant de comprendre et de montrer les lois secrètes de l'existence, l'indicible, ce qu'on ne peut pas communiquer.

En revanche, Nina n'éprouvait aucune attirance pour le Dalí tardif. En faisant le portrait de millionnaires qui rêvaient de se voir peints dans le style surréaliste, il avait oublié le code secret qui donnait vie aux objets et transformait n'importe quelle personne en mythe cosmique ; sans code, il n'y avait pas de musique, mais un assemblage chaotique de sons. Le mythe avait écrasé la personne; pour entretenir son mythe, Dalí avait dû se renier. « Peut-être, se disait Nina, et ses propres pensées lui semblaient sacrilèges, peut-être qu'un grand artiste... doit savoir partir à temps... Si Dalí était mort jeune, comme Lorca, il n'y aurait pas tout cet entassement d'images qui ont étouffé la mélodie du silence, celle qu'il avait su détecter et transmettre. Mourir jeune l'aurait sauvé. Qui sait quelle aurait été la vieillesse de Lorca ? Et s'il s'était transformé en affreux vieillard libidineux ? »

Toute l'œuvre tardive de Dalí lui semblait une tragédie...

Et c'est de cette tragédie, du fait qu'il s'était trouvé puis perdu, qu'elle voulait parler dans son roman qui ferait date, dans le Livre rond, ce livre parfaitement achevé dont elle rêvait la nuit.

Son futur livre parlait de Salvador Dalí, et en aucun cas de Rogojine et de ses misérables habitants.

Combien de fois Nina s'était-elle fait des reproches, s'était-elle sentie coupable envers Rogojine. À une époque, elle avait fait le tour de la Catalogne, explorant tous ses recoins en voiture et à pied, essayant de visiter tous les endroits par lesquels étaient passés Dalí et Lorca, mais elle n'était jamais entrée dans le musée régional de Rogojine. Nina ne connaissait de cette ville ancienne et importante dans l'histoire russe qu'un trajet peu inspirant composé de quelques rues, cafés, bureaux et de l'orphelinat. Des scènes ennuyeuses étaient jouées par des personnages ordinaires, dont elle parvenait difficilement à retenir les noms, des fonctionnaires de province, médecins, notaires, juges, procureurs et secrétaires du tribunal régional de Rogojine. Tous avaient leurs occupations, mais ils étaient bien trop peu pour former un tableau complet de la vieille ville russe au riche passé.

Un jour, dans un square de Rogojine, dans l'ombre dentelée des frênes et des bouleaux, Nina découvrit une jolie maison de maître. Elle gravit les marches du perron et pénétra à l'intérieur. Elle y trouva un bureau au nom intrigant, « Service d'une fenêtre ». Une telle enseigne rendit Nina perplexe. Il y avait plusieurs fenêtres, et à côté de chacune d'entre elles on trouvait une table, des chaises et plusieurs visiteurs. Nina s'approcha d'une jeune employée assise tout au fond de la pièce derrière un bureau massif qui, peut-être, était un héritage du passé.

– Excusez-moi, lui dit Nina. Qu'est-ce qu'il y avait ici, avant?

– Où ça? demanda la jeune fille, surprise.

– Ici, dans ce bâtiment. On voit que c'est une vieille maison, très belle, mais il n'y a aucune plaque commémorative.

– Une plaque commémorative, s'étonna encore plus la jeune fille.

– Mais oui, poursuivit patiemment Nina. Sur les vieilles maisons, on trouve généralement des plaques expliquant ce qu'elles étaient avant. Par exemple, une propriété ou une villa appartenant à quelqu'un. Un tribunal, un hôpital, l'assemblée de la noblesse... C'est pourquoi je vous demande ce qu'il y avait avant dans cette maison.

– Aucune idée, répondit la jeune fille avec mépris, faisant mine de se replonger dans sa paperasse.

« Est-ce que ça ne l'intéresse vraiment pas? », se demanda Nina en sortant de la bâtisse, dont elle fit encore une fois le tour. Le vent agitait les branches vertes des bouleaux, un vieux lilas était couvert de grappes de fleurs bleutées qui commençaient déjà à pâlir, et Nina se dit une fois de plus que les lilas, si beaux qu'ils fussent, faisaient toujours penser aux cimetières.

Et pourtant, Rogojine n'était pas constitué uniquement de fonctionnaires. Il y avait bien, Nina en était sûre, des gens intelligents, éduqués, originaux dans cette ville, avec qui l'on pouvait avoir des conversations intéressantes, avec qui elle se serait facilement entendue et se serait liée d'amitié. Mais comment, où pouvait-elle les rencontrer? Dans les restaurants où les Espagnols et Xenia n'avaient de cesse de l'entraîner, elle, ou d'inviter Ada Mitrofanovna, Elena Ilinitchna ou d'autres, et où elle servait d'interprète? Ils invitaient des gens pour les remercier mais, au milieu des mets abondants et du luxe provincial, Nina se sentait mal à l'aise, parce qu'elle ne pouvait pas oublier l'argent qu'avait déjà reçu la dame assise en face d'elle – Nina le devinait sans jamais se tromper au rouge qui enflammait ses joues lisses. Et tous les autres, autour de la table, ne l'oubliaient pas non plus, ni les Espagnols, ni Xenia au rire carnassier, ni la fonctionnaire elle-même, à laquelle tout ce rituel du restaurant pesait, mais uniquement à un niveau inconscient, car toute sa conscience était amplement absorbée par les nombreuses assiettes, soucoupes, verres et carafes que la serveuse apportait et débarrassait sur un plateau. La serveuse n'était plus de la première jeunesse, elle avait une lourde poitrine, un nœud de tulle fiché dans son haut chignon, une bouche framboise, et Nina la contemplait en s'étonnant qu'on puisse encore trouver ce genre de serveuses, il lui semblait qu'elles appartenaient depuis longtemps au passé.

Il faut dire que Nina examinait et étudiait volontiers tous les gens qu'elle rencontrait à Rogojine. Elle observait les mœurs locales, notant avec ravissement les métamorphoses qui frappaient les gens que Xenia amadouait avec des cadeaux et de l'argent.

Xenia appelait le processus d'apprivoisement de ce milieu rétif « imprégner les couches ». Elle n'avait pas inventé cette expression, elle l'avait empruntée à la fameuse Regina Sergueïevna, personnage bien plus important et plus respecté qu'elle à Rogojine. Il fallait imprégner les couches progressivement, en profondeur et sur toute la surface, comme un confiseur expérimenté imprègne son gâteau de cognac et de sirop, et ne négliger rien ni personne – des femmes de chambre et préposées d'étage dans les hôtels, jusqu'à Lioudmila Dmitrievna du département de l'Éducation et aux juges du tribunal régional. Parce que personne ne pouvait savoir à coup sûr comment tout se passerait et si le succès de l'opération ne reposerait pas sur la coopération et la rapidité de réaction d'un très petit fonctionnaire, qui jusque-là n'avait intéressé personne. Mais ce n'était pas la seule raison. Regina, femme pratique s'il en est et peu encline à la superstition, avait appris à Xenia qu'il faut toujours veiller à s'entourer d'une énergie positive. Et cette énergie positive n'apparaissait pas sans un certain travail préparatoire.

Il fallait commencer prudemment, d'une part pour ne pas braquer la fonctionnaire jusque-là étrangère à ces manipulations et pouvant s'effaroucher face à un pot-de-vin trop élevé ou un cadeau trop précieux, et de l'autre en évitant soigneusement de dépasser la norme établie. Par exemple, il était d'usage d'offrir aux administrateurs des hôtels, aux petits employés de l'OVIR et de l'état civil, aux notaires et aux secrétaires : des chocolats, du vin, du maquillage ou des foulards, mais en aucun cas quelque chose ayant plus de valeur, car la personne qui avait reçu, ne serait-ce qu'une fois, un cadeau plus conséquent, se mettait instinctivement à attendre quelque chose d'équivalent la fois d'après et se montrait terriblement déçue si ce n'était pas le cas. « C'est de la simple psychologie animale », ricanait Xenia en écrivant une nouvelle ligne dans son carnet où elle notait tout ce qu'il convenait d'offrir à chacun, et quand.

Quand il apparaît dans le bureau du fonctionnaire, l'intermédiaire doit être accueilli non comme un danger potentiel, mais comme une promesse de réjouissances. Dans ce cas, la couche se laissait imprégner et l'énergie positive commençait à se libérer. « Personne, tu comprends, personne ne doit être oublié, lui avait enseigné la sage Regina. Ils doivent tous être inclus dans le programme. » Xenia mettait consciencieusement ses conseils en pratique.

Il fallait noter et retenir tous les détails : l'anniversaire du juge, l'anniversaire de Lioudmila Dmitrievna, celui du directeur du département, parfois des membres de leur famille, conjoint ou conjointe, enfants ou petits-enfants.

– Au fait, quand Ada a-t-elle son anniversaire ? demanda Nina un jour que Xenia, une fois de plus, fourrait d'un air affairé un lourd paquet cadeau dans le coffre de sa voiture.

– Pas la moindre idée, répondit négligemment Xenia.

– Comment ça ? s'étonna Nina. Mais tu dépends d'elle.

– Et alors. Nous avons décidé que puisque aucun de nous ne connaît l'anniversaire d'Ada, nous n'allions pas essayer de le deviner. Tu imagines les conséquences, les cadeaux que nous devrions tous lui faire. Et elle prendrait un malin plaisir à comparer : qui a offert quoi, qui s'est distingué, qui au contraire s'est planté. Et nous devrions encore nous réunir à ce sujet pour en discuter. Beuh, ça me dégoûte rien que d'y penser... Moins tu en sais, mieux tu dors.

Xenia avait raison. Ada recevait déjà assez de cadeaux les jours ordinaires.

Les semaines les plus chargées étaient celles qui tombaient sur de grandes célébrations populaires. Car si les cadeaux d'anniversaire impliquaient un niveau d'intimité qu'on ne pouvait pas se permettre avec tous, les fêtes officielles étaient un signal d'action. Il fallait apporter ses dons juste avant la fête, et non après, même si une visite d'affaire à Rogojine tombait justement le lendemain. Quelques jours avant les festivités, Xenia, ayant trouvé une attention pour chaque nom de sa liste, et armée de cette même liste, pour éviter la catastrophe d'oublier quelqu'un, se rendait tout spécialement à Rogojine pour faire patiemment la tournée des bureaux. Elle y passait une journée entière : il aurait été considéré comme très impoli, voire même insultant, de simplement entrer, poser son cadeau et repartir, on ne le lui aurait pas pardonné. Il fallait paraître à la porte du bureau avec un sourire chaleureux, livrer son offrande, faire la causette sans se presser, puis seulement partir en regrettant qu'ils aient si peu l'occasion de se voir tranquillement. Mais, là aussi, il fallait connaître la juste mesure : le nombre de minutes à passer avec chaque fonctionnaire était minutieusement réglementé.

Il avait fallu plus d'une année à Xenia pour assimiler correctement cette matière si subtile, et elle avait souvent fait part de ses observations à Nina.

– Imagine-toi, raconta-t-elle un soir, que j'ai entendu un juge dire au téléphone : « Notre chère, chère Regina est un vrai rayon de soleil. Chaque fois qu'elle entre dans mon bureau, mon cœur s'illumine. » Rien que ça ! On voit que c'est une vraie professionnelle. Tu te souviens d'elle ?

– De qui, de Regina ?

– Oui, notre chère Regina. Une bonne femme affreusement vulgaire, une ancienne serveuse à la voix rauque, constamment imbibée, son haleine sent l'alcool à trois mètres. Un rayon de soleil ! Elle, et pas nous, Nina. Elle a encore beaucoup à nous apprendre.

Xenia parlait sérieusement. Elle tentait depuis longtemps de maîtriser le savoir-faire de Regina, mais ne parvenait pas toujours à faire bon usage de ce qu'elle avait appris. Si Regina savait presque sans effort amadouer, séduire ou caresser dans le sens du poil une personne utile, Xenia s'exécutait en grinçant des dents, se montrait souvent trop brusque, et ne parvenait pas toujours à ses fins. La différence était que Regina était considérée comme l'une des leurs par tous les fonctionnaires, qu'elle parlait à chacun dans sa langue, tandis que Xenia, malgré toutes ses invitations au restaurant, l'argent et les cadeaux qu'elle offrait, restait une étrangère.

Mais elle ne perdait pas non plus son temps en appliquant la méthode qu'on lui avait apprise, et Nina était témoin, petit à petit, d'extraordinaires transformations.

L'administratrice assez grossière du nouvel hôtel où elles durent soudain descendre quand celui de la gare fut fermé pour rénovation devint tout sucre tout miel en quelques semaines de dressage, les accueillant et les raccompagnant avec un sourire ravi, leur donnant les meilleures chambres avec vue sur le kremlin. La réceptionniste hargneuse de l'OVIR finissait d'insulter une pauvre dame bégayante, l'air égaré, qui lui mettait sous le nez des documents – pas les bons, pas la bonne date, pas la bonne forme – puis se tournait vers Nina et Xenia avec un visage angélique et rayonnant. Lioudmila Dmitrievna caressait les épaules de Nina en murmurant d'un air coupable : « Pauvre petite fille, on vous envoie si loin, si loin. Et si je vous offrais un thé ? Pourquoi non ? Il fait si froid dehors, mon Dieu... »

En un mot, les fonctionnaires apprivoisés, les administrateurs méthodiques, les employés bavards, les serveuses hautes en couleur couraient les rues de Rogojine, mais Nina ne tombait jamais sur des gens éduqués, des interlocuteurs intéressants, et cela l'attristait, et elle ne pensait jamais à Rogojine sans une certaine mélancolie.

Mais le temps passa, et Rogojine s'enracina en elle comme de la mauvaise herbe, menaçant même d'apparaître à la surface sous forme de textes encore inconnus, comme les prières sur la peau de la jeune fille, à l'aéroport, qui attendait son avion pour Delhi.

Quant au Livre rond, Nina ne le voyait plus en rêve, et Dalí ne venait plus lui parler de ses promenades en quête de sens sur les côtes de Port Lligat.

Le premier coup de tonnerre dans le ciel serein des adoptions rogojinaises se produisit au mois de mai : au département de l'Éducation, l'excellente Lioudmila Dmitrievna fut démise de ses fonctions.

Quand Nina et Xenia apprirent la nouvelle, le minibus de Vitia était déjà entré dans Rogojine, avait franchi le centre et s'était garé devant la mairie. Ils restèrent longtemps sur la place de la mairie, totalement désemparés. C'était une journée chaude et ensoleillée, les cerisiers sauvages étaient en fleur sous les murs du kremlin, des corneilles se disputaient bruyamment dans les peupliers touffus. Encore sous le choc, Nina et Xenia gardaient le silence. Elles éprouvaient un sentiment analogue à celui que doivent ressentir des civils quand on leur annonce le début d'une guerre le jour même où ils entament leurs vacances dans la capitale du pays agresseur.

– Que va-t-il se passer maintenant? murmura Nina avec terreur.

– Qu'est-ce que j'en sais, répondit Xenia, réfléchissant intensément. C'est bizarre que ça se passe aussi soudainement. On s'est encore parlé au téléphone avant-hier, et tout d'un coup, hop, elle est renvoyée. Qui l'a renvoyée? Pourquoi? Ça sent le roussi... Heureusement que j'ai son numéro à la maison. Il y a quelque chose de pas net.

Nina avait le cœur serré : c'était comme si ses cauchemars nocturnes étaient devenus réalité, et cette fois elle n'avait aucun espoir de se réveiller.

Les professionnels de l'adoption furent tous pris de panique : personne ne savait qui menait le jeu, qui allait prendre la place de Lioudmila Dmitrievna et quelles seraient les conséquences de ces changements inattendus.

Le couperet suivant tomba peu après la disparition de Lioudmila Dmitrievna, lors d'une belle matinée estivale, quand Nina, Vitia et les Espagnols se rendirent dans l'orphelinat d'Ada pour rencontrer l'enfant.

Devant l'épaisse palissade grise, la place où Vitia garait d'habitude son minibus était occupée par une 4x4 carrée, neuve, toute rutilante, aux vitres teintées, ressemblant à la fantomatique Hummer. Elle était vide.

En revanche, il y avait visiblement quelqu'un à l'intérieur de l'orphelinat.

– Vous allez voir qui ?

L'infirmière Vera leur barrait le chemin.

– Bonjour, nous allons voir Ada, répondit Nina avec un sourire enjôleur. Elle nous attend en haut, elle a déjà parlé à Xenia.

– Ada Mitrofanovna est actuellement absente, répondit-elle d'un air morose, continuant à leur barrer le chemin.

– Et quand sera-t-elle de retour ? Ne vous a-t-elle pas dit que nous allions venir ?

– Non.

Nina sortit sur le perron et appela Xenia, mais Xenia ne répondit pas.

Le plus désagréable était encore à venir. Quand Nina donna à l'infirmière le nom de l'enfant que la famille espagnole devait rencontrer, Vera, se troublant, lui avoua que l'enfant en question était en ce moment avec une famille américaine.

– Ada Mitrofanovna m'avait prévenue qu'ils venaient, ajouta Vera. Mais elle ne m'a rien dit à votre sujet.

Elle prit rapidement congé d'eux et disparut dans la salle de consultation.

Nina n'avait encore jamais été confrontée à une telle situation. Personne ne s'était encore comporté ainsi, pas même la perfide Ada. À la connaissance de Nina, il n'y avait pas eu de cas similaire dans toute l'histoire de l'adoption à Rogojine, car c'était en totale contradiction avec le code établi par la confrérie des professionnels de l'adoption, et le conseil des intermédiaires ne l'aurait tout simplement pas toléré.

Au département de l'Éducation, une Barbie désœuvrée occupait le bureau de Lioudmila Dmitrievna. Nina ne l'avait jamais vue auparavant. La Barbie regarda avec indifférence sa visiteuse pâle et angoissée. Elle s'excusa du bout des lèvres : l'autorisation leur avait été délivrée par erreur, l'enfant était destiné à une famille américaine qui était sur liste d'attente depuis des mois.

Tout cela ne pouvait dire qu'une chose, que quelqu'un d'inconnu et d'influent avait fait son apparition à Rogojine, avait fait la conquête d'Ada et des fonctionnaires locaux, et était en train d'évincer progressivement Xenia.

Tel fut le raisonnement de Xenia, qui appela Nina, écouta son récit embrouillé et entra dans une colère noire.

Mais Nina avait sa propre interprétation de l'affaire. Elle voyait dans l'étrange attitude de l'infirmière, dans les réponses froides et réservées de la poupée blonde du département l'effet d'une activité invisible qu'elle sentait se déployer chez les fonctionnaires de Rogojine depuis un certain temps déjà. Et surtout, elle pressentait que tout était lié à la Hummer noire qui la harcelait constamment – et dans la vie, et dans ses rêves.

Nina était en mauvaise posture : les ombres avaient commencé à sortir des coins de sa chambre, elles s'épaississaient, menaçant de s'unir et de se transformer en profondes ténèbres. Le plus effrayant était que Nina ne pouvait pas s'imaginer quelle forme prendrait son malheur et comment elle allait comprendre que le processus était lancé. Mais on s'habitue à tout, et Nina s'était progressivement habituée aux ombres, et au pressentiment d'un malheur imminent. Elle avait même commencé à oublier qu'on pouvait vivre autrement.

Ce fut par une belle journée de printemps, qui n'annonçait rien de mauvais. Au contraire, elle commença par une douce matinée riche de promesses de bonheur. Pour la première fois depuis le jour où elle s'était retrouvée propriétaire d'une voiture, Nina se réveilla avec une sensation de joie. Elle éprouvait soudain une vague certitude qui lui disait que sous peu tous les éléments pesants et désagréables qui oppressaient sa vie allaient disparaître, la laisser en paix, que les ombres regagneraient les coins de sa chambre et qu'elles seraient remplacées par quelque chose de porteur de légèreté, de liberté, de lumière, quelque chose ayant réellement de la valeur, comme la goutte d'or de la Kolyma qu'elle gardait dans une boîte.

Dix jours plus tôt, Zoïa Alexeevna était repartie en expédition, et l'appartement était plein de son absence. Elle manquait terriblement à Nina, cette silhouette frêle dans la chambre d'à côté, et avec elle les pas discrets dans le couloir, le tintement de la cafetière arabe dans la cuisine, et même l'odeur de ses cigarettes russes.

Nina se leva, ouvrit la fenêtre, et une bouffée d'air estival s'engouffra dans la chambre, empli de la rumeur de la ville et d'une brise tiède qui sentait l'asphalte lavé, l'herbe et l'essence, comme si l'asphalte, l'herbe et l'essence attendaient avec impatience qu'elle les laisse enfin entrer dans le petit univers confortable de sa chambre.

Mais, au moment où Nina se perdait dans la contemplation des épais buissons de lilas en fleur, de sa voiture qui retenait obstinément sur ses flancs argentés le petit soleil froid, de la rue bourdonnante, de la gare de Biélorussie, une sonnerie de téléphone retentit avec fracas au fond de l'appartement.

Nina, affolée, courut en rond dans sa chambre avant de se précipiter dans l'entrée. Elle glissa la main dans la poche de son manteau, en sortit son portable. La sonnerie, désagréable, brusque, hostile, lui déplut immédiatement, avant même qu'elle aperçoive sur l'écran le nom de Xenia. Ces derniers temps, Nina craignait plus que tout ses appels ; elle était persuadée, absolument persuadée que les mauvaises nouvelles viendraient par elle.

– Bonjour, dit Nina dans le combiné, très tranquillement.

– Écoute-moi, répondit Xenia, parlant très rapidement. Écoute-moi et ne m'interromps pas.

Après une telle entrée en matière, Nina se sentit tout à fait mal. Xenia parla d'un ton posé et en même temps solennel ; Nina n'avait encore jamais entendu de telles intonations dans sa voix.

Elle appuya avec force le combiné contre son oreille. Sa tempe et sa paume étaient rendues moites par l'émotion.

– Oui, Xenia, je t'écoute, dit-elle avec effort.

– Tout va très mal, continua Xenia, un peu plus lentement. Je veux dire : à Rogojine.

Sa voix conservait des intonations solennelles, comme si ce n'était pas Xenia qui parlait, mais une actrice avec une voix similaire qu'on aurait engagée pour faire cet appel.

– Il y a une inspection du Parquet au département. Ce sont eux qui ont licencié Lioudmila Dmitrievna. On dit que l'impulsion vient d'en haut, il y a eu dénonciation, et ils ont lancé une enquête.

– Qui, ils ?

– Aucune idée... Le Parquet, sans doute, puisque l'inspection vient d'eux. Ou peut-être d'autres organes. Par contre, aucune question à se poser sur qui nous a dénoncées. Je le sais parfaitement, et toi aussi.

Nina déglutit nerveusement.

– Ils ont remplacé Lioudmila Dmitrievna par quelqu'un de chez eux. Provisoirement... Et ce remplaçant provisoire est allé sortir des vieux dossiers des archives, dont ceux concernant les enfants dont nous nous sommes occupées toi et moi. Tous les dossiers des deux dernières années, absolument tous. Tu imagines ce que ça représente ? Une montagne de papiers... La quantité en elle-même peut alerter, susciter des questionnements... Car si on prend tous nos dossiers, ils représentent le volume d'adoptions par Tamara plus Alevtina, tu comprends ? Et certaines pièces des dossiers ne leur ont pas plu....

Nina sentit son estomac gargouiller sous l'effet de la faim. Elle n'avait pas eu le temps de prendre son petit déjeuner. Elle était au bord du gouffre, mais son corps continuait de fonctionner comme un mécanisme bien réglé. « C'est étonnant, eut-elle le temps de se dire, de pouvoir entendre tout ça et de continuer à éprouver un sentiment de faim au lieu de tomber raide morte. »

– Ils se sont intéressés tout particulièrement à nos dossiers, Nina. Ils les ont passés au peigne fin, page après page, et plusieurs autorisations ministérielles leur ont semblé suspectes... Ainsi que des acceptations du projet d'adoption signées devant notaire par les Espagnols.

Le cœur de Nina s'emballait en petits battements rapides. « Pouls filiforme », se dit-elle, répétant dans sa mémoire une phrase lue elle ne savait plus quand ni où.

– Qu'est-ce qu'ils veulent dire par « suspect », dit-elle d'une voix à peine audible, sentant son dos et ses jambes la lâcher.

– Ils ont des doutes sur les sceaux... Les sceaux, Nina... Et une autre chose leur a déplu, les dates et les signatures, je crois... C'est Lioudmila Dmitrievna qui m'a appelée... Elle dit qu'ils ont fouillé tous les dossiers, ont mis des pièces de côté. Les autorisations ministérielles, mes autorisations, tu comprends, elles ne sont enregistrées nulle part, ces numéros n'existent pas et le ministère ne les reconnaît pas. Et l'acceptation de l'enfant proposé. Tes acceptations, avec ta signature en tant qu'interprète. Lioudmila Dmitrievna m'a prévenue qu'ils s'apprêtaient à appeler le notaire qui les avait authentifiées pour lui demander de consulter son registre.

« Mais bien sûr, bien sûr, dit une voix hystérique dans la tête de Nina. Ce sont mes acceptations ! Celles que j'ai fabriquées ! Les faux que j'ai fabriqués, qu'on m'a, qu'on nous a contraints à fabriquer ! »

– Il ne faut pas laisser faire ça. Il ne faut pas les laisser appeler le notaire, dit Nina à haute voix.

Elle parlait d'une voix égale, mais ses doigts tremblaient, et le combiné, sur son oreille, était tout mouillé.

– Donne-leur un faux numéro, je t'en prie. Dis-leur que c'est le téléphone du notaire... Par exemple, mon numéro de portable... Ou le fixe de mon père à la maison, je le préviendrai...

– Impossible, dit Xenia doucement, mais résolument. Ils le trouveront tout seuls. Ils ne voudront même pas m'écouter. Je suis dans leur ligne de mire, tout comme toi.

– Qu'allons-nous faire ?

– Rien. S'ils vont aussi vite, c'est qu'ils veulent en faire une grosse affaire. Internationale. Avec une peine exemplaire, dont on parlera dans tous les journaux. Si les acceptations sont des faux, les adoptions seront considérées comme nulles. Les enfants devront être rendus. Et... tu comprends très bien toi-même.

Nina comprenait tout.

– Il faut les arrêter, d'une façon ou d'une autre, répondit-elle d'une voix sourde qui ne ressemblait pas à la sienne.

– C'est trop tard, ricana Xenia. Beaucoup trop tard. C'est Kirill : il est parvenu à ses fins et rien ne pourra l'arrêter, tu peux en être persuadée. Parce qu'il est comme ça. Il ne nous reste plus qu'à attendre, toi et moi.

– Attendre quoi ?

– Comment, quoi ? Ce qu'on attend généralement dans ce genre de cas.

Nina raccrocha et enfonça son portable dans la poche de son manteau.

Ce n'était plus sa chambre avec la fenêtre ouverte sur Moscou bruyante et enivrée de soleil qu'elle voyait devant elle, mais un bureau du ministère de l'Éducation de Rogojine. Elle vit la table de Lioudmila Dmitrievna recouverte de dossiers en carton ouverts sans la moindre pudeur, dont le titre était tracé dans une écriture familière : la sienne. Elle vit des personnes se pencher attentivement, sans hâte, sur ces dossiers.

Ces personnes avaient les visages impassibles des agents de *Matrix*...

Elles sortirent du dossier un premier document traduit par Nina, qui portait la signature du notaire authentifiant généralement ses traductions et dont elle avait été contrainte d'imiter plusieurs fois la signature et le sceau, tout comme les signatures des Espagnols, parce que Xenia le lui avait demandé, parce que les adoptions auraient été annulées si le document n'était pas arrivé à temps. Puis vint un deuxième, un troisième document. L'un des agents de *Matrix* fronça les sourcils d'un air préoccupé, puis prit un papier d'un air dégoûté, entre deux doigts. Nina eut l'impression que, sous son regard attentif, la feuille se recroquevillait. Elle se fit toute petite, toute froissée, pitoyable; on aurait dit qu'un coin du document allait laisser s'échapper un filet de fumée avant de brûler d'une flamme pâle et dansante.

L'homme en costume se dirigea vers la fenêtre, approcha la feuille de ses yeux, l'examinant à la lumière du jour. À la lumière vive du soleil printanier qui, impitoyablement et sans vergogne, révélait le secret des sceaux naïvement imités, d'un bleu marine trop vif. Il passa sans se hâter la feuille glacée d'effroi à d'autres mains qui l'approchèrent de deux yeux investigateurs et attentifs. Nina eut l'impression qu'elle s'était elle-même transformée en l'une de ces malheureuses feuilles, ou qu'elle se retrouvait dans un de ses rêves où le mal passait à l'attaque, où elle sortait son portable et essayait d'appeler quelqu'un qui pourrait l'aider, mais les touches du téléphone se bloquaient, ou elle avait oublié le numéro, ou elle ne savait plus se servir d'un téléphone, ou – et c'était encore plus effrayant que le reste – la voix qui lui répondait était inhumaine, c'était la voix du corbeau de son cauchemar, celui qui se perchait sur l'armoire de sa chambre.

La main dépassant de la manche grise d'un costume de fonctionnaire se tendait déjà vers le téléphone – le geste était très lent, dura tout le temps qu'il fallut à Nina pour s'approcher de sa table, s'asseoir à son fauteuil et allumer son ordinateur.

L'ordinateur s'enclencha lentement, avec un son prolongé, et la main du fonctionnaire, à Rogojine, hésita et interrompit son mouvement vers le téléphone, resta suspendue au-dessus du combiné comme un tsunami bouillonnant d'écume et de boue prêt à s'abattre sur une petite ville balnéaire. La main resta en l'air une éternité, le temps que l'ordinateur démarre, le temps que Nina ouvre Google et y écrive le nom de son notaire moscovite. C'était bien ça : elle vit apparaître sur l'écran une centaine de pages avec le numéro nécessaire, ce qui signifiait que la main ennemie, après encore un instant, avait décroché le combiné et l'avait déplacé dans l'air, dans le temps, dans la vie de Nina figée de désespoir, vers l'oreille pâle et cartilagineuse.

– Mon Dieu, murmura Nina, s'adressant à l'écran. Ne me laisse pas périr, aie pitié de moi et protège-moi, car j'ai péché, Seigneur.

Mais l'instant d'après, elle ne voyait déjà plus rien, ni l'écran devant elle, ni les numéros de téléphone du notaire qui, elle l'avait constaté, étaient si faciles à trouver, il suffisait de s'asseoir comme elle venait de le faire et de cliquer sur « recherche ». Elle ne voyait plus la main dans la manche grise ni la bosse des pommettes rasées de près, qui bougeaient rythmiquement en suivant la mesure de la discussion avec Moscou.

Soudain, tous les objets de la chambre devinrent pâles comme la manche du fonctionnaire, et, comme dans le film en noir et blanc d'Hitchcock sur la blonde ayant volé quarante mille dollars, des petits ronds brillèrent devant ses yeux, semblables aux moustiques de la taïga dont lui parlait sa mère. Nina lâcha la souris, cacha son visage dans ses mains et se figea, recroquevillée dans son fauteuil devant l'ordinateur.

Elle ne savait pas combien de temps elle était restée devant l'ordinateur. L'écran s'était obscurci, s'était mis en veille.

Elle entendit les voisins rentrer du travail : des talons résonnèrent sur l'escalier, la porte de l'ascenseur claqua plusieurs fois. Des voix s'élevèrent jusqu'aux fenêtres, des rires. Les bruits stridents et saccadés de la rue. Une sirène d'ambulance retentit dans le lointain.

La terre flottait lentement dans un vide glacé. Le soleil décrivait un arc dans le ciel et, sans attendre sa disparition, la lune jaillit, ronde et orange. La nuit tomba, sonore, pleine de bruissements, d'odeurs et de reflets, et Nina ne pensait à rien, toujours assise devant le vide cosmique de l'écran noir.

Elle ne doutait presque pas qu'on allait bientôt l'appeler.

Qu'est-ce qui se passe dans de tels cas, qui appelle ? pensait Nina. Rogojine ? Le ministère de l'Éducation, la police ? Le consulat d'Espagne ? Qui allait venir arrêter Nina, qui la ferait avancer dans la cour, menottes aux poignets, puis s'asseoir dans une voiture qui la conduirait en prison ?

Nina comprit que le temps était un fleuve. Qu'il nous semble seulement que nous faisons quelque chose, que nous nous hâtons quelque part, dans un combat victorieux contre le temps visqueux et rebelle, alors qu'en fait le temps nous emporte à la vitesse qui lui convient, et nous ne faisons que descendre avec le courant. Nous ne pouvons ni occuper, ni vaincre, ni tuer le temps. C'est lui qui nous porte sur son dos, comme un énorme et puissant poisson.

Le fleuve avait attrapé Nina et la portait, et rien ne dépendait plus d'elle – elle devait juste tenter de surnager. Et croire en une chose : le temps.

« Que se passe-t-il à Rogojine ? Pourquoi sont-ils si lents ? Il y a eu un raté ? Peut-être que le notaire moscovite n'était pas en ville ? Ou qu'il a perdu son registre, et ne peut pas vérifier les numéros ? », pensait Nina. Elle alla à la cuisine, se fit encore une tasse de thé écœurant, sans sucre. Plusieurs tasses de thé froid, couvert d'une pellicule trouble, comme une tache de pétrole, étaient déjà posées sur la table. Chaque fois, Nina buvait quelques gorgées, et revenait à son ordinateur.

Il ne faisait aucun doute que Xenia allait imputer à Nina toutes les erreurs, les lacunes et les fautes de leur travail commun. Comment expliquerait-elle, si, bien sûr, on le lui demandait, pourquoi en deux ans il y avait eu tant de séances de tribunal à Rogojine auxquelles elle, Nina, avait été présente ? Avec quel argent avait-elle pu acheter sa grosse voiture ? Personne n'allait s'attaquer à Xenia : son nom ou sa signature ne figuraient nulle part. Comment Nina aurait-elle pu prouver que l'argent était versé à Xenia, et non à elle ?

Dans son désespoir, elle fit plusieurs fois le numéro de Xenia. Elle entendait la tonalité indifférente se répéter contre son oreille trois, cinq, sept fois. Personne ne décrochait, et le cœur de Nina se serrait. L'inconnu est toujours plus effrayant. Pourquoi ne répondait-elle pas ? Peut-être qu'elle avait été appelée quelque part, et faisait déjà sa déposition ?

La femme dans le couloir du tribunal régional de Rogojine. Nina n'avait pas vu ses yeux : la femme avait gardé la tête baissée. Une prisonnière si petite et si menue, pour laquelle on avait fermé tout un périmètre. Elle ne ressemblait ni à une criminelle ni à une meurtrière. Quel forfait avait-elle commis ? Comment avait-elle pu faire si peur aux autorités de Rogojine ?

Le temps emporta tranquillement Nina à travers la nuit, le matin et la journée du lendemain.

Le soir du second jour, une seconde sonnerie de téléphone retentit brusquement, résonnant dans la maison vide comme un coup de pistolet. Le portable posé sur la table s'alluma et se mit à clignoter. Pendant quelques secondes, Nina regarda l'écran qui indiquait le numéro de Xenia, puis seulement porta le téléphone à son oreille.

Tout ce qui eut lieu par la suite allait prendre, dans sa mémoire, la forme d'un rêve. Comme si les événements avaient concerné quelqu'un d'autre.

– Écoute-moi attentivement, dit Xenia d'une voix encore plus étrange, inhabituelle. Kirill a été tué.

– Quoi ? Qui ? Quand ?

– Tué. Kirill. Ce matin. Tu m'entends ?

Xenia fit un récit assez décousu de l'événement, passant d'un détail accessoire à l'autre. L'histoire était assez courte. Le matin du deuxième jour – moins de vingt-quatre heures après que Lioudmila Dmitrievna avait informé Xenia de l'enquête en cours –, un peu avant l'aube, quand Nina s'était tournée vers le mur, remontant ses genoux vers le menton, et avait sombré un court moment dans un sommeil léger et angoissé, le corps de Kirill avait été découvert par des locataires de sa propre maison. Il gisait sur l'asphalte, à côté de sa voiture. La fameuse Hummer aux phares si sophistiqués qui harcelait Nina. On avait tiré sur lui à bout portant, un seul coup, et aucun des locataires n'avait entendu de coup de feu, ni de cri ni de bruit suspect. Il n'y avait presque pas de sang sur l'asphalte, et le voisin qui était sorti promener son bull-terrier avait d'abord pensé que la Hummer avait un problème technique et que son propriétaire s'était couché par terre pour comprendre ce qui bloquait.

– Et les suspects ? – Nina passa rapidement sa langue sur ses lèvres desséchées. Il y a des suspects ?

– Pas encore, répondit Xenia.

La première chose qui vint à l'esprit de Nina fut que sa mère avait bien fait de partir en expédition, car qui sait comment elle aurait réagi aux nouveaux développements des aventures rogojinaises de Nina, qui avaient brusquement pris une teinte si sanglante.

Puis elle se dit qu'elle, en tout cas, avait des suspects très plausibles. Elle le comprit à l'instant où elle entendit Xenia parler de coup tiré à bout portant. Et si Xenia, justement, avait tué Kirill ? Elle possédait bien, comme l'Espagnol aux yeux dorés, un pistolet invisible, et un pistolet invisible pouvait à tout instant se transformer en vrai pistolet, et une balle noire en sortirait, cette même unique balle qui avait été fatale à Kirill.

Cela dit, tout avait pu se passer autrement. Nina enleva les tasses sales de la table et les déposa dans l'évier, où elle fit couler un fort jet d'eau brûlante.

Peut-être que Xenia n'avait jamais pensé à se débarrasser elle-même de Kirill. À quoi bon, de nos jours. Avec quelques milliers d'euros, on pouvait tranquillement engager un tueur qui ferait tout le travail. Un an plus tôt, dans une de leurs soirées d'hôtel à Rogojine, Xenia avait plaisanté, riant jaune, en disant qu'il serait plus efficace de recourir aux services d'un tueur pour s'occuper d'Ada Mitrofanovna que de continuer à couvrir cette dernière de cadeaux. Elles venaient d'avoir une dispute – si on peut appeler dispute le désespoir de la victime prise à la gorge et la jubilation du bourreau qui trouve son plaisir dans la torture : Ada avait donné à quelqu'un d'autre un enfant qu'elle avait promis à Xenia, ou lui avait refilé un invendable avec un très mauvais diagnostic, Nina ne se souvenait plus exactement des causes de la colère de sa partenaire.

– Il suffirait d'engager un tueur pour tout régler, avait raisonné Xenia. Un coup sur la gâchette, et c'est fini. Combien de temps devons-nous encore supporter ses petits jeux ? L'humiliation, les nuits d'insomnie, les hémorroïdes dues à la tension nerveuse – je n'imaginais pas qu'on pouvait avoir des hémorroïdes nerveuses, eh bien, j'en ai depuis peu – et tout ça à cause de cette garce...

– Et c'est difficile d'engager un tueur ? avait soudain demandé Nina.

– Pas du tout. J'ai un ancien camarade de classe, qui a fait de la prison. Il vit dans la maison d'à côté. Je pense qu'il pourrait m'aider. Pas directement, bien sûr, mais il me trouverait quelqu'un. Mais à quoi bon les camarades de classe, quand on a Internet. J'ai entendu dire que de nos jours on les cherche sur Internet.

Nina avait ses doutes en ce qui concerne Internet. Cela dit, tout était possible. Elle n'aurait pas été étonnée si elle avait appris l'existence d'agences de placement ou d'intermédiaires désireux de gagner un peu d'argent qui se chargeaient de trouver des tueurs pour éliminer les citoyens indésirables. Il est possible qu'il soit aussi facile de trouver leur numéro que celui du notaire de Nina, que celle-ci s'imaginait, Dieu sait pourquoi, être la seule à posséder.

Nina retourna à la cuisine, se fit des œufs au plat et mangea avec appétit, pour la première fois pendant ces interminables vingt-quatre heures.

« Se peut-il, pensa-t-elle en finissant son thé sucré avec du lait, se peut-il que j'en sois arrivée au point où la mort d'un innocent, la mort violente d'un homme me procure tant de joie ? »

Il n'y avait aucun doute : ce meurtre était l'œuvre de Xenia ou, plus probablement, avait été organisé par elle.

D'où pouvait-elle connaître tant de détails – et l'heure matinale, et le bull-terrier, et le récit du maître qui n'avait pas compris tout de suite que l'homme étendu à côté de la voiture était mort... Et si le maître du bull-terrier n'était autre que l'assassin ? Et le bull-terrier, son complice ?

Nina sourit. Quelques heures plus tôt, elle aurait été incapable d'imaginer qu'elle allait bientôt plaisanter, boire du thé au lait, manger des œufs au plat directement dans la poêle, en les découpant furieusement avec sa fourchette. Quelques heures plus tôt, Nina était une pensionnaire de prison pour femmes ayant perdu tout espoir, contemplant le ciel derrière des barreaux et des barbelés, et en un instant tout avait été transformé. C'était le prix de la vie. Et de la mort...

Mais Nina n'avait plus la force de réfléchir ni à la vie, ni à la mort, ni à Xenia et à sa dernière rencontre fatale avec Kirill. Elle se traîna jusqu'à sa chambre, s'effondra sur son lit et sombra dans un sommeil profond avec une rapidité incroyable, comme si quelqu'un avait enfin eu pitié d'elle et lui avait administré une anesthésie générale.

Quand Nina se réveilla, la journée était bien entamée. Pendant la nuit, elle avait rêvé du chauffeur Victor.

– C'est moi qui ai tué Kirill, riait-il avec insouciance, tournant le volant du minibus. Moi, je m'en fiche, je trouverai toujours du travail. Des orphelins, il y en a plein, et ils passent tous par Moscou. Les allers-retours, avec les Américains, les Espagnols, et les conduire à l'aéroport, au consulat. J'ai assez de commandes. Mais pour vous, les filles, ça sera plus facile sans Kirill.

Puis elle avait rêvé de Xenia.

– Tout va redevenir comme avant, disait celle-ci, rayonnant de joie. Comme avant, tu comprends ? Tout redeviendra comme avant !

– Impossible, lui répondit Nina, se réveillant et ouvrant les yeux.

Tout redeviendra comme avant. Nina était déçue. Comme quand elle était petite, quand à la fin de l'année scolaire s'ouvrait soudain devant elle un vaste été, plein de tristesse et de solitude. Cet été qu'elle avait tant attendu tout au long de l'année, et dont elle ne savait que faire quand il arrivait, en proie à une douleur dont elle ne comprenait pas la cause.

« Tout sera comme avant. » C'étaient les mots magiques que Nina s'était répétés un millier de fois au cours de ces deux jours interminables. Que n'aurait-elle pas donné, si peu de temps auparavant, pour que tout redevienne comme avant... Mais le « comme avant » de Nina était très différent de celui de Xenia : elle avait envie de ne plus se hâter, de ne plus jamais voir ces maudits documents d'adoption, et de passer à nouveau son temps dans les bibliothèques, étudiant des mémoires et des lettres, cherchant les livres dont elle avait besoin – comme avant. Elle voulait voir ses vieux amis, ceux qu'elle avait oubliés depuis longtemps, depuis qu'elle avait été happée par Rogojine. Rentrer dans le salon le plus merveilleux, le meilleur du monde, y voir, par la fenêtre, le panorama semblable à une carte postale – comme avant. Eva Vostokova ne l'invitait plus chez elle, et maintenant Nina ne savait pas ce qui était plus important pour elle, d'acheter son propre appartement, comme elle en avait tant rêvé, ou passer encore une unique fois le seuil de l'appartement de son professeur.

Après les secousses des deux derniers jours, elle ne pouvait imaginer retourner tranquillement à Rogojine, comme par le passé. Mais il leur restait quelques dossiers ouverts qu'il fallait mener à terme. Et après ? Comme avant ? Nina fronça les sourcils.

Elle allait terminer ces dossiers et s'arrêterait là. Alors, tout redeviendrait comme avant.

Nina s'assit à sa table de travail, ouvrit son ordinateur. Les nouvelles du site mail.ru s'affichèrent sur l'écran. « Mon Dieu, se dit Nina. Il n'y a presque rien de nouveau. Tout cela n'a duré que deux jours. Seulement deux jours, incroyable ! Et il s'est passé tant de choses en deux jours. » Elle ouvrit sa boîte mail, la colonne noire de messages non lus. Une quinzaine apparurent en une seconde. Non, Nina n'avait pas la force de lire tous ces messages maintenant. Elle en ouvrit un : les parents de Kristina, celle qui avait parlé, à l'époque, du chien Belka. C'était au mois de septembre, pendant l'été indien... C'était il y avait si longtemps, dans une autre vie. Ils la remerciaient et l'invitaient à nouveau chez eux. Nina était persuadée qu'il s'agissait d'une vraie invitation, sérieuse, pas une fausse, comme avec la trop crédule interprète Natacha. Elle regarda son calendrier. Bien sûr, c'était l'anniversaire de Kristina ! Elle se concentra, écrivit une courte réponse. Elle ne pouvait pas venir en ce moment, mais peut-être un peu plus tard.

Elle avait vraiment envie d'aller à Cadaquès. Comme avant.

Le téléphone se remit brusquement à sonner. Nina regarda tranquillement l'écran : le numéro était caché, remplacé par les mots « appel inconnu ». Elle eut soudain froid.

– J'écoute, dit-elle poliment.

– Nina Koretskaïa ? prononça aimablement une voix masculine qu'elle ne reconnaissait pas. Je m'appelle Pavel. Nous devons absolument nous voir.

– Pourquoi ? Qui êtes-vous ? Nous nous connaissons ?

– Non, nous ne nous connaissons pas. Je suis envoyé par une personne que vous ne connaissez probablement pas non plus. Cette personne désire vous rencontrer.

– Et comment s'appelle-t-elle ?

Dès les premiers mots de cette conversation inhabituelle, Nina avait acquis la certitude que cet appel avait un lien direct avec les événements des derniers jours. Et si la personne au téléphone était également liée au meurtre ?

Mais qui Nina pouvait-elle intéresser ? Peut-être qu'elle gênait quelqu'un, et qu'on voulait aussi se débarrasser d'elle, en tirant d'un pistolet invisible...

Nina sentit à nouveau le danger se rapprocher. C'était comme dans le jeu de son enfance, quand un objet était caché dans la chambre et qu'il fallait le trouver, et qu'on disait « chaud... froid ». Il y a quelque temps, il y a peu encore, c'était chaud, mais maintenant la proximité de la solution lui brûlait les bras et le visage. Elle devinait confusément que le nœud si solidement noué, qu'elle tentait en vain de démêler depuis des années, s'apprêtait à se défaire. On l'invitait en territoire étranger pour participer à un jeu dont les règles lui étaient étrangères. Par quoi ce jeu allait-il se solder ? Et si l'on retrouvait Nina gisant sur l'asphalte de sa cour, un matin tôt ; une respectable mamie de l'entrée voisine sortirait promener ses carlins au poil pelé, et ne s'inquiéterait pas en voyant Nina couchée sur le dos, parce qu'elle penserait aussi que Nina était occupée à quelque chose – à compter les dernières étoiles du ciel pâlissant ou à suivre le vol des premiers martinets...

Et si elle refusait ? Elle n'aurait qu'à dire qu'elle ne pouvait pas venir au rendez-vous, qu'elle avait déjà prévu autre chose, que sa vie allait redevenir comme avant et qu'ils feraient mieux d'inviter quelqu'un d'autre. Elle ouvrit la bouche pour le dire, mais son sang était déjà agité par un mélange d'impatience et de curiosité, et elle ne prononça pas ces mots importants, les seuls qui auraient été justes.

– Ne vous en faites pas. (La voix semblait avoir senti les hésitations de Nina.) Cela ne vous prendra que peu de temps.

– Dites-moi comment s'appelle la personne qui désire me rencontrer.

– Elle s'appelle Evelina. Vous avez probablement entendu parler d'elle.

– Un peu...

– Parfait, alors nous nous voyons ce soir à sept heures. Près de la station de métro Maïakovski, sortie côté salle de concert. Je vous retrouverai là-bas et nous irons voir Evelina.

– Et où m'attendra-t-elle ? Dans un appartement ? demanda prudemment Nina.

– Dans un café du centre-ville. Ne vous en faites pas.

– D'accord. – Nina appuya sur la touche de fin d'appel.

Le téléphone se tut, et Nina comprit immédiatement à quel point la maison était silencieuse. Même l'horloge de la cuisine, qui d'ordinaire résonnait dans tout l'appartement, se taisait. Visiblement, les piles étaient usées.

Soudain, Nina se sentit mal à l'aise. Elle avait l'impression que quelqu'un l'observait, que maintenant, en cet instant précis où elle se tenait, pensive, devant la table de la cuisine, vêtue de sa robe de chambre vert menthe avec une grosse tache de café sur la poitrine, quelqu'un était en train de la regarder grâce à une installation invisible encastrée dans le mur de sa chambre...

Non, tout cela était impossible. C'était de la paranoïa, comme celle qu'elle avait remarquée chez Kirill ! Ce qui n'empêcha pas Nina, à tout hasard, de se lisser les cheveux et de nouer sa robe de chambre.

D'après le peu qu'elle en savait, Evelina était un personnage particulièrement influent, qui contrôlait les régions du Nord, loin de la capitale, des petits intermédiaires aux fonctionnaires. Xenia lui avait raconté qu'Evelina avait la mainmise sur la Sibérie et l'Extrême-Orient russe. Des milliers et des milliers de kilomètres désertiques, dont la naïve Nina s'était un jour vantée à ses Espagnols. De grandes villes industrielles, avec de nombreux orphelinats et des milliers d'orphelins, comme celle où avait travaillé Rita.

Elle regarda sa montre : cinq heures et demie. Elle alla prendre une douche, poussant le verrou de la salle de bain. Elle fit couler de l'eau chaude, presque brûlante, et se lava les cheveux sans se presser.

Après la douche, elle retourna à la cuisine se faire un café. La sensation d'être espionnée ne la quittait pas.

Elle se souvint d'un livre qui expliquait que certaines maladies mentales commencent justement ainsi. La personne a l'impression que quelqu'un est entré chez elle, elle sent un parfum étranger, trouve des objets inconnus. Nina passa d'une pièce à l'autre, regarda dans l'entrée. Il n'y avait pas d'objets étrangers, mais la massive porte métallique de l'appartement, qu'il avait fallu installer quand Nina avait commencé à conserver beaucoup d'argent chez elle, ne lui semblait plus un obstacle solide. Elle sentait une présence étrangère, un regard attentif posé sur elle.

– Hé ! Qui êtes-vous, que voulez-vous ? cria Nina, se plantant au milieu de sa chambre et examinant les murs et le plafond.

Elle ne découvrit rien de suspect, mis à part, dans les angles du plafond, de la poussière et des toiles d'araignées réunies en lambeaux malpropres, comme on en trouve dans les intérieurs un peu négligés.

– Que me voulez-vous ?

Pas de réponse.

Nina s'habilla et sortit dans la rue.

À l'extérieur, elle se sentit plus tranquille. Le soleil brillait si fort qu'elle en avait le souffle coupé – comme si son âme s'apprêtait à s'envoler pour se fondre dans cette lumière exultante, aveuglante. Une voiture passa devant elle. Ses yeux n'avaient pas encore eu le temps de s'habituer à la clarté, et elle n'aurait pas pu dire de quelle couleur elle était. Une vieille dame coiffée d'un chapeau antédiluvien marchait à petits pas, tenant en laisse deux bâtards pelucheux. C'était la mamie de l'entrée voisine qui, peut-être, allait bientôt découvrir le corps de Nina.

Il aurait été absurde de prendre le métro : la station Maïakovski était tout près de sa maison. Nina franchit la porte cochère et remonta la rue Tverskaïa. Elle avait le temps.

Quand, par la suite, Nina se remémorerait ce jour-là, il lui apparaîtrait interminable et absolument blanc. Comme s'il ne restait plus aucune autre couleur dans le monde qui s'étendait de la gare de Biélorussie à la place Rouge. À dire vrai, de nombreuses autres teintes entouraient alors Nina : les murs gris, bleus et beiges des vieilles bâtisses, les carrés multicolores des panneaux publicitaires, des vitrines des magasins et des banques, des enseignes des cafés comme il en était apparu tant ces dernières années dans cette partie de la rue Tverskaïa. L'asphalte était chaud, sec, des garçons en patins à roulettes dévalaient le trottoir dans sa direction, et elle se serra dos contre la façade d'un bâtiment jusqu'à ce qu'ils aient tous disparu. Puis elle fut rattrapée par une brise tiède qui lui soufflait dans le dos, l'entourant de poussière et de l'odeur de la ville printanière.

Nina ralentit le pas : il lui restait encore presque quarante minutes avant son rendez-vous avec l'inconnu, elle devait trouver à quoi les occuper. Elle regarda machinalement les immeubles de sa rue, qu'elle connaissait depuis son enfance. Beaucoup de choses avaient changé dernièrement. Il y a encore peu, on ne voyait aucun des hôtels et des banques qui fleurissaient aujourd'hui. Cette bâtisse avait abrité le premier Baskin-Robbins, qui semblait terriblement luxueux et incroyablement cher, et le clown Karandache avait habité dans la maison voisine – Nina passa devant la plaque commémorative. Et ce bâtiment-ci était tout nouveau, même si son aspect rappelait les maisons de l'ancienne Moscou : l'imitation était si réussie que, quand une nouvelle maison apparaissait à la place d'une bâtisse à demi en ruine, Nina ne remarquait pas tout de suite la substitution.

Soudain, elle eut à nouveau le sentiment qu'on l'observait. Le jeu se déroulait de telle façon que ces gens savaient bien des choses à son sujet : son prénom, son nom de famille, son numéro de portable. Ils savaient sans doute encore beaucoup, sur son travail avec les orphelins, les sceaux imités, sur Ada et Xenia. De son côté, elle ne savait absolument rien, ni sur Pavel ni sur Evelina, ni sur les autres personnes qu'elle allait peut-être rencontrer au cours de la soirée, sachant que ces rencontres pouvaient avoir des conséquences imprévisibles. Et surtout, Nina ne savait pas pourquoi ils voulaient la voir, à quel jeu ils voulaient jouer avec elle. Après la nuit qu'elle venait de passer, elle était prête à parler sans la moindre hésitation de tout ce qu'on voulait, de Kirill qui avait été trompé puis tué, du fait que c'était bien sûr Xenia qui l'avait tué, et même du fait que cet acte monstrueux n'avait éveillé en Nina aucune émotion, si ce n'est un immense soulagement, et que c'était probablement le dernier degré de dégradation morale. Elle était prête à raconter à ces gens ce qu'elle n'aurait jamais avoué à personne auparavant... Mais, en fait, les inconnus savaient déjà tout ça; du moins, Nina en était persuadée. Ils la connaissaient même de vue, ce qui expliquait pourquoi le Pavel du téléphone ne lui avait pas posé de question sur son apparence, et Nina avait oublié de demander comment ils allaient se reconnaître devant le métro, et tout cela voulait dire qu'ils l'espionnaient depuis longtemps, écoutaient son téléphone, et qu'à l'instant même ils la filaient pour l'empêcher de s'échapper s'il lui en venait soudain l'envie.

Nina s'arrêta et examina les alentours. Elle regarda ouvertement, avec défi. Sa peur avait disparu, elle était prête à se confronter à son poursuivant. Ce pouvait être n'importe qui, le vieillard à l'arrêt de bus qui l'observait avec des yeux faibles et larmoyants. La femme à la fenêtre d'un café qui la fixait machinalement à travers la vitre, avec, sur sa table, un verre rempli d'un liquide blanc, probablement un milk-shake, et une assiette de salade, mais l'instant d'après la femme se détourna et porta à sa bouche, avec indifférence, une fourchette avec une feuille de salade tachée de mayonnaise. Ou ce touriste qui pointait son appareil photo vers les maisons, mais pouvait très bien secrètement photographier Nina...

Non, c'était impossible, ces gens ne ressemblaient pas à des espions. Mais Nina ignorait à quoi ressemblaient les vrais espions.

Peut-être qu'après tous les chocs qu'elle avait subis, elle développait réellement la même paranoïa que Kirill ? Ou que Kirill ne souffrait d'aucune paranoïa, mais qu'il savait parfaitement qu'il était suivi de près...

Elle était arrivée sur la place. Devant la statue de Maïakovski. Nina traversa l'artère du Sadovoïe koltso et se retrouva devant la station de métro. Il lui restait encore quinze minutes à tuer.

Elle se posta devant l'entrée du métro, près des affiches. Un jeune homme de haute taille la heurta sans le faire exprès, s'excusa avant de disparaître dans la foule. Non, ce n'était manifestement pas Pavel. Deux hommes, des provinciaux, la dévisagèrent avec insistance, d'un air appréciateur, mais aucun des deux n'était Pavel, on voyait bien qu'ils la regardaient par habitude, comme ils regardaient toutes les jolies jeunes femmes, elle connaissait très bien ce genre de regard appuyé.

Cinq, dix minutes passèrent.

Nina avait tort de s'alarmer – il n'était pas encore sept heures. Le soleil brûlant s'adoucit, les ombres s'allongèrent.

Au moment où Nina commençait à dévisager presque sans retenue tous les hommes qui passaient devant elle, Pavel apparut.

– Nina, bonsoir ! Vous attendez depuis longtemps ?

– Non, bredouilla Nina, décontenancée. Quelques minutes. Bonjour.

L'homme qui se tenait devant elle ne ressemblait pas non plus à un assassin. Il faisait plutôt penser à un sportif ou un militaire. « Mais c'est justement le profil, pensa Nina. Les assassins professionnels ne doivent pas éveiller les soupçons. Il est évident que j'aurais refusé de suivre un truand. Alors que celui-ci est bel homme, la bienveillance incarnée. Il sourit aimablement, et après... » Elle frissonna : une légère brise parcourut la route, soulevant de petites trombes poussiéreuses.

– La voiture est là-bas, allons-y.

Nina se traîna docilement dans la direction indiquée. Pavel était resté un peu en retrait, elle se disait que, sans doute, elle était très bête de lui offrir ainsi son dos, il pouvait lui tirer dessus ou lui donner un coup de couteau... Mais, une minute plus tard, Nina était devant une voiture argentée garée près du métro.

– C'est loin ? demanda Nina, prenant place sur le siège avant.

– Pas très. C'est au centre. Un petit café sympathique. C'est là qu'Evelina reçoit généralement. J'espère qu'il n'y aura pas d'embouteillages.

Ils roulaient en silence, et ce silence pesait à Nina. Elle était littéralement, physiquement dévorée par la curiosité. Parmi les nombreux secrets de Moscou qui l'avaient toujours attirée et préoccupée, elle en découvrait un nouveau, dont la révélation était tout près d'elle, presque à portée de main, et ce n'était pas la Nina habituelle qui roulait sur le Sadovoïe, mais une mine de questions pressantes. Elle voulait à tout prix recevoir immédiatement les réponses à ses questions. À sa gauche était assis un homme qui, probablement, aurait pu facilement tout lui expliquer, mais cet homme se taisait, le regard concentré sur la route, et Nina n'osait pas parler la première... Au moindre ralentissement du trafic, son cœur se serrait, car tout arrêt signifiait la prolongation de ses souffrances. Par bonheur, ils n'eurent pas à subir d'embouteillage. Pavel conduisait la voiture avec brio, dépassant habilement les autres véhicules, et, malgré l'encombrement des routes en ce jour de semaine, ils roulaient vite. Ils atteignirent leur destination en une demi-heure.

C'était une ruelle très calme, très verte. Avant d'arriver, ils durent faire un grand tour dans des rues à sens unique, bifurquant plusieurs fois, contournant des maisons d'habitation embellies par la lumière douce du soleil vespéral et des petites cours emplies de verdure printanière, tant et si bien que Nina finit par perdre tout sens de l'orientation et eut l'impression qu'elle était dans un quartier inconnu.

Le café était situé dans un vieil hôtel particulier de deux étages, avec un perron élevé et une rampe en fonte. Des pigeons sautillaient sur le trottoir et la chaussée. À l'entrée, deux armoires à glace en costard faisaient le piquet.

« Sans doute les gardes du corps d'Evelina », se dit Nina.

Pavel ouvrit la porte et fit passer Nina devant lui. Le café était vraiment petit, un peu sombre et très confortable. Les rayons du soleil vespéral se mariaient bien avec la discrète lumière électrique de lampes orientales. Les tables étaient vides, l'heure du déjeuner était passée depuis longtemps, et il était encore tôt pour dîner. Ou peut-être que ce café n'avait que peu de clients. Nina avait tout de suite remarqué que les tables étaient recouvertes d'une nappe blanche, que les vases contenaient de vraies fleurs, et que les meubles étaient de qualité : les prix, eux, devaient être exorbitants. Peut-être encore qu'Evelina réservait toute la salle pour ses rendez-vous, et qu'on ne laissait passer aucun autre client, ce qui expliquerait la présence des deux gardes à l'entrée...

– Je vais attendre ici, dit Pavel, en s'asseyant à l'une des tables. Allez-y. Elle vous attend.

Nina avança docilement vers le fond de la salle. Elle n'avait absolument plus peur, et n'était plus tourmentée, comme quelques minutes plus tôt, par le besoin de savoir. Le secret allait être révélé dans un instant, et elle savourait cet instant en examinant la décoration du café. Elle aperçut, près du bar, un grand aquarium, qui imitait à la perfection un fond marin : des poissons tropicaux ressemblant à des fleurs nageaient entre les algues tremblotantes, les anémones de mer et les coraux roses...

Mais, une seconde plus tard, toute son attention fut rivée à une silhouette féminine solitaire au fond de la salle. La femme lui tournait le dos et Nina ne pouvait pas voir son visage. Cependant, il émanait une telle énergie et une telle force de son dos droit, de sa tête au port majestueux, de ses cheveux gris et courts, que Nina se sentait aussi émue que si la reine d'Angleterre en personne l'attendait dans ce petit café moscovite. Elle avait l'impression que l'air vibrait, électrisé par la présence de la mystérieuse Evelina.

Nina s'approcha encore. La femme ne se tourna pas vers elle : elle buvait tranquillement son café et mangeait avec appétit un dessert que les tables voisines cachaient à Nina. Celle-ci fit encore quelques pas, avec beaucoup de difficulté cette-fois, comme si elle traversait une zone d'anomalies inconnues de la science. Près de la femme, l'air ne vibrait plus, il était épais, gluant, et les jambes de Nina s'y enfonçaient.

– Bonsoir, dit timidement Nina en s'approchant de la table d'Evelina. Je suis Nina Koretskaïa...

La femme se retourna. L'instant d'après, Nina enfonçait de toutes ses forces ses ongles dans ses paumes, à en avoir mal. Elle aurait voulu dire quelque chose, mais en était incapable.

La femme assise sur un petit divan de cuir, devant une table recouverte d'une nappe blanche sur laquelle étaient posées des fleurs, une coupe de glace, une tasse de café fumant, était Eva Vostokova.

– Bonjour, dit, comme si de rien n'était, Madame Vostokova à Nina qui semblait avoir été frappée par la foudre. Assieds-toi.

Elle indiquait de la main un fauteuil en cuir placé à côté du divan.

– N'oublie pas que nous n'avons pas beaucoup de temps. Il y aura bientôt d'autres visiteurs, des fonctionnaires ministériels haut placés. Je dois les recevoir seul à seul, ils n'ont aucune envie de me voir en présence d'un tiers.

Elles restèrent quelque temps sans parler. Un serveur s'approcha, Nina commanda un cappuccino avec de la cannelle.

– Quand on pense que tu as imité des sceaux officiels, prononça pensivement Eva Vostokova, piochant distraitement avec sa cuillère dans la glace.

– C'est arrivé, murmura Nina – elle ne s'était pas encore remise du choc et avait de la peine à parler. Mais, comprenez-moi, c'était indispensable. On m'a demandé de le faire. On m'a contrainte à le faire !

– Une vieille histoire, dit Madame Vostokova en hochant la tête. Les circonstances font que nous nous retrouvons à faire un acte discutable, et peut-être même un délit – un petit délit, bien sûr, mais qui tombe sous le coup du code pénal – que nous regrettons après coup. Je t'avais bien prévenue de ne pas laisser de traces ?

– Oui, vous m'aviez prévenue – Nina rougit.

– Ne pas laisser de traces veut dire n'avoir aucune imitation de signature ou de sceau à ton actif. Que tes affaires soient suffisamment nettes pour qu'à n'importe quel moment, on puisse expertiser n'importe lequel de tes documents, n'importe quel procès-verbal de tribunal, et qu'on n'y trouve rien à redire. Ça ne te semble pas évident ?

– Si, bredouilla Nina, mais...

– Bien sûr, ça n'a déjà plus d'importance. Il fallait réfléchir avant. Et ta Xenia ? Une voleuse à la petite semaine, une combinarde – une grimace de dégoût apparut sur le visage d'Eva Vostokova. Elle ne fait pas proprement son travail, et en plus elle est rusée et avide. Sans compter que toute sa ruse consiste à savoir prendre l'argent et s'enfuir à temps, ce qu'elle a fait longtemps avec succès. Cela dit, ça ne me regarde pas. (Eva Vostokova observa attentivement Nina.) Ce sont vos affaires. Moi, j'avais un autre problème : cette Xenia ne nous payait pas un sou. Elle ne s'imaginait même pas qu'elle était censée partager avec quelqu'un d'autre que les petits fonctionnaires. Avant, c'était Kirill qui nous payait, mais quand elle l'a évincé, personne ne lui a appris nos lois – tout le monde la regardait avec intérêt courir à sa perte, et attendait la suite. Pour ses collègues, c'était un spectacle distrayant, une sorte de jeu de hasard. Je ne serais pas étonnée que quelqu'un ait pris des paris.

Elle se tut.

– Dites-moi..., demanda doucement Nina. Et que s'est-il passé avec Kirill ? Qui l'a tué ?

– Qu'est-ce que tu en dis, toi-même ?

– Je pense que c'est Xenia. J'en suis parfaitement convaincue. Elle avait un motif. Il avait passé l'hiver à courir Rogojine, il nous a envoyé le Parquet. Il nous espionnait, il était partout... Ça fait longtemps que je m'en doute... Xenia avait très peur de Kirill, et à la fin elle n'a plus tenu, et...

– Ce n'est pas Xenia qui l'a tué, l'interrompit Eva Vostokova d'un ton doux, mais définitif.

– Pas Xenia ? – Nina se troubla. C'est étrange. Mais qui alors ? Tout de même pas...

– Qui ? Finis ta phrase.

– Tout de même pas... vous ?

Eva Vostokova se mit à rire.

– Que dis-tu, ma chère ? Tu es devenue folle... Est-ce que je ressemble à un assassin ? Kirill avait des comptes à régler avec Xenia, il était pour ainsi dire très personnellement intéressé à ce qu'elle soit accusée, punie, retirée du circuit, mais Kirill travaillait pour moi, et c'est moi qui l'ai envoyé à Rogojine pour donner un coup de pied dans votre amicale fourmilière, et, par conséquent, dis-moi s'il te plaît pourquoi je l'aurais tué ?

– Effectivement – Nina avait définitivement perdu pied. C'est vrai, il n'y avait aucune raison. Mais alors, qui a bien pu le faire ? Et pourquoi avez-vous envoyé Kirill à Rogojine ? Je ne comprends plus rien...

– Rogojine est une belle ville. Ancienne, tranquille, proche de Moscou. Elle n'était pas difficile à contrôler, et nous n'avions jamais eu de difficultés avec elle. Mais un jour, il s'y est trouvé des gens qui ne nous ont pas respectés. Qui ne nous payaient plus pour que nous leur donnions l'autorisation de travailler, que nous les aidions. Par exemple, ta Xenia. Nous avons dû intervenir...

– Mais, dans ce cas, qui a tué Kirill ? Qui en a eu besoin ?

– Tu comprends, ma fille, Kirill a attiré l'attention du Parquet, mais pas seulement sur ta Xenia. Beaucoup – en fait, tous les membres de votre confrérie – se sont trouvés visés, et le coup aurait été fatal. Et pour d'autres aussi. Quelqu'un, à Moscou, a pris sérieusement peur. Des gens qui ont travaillé pendant des années, ont pris des habitudes – l'habitude de la belle vie aussi –, qui s'étaient fait des petits cadeaux agréables. L'un a une maison en Espagne, une petite maison sur la côte, rien d'extraordinaire, un autre un petit appartement de deux étages au centre de Moscou, une vétille, bien sûr, mais le Parquet aurait été très intéressé par ces petits détails. Que pouvaient faire ces pauvres gens effrayés? Tout le danger était concentré en un seul imposteur qui se mettait en travers de leur chemin avec une mallette de pièces à conviction. Et ces gens l'ont éliminé. On ne devrait pas parler ainsi des morts, mais Kirill l'a bien cherché : il est allé trop loin.

– Mais si vous étiez au courant, vous n'auriez pas pu le protéger? Le sauver?

– J'aurais pu, bien sûr. Une petite discussion confidentielle, quelques coups de fil au bon endroit, et tout se serait arrangé. Mais Kirill s'est révélé un peu trop audacieux – qui s'en serait douté? – et a été emporté par le désir de se venger de votre Xenia. Il a complètement cessé de m'obéir, il s'est passionné pour son travail et a très vite trouvé de quoi te faire tomber, ma chère Nina. Et c'était très sérieux, tu peux me croire. S'ils t'avaient prise, ils ne t'auraient jamais relâchée. Xenia, encore, aurait pu se servir de son argent, et mettre tout sur ton compte. Mais toi? Tout travail d'intermédiaire dans des adoptions internationales est poursuivi par la loi. Plus les faux documents... Une fois en détention, personne n'aurait pu t'aider.

– Ça veut dire...

– J'ai simplement évité de m'en mêler à un certain point. Cela s'est passé tout seul. Mais pourquoi pâlis-tu? Ne t'en fais pas, ce meurtre n'a pas eu lieu pour te sauver. Je t'ai dit que Kirill avait cessé d'obéir. Il semble que sa rage lui avait embrouillé le cerveau. Il a voulu écraser toute la région de Rogojine, et ça ne m'a pas plu. Je n'aime pas quand on fait du zèle... Un jour, il a été insultant avec mon secrétaire, au téléphone, et c'était très indélicat de sa part... Bref, je ne suis pas venue à son aide quand votre poulailler a cessé de caqueter et d'agiter les ailes et s'est finalement décidé à s'adresser à un bon spécialiste. J'espère que j'ai satisfait ta curiosité ?

Nina hocha la tête affirmativement. Sur la table, son cappuccino avait amplement eu le temps de refroidir. Elle but une gorgée.

– Mais comment avez-vous... – Nina n'était pas encore revenue de sa surprise.

– Je travaille depuis longtemps dans ce secteur, depuis que, il y a bien des années, la première famille étrangère est venue en Russie pour adopter. C'étaient des Espagnols, et j'étais leur interprète. À l'époque, ça se passait différemment, pas comme maintenant, on n'avait presque pas besoin de documents officiels, on donnait tout simplement l'enfant aux futurs parents. Je me suis occupée de cette première adoption, je l'ai fait par hasard, et gratuitement. Par la suite... il y a eu beaucoup de choses, et nous n'avons pas le temps de discuter de tout ça. Et ça ne te servirait à rien de savoir. Cela dit, au cas où ça t'intéresserait, je peux te dire une chose : mon défunt époux représentait l'Union soviétique à la conférence de La Haye qui a traité de l'adoption et en a déterminé les lois principales. Par la suite, toute l'organisation des adoptions internationales en Russie est passée par lui. Mais il est mort il y a quelques années et j'ai hérité de son travail.

– Ça veut dire...

– Officiellement, ma fille, je ne m'en occupe pas. Mais tu sais bien comment ça se passe dans notre Russie... Notre entreprise repose sur quelques piliers. Et moi (elle poussa un soupir), moi, je ne suis que la muse, l'ange qui fait l'intermédiaire entre les pions et les figures plus importantes. Les choses se font ainsi, et pour l'instant personne n'aurait intérêt à changer les règles... Pour l'instant. Qui sait ce qui se passera par la suite ? À dire la vérité, je n'étais pas très concernée par Rogojine. Mais c'est de là que sont venus des signaux d'alarme, et si quelqu'un d'autre que moi s'était occupé de mettre les choses en ordre, tu ne serais pas ici à boire du cappuccino à la cannelle. Je ne peux hélas rien te dire de plus.

Eva Vostokova jeta un œil sur son poignet où brillait une minuscule montre en platine. Nina comprit que son temps était écoulé et qu'elle devait prendre congé.

– Merci, murmura-t-elle, sentant qu'elle était sur le point de pleurer. Merci beaucoup.

– Mais je ne t'ai pas conviée ici pour ça. Pas pour te raconter tout cela et te tranquilliser.

Nina regarda Eva Vostokova d'un air interrogateur.

– Comprends-tu, Nina, un événement important s'est récemment passé dans ma vie. J'ai eu quatre-vingts ans...

– Quatre-vingts ? – Nina n'en croyait pas ses oreilles. Impossible ! Je pensais...

– Tout le monde le pense. On ne me donne pas plus de soixante ans, mais si tu savais combien d'efforts cela exige pour une femme de mon âge de donner cette impression. Combien d'efforts et combien d'argent... Enfin, je ne voulais pas parler de ça, mais de tout autre chose. Quelque temps avant mon anniversaire, j'ai passé des examens, et il s'avère que je suis atteinte d'une maladie très peu agréable. Dans le meilleur des cas, je tiendrai encore une année.

– Et vous en parlez aussi calmement ? (Nina haussa involontairement la voix, et le garde à l'entrée se tourna vers elles.) Il y a des médecins, des cliniques...

– Je suis déjà allée chez les meilleurs médecins des meilleures cliniques. Il y a des problèmes qu'on ne peut pas résoudre, même avec de l'argent. Ma maladie en fait partie. Je n'ai aucune chance, aucun espoir, tu peux me croire.

– Je...

– Tu ne dois pas avoir pitié de moi, je t'en prie – Eva Vostokova eut un geste implorant. Nous n'en sommes qu'à l'introduction qui me permettra de venir à l'essentiel. Je ne voulais pas discuter avec toi de mes maladies, mais de tout autre chose : de toi. Tu es prête à m'écouter ?

– Oui, s'exclama Nina, je suis prête.

– Donc, voici ce que je voulais te dire...

Eva Vostokova fit une pause significative, pour donner à Nina la possibilité de se reprendre et de se concentrer entièrement sur ce qu'elle allait dire.

– Désormais, ta vie va se passer en gros de la façon suivante. Tu vas progressivement terminer ton travail à Rogojine. Avec Xenia, vous allez faire adopter les enfants que vous aviez retenus – mais un peu plus tard, quand tout se sera calmé et que personne ne viendra vous gêner. Tout doit être fait discrètement, soigneusement. Être irréprochable. Tu confieras les documents à traduire à une autre traductrice – je te donnerai son numéro – et tu ne perdras pas de temps avec ces affaires. Mais tu dois me promettre deux choses, d'accord ?

– Bien sûr, répondit immédiatement Nina. Lesquelles ?

– Premièrement, ne fais pas confiance à cette Xenia et ne commets pas d'erreurs. Deuxièmement, tu dois absolument trouver une activité plus digne de toi que ces interminables démarches à Rogojine.

– Pourquoi pensez-vous que c'est une activité indigne ?

– Avant tout, parce qu'elle ne t'intéresse pas. Dans la vie, surtout quand on est jeune, il est important d'occuper son temps à des choses qui nous tiennent à cœur. Jouer l'intermédiaire pour les petites affaires pas jolijolies d'autres personnes, ce n'est pas pour toi. En échange, je veux te proposer quelque chose de mieux.

Madame Vostokova se tut à nouveau. Nina eut l'impression qu'elle parlait avec peine.

« Il faut terminer cette conversation, se dit-elle. Je ne dois pas la laisser se fatiguer. Elle a encore un rendez-vous après moi ! »

– Comme tu le sais, je n'ai pas d'enfants, continua Eva Vostokova. Et je n'ai personne à qui transmettre ce que j'ai accumulé. Je ne veux pas parler de mon appartement ici et à Barcelone, ni de l'argent et de la verroterie – je les ai déjà légués à une fondation caritative en laquelle j'ai entièrement confiance. Et dont mes gens vont contrôler soigneusement le travail, à tout hasard. Mais je veux parler d'autre chose : je n'ai personne à qui léguer ma bibliothèque tout à fait unique ainsi que les précieuses informations qui sont en ma possession. Quelqu'un doit occuper ma place dans cet univers cruel où se décide le destin d'enfants et où circulent d'énormes sommes d'argent. Cet univers doit être dirigé, et je devrai personnellement présenter la personne qui me remplacera comme mon héritière. Tu prendras ma place. Toute vieille sorcière, dit-elle en riant, est obligée de trouver un disciple digne d'elle avant sa mort et de lui transmettre ses pouvoirs magiques. Et voilà – j'ai bien réfléchi, et j'en suis venue à la conclusion que la seule personne en qui j'aie entièrement confiance, qui me semble à la hauteur de la tâche, honnête, capable d'accepter ce grand pouvoir et d'en user raisonnablement, sans détruire sa vie ni celle des autres – un pouvoir magique, tu comprends, est une force destructrice qui peut faire le bien mais aussi apporter le malheur – la seule personne capable de supporter tout ça, c'est toi, ma petite Nina.

Elles restèrent quelque temps assises, immobiles, se regardant.

Eva Vostokova attendait que Nina prenne conscience de ce qu'elle avait dit et réagisse.

– Madame Vostokova, dit Nina, mettant la main sur le cœur. Je ne sais comment vous remercier. Mais, croyez-moi, vous me surestimez. Je ne suis pas la bonne personne. Je ne sais pas exactement de quoi il s'agit, mais... j'ai l'impression que je n'en serais pas capable. Je ne suis pas une femme d'affaires, ni une gestionnaire. Je ne saurais pas contrôler des régions, garder tant d'informations en tête... Vous comprenez bien.

– Tu t'en sortiras, répondit fermement Eva Vostokova. Cette organisation a besoin d'un monarque, n'oublions pas que nous sommes en Russie. Or, un monarque n'a pas besoin d'être homme d'affaires ni gestionnaire. Il y a d'autres gens pour ce travail – mes assistants, mon secrétaire, ils sont intéressés à ce que tout reste comme ça l'était avec moi. Un monarque peut se contenter d'être monarque. J'ai encore un peu de vie devant moi, je te transmettrai tous mes dossiers, te ferai rencontrer toutes les personnes importantes. Je te mettrai au courant, comme on dit. Tout cela exigera du temps et de l'énergie, de l'attention et de la concentration, et de s'y consacrer entièrement. Ça serait, si tu me passes l'expression, un externat d'affaires. Mais, après, je pourrai partir pour l'éternité l'âme en paix.

« On essaie de t'enrégimenter, murmura une voix étouffée à l'oreille de Nina – c'était la voix de la Nina d'avant, celle, presque oubliée, qui s'apprêtait à cet instant à disparaître à jamais. Il se passe quelque chose de terrible, tu ne dois en aucun cas accepter, tu dois immédiatement inventer quelque chose pour refuser ! »

– Je ne peux pas me consacrer entièrement à votre organisation, répondit fermement Nina, plongeant son regard dans les yeux profonds et calmes de Madame Vostokova. J'ai d'autres projets, très importants... Si je prenais votre place, je devrais y renoncer. J'ai déjà essayé, et j'en ai souffert. C'était comme si je m'étais trahie...

– Tes projets n'en souffriront pas, et ce ne sera pas une trahison envers toi-même, dit lentement son professeur.

Son regard appuyé pénétra jusque dans l'âme de Nina. La timide voix intérieure se tut, et Nina eut soudain terriblement peur.

– Tu devras fournir beaucoup d'efforts seulement au début. Pour bien maîtriser la situation, tu devras y consacrer un an ou un an et demi. Tu dois comprendre que, pendant ce temps, tu ne t'appartiendras plus. Mais, après cela, tu auras de l'argent, beaucoup d'argent. Et tu auras le temps d'écrire tranquillement ton livre.

– Mon livre ? s'étonna Nina.

– Mais oui, ton livre sur Salvador Dalí. Sur le vrai Salvador Dalí, pas le bouffon qu'en a fait sa propre célébrité.

« Comment sait-elle, pour le livre ? se demanda fiévreusement Nina. Est-ce que je lui en avais parlé ? »

– Je te donnerai les coordonnées des personnes dont tu auras besoin en Espagne. Elles t'aideront.

– Mais un livre, il faut aussi le publier, continuait d'hésiter Nina – elle avait complètement perdu pied et s'accrochait au livre comme à une bouée dans leur discussion. Et publier, de nos jours, c'est aussi très difficile. Presque impossible.

– Tu ne dois pas t'en préoccuper. Tu feras publier ce livre à compte d'auteur dans une maison d'édition que je t'indiquerai, qui est aujourd'hui la maison d'édition la plus prometteuse et la plus sérieuse de Russie, puis tu feras suffisamment de publicité pour qu'il se vende à tous les coins de rues, et devienne un best-seller. Comme le *Da Vinci Code*. Tu auras amassé assez d'argent d'ici là, et les bonnes personnes t'aideront, en échange de ton aide dans leurs affaires, bien sûr. Le vieux Dalí connaîtra une nouvelle vie : plusieurs millions de lecteurs le redécouvriront avec d'autres yeux et l'aimeront différemment. Et, plus tard, continua Eva Vostokova, quand tu auras entièrement assimilé ton nouveau rôle, tu écriras encore un livre, sur les adoptions. Si, bien sûr, tu le désires...

– Sur les adoptions? – Nina eut un rire amer. Je crains que si je me mettais à écrire tout ce que j'ai vu et ce que je sais, on les interdirait sur-le-champ.

– Peut-être les adoptions hors agence, mais ça a déjà été décidé. Ta Xenia vit ses derniers jours. Par contre, des agences vont être ouvertes dans toute la Russie. Nous nous intéressons actuellement beaucoup à elles et faisons de notre mieux pour les aider. Elles sont plus faciles à contrôler. Avec les intermédiaires indépendants, on n'a que des ennuis, tu le sais aussi bien que moi. Nous en avons tous assez, leur temps est fini.

Le téléphone sonna. Eva Vostokova prit sur la table son élégant Vertu orné de diamants et appuya sur la touche.

– Oui, Vassia. Quoi, ils arrivent déjà? Pas de problème, fais-les attendre un tout petit peu.

On entendit, dehors, le bruit d'une voiture qui s'arrêtait devant le café. Eva Vostokova écouta attentivement.

– Je t'ai tout dit, ajouta-t-elle en regardant Nina. Sache que je ne vais pas te presser. Tu dois réfléchir, prendre ta décision. Ce doit être ta propre décision. Quand tu seras vraiment sûre de toi, appelle-moi. Mais ne perds pas trop de temps, tu comprends bien...

Nina fit un signe d'assentiment. Elle aurait voulu encore se réchauffer dans le rayonnement de cette femme étonnante, rester assise à côté d'elle dans ce petit café confortable, où il n'y avait pas d'autres clients qu'elles – à l'exception de Pavel, qui l'attendait à l'entrée.

– Au revoir, fit-elle à voix basse, en se levant.

– À bientôt, Nina – Eva Vostokova leva la main et l'agita pour lui dire au revoir. À très bientôt.

Nina sortit dans la rue. Le soir tombait déjà, et l'air était empli d'une épaisse couleur rousse, comme une tasse transparente dans laquelle on aurait versé un thé fort et cuivré. Une lueur perçante et un peu tragique. C'était un samedi, on entendait au loin sonner les cloches d'une église cachée derrière les toits des maisons. Une volée de pigeons s'éleva de la chaussée, faisant résonner leurs battements d'ailes doux et un peu sifflants.

Nina était envahie d'une sensation de vide légère et délicieuse. Comme celle qu'éprouve une personne qui vient d'échapper, par miracle, à un danger mortel. Le cercle infernal s'était brisé, les ombres avaient reculé là où elles devaient se trouver selon les lois de l'univers, très loin d'ici : très loin, pas tout près de Nina, mais dans un monde peuplé de monstres aveugles, de bruissements et de rêves angoissés.

Nina avait reçu les réponses à ses questions, et la sérénité et l'harmonie avaient imprégné la terre entière.

Elle eut l'impression d'avoir acquis quelque chose d'immense, d'inestimable : quelque chose pour quoi elle devrait remercier son bienfaiteur toute sa vie. Dans le même temps, elle avait perdu quelque chose de très important, qui faisait partie de sa vie, et la conscience de cette perte était insupportable. Comme, dans son enfance, à la fin de l'année scolaire, quand, après les contrôles en classe, les devoirs, les grippes, les fenêtres hivernales couvertes de gel, elle voyait s'ouvrir devant elle les vacances d'été infinies, libres, qui promettaient tant de joies, et qu'en se préparant à les accueillir elle ne trouvait en elle rien qu'une fatigue et une tristesse profondes.

Pendant un instant, Nina eut le vertige. Elle ne comprenait plus où elle se trouvait et où elle allait. Elle s'arrêta, regarda autour d'elle d'un air égaré.

– Je vous raccompagne ? lui proposa Pavel, qui était également sorti du café.

– Non merci, dit Nina, je vais rentrer seule. À pied. J'ai envie de me promener.

– Oui, il fait un temps magnifique. La station de métro la plus proche est Tchistye Prudy. C'est de ce côté, dit Pavel en indiquant la gauche.

– Regardez, le duvet de peuplier, s'exclama Nina en raclant l'asphalte de ses pieds. Il vient tôt cette année.

Elle souleva sous ses pieds un nuage blanc translucide.

– C'est beau. Comme si nous étions de nouveau en hiver.

– L'hiver ne quitte jamais vraiment ce pays, fit Pavel en écho.

– On s'endort en été, pour se réveiller en hiver, sourit Nina. Au revoir !

– Portez-vous bien, Nina. À bientôt, j'espère.

Elle partit sur le trottoir en direction du métro.

Des vacances d'été infinies et heureuses – personne ne lui en avait jamais proposé de telles. Personne, jamais, et elle devait accepter ce trésor sans hésiter, comme un héritage de plusieurs millions, parce que ces vacances en étaient un, réellement, et elles lui appartenaient de plein droit.

Elle tenait dans sa main une couronne royale, mais au lieu d'être heureuse, elle se sentait déçue.

Elle allait probablement refuser. Comment pouvait-elle accepter un tel don. Il était destiné à quelqu'un de plus digne. À quelqu'un qui en avait rêvé toute sa vie. Nina était différente, elle avait même de la peine à se concentrer, à comprendre ce que lui avait exactement proposé Eva Vostokova. Et puis, cet été elle irait en Espagne, elle verrait Kristina et irait se promener avec elle dans Cadaquès, puis au bord de la mer, et après la mer elle resterait longtemps assise sur la véranda de la maison blanche de la photo qu'elle avait vue à Ozeretsk. Quand son professeur saurait qu'elle refuse, elle chercherait immédiatement une autre candidate. Elle n'aurait pas de peine à la trouver, Nina en était persuadée.

Elle-même n'était qu'une héritière fortuite. Elle s'était simplement trouvée au bon moment au bon endroit, et Eva Vostokova avait fait son choix trop précipitamment. Elle s'était trompée au sujet de Nina. Elle avait évidemment besoin de quelqu'un d'autre, et elle se trompait lourdement... En revanche, quelle soirée : le soleil rouge brillant de ses derniers feux sur les toits des maisons, et le son mélancolique des cloches... Dans quelques minutes, il ferait nuit et frais, le soleil aurait disparu, et tout deviendrait bleuté. Mais Nina avait encore quelques minutes, et c'était déjà beaucoup. Elle arriverait au métro, baignant dans la lumière.

Nina marchait, discutant mentalement avec elle-même. Elle avait l'impression d'être retournée dans son enfance : ce n'est que là-bas, il y a bien longtemps, qu'elle avait su marcher si tranquillement, sans souci, et que le temps était aussi précieux que la pépite d'or du fleuve Iana qu'on ne pouvait pas acheter avec de l'argent, et que rien sur terre ne la tourmentait.

Nina s'éloignait sans hâte, s'enfonçant dans la rue brûlante et dorée, et les peupliers faisaient tomber à ses pieds une neige tiède et légère.

CET OUVRAGE
A ÉTÉ TRANSCODÉ
ET ACHEVÉ D'IMPRIMER
SUR ROTO-PAGE
PAR L'IMPRIMERIE FLOCH
À MAYENNE EN FÉVRIER 2012

N° d'impression : 81333
Dépôt légal : mars 2012
Imprimé en France